Svea Linn Eklund
Eismeerleuchten

PIPER

Zu diesem Buch

Nach einer dramatischen Trennung von dem Kanadier Noah sehnt sich Lilja nach ihrer alten Heimat Island. Die Hochzeit ihrer Schwester ist ihr ein willkommener Anlass, nach Akureyri zu reisen. Zunächst nur als Besucherin, denn sie verheimlicht ihrer Familie, was in Kanada geschehen ist. Sofort erliegt sie dem Zauber der Stadt, des Fjords und der Menschen. Völlig unvorbereitet gerät sie vor Ort in turbulente Verwicklungen. Sie versucht nicht nur das Lebenswerk ihres Vaters vor dem Ausverkauf an die Konkurrenz zu retten, sondern trifft überdies auf Björn, ihre erste große Liebe, der ihr einst übel mitgespielt hat. Zu ihrem großen Entsetzen muss sie erfahren, dass damals eine Intrige schuld an dem abrupten Ende ihrer Beziehung war. Nur kann und will Lilja das Rad der Geschichte zurückdrehen?

Svea Linn Eklund ist nahe der dänischen Grenze aufgewachsen. Heute lebt sie mit ihrer Familie und Hund in Hamburg, schreibt Drehbücher und Romane, unter anderem als Mia Löw.

Svea Linn Eklund

EISMEER LEUCHTEN

Ein Island-Roman

PIPER

Mehr über unsere Autoren und Bücher:
www.piper.de

Von Svea Linn Eklund liegen im Piper Verlag vor:
Nordlichtherzen
Eismeerleuchten

Originalausgabe
ISBN 978-3-492-31410-7
Oktober 2018
© Piper Verlag GmbH, München 2018
Umschlaggestaltung: Johannes Wiebel | punchdesign
Umschlagabbildung: Johannes Wiebel unter Verwendung von shutterstock.com
Satz: Satz für Satz, Wangen im Allgäu
Gesetzt aus der Joanna
Druck und Bindung: CPI books GmbH, Leck
Printed in the EU

1

Zurück im Land aus Feuer und Eis

Fast vierhundert Kilometer der legendären Ringstraße hatte Lilja in ihrem japanischen Kleinwagen bereits zurückgelegt. Die Nationalstraße führte einmal rings um Island, war über dreizehnhundert Kilometer lang und wurde im Sommer zu einer touristischen Rennstrecke. Im Winter hingegen konnte es passieren, dass einem, je weiter man gen Norden fuhr, nur alle halbe Stunde ein Wagen entgegenkam.

Lilja war am Flughafen Keflavik am Mittag gelandet, in den Mietwagen gestiegen und gleich weitergefahren, um die Hauptstadt des Nordens noch im Hellen zu erreichen. Sie glaubte zwar, noch jeden Stein, jedes kleine Dorf und jedes einsame Farmhaus an der Strecke zu kennen, aber trotzdem würde sie auch bei diesen günstigen Witterungsverhältnissen gut fünf Stunden bis nach Akureyri brauchen. Schneller war der Weg nicht zu schaffen, wenn man sich halbwegs an die Höchstgeschwindigkeit von neunzig Stundenkilometern hielt. Über die aktuellen Straßenverhältnisse hatte sie sich auf einer isländischen Webseite im Vorweg informiert. Im Moment war kein Schnee vorhergesagt, sodass sie an den neuralgischen Punkten keine unliebsamen Sperrungen zu erwarten hatte. Nur das Teilstück von Laugarbakki bis Blönduós schien der Karte zufolge noch vereist zu sein, aber das hatte sie gerade hinter sich gebracht und nichts dergleichen bemerkt. Offenbar hatte die Sonne, die für diesen Spätwintertag eine außergewöhnliche Strahlkraft entfaltete, das Eis der vergangenen Tage weggetaut. Rechts und links der Straßen türmten sich allerdings die Schneereste zu weißen Ungetümen auf, die im Sonnenlicht um die Wette glitzerten. Das war vor ein paar Tagen sicherlich ganz anders gewesen, denn in dieser kargen Landschaft wehte meist ein eisiger Wind, der die Schneemassen im Nu erfasste, im ganzen Tal verteilte und Verwehungen verursachte. Das hatte dann die Sperrung der Straße bei Neuschnee zur Folge.

Als Lilja den kleinen Ort Varmahlið hinter sich gelassen hatte, machte sich eine innere Unruhe bemerkbar. Bislang hatte sie die Reise in ihre Heimat überraschend wenig aufgewühlt, weil sie in Gedanken immer wieder zu dem abgeschweift war, was sie in Bedford, Nova Scotia, hinter sich gelassen hatte. Und vor allem – wie. Ob Noah den Brief schon gelesen hatte? Zur Sicherheit hatte sie ihr Telefon ausgeschaltet für den Fall, dass er versuchte, bei ihr anzurufen. In Akureyri würde sie sich eine neue SIM-Karte mit neuer Nummer zulegen. Dann hätte er gar keine Chance mehr, sie zu kontaktieren. Nun konnte sie nur noch hoffen, dass er nicht auf die dumme Idee kam, bei ihren Eltern anzurufen, obwohl sie ihm, um genau das möglichst zu verhindern, geschrieben hatte, dass sie nach Vancouver gehen würde. Lilja konnte es immer noch nicht fassen, dass sie es endlich geschafft hatte, ihrem ungeliebten Leben von Bedford zu entfliehen. Nur dass sie so lange gebraucht hatte, um sich zu befreien, das nahm sie sich insgeheim übel. Schon bei ihrer Ankunft in dem Haus seiner Eltern damals vor sechs Jahren hätte sie es merken müssen: Noah war gar nicht der gestandene Mann, den sie in dem jungen Schiffsarzt gesehen hatte, und jener Glanz der großen weiten Welt, den er in Akureyri ausgestrahlt hatte, war schöner Schein gewesen. Mehr nicht!

Dabei war der Beginn ihrer Liebe geradezu märchenhaft gewesen. Wie eine Prinzessin war sie sich vorgekommen! Er hatte nämlich sie, die kleine einheimische Expertin für isländisches Fischereiwesen, nach einem Vortrag, den sie für die Passagiere im Kreuzfahrtzentrum gehalten hatte, abends zu einem Galadinner an Bord des Schiffes eingeladen. Und dann hatte sich alles rasant entwickelt. Heiße Küsse und eine unvergessliche gemeinsame Nacht in seiner Koje. Noah war ein paar Wochen später als Urlauber nach Akureyri zurückgekehrt und hatte sie nach einer Woche gebeten, mit nach Halifax zu kommen und dort seine Frau zu werden. Sie konnte auch im Nachhinein nicht leugnen, dass sie Schmetterlinge im Bauch gehabt und sich wie in einem märchenhaften Film gefühlt hatte. Noah besaß auf den ersten Blick alles, was sie sich von einem Mann erträumte. Er war gebildet, sprühte vor Charme, sah unverschämt gut aus und verbreitete eine lässige Weltgewandtheit. Allein die bewundernden Blicke ehemaliger Schulfreundinnen und Studienkolleginnen, als sie an seinem Arm durch die Hafnarstræti flaniert war! Ihre Schwester Elin hatte ihr verraten, was alle anderen vor Ort über sie dachten: Unfassbar, dass ausgerechnet du von einem Märchenprinzen entführt wirst! Ja, Lilja hatte geglaubt, das große Los gezogen zu haben, denn es war wirklich ein Wunder, dass ausgerechnet sie, die nie im Leben daran gedacht hatte, ihre Heimat zu verlassen, bereit gewesen war, diesem Mann bis nach Kanada zu folgen.

Vielleicht hätte ihr Vater Ari nicht so hart reagiert, wenn Liljas Schwester Elin ihrem Zuhause *wegen eines hergelaufenen Fremden*, wie er Noah bis zuletzt bezeichnet hatte, den Rücken gekehrt hätte. Elin jedenfalls hätte das jeder in Akureyri zugetraut. Elin war eine Abenteurerin, von der niemand erwartete, dass sie ihrer Heimat die Treue hielt. Sie war, kaum dass sie die Schule beendet hatte, nach Reykjavík abgehauen, um dort Schauspielerin zu werden. Nur wegen der Liebe zu einem *Nordmann* war sie später nach Akureyri zurückgekehrt. Lilja hingegen hatte brav an der heimischen Universität studiert:

Meeresbiologie und Fischereiwesen. Und nun heiratete ihre Schwester, wie es die Familientradition wollte, in der Akureyrarkirkja einen Mann, der Lilja nicht völlig unbekannt war. Es war jedenfalls schon lange nicht mehr jener sagenhafte Eric, für den Elin damals nach Akureyri zurückgekehrt war.

Mit Elin hatte Lilja in den letzten Jahren einen lockeren Kontakt über Kurznachrichten gehalten, aber ihre Schwester war nicht gerade zuverlässig in solchen Dingen. Sie meinte das nicht böse, wenn sie sich auch einmal Monate mit der Antwort Zeit ließ. Dafür waren ihre Zeilen nie langweilig, sondern sprühten vor Unternehmungsgeist. Sie hatte in den Jahren auch immer wieder tolle Männer erwähnt, aber es waren so viele Namen, dass sich Lilja nicht alle merken konnte. Aber Kristian war ihr ein Begriff, weil er der Cousin jenes Mannes war, der ihr einst das Herz gebrochen hatte.

Je näher Lilja dem Ort kam, desto mehr haderte sie mit ihrer Entscheidung, die Familie zu überraschen. Elin hatte sie förmlich angefleht, zu ihrer Hochzeit zu kommen, damit sie endlich den *tollsten und attraktivsten Kerl ganz Islands* kennenlernte. Ja, so war Elin. Sie drückte sich stets in Superlativen und mit einer ansteckenden Begeisterung aus.

Aber Lilja hatte doch bis vor ein paar Tagen selbst nicht gewusst, ob sie der Einladung folgen würde oder nicht. Eigentlich hatte sie die Entscheidung, aus Bedford zu verschwinden, erst nach der Ohrfeige getroffen. In dem Moment hatten ihre Gedanken allerdings nur dem einen Ziel gegolten – bloß weg! Wohin, das war zweitrangig gewesen.

Zuerst hatte sie wirklich mit dem Gedanken gespielt, nach Vancouver zu gehen, um sich dort bei Greenpeace um einen Job zu bewerben. Ja, sie war schon fast auf dem Weg dorthin gewesen, hatte sich bereits einen Flug ausgesucht. Dann aber waren ihr im Hotel in Halifax die Träume zum Verhängnis geworden. Sie hatte plötzlich jede Nacht von Akureyri geträumt. Beinahe magisch hatte es sie nach Hause zurückgezogen, sodass sie das Flugticket nach Island schließlich wie in Trance gebucht hatte.

Was sie nach der Hochzeit mit ihrem Leben anfangen sollte, stand allerdings in den Sternen. Auch in Island gab es Forschungsinstitute, bei denen sie sich bewerben konnte, aber wollte sie das? Ihr Bauch signalisierte ihr, seit sie vorhin ihren Fuß auf heimatliche Erde gesetzt hatte, zwar eindeutig, dass sie gekommen war, um zu bleiben, ihr Kopf aber suchte noch immer nach Alternativen. Und nur weil in Akureyri keiner erfahren sollte, dass sie einer Schimäre aufgesessen war. Nicht sie, die bedachte und vernünftige Lilja Arisdottir, die einmal in ihrem Leben etwas gewagt hatte und dafür doppelt bestraft worden war. Ihr Vater Ari hatte sie mit den harten Worten *Du bist nicht mehr meine Tochter!* verstoßen, und der Traumprinz war zur Kröte mutiert.

Im Gegensatz zu ihrem Vater hatte ihre Mutter Katla ihr sogar noch gut zugeredet, mit Noah nach Kanada zu gehen. Ja, sie hatte mit ihrem Stolz nicht hinter dem Berg gehalten, dass ihre Tochter eine gute Wahl getroffen hatte. Für einen solchen Mann wäre auch sie in die weite Welt gezogen, hatte sie mit glühendem Blick versichert. Lilja war die leise Sehnsucht, die in den Worten ihrer Mutter mitschwang, keinesfalls entgangen, aber sie hatte nicht gefragt, was dahintersteckte.

Mutter und Tochter hatten sich unzählige Briefe geschrieben, in denen Katla nicht müde wurde, Lilja alle Jahre wieder zu versichern, sie solle doch bitte mit Noah zu Weihnachten nach Akureyri kommen. Ari habe seinen Groll längst begraben. Davon abgesehen, dass sie ihrer Mutter kein Wort glaubte, da sie deren Hang kannte, die Welt rosarot zu sehen, hätte Lilja bei aller Sehnsucht nach der isländischen Weihnacht nicht zum Fest nach Hause kommen können. Jedenfalls nicht, ohne der Familie offenbaren zu müssen, wie schrecklich sie in Bedford unter der Mutter des stets abwesenden Noah litt und dass dieses Märchen sich schnell als Albtraum entpuppt hatte. Allein, wenn ihre Mutter bei der Gelegenheit erfahren hätte, dass es die Traumhochzeit niemals gegeben hatte, die sie Katla in ihren Briefen in schillernden Farben geschildert hatte. Ihre Tochter mit diesem Mann verheiratet zu wissen, hatte Katla so glücklich gemacht, dass Lilja es nicht übers Herz gebracht hatte, ihr die Wahrheit zu offenbaren. Dass nämlich sie selbst es war, die Noahs Heiratspläne seit Jahren erfolgreich hintertrieb, indem sie behauptete, nur in Island im Kreis ihrer Familie heiraten zu wollen, wohl wissend, dass er dies strikt ablehnte. Seit er für eine Gesellschaft arbeitete, die Südsee-Kreuzfahrten machte, würde er nicht freiwillig in das unwirtliche Land reisen, wie er stets betonte. Vor allem nicht nach Akureyri, wo der Hund begraben sei. Sehr zum Amüsement seiner Mutter Debbie, für die eine Hochzeit ihres einzigen Sprösslings am Ende der Welt nicht infrage kam. Dass sie Lilja damit in die Hände spielten, konnten weder ihre zukünftige Ex-Fast-Schwiegermutter noch deren Sohn erahnen. Nicht auszudenken, die beiden hätten eines Tages nachgegeben und sich auf den Standpunkt gestellt, dass sie lieber eine isländische Feier in Kauf nähmen, bevor es gar keine Hochzeit gab.

Lilja schüttelte sich bei dem Gedanken an Debbie, diese herrische Person, die nicht nur sie, sondern auch ihren armen Mann im Rollstuhl tyrannisierte. Sie stieß einen tiefen Seufzer aus. George, der Mann im Rollstuhl. Er war der wahre Grund, warum sie nicht längst das Weite gesucht hatte. Allein wegen dieses klugen und weltgewandten Mannes war sie in Bedford geblieben. George war das völlige Gegenteil seines Sohnes. Als ehemaliger Professor für nordische Geschichte hatte er nicht nur ein brennendes Interesse an ihrer Heimat, sondern brauchte auch keinerlei glitzernde Fassade, um wie sein Sohn zu verbergen, dass er dahinter oberflächlich und hohl war. Im Gegenteil, George war ein tiefsinniger und liebenswerter Mensch. Doch seit er nach einem Sportunfall im Rollstuhl saß, war er den Launen seiner kapriziösen Frau ausgeliefert. Dass Noah Lilja auch seinetwegen nach Bedford gelockt hatte, war ihr sehr schnell klar geworden. Debbie war die Betreuung des Ehemannes nämlich überaus lästig, und sie hatte sich eine Schwiegertochter gewünscht, die die Last mit ihr teilte. Und ihr ergebener Sohn hatte ihr diesen Wunsch prompt erfüllt. Lilja war sich sehr wohl bewusst, dass sie im Nachhinein kein gutes Haar an Noah ließ, obwohl es auch schöne Stunden gegeben hatte, aber die waren verschüttet unter Debbies Machtstreben und Noahs Feigheit. Und neuerdings unter der Ohrfeige!

Wenn George nicht zufällig Zeuge geworden wäre, wie sein Sohn Lilja geohrfeigt hatte, wer weiß, ob sie den Absprung wirklich geschafft hätte. George Anderson hatte sich zunächst nichts anmerken lassen, sodass Lilja schon befürchtet hatte, er heiße die *Erziehungsmaßnahme* seines Sohnes gut. Es war Noahs Antwort auf die Wahrheit gewesen, die Lilja zum ersten Mal auszusprechen gewagt hatte: *Du bist und bleibst ein Muttersöhnchen!* Doch als George und sie allein waren, hatte er ihr verraten, was er wirklich dachte. *Lilja, du bist jung, du bist schön, du bist bezaubernd. Trenn dich von meinem Sohn! Bitte!*

Und was ist mit dir? Ich kann dich doch nicht alleinlassen!

Keine Sorge, ich habe einen Platz in einer sehr netten Senioren-Wohngemeinschaft bekommen. Debbie weiß von nichts. Ja, sie wird nicht einmal die Adresse von mir kriegen. Ach ja, und den Hausverkauf habe ich auch schon in die Wege geleitet.

George hatte ihr schließlich eine Karte mit seinen Kontaktdaten in die Hand gedrückt und sich von ihr schwören lassen, dass sie zeitnah etwas von sich hören ließ. Er hatte an alles gedacht. Sogar eine neue Mobilnummer hatte er sich zugelegt.

Diese Absolution seines Vaters hatte Lilja wohl gebraucht, um Ernst zu machen, zumal er überhaupt nicht den Eindruck machte, als fürchte er sich vor diesem Schritt. Im Gegenteil, sie hatte ihn noch nie zuvor so optimistisch in die Zukunft blicken sehen.

In Gedanken hatte Lilja die Trennung von Noah schon etliche Male zuvor durchgespielt. Nach dem Gespräch mit George hatte sie ohne Zögern, kaum dass Noah und seine Mutter das Haus verlassen hatten, ihre wenigen persönlichen Sachen in einem Koffer verstaut und war in ein Hotel nach Halifax gezogen. Dort hatten sie diese Träume überfallen, und nun trennten sie nur noch wenige Kilometer von ihrer Heimat, denn gerade hatte sie die letzte Abzweigung nach Akureyri genommen. Und immer noch dominierte die wilde Landschaft aus unendlichen Weiten, die nur von den kahlen, schneebedeckten Bergen begrenzt wurden. Lilja durchrieselte ein Wohlgefühl bei dem Gedanken, auf diesem Flecken Erde geboren und aufgewachsen zu sein.

2

Die Stadt der Ampelherzen

Als Lilja Akureyri erreichte, stellte sie fest, dass sich binnen der sechs Jahre einiges verändert hatte, jedenfalls in dem Außenbezirk, durch den sie nun fuhr und der nicht unbedingt das Aushängeschild ihrer Stadt war. Aber da unterschied sich Akureyri nicht von anderen Orten auf der Welt, an deren Rändern immer mehr Einkaufszentren und Gewerbegebiete entstanden waren. Den großen Supermarkt hatte es vor sechs Jahren jedenfalls noch nicht gegeben.

Je näher sie dem Zentrum kam, desto mehr schien die Zeit stehen geblieben zu sein. Im Südwesten erhoben sich wie eh und je die schneebedeckten Gipfel des Hausberges Súlur und beschützten die Stadt im Tal, in der der längste Fjord Islands endete, der Eyjafjörður. Das Kulturzentrum Hof, bei dessen Einweihung im Jahr 2010 auch ihre Schwester aufgetreten war, empfand sie immer noch als Fremdkörper. Dabei passte sich der Rundbau mit seiner Außenfassade aus Granit der rauen Landschaft perfekt an, wie sie nun mit dem zeitlichen Abstand zugeben musste. Mit einem flüchtigen Seitenblick nahm sie verwundert wahr, dass im Hafen keine Schiffe lagen. Ihr blieb allerdings keine Zeit, sich darüber den Kopf zu zerbrechen, weil sie nun rechts in die Kaupvangsstræti abbiegen musste, um zu dem Gästehaus zu gelangen, das sie erst einmal für zwei Nächte gebucht hatte.

Ein Lächeln umspielte ihren Mund, als sie vor dem roten

Ampellicht hielt. Das hatte sie völlig vergessen – dass die roten Ampeln in ihrer Heimatstadt in Herzform leuchteten, doch jetzt erinnerte sie sich wieder genau, wann das angefangen hatte. Es hatte im Jahr 2008 während der großen Finanzkrise begonnen, weil die Stadtväter fanden, dass man in diesen Zeiten des wirtschaftlichen Zusammenbruchs des Landes Zeichen setzen sollte, um den Leuten Mut zu machen. Den jungen Menschen hatten diese herzigen Ampeln außerordentlich gut gefallen. Überhaupt hatte es nur wenig Kritik an diesen besonderen Lichtern gegeben, weil zu jener Zeit wirklich ein Klima im Land geherrscht hatte, in dem die Menschen ein wenig Aufmunterung gebraucht hatten. Noah war damals so angetan von diesen Ampeln gewesen, dass er sie an jeder roten Ampel geküsst hatte.

Ihr Herzschlag beschleunigte sich, als die Ampel grün wurde und sie in das Zentrum fuhr. Über allem thronte majestätisch die Akureyrarkirkja. Dieses imposante Bauwerk aus weißem Beton mit den zwei gigantischen Türmen sollte die zerklüftete und wilde Küstenlinie symbolisieren, die den Eyjafjörður zu beiden Seiten säumte. Im Volksmund wurde die Kirche auch *Eiskathedrale* genannt. Dort würde sie nun morgen ihre Familie wiedersehen. Ein Gedanke, der ihr Herz nur noch heftiger schlagen ließ. Was hatte sie sich bloß dabei gedacht, aufzutauchen, ohne ihre Liebsten auch nur im Geringsten auf ihren Besuch vorzubereiten? Wenigstens Elin hätte sie einweihen müssen, aber es gab einen triftigen Grund, warum sie davon Abstand genommen hatte: Ihre Schwester konnte kein Geheimnis bewahren! Wenn sie es wusste, dann war es in Akureyri wie ein Lauffeuer, selbst wenn sie es den Eltern verschweigen sollte. Die würden es dann eben von den Nachbarn erfahren. Deshalb hatte sich Lilja in der Pension auch unter dem Namen Anderson eingebucht, denn in Akureyri kannte jeder jeden. Eine Lilja Arisdottir gab es ihres Wissens nur einmal vor Ort, aber den Nachnamen ihres Kanadiers hatte sich mit Sicherheit niemand gemerkt. Man nannte sich hier meistens beim Vornamen. Nicht, dass ihre Eltern noch im letzten Moment auf diese Weise erfuhren, dass ihre verlorene Tochter in der Stadt war, ohne ihnen Bescheid zu geben. Sie hoffte sehr, dass sie dann nach den Feierlichkeiten im Haus ihrer Eltern wohnen konnte, bis sie Klarheit darüber hatte, wie es weitergehen würde. Dazu musste ihr Vater allerdings zur Versöhnung bereit sein, und das wagte sie zu bezweifeln. Wenn sie nur daran dachte, wie unversöhnlich er Sigurd gegenüber gewesen war, als der sich geweigert hatte, weiter auf dem Walfänger des Vaters zu arbeiten! Hochkant hatte er ihren älteren Bruder aus dem Haus geworfen. Dass auch sie, Lilja, eine erklärte Gegnerin der Jagd auf Wale war, hatte ihren Vater nicht weiter interessiert, weil er sie, wenn es um die Männersachen ging – und dazu zählte für ihn der Walfang –, nicht ernst genommen hatte. Ihre wissenschaftlichen Argumente hatte er schlichtweg belächelt. Lilja war jedenfalls sehr gespannt, ob Sigurd zur Hochzeit kommen würde. Sie hatte ihre Mutter ein paarmal nach dem Bruder gefragt, aber Katla hatte immer nur stereotyp geantwortet, es gehe Sigurd gut. Für Lilja ein klares Zeichen, dass Katla keine Ahnung hatte, wo er steckte. Im Netz war er jedenfalls unauffindbar. Dabei hätte Lilja so gern gewusst, wo er sich aufhielt. Ihm hätte sie vielleicht sogar die Wahrheit anvertraut. Sie vermisste ihren großen Bruder schmerzlich. Sie hatte zu ihm stets ein wesentlich engeres Verhältnis gehabt als zu ihrer Schwester. Vielleicht lag es daran, dass Elin eher ein Mutterkind war, während sie immer schon Vatertochter gewesen war, und das trotz der Macken ihres Vaters, ging es Lilja durch den Kopf.

Die bunten Häuser, die die Hafnarstræti säumten, lösten in Lilja warme Heimatgefühle aus. Wie sie diese verrückten Farben liebte! Es ging von Hellgrau über Blassgelb, Zitronengelb, Falunrot, Gletscherblau, Royalblau, Zartgrün bis zu

Dunkelgrün. Die Töne waren so lebendig und machten aus der Hauptstraße ein wahres Fest für die Augen. Ich bin zu Hause, dachte Lilja und merkte erst jetzt, wie sie sich genau nach diesen Farben gesehnt hatte. Dabei gab es in Nova Scotia ganz ähnliche Häuser in schillernden Farben, während in der Gegend, in der die Villa der Andersons stand, ein zurückhaltendes Beige die Fassaden dominierte. Manchmal war sie nach Lunenburg gefahren, dessen Kulisse sie am ehesten an Akureyri erinnerte, aber dort waren die Farben oft eine Spur schriller als zu Hause, und sie hatte sich immer ein wenig fremd gefühlt, obwohl ihr Kanada durchaus gefiel. Aber dieses tiefe Heimweh hatte nie aufgehört.

Ein Lächeln huschte über Liljas Gesicht, als sie den Radhustorg erreichte, den schön angelegten Platz in der Mitte des Ortes. Wie oft hatte sie auf diesem Platz an lauen Sommerabenden mit ihren Freunden gesessen. Hier hatte sie ihr erstes Date gehabt. Mit Björn, ihrer großen Liebe. O Gott, wie lange hatte sie nicht mehr an ihren Troll gedacht, wie sie den dunkelhaarigen Lockenkopf mit den meergrünen Augen zärtlich genannt hatte! Vielleicht, weil es sie damals zu sehr verletzt hatte, als er zum Nautikstudium nach Kopenhagen gegangen und niemals mehr nach Akureyri zurückgekehrt war. Und zwar ohne Erklärung. Björn hatte sich einfach nicht mehr bei ihr gemeldet. Und über sein Telefon war er auch nicht mehr zu erreichen gewesen. Lange hatte sie sich um ihn gesorgt und befürchtet, ihm sei etwas zugestoßen. Bis sein Cousin Kristian Lilja dann schließlich nach über einem Jahr des vergeblichen Wartens darüber aufgeklärt hatte, dass er ihn neulich auf einem Familienfest in Reykjavík mit seiner dänischen Freundin getroffen habe. Sie erinnerte sich noch genau, wie ihre Mutter damals auf recht schräge Art versucht hatte, sie zu trösten. *Der Junge ist nichts für dich*, hatte sie immerzu betont. *Du hast etwas Besseres verdient als einen Fischer.* Liljas Einwand, er studiere doch Nautik, hatte ihre Mutter mit dem Argument vom Tisch gewischt, ihr Vater Ari habe auch einmal eine Seefahrtschule besucht – und wofür? Um doch als Fischer zu enden. Das passte eigentlich gar nicht zu Katlas Einstellung, denn es gab in Akureyri kaum einen Menschen, der den Beruf des Fischers nicht wertschätzte. Er galt in ihrem Land etwas, auch für Katla, die zwar einer Familie von Geistlichen entstammte, aber einen natürlichen Respekt vor dem Beruf ihres Mannes besaß. Dass ihre Mutter etwas gegen Björns Familie hatte, war allerdings nicht zu leugnen gewesen, so vehement, wie Katla ihn ihr schon während ihrer Beziehung zu ihm hatte ausreden wollen. Lilja hatte dann vermutet, ihrer Mutter missfiel, dass seine Familie der Gemeinschaft der Asen angehörte, die seit den Siebzigerjahren auch vermehrt ihre – wie Katla es nannte – *heidnischen Rituale* hier im hohen Norden pflegte. Jedenfalls war Lilja bei allem Kummer über Björns miese Art, sich aus ihrem Leben zu schleichen, die Heftigkeit, mit der ihre Mutter versucht hatte, Björn schlechtzureden, irgendwann auf die Nerven gegangen. So sehr, dass sie ihr verboten hatte, den Namen ihres Exfreundes überhaupt zu erwähnen. Darum hatte sich Katla allerdings nicht geschert und zu allem Überfluss behauptet, Björn sei ein Frauenheld. Trotz ihres Zorns auf ihn war Lilja diese Unterstellung entschieden gegen den Strich gegangen. Was Björn auch immer dazu bewogen hatte, den Kontakt zu ihr derart brutal abzubrechen, ein notorischer Don Juan war er ganz sicher nicht. Und dann hatte sie erfahren müssen, dass die Vehemenz, mit der ihre Mutter gegen ihn stänkerte, wohl eher einer Antipathie ihrer Mutter gegen Björns Vater entsprang. Was genau vorgefallen war, wusste Lilja bis heute nicht. Und sie hätte wohl auch nie davon erfahren, dass ihre Mutter Björns Vater einmal näher gekannt hatte, wenn sich die Großmutter ihr gegenüber nach einem Brennivín zu viel nicht einmal verplappert hätte, und zwar an jenem Tag, an dem sie ihr von Noah und dem Plan erzählt hatte, mit ihm nach Kanada zu gehen. Lilja erinnerte sich merkwürdigerweise noch an jedes Wort. *Deine Mutter ist außer sich vor Glück, dass damit die Gefahr, du könntest doch noch den Sohn dieses Mannes heiraten, endgültig gebannt ist.* Auf Liljas neugieriges Betteln hin, ihr doch bitte, bitte mehr zu berichten, war die Großmutter verstummt. Sie hatte ihr nur noch die ausdrückliche Anordnung erteilt, diese Äußerung sofort zu vergessen, denn sie hätte einfach nur Unsinn geredet. Wer's glaubt … hatte Lilja damals gedacht. Das alles hatte sie mit den Jahren vergessen, bis eben gerade.

Jedenfalls hatte ihre Mutter es damals nicht annähernd geschafft, Lilja zu trösten. Nacht für Nacht hatte sie in die Kissen geweint, bis sie beschlossen hatte, Björn aus ihrer Erinnerung zu streichen, und war stattdessen mit Thorwald ausgegangen, dem Schwarm sämtlicher Kommilitoninnen. Leider hatte sie ihr Ziel, Björn zu vergessen, damit nicht erreicht. Im Gegenteil, es tat alles nur noch mehr weh, wenn sie im Arm eines Mannes lag, den sie nicht wirklich meinte. So hatte sie die zarten Bande zerschnitten, bevor es richtig angefangen hatte. Thorwald hatte das überhaupt nicht verstanden. Zum einen, weil er noch nie zuvor von einem Mädchen verlassen worden war, zum anderen, weil er sich in sie verliebt hatte. Lilja hatte ihm damals ehrlicherweise verraten, dass sie noch an einem anderen Mann hing. Seinen Namen hatte sie ihm allerdings nicht genannt, obwohl es in Akureyri ein offenes Geheimnis gewesen war, wer ihr das Herz gebrochen hatte.

Lilja schüttelte die Gedanken an ihren ersten Liebeskummer energisch ab, als sie rechter Hand das Gästehaus auftauchen sah. An die weiße Mauer war ein schwarzer Rabe gemalt. So konnte man das *Hrafninn* gar nicht verfehlen. Lilja hatte diese Unterkunft gewählt, weil es sie vor sechs Jahren noch nicht gegeben hatte. Damit stiegen die Chancen, dass sie die Betreiber der Pension nicht persönlich kannte. In jedem traditionellen Hotel vor Ort hätte sie mit großer Wahrscheinlichkeit alte Bekannte getroffen. Sie parkte ihren Wagen und hoffte inständig, dass sie bis morgen unerkannt blieb, als sie die quietschende Eisenpforte zum Vorgarten des gutbürgerlichen Stadthauses öffnete.

3

Wikingerparty

Lilja sah sich suchend nach einer Person um, bei der sie einchecken konnte, aber die Rezeption wirkte verwaist. In dem Raum war alles aus altem dunklem Holz gefertigt: die knarrenden Dielen, die Wände, jedenfalls bis zur Hälfte, der Tresen, der aussah wie der alte Verkaufstisch eines Kolonialwarenladens, und die steile Treppe, die direkt über der Rezeption nach oben führte. Das viele Holz ließ diesen Vorraum allerdings nicht dunkel, sondern eher gemütlich, anheimelnd und ein wenig altmodisch erscheinen, wie vieles in ihrem Heimatland. Aber das liebte Lilja – den angeranzten Charme eines Hauchs von besseren Zeiten in manchen Hotels. Diese Unterkünfte standen in völligem Kontrast zu den modernen, seelenlosen Hotelbauten, die überall an der Ringstraße wie Pilze aus dem Boden geschossen waren, wie sie auf ihrer Fahrt hierher hatte bedauernd feststellen müssen. Das unterstützte die bitterböse These der Kritiker, dass sich die Architektur in ihrem Land in den beiden Metropolen von der besten Seite zeigte – in Reykjavík mit seinen Vororten und in Akureyri. Ausnahmen existierten demnach nur an historisch bedeutenden Orten oder in reichen Gegenden, in denen man es sich leisten konnte, die Holzhäuser nicht gegen die Launen des Wetters mittels Wellblechverkleidungen zu schützen. Diese Einschätzung über die isländische Architektur hielt Lilja zwar für übertrieben, aber ein Körnchen Wahrheit war daran.

»Hallo!«, rief Lilja und dann noch einmal: »Hallo!« Alles blieb still. Lilja musterte prüfend die diversen Ledermappen mit den kleinen gelben Zetteln, auf denen Namen notiert waren. Wahrscheinlich sind die Schlüssel in diesen Mappen, und man soll sein Zimmer allein beziehen, dachte sie, als sie die Glocke auf dem Tresen entdeckte. Nachdem sie die Klingel betätigt hatte, schwebte wie aus dem Nichts eine Frau in einem festlichen Kleid herein und vertiefte sich mit einem knappen Gruß in die Ledermappen, ohne Lilja jedoch eines Blickes zu würdigen.

»Miss Anderson?«, fragte die Frau und hob den Kopf. Als sie Liljas irritierte Miene wahrnahm, huschte ein Lächeln über ihre Lippen. »Entschuldigen Sie bitte«, erklärte sie beflissen auf Englisch. »Ich bin eigentlich schon weg und habe gehofft, unsere Gäste verstehen, dass sie sich selbst bedienen sollen. Aber vielleicht schreibe ich noch eine kleine Notiz.« Sie stutzte. »Waren Sie schon einmal bei uns? Sie kommen mir so bekannt vor.«

Jetzt gab es für Lilja keinen Zweifel mehr, dass ihre Gebete um Anonymität ungehört verhallt waren. Die junge Frau an der Rezeption war keine Geringere als Liv, Elins beste Freundin. Sie hatte sich kaum verändert. Offenbar weniger als Lilja, denn Liv musterte sie immer noch fragend.

»Nein, ich war noch nie Ihr Gast«, erwiderte Lilja auf Englisch und hoffte, die Neugier von Elins Freundin befriedigt und damit eine Galgenfrist bis zum morgigen Tag gewonnen zu haben. Wenn Liv und Elin immer noch ein Herz und eine Seele waren, dann würden sie sich sicherlich bei der Hochzeit über den Weg laufen. Aber die eine Nacht brauchte Lilja noch, um in Ruhe …

»Lilja! Du bist mir vielleicht eine! Du wolltest wohl austesten, ob ich dich noch erkenne, oder? Ach, da wird sich Elin aber freuen! Weißt du was? Ich warte hier auf dich, und dann gehen wir gemeinsam rüber!«, rief Liv nun überschwänglich

21

auf Isländisch aus, umrundete den Tresen und riss die verdutzte Lilja in ihre Arme. »Du siehst toll aus«, wiederholte sie ein paarmal, bevor sie sich wieder an ihren Platz hinter dem Empfangstisch zurückzog.

Lilja war so überrumpelt, dass sie alles wortlos über sich ergehen ließ. Allerdings war sie zu keiner persönlichen Begrüßungsgeste in der Lage. »Ja, ich bin zur Hochzeit gekommen, aber die findet ja erst morgen statt«, stieß sie schließlich einigermaßen gefasst hervor.

Liv sah Lilja zweifelnd an. »Sag bloß, du weißt nicht, dass die beiden schon heute am Goðafoss geheiratet haben! Kristian hat doch auf einer Wikingerzeremonie bestanden. Es war so romantisch, als sie sich im Sonnenschein das Jawort gegeben haben. Und unten hörtest du das gigantische Rauschen des Wasserfalls. Dann die vier Goden in ihren Kostümen, die extra aus Reykjavík gekommen waren! Mit den Füllhörnern und dem alten Schwurring. Ein irres Spektakel.«

Schroff unterbrach Lilja Livs Schwärmerei: »Sorry, die Trauung soll morgen um zehn in der Akureyrarkirkja stattfinden.«

»Das ist doch nur die Show für eure Eltern. Du weißt doch, wie deine Mutter drauf ist. Und jetzt, wo dein Vater …« Liv stockte und wollte rasch das Thema wechseln. »Elin gehört noch der Kirche an und macht das sicher auch gern, also …«

Lilja aber hatte das Gefühl, als würde sich eine Faust in ihrem Magen drehen. »Was ist mit meinem Vater?«, hakte sie nach.

Liv wirkte nun sichtlich nervös. »Du, weißt du was? Du kommst jetzt einfach mit mir mit. Heute Abend heben wir einen nach Wikinger Art, bevor wir morgen artig in die Kirche marschieren. Oder erwartet dich Elin tatsächlich erst morgen?«

»Nein, sie weiß gar nicht, dass ich komme. Es soll eine Überraschung sein.«

Liv schien es plötzlich sehr eilig zu haben. Offenbar befürchtete sie, sich um Kopf und Kragen zu reden.

»Okay, dann gehe ich mal los und ...«

»Bitte, sag ihr nichts! Aber was hast du damit gemeint? Jetzt, wo dein Vater ...?«

»Nichts, gar nichts! Aber du verrätst bitte auch deinen Eltern nicht, dass die Hochzeit bereits stattgefunden hat«, beeilte sich Liv zu sagen. »Und ich muss jetzt wirklich gehen. Sonst trinken sie noch ohne mich.« Ihr Blick blieb an den Buchungsunterlagen hängen. »Du hast die Nummer elf. Ein Doppelzimmer. Und kommt dein toller Mann denn auch noch?«

Lilja schüttelte genervt den Kopf.

»Gut, dann bis morgen. Und ich schweige wie ein Grab.« Zur Bestätigung legte Liv den Zeigefinger auf den Mund, bevor sie eilig verschwand.

Na toll, dachte Lilja. Da konnte sie nur hoffen, dass Liv sich im Brennivín-Rausch noch an ihren Schwur erinnerte, denn etwas anderes als Saufen konnte sich hinter der angekündigten Wikingerparty kaum verbergen. Damit hatten sie schon früher umschrieben, dass sie Branntwein-Partys veranstalten wollten. Im Vergleich zu Getränken wie Wein und Sekt waren im Vínbúðin die grünen Schnapsflaschen mit den schwarzen Etiketten preislich einigermaßen erschwinglich. Ursprünglich waren die schwarzen Etiketten zur Abschreckung gedacht gewesen, mittlerweile aber zum Markenzeichen des im Volksmund Schwarzer Tod genannten hochprozentigen Getränks geworden. Mithilfe dieses Schnapses ließ es sich jedenfalls relativ preiswert feiern.

Kopfschüttelnd griff sich Lilja ihre Mappe, zog den Schlüssel hervor und stieg die steile Treppe nach oben.

Liebend gern hätte sie sich jetzt ein Glas Wein genehmigt, aber nachdem sie wusste, dass irgendwo in der Nähe die Wikingerhochzeit ihrer Schwester gefeiert wurde, verzichtete sie nicht nur auf einen Wein, sondern auch darauf, noch eine Kleinigkeit essen zu gehen. Die Gefahr, einem der feierfreudigen Wikinger in die Arme zu laufen, war viel zu groß.

Und was war das überhaupt für eine schräge Party? Wieso feierte Elin nach heidnischem Ritual und gaukelte ihren Eltern vor, christlich zu heiraten? Und was war mit ihrem Vater? Keine Frage, Liv hatte sich zwar rechtzeitig unterbrochen, aber ihr Blick hatte Bände gesprochen.

Erschöpft ließ sich Lilja auf die Überdecke des riesigen Doppelbettes fallen, das fast den gesamten Raum einnahm. Kaum hatte sie sich lang ausgestreckt, da begannen ihre Gedanken Achterbahn zu fahren. Bedford, George, Noah, Debbie, ihre Eltern, Liv und immer wieder die quälende Frage: War es wirklich richtig, ihrem Bauchgefühl gefolgt zu sein und nicht der Stimme der Vernunft, die sie nach Vancouver geführt hätte? Was, wenn das nur eine Reise in die Vergangenheit war und der ganze Besuch in einer fürchterlichen Enttäuschung für alle Beteiligten endete? Was, wenn ihr Vater ihr nicht verzeihen konnte? Was, wenn ihre Mutter Wind davon bekam, dass ihre Tochter diesen wunderbaren Mann schnöde verlassen hatte?

Doch bei allen Zweifeln, die ihr durch den Kopf geisterten, hatte es auch etwas Beruhigendes, auf diesem Bett zu liegen, weil sich selbst dieses fremde Hotelzimmer wie ein Stück Heimat anfühlte.

Lilja wachte mitten in der Nacht völlig gerädert auf. Der Mond schien hell durch die beiden großen Fenster. Einen winzigen Augenblick brauchte sie, um sich zu orientieren, doch dann wusste sie sofort, dass sie auf dem Bett im *Hrafninn* eingeschlafen war.

Stöhnend stand sie auf und blickte aus dem Fenster. Wie friedlich die Hafnarstræti dort unten vor sich hindämmerte! Auf den Dächern der Häuser lag immer noch der Schnee, ebenso am Straßenrand. Auch hier musste kürzlich noch die ganze Stadt von einem weißen Mantel bedeckt gewesen sein. Nun waren lediglich die Reste der weißen Pracht übrig. Lilja war das nur lieb. Heftigen Schneefall hatte sie in Kanada genügend erlebt. Sie wünschte sich vom Wetter her eigentlich noch einmal so einen schönen Tag wie diesen. Das wäre doch das richtige Wetter für eine Hochzeit. Sie unterbrach ihre Gedanken an das Fest. Seit sie wusste, dass ihre Schwester die ganze Chose in der Kirche nur ihren Eltern zuliebe veranstaltete, hatte sich ihre Vorfreude auf Elins Hochzeit merklich verringert. Obwohl sie die Letzte war, die Elin diese verlogene Show vorwerfen sollte, behagte es ihr überhaupt nicht, morgen nicht nur mit der Last ihres eigenen Geheimnisses in der Kirche aufzutauchen.

Als sie hörte, wie sich unten auf der Straße kichernde Frauenstimmen näherten, zog sie hastig die Vorhänge zu und schaltete das Licht aus. Nicht, dass es sich womöglich um Elins Freundinnen handelte. Mit pochendem Herzen tastete sie sich im Dunkeln zum Bett. Dort zog sie ihre Reisekleidung aus und kuschelte sich unter das warme Federbett. Schließlich griff sie sich den kleinen Wecker vom Nachttisch und stellte ihn auf sieben Uhr. Sie wollte unbedingt noch frühstücken, um nicht mit knurrendem Magen in der Kirche aufzukreuzen.

Sosehr sie sich danach sehnte, wieder einzuschlafen, war sie doch hellwach. Obwohl es gut geheizt im Zimmer war, fröstelte es sie. Der Lärm war inzwischen unter ihrem Fenster vorbeigezogen, sodass sie sich traute, das Licht noch einmal einzuschalten. Sie holte sich aus ihrem Koffer das Nachtzeug und aus dem Bad ein Glas mit frischem Wasser.

Ihr Koffer war nicht gerade klein, aber mit einem gewissen Bedauern dachte sie an die vielen schönen Dinge, die sie in Bedford zurückgelassen hatte. Natürlich hätte sie einen Container mit ihren Möbeln, Bildern und ihrem Geschirr packen lassen können, aber ihre Sorge, mit Noah dann über die Eigentumsverhältnisse eines jeden Kaffeebechers streiten zu müssen, hatte sie darauf verzichten lassen. Er hätte glatt geleugnet, dass sie in der Lage gewesen war, diese ganzen schönen Dinge aus eigener Tasche zu zahlen. Für ihn war ihr Job als Biologin am Bedford Institute of Oceanography in der Abteilung für Fischereiwesen eher ein Hobby gewesen. Dabei hatte sie nicht schlecht verdient. Und das wusste Noah genau. Nur durchkreuzte ihre Festanstellung in dem Institut den Plan von Mutter und Sohn, rund um die Uhr für Georges Betreuung zur Verfügung zu stehen. Doch weder Noahs abschätzige Bemerkungen noch die Gemeinheiten seiner Mutter, die auch nicht davor zurückgeschreckt war, ihr vorzuwerfen, sie stinke selbst schon nach Fisch, hatten sie davon abbringen können, ihrer Arbeit nachzugehen. George zuliebe hatte sie allerdings nur halbtags gearbeitet. Debbie scheute sich nämlich nicht, ihren Mann wechselnden Pflegerinnen zu überlassen.

George hatte ihr als Dankeschön für ihren Einsatz zum Abschied noch ein paar Scheine zugesteckt, die es ihr zusammen mit ihrem bisschen Ersparten ermöglichten, einige Wochen ohne Arbeit zu überleben, ganz gleich, was ihr die Zukunft bringen würde. Am Institut hatte man ihr jedenfalls hervorragende Referenzen erteilt und sie außerplanmäßig aus dem Vertrag entlassen, als sie dort mit offenen Karten gespielt und zugegeben hatte, dass sie sich von ihrem Partner getrennt hatte. Die Kollegen hatten ihr einhellig geraten, ihr Glück in Vancouver zu versuchen. Mit den Bewertungen würde sie jeden Job bekommen, hatte ihr der Chef prophezeit. Und nun stand sie ganz ohne konkrete Perspektiven da. Aber war sie vor sechs Jahren nicht auch ohne jegliche Sicherheit, in Kanada einen Job zu finden, mit Noah in das fremde Land gezogen? Und das nicht nur, um Misses Anderson zu werden, sondern auch, um dort über kurz oder lang eine Arbeit zu finden, die ihr Spaß machte. Über die Meere und deren Bewohner zu forschen, war nicht nur ein simpler Job für Lilja, sondern eine Berufung. Auch wenn ihr Vater ihre Forschungsergebnisse nie wirklich ernst genommen hatte, hatte er immerhin, ohne mit der Wimper zu zucken, ihr Studium bezahlt. In Wirklichkeit ist er stolz auf dich, hatte ihre Mutter stets behauptet. Er kann es nur nicht zeigen. Das allerdings hatte Lilja von jeher bezweifelt, war dies doch ein beliebter Trost der Mütter, indem sie den Töchtern die heimliche Anerkennung der Väter versicherten.

Lilja war so wach, dass sie Schwierigkeiten hatte, die Augen geschlossen zu halten, nachdem sie sich wieder ins Bett gelegt hatte. Wie im Hamsterrad drehten sich die Gedanken in ihrem Kopf. Das Schlimme war, dass ihr plötzlich alles, was nun vor ihr lag, wie ein unüberwindlicher Berg erschien. Wäre es nicht einfacher gewesen, in Kanada zu bleiben und der Familie von ferne die glücklich verheiratete Tochter vorzuspielen?

Nein, sagte sich Lilja schließlich energisch, als bereits der Morgen graute. Dann wäre sie ihres Lebens nicht mehr froh geworden, denn bei all dem Chaos fühlte es sich verdammt gut an, wieder in Akureyri zu sein. Es wird schon für alles eine Lösung geben, war ihr letzter Gedanke, bevor ihr endlich die Augen zufielen.

4

Das schilfgrüne Haus

Obwohl Lilja wenig geschlafen hatte, war sie sofort hellwach, als der Wecker sie aus dem Tiefschlaf riss. Sie wunderte sich selbst, dass sie sich frisch fühlte und überdies erstaunlich gute Laune hatte. Wahrscheinlich überlagerte die Vorfreude, ihre Familie wiederzusehen, alle potenziellen Probleme. Sie duschte ausgiebig und zog das kurze Etuikleid an, das sie sich am Flughafen in Halifax extra für die Hochzeit gekauft hatte. Sie war eigentlich nur in den Laden gegangen, um für ihre Schwester ein buntes Tuch aus dem Schaufenster zu erstehen. Auch wenn das sicher kein passendes Hochzeitsgeschenk war, es war besser, als mit leeren Händen zu kommen. Und dann hatte sie dieses Kleid gesehen und es so lange angestarrt, bis die Verkäuferin sie ermutigt hatte, es doch wenigstens einmal anzuprobieren.

Als sie sich nun damit vor dem Spiegel drehte, war sie mit ihrem Spontankauf mehr als zufrieden. Sie liebte klassische Kleidungsstücke, die allerdings nicht bieder wirken durften. Das Besondere an diesem Kleid war die Farbe, ein dunkles Rot. Normalerweise hätte man dazu die passenden Pumps getragen, aber Lilja mochte kleine Brüche und zog ihre knielangen Stiefel an. Ihr dickes dunkles Haar steckte sie hoch. Mit silbernen Kreolen und einem zum Kleid passenden Lippenstift rundete sie das Outfit ab.

Dann schlüpfte sie in ihren Winterparka mit der Kapuze,

die ein Kunstfell zierte. Das war gar nicht so einfach gewesen, sich nicht aus Versehen an einem echten Pelzkragen zu vergreifen. Der geringe Preis war nämlich kein Faktor mehr, woran man Webpelz von einem Marderhund früher einmal unterscheiden konnte. Im Gegenteil, Echtfell wurde oft zum Dumpingpreis angeboten. Lilja war deshalb auf Nummer sicher gegangen und hatte ihren Parka von einer Firma gekauft, die sich dazu bekannte, aus Prinzip keine Echtfelle anzubieten.

Lilja hoffte, dass die Rezeption unbesetzt war. Eine erneute Begegnung mit Liv hätte sie gern vermieden, jedenfalls bevor sie endlich ihre Familie wiedergesehen hatte. Doch kaum hatte sie die letzte Treppenstufe genommen, kam Elins Freundin schon herbeigeeilt. Sie wirkte reichlich verkatert und winkte Lilja nur müde zu.

»Warte, ich komme auch gleich! Dann können wir gemeinsam gehen. Ich muss nur noch meinen Freund wecken«, schlug sie vor.

Lilja blieb abrupt stehen und überlegte fieberhaft, wie sie Liv schonend beibringen konnte, dass sie auf dem Weg noch beim Bäcker frühstücken und sich lieber allein auf das Wiedersehen mit ihrer Familie vorbereiten wollte. Doch Liv schien das schon ihrer Miene zu entnehmen.

»Sorry, ich kann mir gut vorstellen, dass du lieber ungestört sein möchtest. Ich glaube, Elin wird ausrasten vor Freude. Sie hat gestern mehrfach gesagt, dass du ihr an diesem Tag sehr fehlst.«

»Danke für dein Verständnis. Ich möchte jetzt wirklich lieber allein sein. Ich habe meine Familie über sechs Jahre nicht gesehen, aber du könntest mir einen Gefallen tun. Weißt du, ob Sigurd kommt?« Liljas Herz klopfte ihr bis zum Hals, weil sie eine negative Antwort befürchtete.

Liv aber zuckte bedauernd mit den Schultern. »Sie hat euren Bruder nicht erwähnt. Aber soviel ich weiß, ist er die meiste Zeit auf See, denn er arbeitet wohl für eine dieser gro-ßen Trawlerfirmen. Ich glaube, das hat Elin mir erzählt. Dabei hätten wir Mädels ihn gern auf der Hochzeit getroffen. Er war doch unser aller heimlicher Schwarm.«

»Okay, ich werde es ja sehen«, seufzte Lilja und machte sich keine allzu großen Hoffnungen, Sigurd zu begegnen. Sonst hätte Elin ihren Freundinnen mit Sicherheit davon berichtet, denn nicht nur Elins Freundinnen, sondern auch ihre eigenen hatten stets insgeheim oder auch ganz offen für Sigurd geschwärmt. Dabei war ihr Bruder alles andere als ein klassischer Frauentyp. Eher wie ein großer Junge mit sanften, etwas melancholischen Augen, der es aber verstand, jedem Mädchen in intensiven Gesprächen das Gefühl zu geben, als Person wirklich gemeint zu sein. Eigentlich war er für einen Fischer viel zu weich, aber keiner hatte je daran gezweifelt, dass er das Familienunternehmen weiterführen würde. Bei seinen Kumpels, die alle härter drauf waren als er, hatte er sich den Spitznamen *der Frauenversteher* eingehandelt. Nur hatte er nie eine feste Freundin gehabt, jedenfalls keine, die er zu Hause vorgestellt hätte. Ach, es wäre zu schön, Sigurd zu treffen!, dachte Lilja, glaubte aber nicht daran, dass er zur Hochzeit ihrer kleinen Schwester kommen würde. Komisch, dass Elin nun die Erste der drei Geschwister war, die heiratete. Bei dem Verschleiß ihrer Schwester an jungen Männern wäre Lilja jede Wette eingegangen, dass sich Elin, wenn überhaupt, sehr spät binden würde.

Als Lilja auf die noch menschenleere Straße trat, wurde ihr klar, dass sie viel zu früh unterwegs war. Es waren noch gute zwei Stunden bis zur Trauung. Sie hoffte, dass wenigstens der Bäcker schon geöffnet hatte. Und dass sie auf der Straße keinen bekannten Gesichtern aus früheren Zeiten begegnete. Nur über eins hätte sie sich gefreut, sinnierte sie, während sie ein wunderschönes schilfgrünes Haus passierte, in dem die Eltern ihrer einst besten Freundin Fanney ein Café betrieben hatten. Dort befand sich nun ein Restaurant. Ja, Fanney würde sie liebend gern wiedersehen. Sie war die Einzige, die sie damals bei ihrem Liebeskummer halbwegs hatte trösten können. Fanney hatte sich die abenteuerlichsten Ablenkungen für sie ausgedacht. Sie war der Meinung, ihre Freundin müsse unbedingt unter Leute und etwas unternehmen, statt sich in ihrem Zimmer zu verschanzen und sich von ihrer Mutter anzuhören, wie froh ihre Tochter sein könne, diesen Kerl los zu sein. Sogar zum Heliskiing hatte sie Lilja einmal überreden können. Sie lief zwar von Kindesbeinen an Ski, aber der Vorstellung, mit einem Hubschrauber auf die entlegensten Gipfel transportiert zu werden, um in völlig unberührter Natur die Pisten hinunterzufegen, konnte sie nicht viel abgewinnen. Und doch hatte sich das magische Bild in ihre Seele gebrannt, wie sie sich in jener Mainacht vom Gipfel kommend auf die Grönlandsee zubewegt hatten. Direkt auf die Sonne zu, die wie ein Feuerball am Horizont gestanden und den Schnee in ein leuchtendes orangefarbenes Licht getaucht hatte. Das war auch so ein Phänomen, das sie mit ihrer Heimat verband. So dunkel die langen Winternächte hier einhundert Kilometer südlich des Polarkreises auch manchmal sein konnten, so hell waren die Sommernächte. In der Zeit um Mittsommer ging die Sonne gar nicht mehr unter. Aber das war nicht alles gewesen, was sich Fanney für sie ausgedacht hatte. Sogar auf einen abgelegenen Reiterhof hatte sie ihre Freundin entführt. Es war ein wunderschönes Wochenende geworden, besonders für Fanney, die sich Hals über Kopf in den Sohn des Besitzers verliebt hatte. Lilja schloss für einen winzigen Moment die Augen und wünschte sich die Freundin intensiv herbei.

Ihr Verhältnis zu Fanney war ein besonders inniges gewesen. Bis kurz nach dem Abitur. Da war ihre Freundin zu Liljas großem Bedauern direkt aus dem Klassenzimmer auf jenen Pferdehof zu dem jungen Mann in die Einsamkeit gezogen, weil sie schwanger war. Dort hatte sie zusammen mit seinen

Eltern in wilder Ehe gelebt. Das hatte weder das junge Paar noch seine Eltern gestört, denn es war in Island gar kein Problem, ohne Trauschein eine Familie zu gründen. Doch ihren streng katholischen Eltern zuliebe hatte sie Jón geheiratet. Das war Liljas Erinnerung nach das letzte Mal, dass sie sich gesehen hatten. Auf der Hochzeitsfeier, die zu dem Tristesten gehörte, was Lilja je erlebt hatte. Nach der Kirche waren sie in das schmucklose Café ihrer Eltern gegangen und hatten dort trockenen Kuchen und viel zu dünnen Kaffee getrunken. Aber besonders schrecklich hatte Lilja Fanneys frischgebackene Schwiegermutter in Erinnerung. Sie hatte die ganze Zeit an Fanney herumkritisiert: Das Hochzeitskleid sei viel zu eng, ihre Eltern seien eine Zumutung (womit sie nicht ganz unrecht hatte), und Fanney solle sich das Haar endlich kürzer schneiden lassen. Und das am angeblich schönsten Tag im Leben einer Frau. Lilja hatte sich an jenem Tag geschworen, niemals zu heiraten. Daran hatte sie sich zwar gehalten, aber trotzdem eine entsetzliche Schwiegermutter bekommen, wenn auch ohne Trauschein.

Leider hatten Fanney und sie nach der Hochzeit den Kontakt verloren. Das Letzte, was sie von ihrer Freundin gehört hatte, war die Tatsache, dass es viel Arbeit auf dem Hof gab und sie keine Zeit hatte, zu Liljas Geburtstag zu kommen. Und dass sie ein eigenes Pferd bekommen hatte. Lilja erinnerte sich noch gut daran, wie eingeschnappt sie damals gewesen war, weil Fanney überhaupt keine Anstalten machte, sie wiederzusehen. Sie hatte dann recht schroff auf die Absage geantwortet, und wenig später hatte sie mit dem Studium begonnen, neue Leute kennengelernt und etwas mit Thorwald angefangen. Und den hatte Fanney damals nicht besonders gemocht. Weshalb Lilja ihr auch nicht einmal geschrieben hatte, dass sich etwas zwischen Thorwald und ihr angebahnt hatte. Lilja hatte manchmal auch in der Ferne an die Freundin gedacht und überlegt, ob sie nicht den ersten Schritt machen

sollte, aber es war dann immer etwas anderes dazwischenge-
kommen.

Ach, wie gern würde sie Fanney einmal wiedersehen!
Sie waren wirklich unzertrennliche Freundinnen gewesen,
was ihnen in der Klasse die Spitznamen *Nonni und Manni* eingebracht hatte. Diese Namen entstammten den Romanen des in
Island bekannten Autors Jón Stefán Sveinsson, der in Akureyri
aufgewachsen und dem in der Stadt sogar ein eigenes Mu-
seum gewidmet war. Zwölf Bücher hatte er mit seinen Pro-
tagonisten, den unzertrennlichen Brüdern, verfasst. Insofern
war es fast eine Ehre für die beiden Freundinnen gewesen,
von ihren Mitschülern so genannt zu werden.

Vielleicht konnte sie wenigstens Fanneys Eltern ausfindig
machen, um Kontakt zu ihrer alten Freundin aufzunehmen
und sie in der Einöde zu besuchen, falls sie tatsächlich in Island bleiben sollte. Das schilfgrüne Haus hatte jedenfalls eine
heftige Sehnsucht nach Fanney entfacht.

Die Bäckerei hatte bereits geöffnet. Zögernd betrat Lilja das
Geschäft, doch sie hatte Glück. Keine alten Bekannten weit
und breit! Auch die junge Verkäuferin war ihr völlig unbekannt, und so konnte sie sich in Ruhe ein Frühstück zusam-
menstellen. Sie entschied sich für Kaffee, ein Brötchen mit
Käse und einen Donut. Als sie bezahlte, merkte sie erst, wie
hungrig sie war. Und noch etwas anderes fiel ihr wieder ein,
was sie mit den Jahren verdrängt hatte – das hohe Preisniveau
in ihrer Heimat. Kanada war zwar auch nicht gerade ein
Billigland, aber Lilja schluckte, als sie der Verkäuferin ihren
Zweitausendkronenschein in die Hand drückte und nur ein
paar kleine Münzen zurückbekam. Dafür schmeckte alles hervorragend. Außerdem gab es eine örtliche Tageszeitung, die
Lilja neugierig überflog. Sie staunte nicht schlecht, als ihr auf
einem Foto Elin entgegenlächelte. Als Ensemblemitglied der
Akureyri Theater Company und Schauspiellehrerin an der an-

geschlossenen Akademie war ihre bevorstehende Heirat mit dem Regisseur Kristian Baldurson offenbar von öffentlichem Interesse. Sogar der Zeitpunkt der kirchlichen Trauung wurde ausdrücklich erwähnt. Auf einem zweiten Foto standen Braut und Bräutigam unter einer roten Herzampel und blickten einander verliebt an. Ein schönes Paar, dachte Lilja, doch als sie sich Kristian näher betrachtete, stutzte sie. Das war unverwechselbar Björns Cousin! Ein merkwürdiger Zufall, dass Elin jetzt den Cousin ihrer ersten Liebe heiratete, fand sie und nahm sich fest vor, ihn auf keinen Fall nach Björn zu fragen. Im Gegenteil, sie würde so tun, als könne sie sich gar nicht mehr an die alte Geschichte erinnern. Das durfte nur nicht zu übertrieben wirken. *Björn, welcher Björn?*, sollte sie vielleicht nicht gerade ausrufen, wenn Kristian von sich aus auf das Thema kommen würde.

Und sofort waren Lilja einige Details ihrer alten Liebe präsenter, als ihr lieb war. Wie sie mit dem Boot seines Onkels für ein ganzes Wochenende zur Insel Grímsey gefahren waren. Und wie auf der nächtlichen Hinfahrt plötzlich das Meer geleuchtet hatte. Tausend grüne und blaue Sternchen hatten auf dem Meer getanzt. Lilja hatte Björn ausführlich erklären wollen, wie das Phänomen der Biolumineszenz zustande kam. »Du musst wissen, es ist nicht das Meer, das leuchtet, sondern die im Wasser befindlichen Algen senden durch die Berührung Lichtsigna…« In dem Moment hatte er ihr den Mund mit einem Kuss verschlossen und danach geflüstert: »Für mich ist das ein Zeichen, dass ich dich überall berühren möchte.«

Da hatte es bei Lilja dann doppelt geleuchtet – draußen auf dem Meer und drinnen in ihrem Herzen. Sie erinnerte sich noch, als wäre es gestern gewesen. Dabei hatte sie jahrelang nicht mehr daran gedacht.

Auch nicht, wie sie sich dann im Zelt am einsamen Strand auf der Insel, durch die der Polarkreis lief, geliebt hatten. Kein

Auge zugetan hatten sie, weil in dieser Nacht nicht eine Stunde lang Dunkelheit geherrscht hatte. So hatten sie die Mitsommernacht in enger Umarmung – eingekuschelt in ihre Winterjacken, denn das Thermometer war nicht höher als zehn Grad Celsius gestiegen – vor ihrem Zelt verbracht. Stundenlang hatten sie zugesehen, welch reiche Beute die Papageientaucher machten. Es war faszinierend, wie sie selbst mit großen Fischen quer im Maul aus dem Meer aufgetaucht und zu ihren Basaltfelsen zurückgeflogen waren. Es war die romantischste Nacht ihres Lebens gewesen. Zwischendurch hatten sie sich immer wieder im Schutz des kleinen Zelts geliebt und den köstlichen Skúffukaka genossen, einen Schokoladenkuchen mit viel Lakritze, den Björn seiner Mutter stibitzt hatte. Allerdings erinnerte sie sich auch noch gut an das böse Erwachen am nächsten Tag, als sie nach Hause zurückgekehrt war, denn ihre Mutter hatte dummerweise herausbekommen, dass Lilja die Nacht nicht bei einer Schulfreundin verbracht hatte. Das Donnerwetter hatte sie allerdings als Preis für die magische Mittsommernacht mit Björn stoisch über sich ergehen lassen.

Das Erlebnis war in diesem Moment so präsent, dass sie immer noch den sommerlichen Geruch des Eismeeres in der Nase hatte und meinte, die Flügelschläge der Papageientaucher in der zauberhaften Stille der Polarinsel zu hören. Und auch das Meeresleuchten tauchte vor ihrem inneren Auge auf.

Wie gut, dass sie nun gewarnt war, seinem Cousin zu begegnen. Sonst hörte sie bei der Begegnung mit ihm plötzlich wie aus dem Nichts noch Flügelschläge und sah imaginäres Meeresleuchten. Nein, das würde ihr garantiert nicht passieren! Das waren doch nichts als unbedeutende Erinnerungsfetzen an eine längst vergangene Liebe! Fakt war nur, dass Björns Cousin Kristian ab heute – oder eigentlich schon seit gestern – zur Familie gehörte. Vielleicht genügte es, ihm gegenüber die glückliche Ehefrau zu spielen, damit er gar nicht auf den Gedanken kam, sie auf die uralte Sache mit Björn anzusprechen.

Lilja legte die Zeitung beiseite und straffte die Schultern. Ein Blick auf die Uhr zeigte ihr, dass es immer noch zu früh war, zur Kirche zu gehen. Vor allem wollte sie ungern die Erste sein. Im Gegenteil. Eigentlich hatte sie geplant, sich in der Kirche lieber im Hintergrund zu halten und dann nach der Trauung aus der Deckung zu kommen. Die anschließende Feier fand im Restaurant des Hof-Kulturzentrums statt. Sofern sie es geschickt anstellte, würde sie ihre Familie erst dort begrüßen. Wenn sie sich in die hintere Bank setzte, konnte sie verschwinden, bevor das Brautpaar die Kirche verließ. Und dann müsste sie es eigentlich schaffen, vor ihnen dort zu sein, denn von der Kirche zum Hof waren es nicht mehr als fünf Minuten Fußweg.

5

Wenn Wünsche wahr werden

Gedankenverloren verließ Lilja die Bäckerei und achtete für einen Augenblick nicht auf die Passanten, die jetzt vermehrt unterwegs waren.

Sie schreckte hoch, als eine Frauenstimme erstaunt ausrief: »Das gibt es doch nicht! Nonni, du?«

Lilja blickte nun in jenes Gesicht, das sie kurz zuvor herbeigesehnt hatte. Fanney hatte sich kaum verändert. Gut, sie war auch ein unverwechselbarer Typ mit ihren Huskyaugen. Die Iris hellblau und die Pupillen tiefschwarz. Dazu weizenblondes Haar. Und dann dieses Lächeln.

»Ich habe gerade an dich gedacht«, stieß Lilja ungläubig aus. Sie konnte es kaum fassen, dass Fanney nun leibhaftig vor ihr stand.

»Du weißt doch, dass die Elfen unsere Wünsche erfüllen, wenn wir nur fest daran glauben«, lachte Fanney. Um ihre Augen strahlte nun eine Sonne aus winzigen Falten. Die waren neu, aber das machte sie nur noch schöner, wie Lilja fand. Natürlich erinnerte sie sich daran, wie sie als Kinder ihre Wünsche den Elfen zugeflüstert hatten, die ihrer Meinung nach etwas außerhalb der Stadt am Fuß des Súlur wohnten. Dort hatten die beiden Mädchen sogar ein kleines Elfenhaus gebaut, vor das sie bei jedem Besuch Süßigkeiten legten.

»Lass dich umarmen!«, rief Lilja immer noch staunend. Die einstigen besten Freundinnen fielen einander stürmisch um den Hals, bevor Fanney Lilja zu einer der zahlreichen Bänke zog.

»Was machst du hier in Akureyri?«, fragte Fanney, nachdem sie sich hingesetzt hatten, doch dann fasste sie sich an den Kopf. »Natürlich, die Hochzeit deiner Schwester! Dass ich nicht gleich darauf gekommen bin. Ich war untröstlich, als ich erfahren musste, dass du nach Kanada ausgewandert bist. Und, wo ist dieser Supermann, von dem deine Mutter jedes Mal über alle Maßen schwärmt, wenn ich sie treffe?«

Das ist typisch für meine Mutter, dachte Lilja genervt, dass sie mit ihrem vermeintlichen Schwiegersohn angibt, statt mir zu schreiben, dass sie Fanney getroffen hat. Sie wusste doch, wie nahe sich die beiden früher gestanden hatten. Um nicht in Verlegenheit zu geraten, stellte Lilja rasch die Gegenfrage:

»Und du? Was machst du in der Stadt?«

»Lange Geschichte. Ich hoffe, du bleibst ein paar Tage. Damit wir uns ausführlich austauschen können. Ich bin geschieden und lebe hier, seit meine Eltern kurz nacheinander gestorben sind.«

»Herzliches Beileid.«

Fanney kaute verlegen auf ihrer Unterlippe herum. »Sagen wir mal so … Es war natürlich traurig, aber wir hatten nie ein wirklich gutes Verhältnis. Jedenfalls habe ich das Café übernommen und ein Restaurant daraus gemacht. Du musst unbedingt im Fjörður vorbeikommen.«

»Versprochen, ich bleibe auch ein wenig länger.« Lilja hatte das Bedürfnis, Fanney ohne Umschweife und auf der Stelle die ganze Wahrheit zu erzählen, denn die alte Vertrautheit war seit der ersten Sekunde ihrer Begegnung wieder da gewesen. Zwischen Tür und Angel wollte sie aber nicht damit beginnen. Und vor allem nicht, bevor sie ihre Familie begrüßt hatte.

»Also, übermorgen Abend ist im Fjörður Ruhetag. Das habe

ich noch von meinen frommen Eltern übernommen. Sonntags wird nicht gearbeitet«, erklärte Fanney breit grinsend. »Komm doch einfach im Restaurant vorbei! Dann koche ich uns was Schönes, und ich habe gute Weine im Angebot.«

»Aber hast du nicht ein Kind?«

Fanneys Blick verdüsterte sich. »Eine Tochter, aber Smilla lebt im Internat in der Nähe unserer Farm. Also, nicht fußläufig, sondern mit dem Wagen in zwei Stunden zu erreichen. Jón holt sie jedes Wochenende ab, damit sie zu ihren Pferden kann.«

Lilja fragte nicht weiter. Vor allem nicht, ob die Tochter denn gar keinen Impuls hatte, Zeit mit ihrer Mutter zu verbringen. Aber warum sollte in Fanneys Leben auch alles glatt laufen? Offenbar hatte sie ebenfalls ein paar heftige Baustellen.

Lilja nahm die Hand ihrer Freundin und drückte sie sanft. »Ich glaube, wir haben uns viel zu erzählen«, murmelte sie.

»Das glaube ich auch, denn dass dich etwas bedrückt, das habe ich sofort erkannt.«

»O nein! Ich fand heute Morgen, dass ich blendend aussehe«, lachte Lilja verlegen.

»Du bist wahnsinnig hübsch. Keine Frage. Ich hatte ganz vergessen, was du für schöne braune Augen hast und auch so tolles Haar«, schwärmte Fanney. »Aber in deinen Augen schimmert etwas Trauriges durch.«

»Oje, das ist gar nicht in meinem Sinn! Ich möchte meiner Familie eine glückliche Strahlegattin präsentieren.«

»Keine Sorge, das schaffst du. Deine Mutter sieht solche Nuancen nicht.«

»Du kennst sie noch ganz gut, oder? Sie will das nicht sehen. Meine Mutter möchte sich in ihrer heilen Welt einrichten.«

»Das ist natürlich nicht mehr so einfach mit deinem Vater.«

»Was ist mit ihm? Elins Freundin Liv hat im Hotel schon

so eine komische Andeutung gemacht. Aber sie hat sich dann rausgewunden. Nun sag du mir bitte, was los ist!«

»Und du versprichst mir, dass du die Botin der schlechten Nachricht nicht erschlägst?«

»Ich schwöre es!« Obwohl Lilja die innere Angespanntheit in jeder Pore fühlte, war sie froh, dass Fanney ihr endlich verriet, was mit ihrem Vater los war, ganz gleich, wie schlimm es auch immer sein würde. Daran, dass es eine schlechte Nachricht war, zweifelte Lilja nicht.

»Dein Vater hatte vor ein paar Monaten einen Unfall auf seinem ollen Walfänger.«

Lilja sah die Freundin fassungslos an. »Um Gottes willen, ich denke, er hat das Jagen längst aufgegeben!« Nach dem Streit mit ihrem Bruder hatte ihr Vater den Walfang, der ohnehin nur noch schleppend gelaufen war, gänzlich eingestellt. Ganz sicher nicht aus Überzeugung, sondern weil es sich nicht mehr lohnte. Besonders nicht auf dem inländischen Markt, zumal es sich um Fake-Nachrichten für Touristen handelte, dass Walfleisch ein traditionell isländisches Nahrungsmittel sei. Im Gegenteil – der Großteil der Isländer mochte kein Walfleisch, aber man bot es in Restaurants Touristen als einheimische Spezialität an. Lilja selbst hatte dagegen eine erfolgreiche Kampagne inszeniert, als sie noch in Akureyri an der Uni gearbeitet hatte und etliche Lokale davon hatte überzeugen können, das Walfleisch von der Karte zu nehmen. Selbst in Kanada hatte sie noch aktiv gegen den Export gekämpft, als vor ein paar Jahren zwölf Container aus ihrer Heimat mit Fleisch der gefährdeten Finnwale im Hafen von Halifax eingetroffen waren. Doch sie hatten nichts dagegen ausrichten können, dass man das Walfleisch dann mit dem Zug durch ganz Kanada nach Vancouver und von dort nach Japan transportiert hatte. Aber ihres Wissens gab es nur noch eine einzige Firma im Hvalfjörður, die überhaupt Finnwale jagte. Diese hatte in den zwei vergangenen Jahren sogar freiwillig darauf verzichtet, obwohl die Quote den Abschuss von einhundertfünfzig Tieren genehmigte. Darüber, dass der Firmenchef, den man den Waljäger nannte, das nicht aus reiner Tierliebe tat, machte sie sich keine Illusionen. Das Sterben der Finnwale durch die Harpunen, die in ihren massigen Körpern explodierten, war nämlich quälend und grausam. Der Grund für den Verzicht waren wohl eher die strengen Einfuhrbedingungen von Walfleisch nach Japan.

Mit schlechtem Gewissen schreckte Lilja aus ihren Gedanken auf. Was war sie für eine Tochter, die erst an die armen Wale dachte, statt sich zu erkundigen, was mit ihrem Vater passiert war? Wobei sie insgeheim ahnte, warum sie nicht weiter nachfragte. Sie hatte Angst, dass sie den alten Haudegen nicht wiedererkennen würde. Ihren starken Vater, der nie ernsthaft krank gewesen war und den es jeden einzelnen Tag bei Wind und Wetter aufs Meer hinausgetrieben hatte.

»Nun sag schon … was ist mit ihm?«, fragte sie schließlich gedehnt.

»Angeblich hat er noch Glück gehabt. Ein Trümmerbruch im Bein und ein Wirbelbruch.«

Lilja musste an George denken. »Er sitzt aber nicht im Rollstuhl, oder?«

»Nein, an einer Lähmung ist er wohl haarscharf vorbeigekommen, aber man musste anfangs mit dem Schlimmsten rechnen.« Jetzt war es Fanney, die die Hand der Freundin ergriff und sie tröstend streichelte.

»Puh! Das ist ein Schock!«, stöhnte Lilja.

»Es tut mir so leid, dass ich dir die Nachricht überbringen muss«, erklärte Fanney entschuldigend.

»Aber nein! Das ist sehr gut. Stell dir vor, ich wüsste von nichts und würde ihm völlig ahnungslos begegnen.«

»Nun, du erkennst auf den ersten Blick, dass etwas mit ihm nicht in Ordnung ist. Er ist nämlich auf Krücken angewiesen. Jedenfalls hat mir das neulich deine Schwester erzählt, als sie mit ihrem Zukünftigen bei mir essen war. Ein echt schönes Paar.«

»Ja, ich habe sie eben beim Bäcker in der Zeitung gesehen. Und du bist nicht auf der Hochzeit?«

»Ich habe ja mit Elin weiter nichts zu tun. Außer dass die Theatertruppe gern nach den Vorstellungen bei mir noch was isst – und vor allem trinkt. Und bei der Gelegenheit plaudern wir meist ein wenig. Mehr nicht.«

»Wie blöd, dass du und ich den Kontakt verloren hatten!«, bemerkte Lilja mit Nachdruck. »Ich war damals so beleidigt, als du nicht zu meinem Fest gekommen bist.«

Fanney machte eine abwehrende Handbewegung. »Schatz, das lag nicht an dir. Ich hatte mich völlig aus der Welt zurückgezogen, weil ich da draußen kreuzunglücklich war. Jón hat sich schnell als cholerischer Besserwisser entpuppt, und seine Mutter hat in mir doch nur eine billige Arbeitskraft gesehen.«

Lilja musste wider Willen schmunzeln. »Ich lache dich nicht aus, aber ich verstehe nur zu gut, wovon du sprichst. Wir hätten uns doch eher austauschen sollen und haben mehr gemeinsam, als du denkst ... Ich meine damit, was wir inzwischen erlebt haben.«

»Heißt das, der kanadische Traummann, um mit den Worten deiner Mutter zu sprechen, ist Vergangenheit?«

Lilja warf einen flüchtigen Blick auf ihre Uhr. Jetzt musste sie sich aber sputen, und das war ihr ganz recht. Mitten auf der Hafnistræti wollte sie ihre Lebensbeichte nun wirklich nicht ablegen.

»Übermorgen mehr! Ich muss jetzt wirklich los, wenn ich nicht zu spät kommen will. Aber warum hat meine Mutter mir das bloß nicht geschrieben? Ich wäre doch sofort nach Hause gekommen.«

»Wahrscheinlich wollte sie dich nicht unnötig beunruhigen«, versuchte Fanney halbherzig eine Erklärung zu finden für ein Versäumnis, für das es eigentlich keine Entschuldigung gab. Genauso hatte sich nämlich ihr Vater verhalten, als die Mutter so schwer erkrankt war. Erst als der Tod schon um das schilfgrüne Haus schlich, da hatte er seiner Tochter die Wahrheit gesagt. Fanney war gerade noch rechtzeitig nach Akureyri gekommen, um die letzten Atemzüge ihrer Mutter zu erleben.

Die beiden Freundinnen umarmten sich zum Abschied herzlich. Fanney setzte ihren Weg nachdenklich fort. Nicht nur ihre Freundin hatte sich heute gewünscht, dass sie einander begegnen würden. Sie selbst hatte heute Morgen ganz Ähnliches gedacht, als sie das Foto von Elin in der Zeitung gesehen hatte. Aber dass Lilja wirklich zur Hochzeit kommen würde, das hatte sie nicht zu hoffen gewagt, denn wie hatte Elin ihr neulich im Restaurant seufzend gestanden? Meine Schwester kommt leider nicht. Und sie hat nicht mal abgesagt. Weißt du, ich glaube, sie hat uns einfach vergessen, weil ihr neues Leben wahrscheinlich irre aufregend ist. Vielleicht begleitet sie Noah um die ganze Welt. Aber das würde Fanney vorerst für sich behalten. Ihr Gefühl war bei ihrer Begegnung jedenfalls ein ganz anderes gewesen: Lilja war nicht nur für eine Stippvisite in Akureyri.

6

Noch ein unverhofftes Wiedersehen

Als Lilja die Kreuzung erreichte, an der die Treppe zur Kirche emporführte, blieb sie abrupt stehen. Die Treppe war so hoch, dass sie keine Einzelheiten erkennen konnte. Nur dass sich viele Menschen vor dem Eingang drängten. Aller Wahrscheinlichkeit nach hatten die Brautleute ihre Freunde dazu eingeladen, mit ihnen doppelt zu feiern. Lilja wollte vermeiden, in den Pulk der Gäste zu geraten und die gesamte Aufmerksamkeit auf sich zu ziehen.

Also ließ sie sich auf eine Bank fallen, von der aus sie einen guten Ausblick auf die Treppe genoss. Offenbar war ganz Akureyri auf den Beinen, jedenfalls waren immer noch festlich gekleidete Menschen auf dem Weg nach oben.

Nun blieb ihr Blick an einem Mann hängen, der sich mühsam mit einer Hand am Geländer hochzog und an der anderen Seite von einer eleganten Dame gestützt wurde. Ari und Katla, ihre Eltern! Ihr Herzschlag drohte auszusetzen bei diesem Bild des Jammers. Ihr Vater hatte immer einen extrem aufrechten, stolzen Gang gepflegt. Und nun kroch er gebeugt wie ein alter Mann die Stufen hoch. Und was war mit seinem dunklen Haar passiert? Es war eisgrau geworden. Sie hatte beinahe das Gefühl, zwanzig Jahre fort gewesen zu sein. Ihr wollte schier das Herz brechen. Ganz kurz verspürte sie den Impuls zu flüchten, aber dann erhob sie sich entschieden. Jetzt oder nie, dachte sie und warf ihre taktischen Erwägungen über Bord, wann wohl der beste Zeitpunkt wäre, um sich zu zeigen. Die jungen Leute waren inzwischen alle in der Kirche verschwunden. Nur ihre Eltern hatten nicht einmal die Hälfte der Treppe geschafft. Warum waren sie bloß nicht mit dem Wagen direkt nach oben gefahren und hatten den Parkplatz an der Kirche genommen?, fragte sich Lilja, während sie ihren Eltern hinterherschlich. Im selben Augenblick erkannte sie den Grund. Ari hatte stets davon geschwärmt, seine Töchter über die Treppe in die Kirche zu führen, wenn sie einmal heirateten. Nun konnte er seine Tochter zwar nicht in die Kirche führen, aber er wollte wohl beweisen, dass er die Treppe noch schaffte.

Liljas Herz klopfte zum Zerspringen, als sie dabei war, ihre Eltern einzuholen. Sie war nun dicht hinter ihnen und hörte ihren Vater knurren: »Wenn wir oben sind, dann gehe ich allein mit den Krücken. Hörst du? Ich bin doch kein Invalide!«

»Natürlich gebe ich dir deine Krücken, sobald wir oben sind«, versicherte ihm Liljas Mutter. Auch aus ihrem dichten dunklen Haar, das Lilja von ihrer Mutter geerbt hatte, stachen graue Strähnen hervor, von denen es vor sechs Jahren noch nicht die geringste Spur gegeben hatte.

Lilja atmete einmal tief durch, doch bevor sie sich bemerkbar machen konnte, drehte sich ihre Mutter aus unerklärlichem Grund um und starrte Lilja wie eine Außerirdische an, bis sie die Sprache wiederfand. »Lilja, das ist aber eine Überraschung! Mein Kind, mein Kind, du siehst bezaubernd aus! Die Ehe tut dir gut«, flötete sie, als würde der Mann an ihrem Arm gar nicht existieren.

Lilja gab ihrer Mutter einen Kuss auf die Wange, bevor sie sich dem Vater zuwandte, der sich immer noch nicht umgedreht hatte, obwohl er mit Sicherheit begriffen hatte, dass Lilja hinter ihm stand. Sie stellte sich nun so vor ihn, dass er gar nicht anders konnte, als sie zu begrüßen.

»Was für ein seltener Besuch!«, donnerte er, ohne die

Miene zu verziehen. Wenigstens seine Stimme hatte noch dieselbe Kraft wie früher, ging es ihr durch den Kopf.

Lilja aber umarmte ihn und konnte nur mit Mühe die
Tränen zurückhalten. Sie fühlte nichts als Knochen. Aus ihrem
einst robusten Vater war ein gebeugter alter Mann geworden. Aber er blieb steif wie ein Brett. Von wegen, er hat mir
verziehen, dachte sie.

»Wir müssen uns beeilen. Sonst sind wir nach der Braut
in der Kirche«, brummte der Vater, nachdem Lilja ihn wieder
losgelassen und einen Schritt zurückgetreten war. In das Mitgefühl mischte sich eine Portion Zorn. Wie konnte man nur
so stur sein wie ihr Vater? Nach allem, was geschehen war,
wäre es doch wohl nicht zu viel verlangt, dass er wenigstens
eine Spur von Wiedersehensfreude zeigte, aber das Gegenteil
war der Fall. »Bring mich endlich nach oben!«, raunzte er
seine Frau an. Katla warf ihrer Tochter einen hilflosen Blick zu,
doch dann rang sie sich zu einem Lächeln durch. »Ach, es ist
so schön, dich zu sehen! Sucht Noah noch einen Parkplatz?«

Offenbar zog ihre Mutter nicht einmal in Erwägung, dass
sie allein gekommen sein könnte, sondern blickte suchend
die Treppe hinunter. »Wird's jetzt mal was?«, zischte Ari.

»Meine Kleine, ich bringe erst mal den Pabbi in die Kirche,
und wir reden später. Sag Noah, ich freue mich riesig über
euren Besuch.«

Lilja blieb wie angewurzelt auf der Treppenstufe stehen
und holte tief Luft. Was für ein schräger Film, dachte sie. Ihr
Vater war ein gebrochener Mann, und ihre Mutter redete nur
von Noah. Am liebsten hätte Lilja ihr in diesem Augenblick
laut die Wahrheit hinterhergerufen, aber sie konnte sich noch
beherrschen und folgte ihren Eltern mit einigem Abstand.

In diesem Augenblick erklangen die Glocken. Lilja beschleunigte ihren Schritt. Die schlicht ausgestattete Kirche
war voll besetzt. Sie fand noch einen Platz in der letzten Reihe,
in der sie, wie sie mit einem Seitenblick feststellte, keinen

kannte. Jedenfalls war sie froh, dass sie saß, weil ihr Kreislauf bei dem befremdlichen Wiedersehen mit ihren Eltern mächtig in den Keller gegangen war. Obwohl sie sich teils auch düstere Wiedersehensszenarien ausgemalt hatte, so etwas Furchtbares, wie sie es gerade hatte erleben müssen, das hatte sie sich nicht einmal in der schwärzesten aller Fantasien vorgestellt. Doch nun lenkte sie ihre Aufmerksamkeit auf die Hochzeitszeremonie.

Vorn am Altar stand bereits der Bräutigam in freudiger Erwartung. Kristian hatte sich mit den Jahren sehr verändert. Er wirkte im Gegensatz zu früher weniger wie ein lebenslustiger großer Bär, sondern eher künstlerisch und intellektuell, aber immer noch so sympathisch wie eh und je.

Plötzlich wandten sich alle um. Die Braut, dachte Lilja und verrenkte sich ebenfalls den Hals. Elin sah wirklich aus wie eine Prinzessin. Auch sie hatte das dunkle Haar der Mutter geerbt, war aber deutlich kleiner als Lilja und schmaler. Sie war schon immer eine zarte Elfe gewesen. Besonders an der Seite des Mannes, der sie zum Altar führte, wirkte sie beinahe zerbrechlich. Dabei war der Brautführer gar nicht übermäßig riesig und breit. Er war zwar sehr groß, dabei aber eher schlank. Guter Typ, dachte Lilja, während sie wohlwollend seine festlich legere Kleidung wahrnahm. Schwarzer Anzug, weißes Hemd und keine Krawatte. Während sich Lilja fragte, wer Elin wohl anstelle ihres Vaters zum Altar führte, erhaschte sie noch einen flüchtigen Blick auf sein Gesicht, bevor die beiden durch den Mittelgang an ihrer Bank vorbeischritten. Lilja erstarrte, denn der attraktive Mann, der ihre Schwester dem Bräutigam zuführte, war kein Geringerer als Björn. Ihr Björn!

Wie war das nur möglich?, fragte sie sich, aber dann gab sie sich die Antwort selbst. Da weder ihr Vater noch ihr Bruder die Braut führen konnten und Kristian keine Brüder hatte, hatte das Brautpaar offenbar seinen Cousin gebeten.

Erneut verspürte Lilja einen starken Fluchtimpuls. Nein, Björn gehörte sicher nicht zu den Gesichtern, die sie sich herbeigesehnt hatte. Es war doch alles schon kompliziert genug mit ihrem sturen Vater und ihrer Mutter, die auf Noah fixiert war, der weder heute noch morgen hier auftauchen würde. Aber wenn sie jetzt abhaute, dann brauchte sie niemals mehr zurückzukehren. Nein, da musste sie durch, und das in aufrechter Haltung. Doch das würde sie nur durchhalten, wenn sie sich hinter der Rolle der glücklichen Ehefrau verschanzte.

Lilja war so in Gedanken versunken, dass sie von der Trauung da vorn nicht viel mitbekam. Nur das laute Schluchzen ihrer Mutter, das bis zu ihrer Bank drang, signalisierte ihr, dass es eine herzergreifende Zeremonie sein musste. Und nicht nur ihre Mutter weinte vor Rührung. Auch die Frauen in ihrer Reihe holten eine nach der anderen ihre Taschentücher hervor. Lilja spürte nichts dergleichen. Im Gegenteil, innerlich war sie wie erstarrt. Sie hatte sich das Nachhausekommen wirklich anders vorgestellt und wünschte sich für den Bruchteil einer Sekunde, dass alles so wäre, wie sie es sich erhofft hatte: Ihr Vater, stark wie eh und je, grummelt noch ein wenig, schließt sie dann in seine Arme und verzeiht ihr, dass sie ihre Heimat verlassen hat. Ihre Mutter fragt kurz zaghaft nach Noah, lässt es dann aber bleiben, weil sie spürt, dass er nicht kommen wird. Und Elin wird von ihrem starken Vater zum Altar geführt und nicht ausgerechnet von Björn.

Gerade noch rechtzeitig, um aus der Kirche zu flüchten, erwachte Lilja aus ihren Gedanken, weil die Glocken zu läuten begannen. Mit einem Satz hatte sie ihre Bank verlassen und war ins Freie geflüchtet. Wenn sie nicht so durcheinander gewesen wäre, hätte sie gern ganz in Ruhe den bezaubernden Blick von hier oben genossen, besonders bei dem strahlend blauen Himmel. So aber beeilte sie sich, die Treppe hinunterzulaufen, um sich im Restaurant des Kulturzentrums mental auf das vorzubereiten, was an diesem Tag noch auf sie zukommen würde. Und sie dachte dabei auch an etwas ganz Konkretes: an ihr Wiedersehen mit Björn. Mit jedem Schritt, den sie am Ufer entlang in Richtung des Kulturzentrums machte, stieg in ihr eine Wut auf den Kerl auf. Sie versuchte, diese Gefühle abzuschütteln, und fragte sich, aus welchen Tiefen ihres Unterbewusstseins das denn hervorgekrochen kam. Jahrelang hatte sie keinen Gedanken mehr an Björn verschwendet, und jetzt löste er gleich wieder heftige Gefühle in ihr aus, wenn auch keine positiven. Sie spürte einen solchen Zorn in sich aufsteigen, dass sie nicht übel Lust hatte, ihn auf dem Fest beiseitezunehmen und direkt zu fragen, warum er sich damals so gemein ohne ein einziges Wort des Abschieds aus der Affäre gezogen hatte. Aber nein, diese Blöße würde sie sich natürlich nicht geben! Sie würde lieber von ihrem kanadischen Traummann schwärmen, wobei sie das wahrscheinlich nicht einmal persönlich würde erledigen müssen. So wie sie ihre Mutter kannte, würde die keine Gelegenheit auslassen, der versammelten Hochzeitsgesellschaft gegenüber zu betonen, was für einen wunderbaren Ehemann ihre Tochter bekommen hatte.

7

Amma Hrafnhildur

Im Restaurant, das sich im Erdgeschoss des Kulturzentrums befand, war bereits alles vorbereitet. Lilja war der erste Gast und setzte sich an einen Tisch. Die Fenster reichten bis zum Boden. Von hier hatte man einen bezaubernden Blick aufs Wasser. Sie war so aufgeregt, dass sie sogar das Glas Sekt nahm, das ihr zum Empfang angeboten wurde, doch das prickelnde Getränk machte sie nicht gerade ruhiger. Und dann kamen auch schon die ersten Gäste, und Lilja wusste, dass sie sich nicht länger verstecken konnte. Also stand sie auf und wartete, bis der Erste sie erkannte. Sofort war sie umringt von alten Freunden der Familie und entfernten Verwandten. Von allen Seiten prasselten Fragen auf sie ein. Als Elin ihre Schwester entdeckte, stieß sie einen Freudenschrei aus, der die anderen verstummen ließ. Sie stürzte auf Lilja zu und riss sie an sich. Die Schwestern umarmten und küssten sich. »Das ist mein schönstes Geschenk!«, rief Elin immer wieder aus und winkte Kristian heran. »Sie ist wirklich gekommen«, fuhr sie fort und wischte sich eine Freudenträne aus dem Augenwinkel. Kristian begrüßte Lilja herzlich. »Wow! Die Ehe bekommt dir aber ausgezeichnet«, lachte er. »Du siehst großartig aus!«

Elin drohte ihm spielerisch mit dem Finger. »Vorsicht! Das ist ein Scheidungsgrund, wenn Ehemänner schönen Frauen Komplimente machen, aber du hast recht. Meine Schwester sieht umwerfend aus. Wow, dieses Kleid! Wo hast du das her?«

»Habe ich im Flughafen gekauft, als ich … Moment, ich habe auch was für dich.« Lilja eilte zu ihrem Platz und holte das Geschenk.

»Ich dachte, es könnte dir gefallen, auch wenn es kein traditionelles Hochzeitsgeschenk ist.« Mit diesen Worten wollte Lilja ihrer Schwester das Halstuch aus Seide reichen, aber die war inzwischen von anderen Gästen in Beschlag genommen worden. In diesem Augenblick kam ihre Mutter auf sie zu.

»Lass dich noch einmal in den Arm nehmen! Ich kann dir gar nicht sagen, wie glücklich ich bin, dass du gekommen bist«, seufzte ihre Mutter und drückte sie fest an sich. Als sie Lilja wieder losließ, hatte sie Tränen in den Augen.

»Ach, Mamma!«, raunte Lilja ihr zu. »Warum hast du mir nicht geschrieben, wie schlecht es Pabbi geht?«

»Er hat es mir verboten, aber mach dir keine Sorgen. Er wird wieder und hat schon Riesenfortschritte gemacht.« Da war er wieder, der überschäumende Optimismus ihrer Mutter, der jedes Problem mit einer gehörigen Portion Zuckerwatte umhüllte. Obwohl Lilja von Natur aus ein Mensch war, für den das Glas eher halb voll als halb leer war, konnte sie die mütterliche Schönfärberei kaum ertragen. Sie sagte aber nur: »Vielleicht reden wir mal in Ruhe darüber. Meinst du, ich kann ein paar Tage bei euch wohnen?«

»Aber sicher könnt ihr das. Wir freuen uns doch über euren Besuch.« Sie stockte und sah sich suchend um. »Wo ist Noah eigentlich? Ich habe ihn noch nicht gesehen.«

»Er konnte nicht mitkommen«, erwiderte Lilja knapp.

»Ach, der Arme! Hat er keinen Urlaub bekommen? Das ist aber schade. Ich hätte mich so gefreut, meinen Schwiegersohn wiederzusehen.«

»Mamma, du hast doch gerade einen neuen bekommen«, versuchte Lilja zu scherzen, aber das kam bei ihrer Mutter gar nicht gut an.

»Kristian ist ganz reizend, aber den sehe ich fast täglich.

Und Noah habe ich nun so lange nicht gesehen.« Das klang ein wenig verärgert.

»Das ist meine Schuld. Ich habe mich zu dieser Reise viel zu kurzfristig entschieden. Da war er bereits auf dem Dampfer fest eingeplant.« Lilja hoffte, dass damit das leidige Thema beendet war, aber ihre Mutter schien etwas loswerden zu müssen. »Also, wenn ihr uns nicht bald gemeinsam besucht, dann werden wir wohl nach Kanada kommen müssen, nachdem wir bald das blöde Boot los sind.«

Lilja fuhr erschrocken zusammen. »Wie meinst du das? Ihr seid das Boot los? Meinst du den Walfänger?«

»Nein, den will ja keiner haben. Der rottet im Hafen vor sich hin. Das große Fischerboot, die *Lundi*.«

»Wie jetzt? Und wo ist das andere?«

»Das kleine haben wir schon verkauft, aber mittlerweile ist dein Vater endlich bereit, sich auch vom letzten Boot zu trennen.«

In diesem Moment trat ihre Großmutter hinzu, und die Mutter verstummte. Dabei hätte es Lilja brennend interessiert, was das mit dem Verkauf der Boote auf sich hatte. Doch nun war die Großmutter wichtiger. »Dass ich das noch erleben darf«, hauchte die alte Dame unter Tränen. »Mein kleines Mädchen ist wieder da.«

Es tat Lilja unendlich gut, dass ihre Amma Hrafnhildur, wie sie von ihren Enkeln liebevoll genannt wurde, nicht gleich nach Noah fragte. »Komm, mein Kind, bring mich zu meinem Tisch, und dann reden wir beide! Ich habe es so vermisst, mit einem vernünftigen Menschen wie dir zu sprechen.« Der Seitenhieb ging eindeutig in Richtung ihrer Tochter, die auch diese kleine Gemeinheit wie alles Unangenehme mit einem Lächeln überspielte. »Ich schau mal nach eurem Vater«, flötete ihre Mutter und verschwand.

Die Großmutter hakte sich bei Lilja ein und deutete auf einen Fensterplatz. »Ich möchte nicht bei Katla und Ari sitzen.

52

Das halte ich nicht aus! Deine Mutter ist seit dem fürchterlichen Unfall deines Vaters noch schlimmer geworden. Man darf den armen Ari nicht mal nach seinem Befinden fragen, da mischt sie sich schon ein und flötet: *Alles gut!* Dabei ist gar nichts gut«, erklärte sie in einem Ton, der keinen Widerspruch duldete. Lilja hatte völlig vergessen, wie unterschiedlich ihre Mutter und ihre Großmutter doch waren. Amma Hrafnhildur war im Gegensatz zu ihrer Tochter von einer nahezu verletzenden Offenheit, und Katlas Art, alles unter den Teppich zu kehren, hatte die alte Dame seit jeher zur Weißglut getrieben. Sie behauptete sogar, Katla habe schon als Kind am liebsten auf der rosaroten Wolke gehockt und sich geweigert, in die Niederungen des Alltags hinabzusteigen, um ihrer Mutter in der Küche zu helfen. Ihrer Meinung nach war Katlas Vater nicht ganz unschuldig daran gewesen, weil er seine Töchter nach Strich und Faden verwöhnt hatte.

Gerade als Lilja sich hingesetzt hatten, näherte sich plötzlich Björn ihrem Tisch quasi wie aus dem Nichts. Sie hatte die ganze Zeit verstohlen nach ihm geschaut, ihn aber nirgends erblickt und schon vermutet, dass er womöglich gar nicht mit zur Feier gekommen war. Als Trauzeuge gehörte er sicher zu denjenigen Gästen, die gestern bereits vergnügt die eigentliche Hochzeit am Wasserfall gefeiert hatten.

»Guten Tag, die Damen«, begrüßte er Lilja und die Großmutter jovial. »Darf ich mich zu euch setzen?«

Amma Hrafnhildur kniff die Augen zusammen. »Das musst du meine Enkelin fragen, denn wenn ich mich recht entsinne, bist du der Kerl, der ihr einst das Herz gebrochen hat, oder?«

Lilja wünschte sich, es würde sich ein Loch in der Erde auftun und sie verschlingen. Sie hatte tatsächlich vergessen, dass die Direktheit ihrer Großmutter manchmal recht grenzwertig war und einen mächtig in Verlegenheit bringen konnte.

Stattdessen vermied sie Björns Blick und sah demonstrativ

aus dem Fenster. Der aber ignorierte ihr abweisendes Verhalten und setzte sich zu ihnen.

»Ach, hat sie das inzwischen so hingedreht?«, fragte er lauernd.

Lilja fuhr wütend herum. »Willst du etwa behaupten, ich hätte mich damals sang- und klanglos aus *deinem* Leben geschlichen?«

Dabei blickte sie ihn unverwandt an, und sie konnte nicht umhin, festzustellen, dass seine Augen immer noch magisch in diesem ausdrucksstarken Smaragdgrün leuchteten. Die steile Falte zwischen seinen Augen deutete jedoch darauf hin, dass er ziemlich sauer war.

»Ja, genau, das will ich behaupten!«, zischte er.

Lilja wollte ihm gerade eine passende Antwort geben. Das ist ja wohl die Höhe, dachte sie erbost. Reicht es nicht, dass er sich vor Jahren so gemein mir gegenüber verhalten hat? Muss er zu allem Überfluss nun auch versuchen, mir die Schuld dafür in die Schuhe zu schieben? In dem Augenblick kam ihre Mutter erneut herbeigeeilt und versicherte, ehe sie sich überhaupt hingesetzt hatte, wie schade sie es finde, dass Noah nicht mitgekommen sei.

Lilja beobachtete, wie Björns Miene versteinerte. Das geschieht ihm recht, dachte Lilja, obwohl echte Schadenfreude nicht aufkommen wollte, zumal ihre Mutter ihn ganz offensichtlich damit treffen wollte.

Mit einem freundlichen Lächeln fügte ihre Mutter an Björn gewandt süffisant hinzu: »Ach, du weißt ja gar nicht, von wem ich da spreche! Bist erst vor ein paar Tagen in Akureyri eingetroffen, wie ich hörte. Noah ist Liljas bezaubernder kanadischer Ehemann.«

»Doch, ich bin im Bilde«, erwiderte Björn betont höflich. »Elin und Kristian erwähnten ihn bereits. Und trotzdem würde ich mit der glücklichen Ehefrau gern ein paar Worte unter vier Augen reden«, fügte er spöttisch hinzu.

»Ich weiß nicht, was wir noch zu reden hätten«, erwiderte Lilja in scharfem Ton. »Du hast damals geschwiegen, und dabei sollte es bleiben.«

»Genau, lieber Björn, lass doch deine Frau nicht zu lange warten. Sie hat dich doch begleitet, oder?«, säuselte Liljas Mutter. So peinlich das Lilja normalerweise auch gewesen wäre, aber in diesem Moment hatte sie nichts dagegen, dass ihre Mutter ihn vertrieb.

Björn war von seinem Stuhl aufgestanden in der Erwartung, dass sie es ihm gleichtat.

»Dauert nicht lange. Aber es wäre außerordentlich freundlich, wenn du zwei Minuten erübrigen würdest.« Seinen bissigen Unterton konnte er nicht verbergen.

»Meine Tochter möchte nicht mit dir reden!«, fauchte Liljas Mutter ihn an. Lilja kam das vor wie ein Déjà-vu. Da war sie wieder, diese Aggression ihrer Mutter Björn gegenüber. Die wollte Lilja in dieser Form allerdings auch nicht widerspruchslos hinnehmen. Was waren zwei Minuten, wenn sie ihm bei der Gelegenheit vielleicht endlich an den Kopf werfen konnte, was für ein Mistkerl er damals gewesen war?

Lilja machte Anstalten, aufzustehen, doch ihre Mutter hielt sie grob am Arm fest. Ihr stand der Sinn nicht danach, auf der Hochzeit ihrer Schwester mit der Mutter einen Krach anzuzetteln. Also gab sie Björn einen Korb.

»Nein, mein Lieber, für ein Gespräch ist es an die zehn Jahre zu spät«, bemerkte sie spitz.

»Wie du meinst.« Björn drehte sich ohne ein weiteres Wort auf dem Absatz um.

»Eigentlich ein netter Junge«, murmelte die Großmutter. »Schade, dass er sich dir gegenüber so unmöglich verhalten hat. Ihr hättet gut zueinander gepasst.«

»Amma, was redest du denn da für einen Unsinn?«, fuhr Katla ihre Mutter empört an. Dann nahm sie ihre Tochter

55

überschwänglich in den Arm. »Das ist Schnee von vorgestern. Unsere Lilja ist doch so glücklich mit ihrem Noah.«

»Und du, mein liebes Kind, misch dich nicht immer ungefragt in die Angelegenheiten deiner Tochter ein! Es ist wohl ihre Sache, mit wem sie redet. Sie ist Noahs Frau, aber nicht seine Sklavin. So habe ich dich nicht erzogen, ständig die Ehekeule zu schwingen.«

»Mutter, hast du Lilja nicht gehört? Sie will mit dem Kerl nicht sprechen. Und das sollten wir akzeptieren.«

Je mehr ihre Mutter auf die Großmutter einredete, desto größer wurde Liljas Interesse daran zu erfahren, was Björn ihr nach den vielen Jahren wohl so Dringliches unter vier Augen zu sagen hatte.

»Vielleicht sollte ich mir tatsächlich mal anhören, was er von mir will«, knurrte sie.

»Auf keinen Fall! Lilja, was hast du mit dem Kerl zu schaffen? Und was soll seine Frau denken, wenn ihr beide den Saal für ein Vieraugengespräch verlasst?«

»Okay, okay, ich werde Björn aus dem Weg gehen!«, versprach sie, denn der Wink ihrer Mutter, dass er verheiratet war, hatte im Nu Liljas Interesse an Björns dringlicher Botschaft im Keim erstickt. Trotzdem schweifte ihr Blick durch den Saal auf der Suche nach ihm. Sie entdeckte ihn am Tisch bei ihrem Vater stehen. Die beiden Männer schienen in ein angeregtes Gespräch vertieft zu sein.

»Tja, Pabbi hat ihn schon damals gemocht«, konstatierte sie. »Im Gegensatz zu dir.«

Katla wandte sich hektisch um. »Was will er denn von deinem Vater? Nicht dass Ari ihm sein Leid klagt.« Schon war ihre Mutter vom Stuhl aufgesprungen und an ihren Tisch zurückgeeilt.

»Was ist bloß mit Mamma los? War sie immer schon so hektisch, oder kommt mir das nur so vor?«

Amma Hrafnhildur hob die Schultern. »Ich glaube, das ist

schlimmer geworden, seit sie versucht, den Zustand deines Vaters vor aller Welt zu verharmlosen. Es sind ja nicht nur seine Gesundheit und sein Starrsinn, sondern es ist auch die Tatsache, dass er nicht mehr aufs Meer hinauskann und der alte Jökull das allein nicht schafft. Katla würde lieber heute als morgen das Boot verkaufen, aber damit nimmt sie deinem Vater den Rest von Lebensmut. Ach, wenn doch Sigurd wieder nach Hause käme!« Die Großmutter unterbrach sich. »Aber nun lass uns keine Probleme wälzen! Wir sind hier, um die Hochzeit deiner Schwester zu feiern. Und das meine ich ausnahmsweise ernst und will damit nicht in die Fußstapfen deiner Mutter treten und die Dinge verdrängen. Wir kommen noch darauf zurück. Versprochen!« Amma Hrafnhildur musterte ihre Enkelin durchdringend. »Und du bist wirklich nur gekommen, um mit uns zu feiern?«

Lilja nickte demonstrativ. Obwohl sie schon in jungen Jahren so manch kleines Geheimnis mit ihrer Großmutter geteilt hatte und niemals von ihr verraten worden war, scheute sie sich, ihr die Wahrheit anzuvertrauen, während sie ihren Eltern weiterhin die glückliche kanadische Ehefrau vorgaukelte. Nein, sie würde wohl nicht umhinkönnen, sich erst ihren Eltern zu offenbaren. Aber dazu müsste ihr der Vater erst einmal verzeihen.

»Ich möchte gern noch ein wenig bleiben. Sonst lohnt es sich ja gar nicht«, erwiderte sie ausweichend. »Aber Vater scheint seinen Groll gegen mich immer noch zu pflegen.«

»Ich glaube, er grollt jedem, der ihn mit Katla allein zurücklässt. Wenn ich denke, wie er damals um deine Mutter gekämpft hat! Und jetzt muss er aufpassen, dass er bei ihrer Vorliebe, alles Unangenehme zu verdrängen, nicht mit unter den Teppich gekehrt wird«, lachte die Großmutter. Ihr donnerndes Lachen war einfach legendär und so ansteckend, dass Lilja gar nicht anders konnte, als mitzulachen, doch sie wurde gleich wieder ernst.

»Hast du denn etwas von Sigurd gehört?«, fragte sie.

»Du kommst ganz nach mir, wenn es darum geht, der Wahrheit auf den Grund zu gehen«, murmelte Amma Hrafnhildur, woraus Lilja schloss, dass ihre Großmutter sehr wohl etwas über den Verbleib des Bruders wusste, hatten die beiden doch stets ein sehr enges Verhältnis gehabt. Aber sie strahlte aus, dass sie nicht darüber sprechen wollte. Lilja ließ das vorerst dabei bewenden.

Außerdem hielten Elin und Kristian nun gemeinsam eine kurze Rede, die mit der Ankündigung schloss, dass das Buffet eröffnet war. Dafür ernteten sie großen Applaus. Lilja war fast ein wenig wehmütig zumute, als sie die beiden so harmonisch dort vorn beieinanderstehen sah. Sie machten einen überaus verliebten Eindruck. Lilja versuchte, sich an ihre anfänglich großen Emotionen für Noah zu erinnern, aber die guten Gefühle wurden komplett überdeckt von den unschönen Seiten ihrer Beziehung, die bald nach ihrer Rückkehr zutage getreten waren. Eigentlich schon, bevor Noah das erste Mal wieder für ein paar Wochen auf ein Kreuzfahrtschiff gegangen war. Bereits der Empfang im Hause Anderson war sehr kühl gewesen, jedenfalls seitens seiner Mutter.

Erst vor Ort hatte Lilja erfahren, dass sich ihr Häuschen, das sich bei näherem Hinsehen als das einstige Gärtnerhaus entpuppte, auf dem Grundstück von Noahs Elternhaus befand. So eine Nähe zu ihren zukünftigen Schwiegereltern hatte sich Lilja ganz bestimmt nicht gewünscht, zumal sie ihre Eltern nicht verlassen hatte, um mit ihrer Schwiegermutter so gut wie unter einem Dach zu leben. Noahs Mutter Debbie hatte Lilja von Anfang an als kühl und berechnend empfunden. Statt sie herzlich zu empfangen, hatte Debbie sie, kaum dass sie in ihrer neuen Heimat angekommen war, mit einem Plan empfangen, wann sie sich um George zu kümmern habe. Er hatte sich anfangs als großer Schweiger präsentiert. Bei ihrem ersten Zusammensein unter vier Augen hatte er ihr dann offen gestanden, wie unangenehm ihm die mangelnde Gastfreundschaft im Hause Anderson war, und ihr versichert, dass er überdies gar kein Kindermädchen benötige. Und dass er den Tag verfluchte, als er sich beim Skifahren das Kreuz gebrochen hatte.

Seine Gesellschaft lernte sie schnell zu schätzen und liebte es, mit ihm über nordische Geschichte zu sprechen und seine Artikel gegenzulesen. Aus dem Unibetrieb war er aus Gesundheitsgründen ausgeschieden, aber er arbeitete unermüdlich zu Hause an seinem Rechner. Bei dem Gedanken an George wurde ihr ganz warm ums Herz. Sie durfte nicht vergessen, ihn anzurufen und ihm zu verraten, dass sie gut in Island angekommen war. Wenn sein Sohn nur annähernd etwas von seinem Humor und seiner Weisheit geerbt hätte, sie hätte Noah bestimmt nicht verlassen.

Sie würde nie vergessen, wie Noah von seiner ersten Reise zurückgekehrt war, sie ihm ihr Herz ausgeschüttet hatte und wie er darauf reagiert hatte. Er hatte ihr die Schuld an den Reibereien mit seiner Mutter gegeben. Offenbar hatte Debbie ihm bereits auf das Schiff gefunkt, dass ihre angehende Schwiegertochter eine egoistische und verschlossene Person sei, die sich sogar ihr Essen im Gartenhaus koche, statt im Haus zu speisen, wie es sich gehörte. Lilja fragte sich seit ihrer Trennung von Noah des Öfteren, warum sie damals nicht gleich wieder in den Flieger gestiegen war. Dabei kannte sie die Antwort eigentlich: Sie war mit derart großem Brimborium von zu Hause fortgegangen, dass eine sofortige Rückkehr einer Riesenschlappe gleichgekommen wäre. Und außerdem war Lilja ein optimistischer Mensch, der immer wieder gehofft hatte, es würde besser werden, zumal sich Noah während seiner Heimataufenthalte auch immer wieder mal von einer besseren Seite gezeigt hatte. Vor allem, wenn er mit ihr allein in die Natur gewandert war. Nur sie beide in einsamen Hütten. Es kostete Lilja einige Mühe, sich daran zu erinnern, aber es hatte diese gemeinsamen positiven Erlebnisse durchaus gegeben.

»Holst du uns was zu essen? Und dann erzähl deiner Amma mal, warum du wirklich zurückgekommen bist.« Ihre Großmutter beugte sich vertraulich über den Tisch und senkte die Stimme. »Mir kannst du das Märchen mit dem Prinzen jedenfalls nicht erzählen.«

Lilja schluckte. So gern sie sich ihren Kummer auch von der Seele geredet hätte, es wäre unfair gewesen, ihrer Großmutter reinen Wein einzuschenken, während sie ihre Mutter in dem Glauben ließ, dass alles in Ordnung war.

»Noah ist kein Prinz, aber es ist alles gut. Glaub mir. Ich bin wirklich nur gekommen, um euch alle wiederzusehen. Ich hatte einfach Heimweh.« Lilja ahnte, dass sie ihrer Großmutter damit deren Gefühl, dass mit ihr etwas nicht stimmte, nicht würde ausreden können.

»Du musst ja hier nicht unbedingt sprechen, sondern kannst jederzeit in mein Reich kommen und mir dort in Ruhe dein Herz ausschütten«, entgegnete die Großmutter ungerührt. »Ich habe mein Haus immer noch nicht verkauft, obwohl deine Mutter mich ständig bedrängt, zu euch ins Dachgeschoss zu ziehen. Aber ich kann mich gerade noch beherrschen. Ich habe immer noch das schöne Gästesofa, auf dem du als Kind so gern übernachtet hast.« Sie unterbrach sich und musterte ihre Enkelin kopfschüttelnd.

»Kind, ich kenne dich besser, als du denkst. Versuch bloß nicht, deiner Mutter nachzueifern! Du bist nicht darin geübt, die Welt schönzureden, ohne dass man dir das Gegenteil an der Nasenspitze ansieht. Das bringt nur meine Tochter. Und nun habe ich Hunger.«

Lilja erhob sich, ohne ihrer Großmutter zu widersprechen. Das war wahrscheinlich auch völlig sinnlos, weil Amma Hrafnhildur ihre Enkelin einfach zu gut kannte. Leugnen war zwecklos, was aber nicht bedeutete, ihr die Wahrheit zu sagen.

»Was möchtest du denn?«

»Von allem etwas«, erwiderte die Großmutter.

Als Lilja in der Schlange am Büfett stand, traf sie auf Liv, die sie wie eine alte Freundin begrüßte. »Sorry, dass ich dir das mit deinem Vater nicht sagen mochte! Ich wollte nicht die Überbringerin der schlechten Nachricht sein«, bemerkte sie entschuldigend.

»Nun weiß ich ja, dass er einen Unfall hatte«, seufzte Lilja, die nicht ganz bei der Sache war. Ihre Gedanken kreisten immer noch um die Worte ihrer Großmutter. Komisch, dass bestimmte Menschen hinter die Kulissen gucken können, denn auch Fanney scheint ja etwas bemerkt zu haben, andere eher nicht, dachte sie. Doch dann war sie damit beschäftigt, sich am Fischbüfett zu bedienen. Mit zwei Tellern voller einheimischer Köstlichkeiten kehrte sie an den Tisch zurück.

Ihre Großmutter maß sie zwar mit einem wissenden Blick, aber sie nahm das Thema von eben nicht wieder auf. Stattdessen fragte sie Lilja, ob sie in Kanada auch arbeiten würde. Lilja vermied es, in der Vergangenheitsform zu sprechen, während sie ihrer Großmutter voller Begeisterung und in allen Einzelheiten von ihrem Job im Institut erzählte.

»Jetzt glühen deine Wangen«, lachte die Großmutter. »Das fehlte mir, als du von deinem Mann gesprochen hast.«

»Das hast du nur übersehen«, gab Lilja amüsiert zurück.

8

Von wegen Verzeihen

Als Lilja noch einmal Nachschlag für sich und ihre Großmutter holen wollte, sah sie aus den Augenwinkeln, dass ihr Vater gerade allein an seinem Tisch saß. Für Lilja eine günstige Gelegenheit, ihn zu fragen, ob sie noch ein wenig zu Hause wohnen durfte. Ari nickte flüchtig, als sie an seinen Tisch kam und fragte, ob sie sich zu ihm setzen dürfe.

»Es tut mir sehr leid«, sagte sie. »Wie ist denn das genau passiert?«

»Lass das bloß nicht deine Mutter hören! Sie mag es nicht, wenn ich darüber spreche. Dann kann sie nicht länger verdrängen, dass ich ein Krüppel geworden bin.«

So typisch, wie es für ihre Mutter war, sich die Welt schönzureden, schwang bei ihrem Vater stets ein gewisser Unmut über das Schicksal mit. Etwas, das Lilja ihm unter den gegebenen Umständen nicht einmal übel nehmen konnte. Es tat weh, diesen dynamischen, beweglichen Mann wie ein zusammengesunkenes Häuflein Elend zu erleben.

»Aber Pabbi, freu dich doch, dass du noch Glück gehabt hast! Du hättest gelähmt sein können.«

»Na und? Was ist der Unterschied, ob ich mich wie eine Schnecke fortbewege oder gar nicht mehr?«

»Pabbi, das ist unfair den Menschen gegenüber, die im Rollstuhl sitzen. Mein Schwiegervater wäre froh, wenn er überhaupt noch auf Krücken gehen könnte.«

Bei der Erwähnung ihres Schwiegervaters wurde die Miene ihres Vaters noch grimmiger. Sie hätte ihn nicht mit der Nase darauf stoßen sollen, dass sie nach Kanada gegangen war.

»Ich werde dir nie verzeihen, dass du uns verlassen hast«, brummte er.

Lilja holte tief Luft. Ihr blieben nur zwei Möglichkeiten, darauf zu reagieren, wenn sie sich nicht beleidigt zurückziehen wollte: einen Streit anzufangen oder seine Worte zu ignorieren. Sie entschied sich für Letzteres.

»In Akureyri heißt es, der Unfall sei auf deinem ollen Walfänger geschehen. Ich denke, du gehst nicht mehr auf Wale.«

»Keine Sorge, ich habe meinen letzten Finnwal vor … Gott, ich weiß nicht mehr, wann es genau war, aber es ist schon so lange her … in den Hafen gebracht. Und auch an meinen letzten Zwergwal kann ich mich kaum erinnern. Das war kurz bevor dein Bruder öffentlich mit diesen fremden Typen in unserem Hafen gegen das Abschlachten der Wale demonstriert hat.«

Lilja hielt den Atem an. So konkret hatte noch keiner in der Familie je über diesen schwarzen Tag geredet. Sie selbst war damals mit ihrer Klasse auf einer Gletscherwanderung gewesen. Und als sie zurückgekommen war, hatte die Mutter rot geweinte Augen, der Vater sprach den Namen ihres Bruders nicht mehr aus, und Sigurd war spurlos verschwunden. Erst Tage später hatte die Mutter ihr erzählt, dass es einen kleinen Streit zwischen Sigurd und dem Vater wegen der Wale gegeben habe, dass der Vater den Sohn aus dem Haus geworfen habe, aber dass Sigurd sicher wiederkommen werde. Dieses Gespräch hatte der Vater zum Teil mit angehört und nur gebrummt: *Sohn? Welchen Sohn? Ich habe keinen Sohn.* Und Sigurd war niemals mehr nach Hause zurückgekehrt. Lilja versuchte sich zu erinnern, wie lange das schon her war. War sie damals schon mit Björn zusammen gewesen oder nicht? Zu gern hätte sie ihren Vater nach Einzelheiten des Streits befragt, aber da warf er ihr bereits vor, sie sei ja auch so eine gewesen. Immer gegen die Tradition! Dass er seit damals nicht mehr auf Walfang gegangen war, das wusste sie nicht. Bald nach Sigurds Verschwinden war sie in ein Studentenheim gezogen, weil sie die Launen ihres Vaters, die nach Sigurds Fortgang nur noch schlimmer geworden waren, nicht mehr ertragen hatte. Sie war zur aktiven Gegnerin des Walfangs geworden, und dann war ja auch irgendwann Noah in ihr Leben getreten.

»Ja, Vater, ich habe meine Meinung nie geändert, aber es freut mich zu hören, dass du damit aufgehört hast.«

»Mir doch egal«, knurrte ihr Vater. Obwohl er sie anpampte, fand sie es tröstlich, dass ihm seine sonore und durchdringende Stimme in ihrer vollen Kraft erhalten geblieben war.

»Ich weiß, dass dir meine Meinung nicht viel bedeutet«, erklärte sie. »Trotzdem wundert es mich, was du auf dem Walfänger gemacht hast, wenn du ihn nicht mehr zum Jagen benutzt.«

»Solange ich ihn noch benutzen darf, fahre ich manchmal mit Jökull damit zum Fischen raus, wenn's für die Lundi zu stürmisch ist. Und da bin ich eben durch die Luke gefallen.«

Lilja konnte an seiner abweisenden Miene erkennen, dass das Gespräch damit für ihn beendet war. Wahrscheinlich konnte sie sich freuen, dass er überhaupt mit ihr redete. Mit Sigurd hatte er nach dem Streit jedenfalls kein Wort mehr gewechselt. Aber sie wollte noch nicht aufgeben und fragte noch einmal nach, was genau bei dem Unfall geschehen war.

Ari sah sie erbost an. »Sag mal, was willst du denn noch? Du kehrst deiner Heimat den Rücken und erwartest, dass alles so ist wie vorher? Was geht es dich an, wenn du morgen wieder in dein Kanada fährst? Zu deinem Schwiegervater«, fauchte er. Lilja musste sich ein Grinsen verkneifen, denn dass aus seinen Worten die pure Eifersucht sprach, konnte ihr Vater nicht verbergen. Und das hieß wohl nichts anderes, als dass sie ihm immer noch viel bedeutete, was er im Leben nicht zugeben würde.

»Ich habe nicht vor, morgen schon wieder zurückzufahren«, widersprach sie ihm in ruhigem Ton. »Ich möchte gern noch ein wenig bleiben, wenn ich darf. Also, wenn ich bei euch im Haus wohnen könnte, das wäre wirklich sehr schön. Das Hotel kann ich mir auf Dauer nicht leisten.«

Ari war Widerworte seiner Kinder nicht gewohnt und schien erstaunt, aus dem Mund seiner verlorenen Tochter zu hören, dass sie nicht nur noch bleiben, sondern auch in seinem Haus übernachten wollte.

»Ich denke, dein Mann hat genug Geld«, entgegnete er unwirsch.

»Eigentlich solltest du mich in diesem Punkt kennen. Dass ich lieber für mich selbst sorge. Ich habe sogar immer in den Schulferien gearbeitet, um euch nicht auf der Tasche zu liegen.« Ihr Ton war nicht mehr ganz so verbindlich, weil die Sturheit ihres Vaters sie an ihre Grenzen brachte. Trotzdem war sie nicht gewillt, klein beizugeben.

»Kann ich nun im Gästezimmer übernachten?«

»Jaja, dann tu, was du nicht lassen kannst, aber bilde dir ja nicht ein, dass alles wie früher ist. Wir sind keine Familie mehr, seit die Kinder uns verlassen haben. Nur Elin ist uns geblieben.«

Lilja konnte sich gerade noch beherrschen, ihm nicht an den Kopf zu werfen, dass Sigurd nicht ganz freiwillig gegangen war.

»Gut, ich danke dir«, sagte sie, weil sie nicht garantieren konnte, dass ihr Gespräch, wenn er so weitermachte, nicht doch in einen Streit ausartete. Durch die Krankheit läuft er Gefahr, ein echter Stinkstiefel zu werden, dachte Lilja. In dem

65

Moment stürzte ihre Mutter hinzu und setzte sich aufgeregt zu ihnen. Ihr war förmlich anzusehen, dass sie wissen wollte, worüber Vater und Tochter sprachen.

»Hat er dir schon erzählt, wie gut es ihm geht? Gemessen an der Tatsache, dass er dem Tod nur knapp von der Schippe gesprungen ist? Das ist doch mal eine positive Nachricht, oder?«, säuselte Katla, woraufhin Ari genervt mit den Augen rollte.

»Ich habe Pabbi gefragt, ob ich wohl ein paar Tage unter eurem Dach übernachten kann«, sagte Lilja hastig, damit es nur nicht zu einem Streit zwischen ihren Eltern kam. Auch das hatte sie fast vergessen: Wie ihr Vater es hasste, wenn ihre Mutter in der dritten Person von ihm sprach, als wäre er gar nicht anwesend.

»Aber natürlich übernachtest du die paar Tage bei uns«, erwiderte ihre Mutter mit Nachdruck.

»Es könnten auch ein paar Wochen werden«, fügte Lilja hastig hinzu. Beide Eltern musterten sie nun, aber mit ganz unterschiedlichen Blicken. Aus Aris Augen sprach entfernt etwas wie überraschte Freude, während Katla sichtlich verwundert wirkte.

»Aber kannst du denn so lange von zu Hause fortbleiben? Ich meine, jetzt, da du eine eigene Familie hast?«, fragte ihre Mutter lauernd.

»Ich bin ja nicht Noahs Eigentum, und seine Mutter, die war noch nie meine Fami…« Hastig unterbrach sich Lilja. »Ich wollte sagen, Noah macht das gar nichts aus und seiner lieben Mama auch nicht«, verbesserte sie sich und konnte nichts gegen den ironischen Unterton tun.

Täuschte sie sich, oder huschte über das gequälte Gesicht ihres Vaters ein leichtes Lächeln?

»Du verstehst dich doch mit deiner Schwiegermutter, oder?«, hakte Katla energisch nach.

»Ja, wir beide sind ein Herz und eine Seele«, log Lilja und

versuchte das völlig ernst und glaubwürdig rüberzubringen, in der Hoffnung, das Interesse ihrer Mutter an ihrer neuen Familie würde sich in den nächsten Tagen erschöpfen. Lange hielt sie dieses Getue nämlich nicht mehr aus. Sie nahm sich fest vor, die erstbeste Gelegenheit zu ergreifen, um sie endlich in die Trennung einzuweihen. Wahrscheinlich würde es ihr weniger schwerfallen, wenn das nicht mit der Auflösung der faustdicken Lüge verbunden gewesen wäre, dass Noah und sie verheiratet waren.

»Und was macht eure Familienplanung?«, fragte ihre Mutter nun mit gesenkter Stimme.

»Wie meinst du das?«, fragte Lilja, die diese Anspielung tatsächlich auf Anhieb nicht verstand.

»Deine Mutter will wissen, wann ihr kanadisches Enkelkind zu erwarten ist«, mischte sich Ari trocken ein.

Statt ihrer Mutter zu sagen, dass sie diese Frage reichlich übergriffig fand, rang sich Lilja zu einem Lächeln durch. »Nein, mein Job nimmt mich voll und ganz in Beschlag, und Noah ist ja immerzu in der Weltgeschichte unterwegs.«

Als Katla Anstalten machte, neugierig nachzuhaken, fuhr Ari seine Frau an: »Jetzt gib unserer Tochter einen eigenen Schlüssel und hör auf, sie auszuhorchen!«

Ihre Mutter war so erschrocken über den strengen Ton ihres Mannes, dass sie tatsächlich aufhörte, Lilja mit indiskreten Fragen zu löchern.

»Ach, das wird schon, mein Kind!«, sagte sie stattdessen und tätschelte ihrer Tochter die Wange. »Wenn erst was Kleines unterwegs ist, dann wird er sich bestimmt um eine Stelle vor Ort bemühen. So wie ich ihn kennengelernt habe, wird er sicher ein guter Vater.«

Lilja spürte, wie ihr diese Heldenverehrung langsam ernsthaft auf die Nerven ging.

»Mama, ich denke, um einen Menschen kennenzulernen, sollte man ihn mehr als vierzehn Tage im Leben gesehen haben, denn länger ist Noah nicht in Akureyri gewesen«, sagte sie mit Nachdruck.

»Mein Reden. Du kennst den Kerl überhaupt nicht«, stimmte ihr der Vater zu.

Lilja war froh, als sie nun aus den Augenwinkeln sah, wie ihr die Großmutter wild zuwinkte. Sie tippte sich an die Stirn.

»Nun habe ich ganz vergessen, dass ich für Amma und mich noch ein bisschen von dem leckeren Stockfisch mit der gesalzenen Butter besorgen wollte.«

Sie nahm hastig die beiden Teller und flüchtete zum Büfett. Gleich morgen würde sie dem Spuk ein Ende bereiten. Das jedenfalls nahm sie sich fest vor. Es war wirklich nicht zum Aushalten, welchen Narren ihre Mutter an Noah gefressen hatte. Keine Frage, dass er sich damals von der allerbesten Seite gezeigt hatte.

Die Großmutter erwartete ihre Enkelin schon ganz ungeduldig. »Wolltest du deine arme Amma verhungern lassen?«, lachte sie.

»Nein, ich habe die günstige Gelegenheit beim Schopf gepackt, Vater zu fragen, ob ich bei ihnen wohnen kann.«

»Da musst du doch nicht fragen. Das ist dein Zuhause«, brummte die Großmutter, bevor sie mit großem Appetit die Köstlichkeiten genoss, die Lilja ihr vom Büfett mitgebracht hatte.

Als Lilja mit dem Essen fertig war, stellte sie fest, dass weiter hinten in Raum bereits ausgelassen getanzt wurde. Allen voran das Brautpaar und direkt daneben Björn mit Liv, was Lilja einen kleinen Stich versetzte. Darüber ärgerte sie sich maßlos. Was hatte sie nach all den Jahren mit Björn zu tun? Besser hätte es doch nicht laufen können, als dass sie sich aus dem Weg gingen. Trotzdem marterte sie sich immer wieder mit der Frage, was er mit seinem unverschämten Auftritt vorhin hatte bezwecken wollen. Wie kam er dazu, ihr quasi die Schuld daran zuzuschieben, dass er damals den Kontakt zu ihr abgebrochen hatte? So wie sie Björn kennen und lieben gelernt hatte, war er eigentlich eine ehrliche Haut und kein Mann, der Spielchen nötig hatte. Und seine Empörung eben hatte verdammt echt gewirkt.

»Du magst ihn immer noch, oder?«, hörte sie ihre Großmutter wie von ferne raunen.

»Unsinn! Ich frage mich bloß, wie unverschämt man sein muss, um zu leugnen, dass man eine Frau sang- und klanglos verlassen hat!«, schnaubte sie.

»Das frage ich mich allerdings auch. Also, wenn du meinen Rat willst, dann rede mit ihm. Er will dir offenbar dringend etwas Wichtiges mitteilen«, bemerkte die Großmutter nachdenklich.

Lilja machte eine wegwerfende Handbewegung. »Mamma hat ganz recht. Das ist Schnee von vorgestern. Ich will mir seine dummen Ausreden nicht anhören.«

Das klang schnippisch, und Lilja wusste auch genau, warum. Im Grunde genommen wuchs ihre Neugier, was Björn ihr zu sagen hatte, seit er an ihren Tisch gekommen war.

»Wie du meinst«, erwiderte Amma Hrafnhildur. »Aber dann solltest du auch aufhören, so finster in seine Richtung zu starren, weil er mit einer anderen Frau tanzt.«

Lilja wandte erschrocken den Blick von der Tanzfläche. Sie fühlte sich ertappt und spürte, wie ihre Wangen vor Verlegenheit glühten.

»Ich habe mich ja nur gefragt, wo wohl seine Ehefrau ist. Ich meine, eigentlich tanzt man ja erst mit dem Partner, oder?«

Amma Hrafnhildur schüttelte den Kopf. »Mach dir nichts vor! Das wäre dir doch so was von gleichgültig, wem er den ersten Tanz schenkt, wenn du nicht immer noch Interesse an ihm oder zumindest daran hättest, was er so dringend von dir will. Und was seine Ehefrau angeht, wenn du es genau wissen willst, in der Kirche war er allein.«

»Ach, das ist ja auch ganz egal«, brummte Lilja.

In dem Moment kam ein gut aussehender Mann auf Lilja zu und forderte sie zum Tanzen auf. Auch wenn er ihr ganz entfernt bekannt vorkam, wusste sie nicht auf Anhieb, wer er war. Sie zögerte, doch als ihre Großmutter murmelte: »Geh nur!«, schenkte sie dem Mann ein Lächeln und folgte ihm auf die Tanzfläche.

»Du erkennst mich nicht, oder? Bin ich denn noch schöner geworden?«, fragte der Mann, kaum dass sie außer Hörweite der Großmutter waren.

Auch wenn der ironische Unterton nicht zu überhören war, solche Scherze machte nur einer in Akureyri.

»Thorwald? Du?« Sie musterte ihn wie einen Geist. Doch dann erkannte sie, was ihn so veränderte: Er trug einen gepflegten Vollbart, wie es jetzt modern war, was ihm wirklich ausgezeichnet stand und ihn weniger glatt aussehen ließ.

»Tröste dich! Ich musste auch zweimal hingucken, als ich dich aus der Ferne gesehen habe. Und dann habe ich blöderweise ausgerechnet Elin gefragt, wer die hübsche Dunkelhaarige ist«, lachte er. Lilja konnte nicht umhin, festzustellen, dass Thorwald in den vergangenen Jahren tatsächlich noch attraktiver geworden war. Er hatte auch damals schon gut ausgesehen, aber heute wirkte er kantiger und auf eine angenehme Art männlicher. Er war früher mehr so ein Schönling gewesen, der sehr wohl wusste, wie die Frauen auf ihn flogen. Nun strahlte er auf jeden Fall mehr Format aus.

9

Feierlaune

In dem Augenblick, als Lilja und Thorwald die Tanzfläche betraten, wechselte der DJ von wilder Tanzmusik zu einer Ballade. Wie selbstverständlich zog Thorwald Lilja dicht zu sich heran und legte seine Arme um ihre Hüften. Obwohl sie damals mit ihm mehr als einmal eng getanzt hatte, kostete es sie Überwindung, ihre Arme um seinen Hals zu schlingen und den Kopf an seine Schulter zu lehnen. Aber kaum hatte sie das getan, spürte sie bereits, dass es sich gar nicht so fremd anfühlte, wie sie befürchtet hatte. Wie lange hatte sie mit keinem Mann mehr getanzt? Zu solchen Vergnügungen war sie in den vergangenen Jahren mit Noah nicht gekommen. Sie waren ohnehin selten ausgegangen, was nicht zuletzt daran lag, dass Noah kaum Freunde hatte. Nicht so wie sie, die, bevor sie mit ihm nach Kanada gegangen war, fast jedes Wochenende mit diversen Freunden Partys gefeiert hatte. Obwohl Akureyri und Bedford ungefähr dieselbe Einwohnerzahl besaßen, schien Noahs Wohnort nicht annähernd so eine Partyhochburg zu sein wie Liljas Heimatstadt. Natürlich wusste sie nicht, was diejenigen jungen Leute an Wochenenden dort veranstalteten, die über große Freundeskreise verfügten. Noah war in Bedford eher ein Einzelgänger, was sich damit erklärte, dass er seine Schulzeit in einem Internat verbracht hatte. Am liebsten unternahm er, wenn er zwischendurch zu Hause war, etwas mit seinen Eltern. Die waren kulturell äußerst interessiert und hatten immer Karten für die besten Events. Kulturell hatte Halifax wirklich etwas zu bieten, wie Lilja neidlos zugeben musste. Besonders gern war sie im Sommer zu dem großen Opernfestival gegangen und hatte kaum eine Aufführung versäumt. Allerdings hatten ihr die Unternehmungen ohne Debbie wesentlich mehr Spaß gemacht, weil diese jedes Mal gleich eine Kritik an den Inszenierungen zum Besten gab. Und zwar in Form ihrer ganz persönlichen Meinung, die Lilja in den seltensten Fällen teilte, weil sie mehr ein Nörgeln denn eine fundierte Rezension war.

Der Anblick von Liv und Björn, die eng umschlungen an ihr vorbeitanzten, riss sie aus ihren Gedanken. Beinahe hätten sich Liljas und Björns Blick getroffen, aber er wandte sich abrupt ab. Keine Frage, er war wütend auf sie. Aber warum denn bloß? Sie versuchte, den Gedanken beiseitezuschieben und sich auf die Klänge von Anna Maria zu konzentrieren, die sie aus lauter Heimweh in Kanada ständig gehört hatte, wie auch etliche andere isländische Interpreten. Diese CD, in der die Künstlerin Gedichte vertont, die ihr Großvater einst der Großmutter über sechzig Jahre lang geschrieben hatte, liebte sie besonders.

Lilja hätte gern noch etwas länger getanzt, aber nun wurden die Gäste in den großen Theatersaal gebeten.

Thorwald reichte Lilja seinen Arm. Ihr aber war das gar nicht recht, sich vor der Hochzeitsgesellschaft so vertraut mit ihm zu geben. Allein, wenn ihre Mutter das sah … Sie würde sich höchstwahrscheinlich nicht scheuen, extra herbeizueilen und Thorwald von der Existenz Noahs in Kenntnis zu setzen. Um solche Peinlichkeiten gar nicht erst zu provozieren, ignorierte sie seinen Annäherungsversuch. Aber nicht diskret genug, um ihn das nicht merken zu lassen.

»Keine Sorge! Ich komme dir schon nicht zu nahe. Steht ja *Besetzt* drauf«, murmelte er gekränkt, doch dann merkte er wohl, wie beleidigt das klang. »Dein Kanadier muss ja ein echt toller Hecht sein. Nun komme ich wieder zu spät. Wie damals«, fügte er lachend hinzu. Lilja gefiel weder seine beleidigte Reaktion noch sein verunglückter Scherz. Es ärgerte sie überdies maßlos, dass offenbar jedermann in Akureyri sie nur im Doppelpack mit dem körperlich abwesenden, aber in den Köpfen der Leute voll präsenten Noah wahrnahm. Aus den Augenwinkeln beobachtete sie nun, wie Liv und Björn sich ganz vertraut nebeneinandersetzten. Ob er wohl ohne seine Frau gekommen war? Siedend heiß fiel ihr ein, dass Liv heute Morgen davon gesprochen hatte, dass sie noch ihren Freund wecken wollte. Ob sie wohl Björn damit gemeint hatte?

Entschieden setzte sich Lilja in eine Reihe schräg hinter die beiden, weil sie auf keinen Fall neben ihnen sitzen wollte.

In dem fünfhundert Plätze fassenden Theatersaal füllte die Hochzeitsgesellschaft gerade mal die ersten Reihen aus, aber die Stimmung war so prächtig, als wäre der Raum voll besetzt. Ein Ensemblemitglied kündigte an, dass sie keine Kosten und Mühen gescheut hätten, die Liebesgeschichte von Elin und Kristian in einem eigenen Stück zu verarbeiten. Frenetischer Applaus brandete auf.

Thorwald beugte sich, kaum dass der Beifall verklungen war, zu Lilja herüber und deutete mit dem Kopf in Richtung von Björns Hinterkopf.

»Sag mal, was will denn dieser Bursche hier? Den habe ich hier wirklich nicht erwartet«, raunte er missmutig.

Lilja zuckte mit den Schultern. »Er ist der Cousin des Bräutigams.«

»Das weiß ich auch, aber wieso taucht er nach so vielen Jahren wieder hier auf? Ich dachte, der hat mit Akureyri nichts mehr am Hut.« Björns überraschender Auftritt auf diesem Fest schien also nicht nur sie zu stören, dachte Lilja, und dann fiel ihr wieder ein, dass die beiden als kleine Jungen einmal dicke Freunde gewesen waren, sich dann aber später über-

73

worfen hatten. Ja, sie hatten sich sogar auf dem Schulhof geprügelt, aber damals war es nicht um Lilja gegangen, sondern
um Sam, die Schulschönheit – und die beiden waren noch
keine zehn Jahre alt gewesen.

»Du siehst ihn also auch zum ersten Mal wieder, nachdem
er dich hat sitzen lassen, oder?«, hakte Thorwald flüsternd
nach.

»Er hat mich nicht sitzen lassen«, fauchte Lilja ihn an. »Das
sagt man bei schwangeren Frauen, wenn die Väter sich aus
dem Staub machen.« Sie wunderte sich selbst über die Heftigkeit, mit der sie ihn maßregelte, aber sie fühlte sich fast wie
in einer Zeitmaschine. Warum reden alle von Dingen, die
längst vergangen und vergessen sind?, dachte sie erbost. Aber
sofort drängte sich die Erkenntnis auf, dass sie doch diejenige
war, der plötzlich alles wieder so präsent war, seit sie gestern
an der Herzampel in den Ort eingebogen war.

»Meinetwegen müssen wir kein Wort über den Kerl verlieren, aber du bist doch extra in die Reihe hinter ihm gegangen, weil du nicht neben ihm sitzen wolltest, oder?«

»So ein Unsinn! Ich habe ihn gar nicht gesehen«, zischte
Lilja und war erleichtert, dass in diesem Augenblick der Vor-
hang aufging und sie der Auftritt in ihren Bann zog. Die spiel-
freudige Truppe stellte nun dar, wie Elin und Kristian sich bei
ihrer ersten gemeinsamen Theaterproduktion nur gestritten
hatten, statt sich zu küssen. Doch bei der gelungenen Premie-
renfeier hatte es dann gefunkt, und aus den beiden Hitzköp-
fen war ein heißblütiges Paar geworden. An dieser Stelle sangen die Mitspieler dem Brautpaar ein Liebeslied, das sie selbst
komponiert und getextet hatten.

Lilja war so gerührt von der Bühnenshow, dass ihr eine
Träne die Wangen hinunterkullerte. Das war alles so furchtbar
romantisch! Natürlich musste sie an ihre eigene Liebesgeschichte denken, deren Magie nur von kurzer Dauer gewesen
war. Eigentlich war Noah in dem Moment entzaubert gewe-

sen, als seine Mutter ihm bei der Begrüßung stürmisch durchs Haar gewuschelt und ihn *Mein Süßer* genannt hatte, während sie Lilja nur förmlich die Hand gereicht hatte. Und noch etwas anderes ließ ihre Augen feucht werden. Das tief empfundene Glück, mit diesen kreativen Menschen zu feiern und sich mit ihrer Schwester und ihrem Mann zu freuen. Sie hatte fast vergessen, was für eine enorme Lebensenergie von ihren gleichaltrigen Landsleuten ausging. Natürlich war die quirlige Truppe dort oben ganz speziell, weil es ihr Beruf war, das Publikum mitzureißen, aber das liebte sie auch an ihren nicht hauptberuflich kreativ arbeitenden Mitmenschen: Sie hatten mehr oder minder alle ein künstlerisches Interesse. Die Truppe auf der Bühne brannte ein wahres Feuerwerk aus Tanz, Schauspiel, Parodie und Gesang ab. Die Show kann es mit jeder großen Produktion aufnehmen, die ich woanders gesehen habe, dachte Lilja bewundernd.

Plötzlich spürte sie, wie Thorwald ganz vorsichtig ihre Hand nahm. Ihr erster Impuls war es, sie ihm zu entziehen. Nur wegen ihres leicht schlechten Gewissens, weil sie ihn so angegiftet hatte, ließ sie ihn gewähren.

»Ich musste dich die ganze Zeit ansehen. Ich hoffe, du weinst vor Glück«, raunte er ihr zu.

Lilja wandte sich ihm zu und lächelte. »Ja, ich bin sehr glücklich, heute hier zu sein«, flüsterte sie zurück.

»Das geht mir genauso«, entgegnete er und drückte zärtlich ihre Hand. Wie er das wohl meint?, fragte sie sich und versuchte, es nicht auf ihre Anwesenheit zu beziehen, denn ein Flirt war zurzeit das Letzte, was sie gebrauchen konnte.

Zum Abschluss ihrer professionellen Darbietung holten die Mitwirkenden Elin und Kristian auf die Bühne und sangen mit ihnen gemeinsam einen Song aus ihrer letzten Produktion.

Als Lilja danach zusammen mit Thorwald in das Restaurant zurückging, spielte sie mit dem Gedanken, das Fest nach diesem Höhepunkt zu verlassen. Es war doch eine Menge an Eindrücken, die seit gestern auf sie eingeprasselt war. Sie sehnte sich nach ihrem ruhigen Hotelzimmer. Morgen dann würde sie in ihr Elternhaus umziehen. Während sie mit Abschiedsgedanken spielte, fragte Thorwald, ob sie mit ihm an der Bar einen Drink nehmen wolle. Sie überlegte und war hin- und hergerissen. Thorwalds Gesellschaft war angenehm und tröstete sie ein wenig über das befremdliche Wiedersehen mit Björn hinweg, aber auch über die Schroffheit ihres Vaters, dessen lädierter Zustand sie zutiefst deprimierte, ebenso wie über die Oberflächlichkeit, die sie bei ihrer Mutter wahrnahm und die ihr so sehr missfiel.

»Gut, aber nur auf einen Drink. Ich muss das Ganze erst einmal verarbeiten. Ich war über sechs Jahre fort und wusste nichts vom Unfall meines Vaters.«

»Der Arme! Ich glaube, er leidet am meisten darunter, dass er nicht mehr aufs Meer hinausfahren kann. Das ist wie bei einem Fisch, den man aufs Trockene wirft. Er braucht das Wasser zum Leben.«

Diese einfühlsame Bemerkung Thorwalds bereitete ihr ein warmes Gefühl. Das konnte nur einer sagen, der so mit dem Eismeer verbunden war wie alle die jungen Männer, die in Akureyri geboren und aufgewachsen waren.

Sie waren nun an der Bar angekommen, setzten sich gegenüber auf zwei Hocker und bestellten Gin Tonic. Der Barkeeper pries ihnen in den höchsten Tönen einen einheimischen Tropfen an und versicherte ihnen, von der Wacholderbeere bis zum Zuckertang komme alles aus Island. Lilja und Thorwald waren, sobald sie den ersten Schluck genommen hatten, davon überzeugt, dass dies der beste Gin war, den sie jemals getrunken hatten.

Sie hatten sich gerade noch einen Drink bestellt, als Liljas Mutter auf die Bar zusteuerte. Ihre verärgerte Miene verriet, was sie davon hielt, dass ihre glücklich verheiratete Tochter mit einem attraktiven Mann vertraut an der Bar saß. Wobei Katla ihr Thorwald damals regelrecht als potenziellen Ehemann angepriesen hatte. Sogar als Lilja noch mit Björn zusammen gewesen war, hatte ihre Mutter öfter mal bemerkt, dass ihr Traumschwiegersohn Thorwald sei. Und als Lilja und er dann nach Björns wortlosem Abgang aus Liljas Leben beinahe ein Paar geworden wären, hatte ihre Mutter das sehr befürwortet und nicht das geringste Verständnis dafür aufgebracht, dass ihre Tochter einem derart begehrten Mann einen Korb gegeben hatte. Erst Noahs Auftauchen hatte Katla in diesem Punkt wieder mit Lilja versöhnt. Aber nun gab es eben Noah, und deshalb waren Thorwald und Lilja, wie sie so vertraut miteinander feierten, ihrer Mutter ganz offensichtlich ein Dorn im Auge.

Trotzdem begrüßte Katla Thorwald höflich, ohne ihm auf die Nase zu binden, dass Lilja ja nun eine verheiratete Frau war. Dann wandte sie sich mit strengem Blick an ihre Tochter. »Vater und ich gehen jetzt. Wir nehmen Amma mit. Wie ist es mit dir? Willst du nicht auch lieber mit uns kommen? Du bist doch sicherlich noch sehr erschöpft von der langen Reise, oder?«

»Nein, Mamma, ich bleibe noch ein bisschen und schlafe diese Nacht auch noch im *Hrafninn*.«

Als Lilja ganz offen den Namen des Gästehauses nannte, in dem sie übernachtete, warf Katla ihr einen missbilligenden Blick zu, so als ob sie Thorwald damit quasi aufgefordert hätte, mit ihr aufs Zimmer zu kommen.

Lilja ignorierte das und versprach ihrer Mutter, morgen Vormittag mit ihrem Gepäck vorbeizukommen.

»Wie du meinst«, murmelte Katla zickig, aber dann merkte sie wohl selbst, dass sie sich etwas im Ton vergriffen hatte, und rang sich zu einem Lächeln durch. »Ich wünsche euch noch einen schönen Abend. Ihr habt euch sicherlich viel zu erzählen«, flötete sie, bevor sie zu dem Tisch zurückging, an dem ihr Mann und ihre Mutter ungeduldig auf den Aufbruch warteten.

»Entschuldige mich mal kurz, ich will mich zumindest noch von meiner Amma verabschieden.« Lilja kletterte, ohne Thorwalds Antwort abzuwarten, von ihrem Barhocker und näherte sich dem Tisch. Gerade in dem Augenblick kreuzte Björn ihren Weg. Erst wollte er sie wohl ignorieren, doch dann suchte er ihren Blick und funkelte sie wütend an. Offenbar hatte er bereits einiges getrunken, denn seine Augen waren ganz rot. Außerdem artikulierte er sich nicht mehr ganz deutlich und schien völlig vergessen zu haben, dass sie ihm ein weiteres Gespräch ausdrücklich verweigert hatte.

»Wer hätte gedacht, dass du so eine gute Schauspielerin bist? Ich dachte eigentlich, das sei Elins Begabung. Aber wie du die Opferrolle spielst, alle Achtung!«

»Sag mal, bist du besoffen? Ich versuche wirklich, mich von dir nicht provozieren zu lassen. Aber kannst du mal aufhören, mich mit so einem Unsinn zu nerven? Okay, ich hatte damals Liebeskummer, aber das ist ... das ist Schnee von vorgestern.«

»Liebeskummer? Aber nicht wegen mir!«

»Nee, wegen der zwölf Weihnachtskerle!«, gab sie spöttisch zurück.

Björns wütender Blick wurde auf einmal ganz weich. »Du hattest meinetwegen Liebeskummer? Hast du deinen Entschluss doch bereut? Und warum hast du nichts mehr von dir hören lassen? Ich hätte dir das doch verziehen.« Er klang jetzt wieder relativ nüchtern.

»Du mir? Verziehen? Du bist doch sang- und klanglos untergetaucht! Und von welchem Entschluss redest du bloß?«

Da trat Liv hinzu und hakte sich demonstrativ bei Björn unter. Offenbar sind die beiden ein Paar, auf jeden Fall an diesem Abend, dachte Lilja grimmig. Vielleicht hatte ihre Mutter damals ja doch nicht unrecht, und er war wirklich ein

Frauenheld. Unauffällig ließ sie ihren Blick zu seinem Ring-finger schweifen. Sie entdeckte weder einen verräterischen Ring noch Spuren, dass er ihn nur abgezogen hatte, um den Abend unbeschwert mit Liv verbringen zu können.

»Ich muss zu meiner Familie. Man sieht sich«, murmelte sie und verschwand. Langsam zweifelte sie an ihrer eigenen Wahrnehmung. Björn trat dermaßen überzeugend auf, dass sie fast meinen musste, *sie* hätte ihn damals verlassen. Doch was sie am meisten ärgerte, war dieser Anflug von Eifersucht, der sie eben gerade erneut durchzuckt hatte. Was ging es sie an, dass er seine Frau womöglich mit Liv betrog?

Wütend eilte sie weiter zum Familientisch. Ihr Vater war gerade dabei, mithilfe der Mutter von seinem Stuhl aufzuste-hen. Lilja hätte sich am liebsten abgewendet. Es tat ihr so weh, mit ansehen zu müssen, wie sich ihr Vater hochquälte. Kaum dass er stand, wollte ihre Mutter ihn stützen, aber er verlangte nach seinen Krücken, die sie ihm widerwillig reichte.

Ari würdigte Lilja keines Blickes, als er sich nun auf die Krücken stützte und in Bewegung setzte. Aber in dem Mo-ment verstand sie ihn auch ohne Worte. Das war früher schon so gewesen. Ari hatte selten seine Gefühle gezeigt, aber manchmal hatte es zwischen Vater und Tochter ein zwar un-sichtbares, aber sehr intensives Band gegeben. Und so ahnte sie, was in seinem Kopf vor sich ging und warum er sich nicht an Katlas Arm aus dem Saal führen ließ. Dass er allein ging, wenn auch mithilfe der Krücken, gab ihm etwas von seiner Würde zurück. Seine Körperhaltung war zwar nicht mehr so kerzengerade wie in gesunden Tagen, aber er wirkte viel autarker als auf der Treppe. In dem Moment blieb er noch einmal stehen und wandte sich seiner Tochter zu. »Du kommst zu uns, habe ich gehört. Gut, dann bis morgen!« Sein Ton war weder herzlich noch freundlich zu nennen, aber Lilja spürte, dass ihm ihr Auftauchen alles andere als gleich-gültig war. Und sie ahnte auch, womit sie seine inneren Blockaden gegen ihren Besuch etwas hatte lockern können. Es war wohl der kleine Disput vorhin mit ihrer Mutter gewesen, der ihn für sie eingenommen hatte. Wahrscheinlich würde er die Nachricht von ihrer Trennung eher positiv aufnehmen.

Lilja umarmte ihre Großmutter zum Abschied herzlich und versprach ihr, dass sie in den nächsten Tagen viel Zeit für intensive Gespräche haben würden.

»Pass auf dich auf! Thorwald ist und bleibt ein Schürzenjäger«, raunte sie ihrer Enkelin zu.

»Amma, wo denkst du hin?«, lachte Lilja.

»Deine Großmutter hat ausnahmsweise recht«, mischte sich ihre Mutter ein.

»Hast du schon wieder gelauscht?« Die Großmutter drohte ihrer Tochter spielerisch mit dem Zeigefinger.

»Nein, liebe Mutter, du vergisst, dass du wegen deiner schlechten Ohren lauter sprichst, als du denkst. Vielleicht kannst du unsere Tochter ja überzeugen, dass es besser wäre, sie käme jetzt mit uns.«

»Ach, Katla, nun lass sie doch ihren Spaß haben! Wenn ich daran denke, dass du früher keine Party vor dem Morgengrauen verlassen hast. Du warst doch auch mal jung«, lachte Amma Hrafnhildur.

Lilja blickte erstaunt zwischen ihrer Mutter und ihrer Großmutter hin und her. *Partys bis zum Morgengrauen?* Nein, das konnte sie sich beim besten Willen nicht vorstellen.

Da hatte sich ihre Mutter auch schon auf dem Absatz umgedreht und war dem Vater gefolgt, der aber ganz offensichtlich ohne ihren stützenden Arm prächtig zurechtkam. Er war nämlich schon wieder mit Björn in ein angeregtes Gespräch vertieft, wie Lilja mit gemischten Gefühlen beobachtete.

10

Eine alte Rechnung

Ein eisiger Wind nahm ihnen fast die Luft zum Atmen, als Lilja und Thorwald die Party verließen, die immer noch in vollem Gang war. Der Wind kam vom Wasser her und fegte mit voller Kraft durch die Strandgata.

Es war ein rauschendes Fest und für Lilja schließlich auch entspannt gewesen, seit ihre Eltern die Feier verlassen hatten. Die meiste Zeit hatte sie mit Thorwald getanzt oder mit ihm an der Bar gesessen. Als sie vor die Tür traten, fiel Lilja ein, dass sie Thorwald noch gar nicht gefragt hatte, wieso er überhaupt zu Elins Hochzeit eingeladen war. Das wollte sie unbedingt nachholen.

»Seit wann bist du eigentlich mit meiner kleinen Schwester befreundet?«, fragte sie, bevor sie sich schnell wieder den Schal vor das Gesicht schob.

»Ich spiele mit Kristian in einer Band. Wir sind echt gut, nur leider ist uns der Sänger gerade nach Reykjavík abgehauen. Sonst hätten wir hier die Hütte gerockt.« Im Gegensatz zu Lilja, die sich recht nüchtern fühlte, schien er ihrer Meinung nach ein wenig zu viel vom einheimischen Gin genossen zu haben, denn seine Artikulation war nicht mehr glasklar. Auf jeden Fall wollte er sich nicht davon abbringen lassen, sie zum Hotel zu begleiten. Lilja ließ ihn gewähren, wenngleich sie in diesem Ort zu jeder Tages- und Nachtzeit überall allein durch die menschenleeren Straßen gehen konnte.

81

Außerdem wollte er unbedingt noch ihre Zusage, dass sie morgen Abend mit ihm in ein neues Restaurant am Hafen ging, nachdem er ihr seine Firma gezeigt hatte. Er war nämlich sehr stolz darauf, dass er das Busunternehmen seines Vaters noch durch eine kleine Spedition erweitert hatte. Immerhin hatte er es geschafft, neben dem größten Unternehmen am Platz eine Anlage zum Löschen von Containern und ein eigenes Kühlhaus zu errichten, das sich rentierte, wie er Lilja bei seinem vierten Gin Tonic – sie hatte da gerade erst ihren zweiten – in allen Einzelheiten erzählt hatte. Sie fand das spannend, weil sie alle Informationen über ihre Heimat wie ein Schwamm aufsog. Außerdem sprach er mit so viel Begeisterung von seinen Erfolgen, dass ihr nicht langweilig wurde. Natürlich lenkte ihn das auch hervorragend davon ab, ihr womöglich neugierige Fragen über ihr spannendes Leben in Kanada zu stellen. Eigentlich wartete sie nur auf eine Gelegenheit, ihm ein paar Informationen über die Boote ihres Vaters zu entlocken, aber es war wohl nicht der richtige Zeitpunkt, ihn auszufragen. Mit dem kleinen Hintergedanken, am nächsten Abend einige Informationen über die Lundi und den ollen Walfänger zu bekommen, sagte sie schließlich zu, mit ihm am Abend auszugehen.

Als sie an die erste Ampel kamen und ein rotes Herz aufleuchtete, wurde er ganz melancholisch. »Weißt du, dass ich dich hier zum ersten Mal geküsst habe? Aber da gab es an dieser Ampel noch kein Herz.« Er legte den Kopf schief, was ihm einen jungenhaften Ausdruck verlieh.

Wenn sie ehrlich war, konnte sie sich nicht mehr genau daran erinnern, aber sie wollte ihn auch nicht verletzen und tat so, als wüsste sie das noch. Er legte gerührt den Arm um sie und entschuldigte sich zugleich für diese Annäherung. »Keine Sorge, ich tu dir nichts! Du bist schließlich mit diesem Supermann verheiratet.«

»Und du? Bist du eigentlich verheiratet?«

Er stöhnte laut auf. »Musst du mir diesen schönen Abend verderben? Ja, sie heißt Anouk und ist Architektin.«

Lilja war fast ein wenig erleichtert über diese Information. Obwohl es ganz nett gewesen war, an diesem Abend einen Mann an ihrer Seite zu haben, dem sich Björn wegen der alten Feindschaft der beiden nicht freiwillig nähern würde, suchte sie auf keinen Fall ein amouröses Abenteuer. Jedenfalls nicht, bevor sie einen Plan hatte, wie ihr Leben weitergehen sollte.

»Und warum war sie nicht mit auf der Hochzeit?«

»Weil wir in Scheidung leben und sie in Reykjavík wohnt. Aber davon will ich überhaupt nichts wissen, weil ich gerade eine Traumfrau kennengelernt habe.«

»Ist mir da eben auf dem Fest etwas entgangen? Wie heißt sie?«, lachte sie, obwohl sie ahnte, dass er sie meinte.

»Lilja«, erwiderte er verzückt.

»Wie … kennengelernt? Du kanntest mich doch schon vorher«, erwiderte sie ohne jegliche Koketterie. Einerseits fand sie seine offensive Art, mit ihr zu flirten, ganz unterhaltsam, aber sie wollte ihm keineswegs falsche Hoffnungen machen. Deshalb ging sie auf seine Annäherungsversuche gar nicht erst ein.

Er aber blieb abrupt stehen und musterte sie verträumt von Kopf bis Fuß, als hätte er sie an diesem Abend wirklich zum ersten Mal in seinem Leben gesehen. »Die Frau, die ich heute getroffen habe, ist eine selbstbewusste Person, die aus der weiten Welt in unsere kleine Stadt zurückgekehrt ist. Die sich was getraut hat. Die mutig ist. Das ist so sexy, auch wenn ich den Typen, den du geheiratet hast, nicht leiden kann. Ich habe euch damals nur einmal von ferne gesehen. Meine Güte, was für ein Angeber!«

Lilja musste grinsen, denn Thorwald zeichnete sich ja nicht gerade durch Bescheidenheit aus. Allerdings bewunderte sie ihn dafür, dass er noch ganze Sätze von sich gab. Hätte sie auch annähernd so viel getrunken wie er, sie würde wahr-

83

scheinlich nur noch lallen. Dennoch erschloss sich ihr der tiefere Sinn seiner Worte, er habe sie erst heute kennengelernt, immer noch nicht ganz.

»Das ist wirklich bezaubernd von dir, mir solche Komplimente zu machen, aber es beantwortet meine Frage nicht«, hakte sie nach.

»Tja, wie soll ich es sagen, ohne dich zu verletzen? Damals warst du ein süßes Mädchen.«

»Mädchen? Ich glaube, ich war schon über achtzehn«, korrigierte sie ihn prompt.

»Trotzdem, man konnte sich als Mann vorstellen, dich vom Fleck weg zu heiraten, Kinder zu bekommen, ein schönes Zuhause zu haben.«

»Verstehe ich das richtig? Du hast mich als Hausmütterchen gesehen?«

»Nein, das nicht. Du warst schon sehr verführerisch, aber so geradlinig ... wie soll ich das sagen? Eine, der man nicht unbedingt zugetraut hätte, dass sie eingefahrene Wege verlässt.«

»Ich verstehe. Hübsch, aber langweilig.« Lilja wusste natürlich, dass sie in den vergangenen sechs Jahren mutiger und selbstbewusster geworden war, aber sie hatte wenig Lust, sich von einem betrunkenen Exfreund ihre Psyche erklären zu lassen, zumal Thorwald diesbezüglich bestimmt nicht der Richtige war. Er hatte sich noch nie dadurch ausgezeichnet, sich mit dem Seelenleben seiner Mitmenschen zu befassen.

»Verzeih, ich wollte dich nicht verärgern!«, bemerkte er entschuldigend und sah sie so treuherzig an wie der kleine verletzte Seehund, den sie einst in den Ferien auf der Halbinsel Vatnsnes am Strand gefunden und gesund gepflegt hatte.

»Schon gut, ich habe nur gerade die Nase gestrichen voll von der Vergangenheit, den Vergleichen, den Erinnerungen.«

»Hätte ich das mit dem Kuss lieber nicht sagen sollen?«,

fragte er treuherzig. Lilja aber hatte nur noch einen Wunsch: endlich in ihr warmes Bett zu fallen, und zwar allein.

»Du, den Rest bis zum Hotel schaffe ich schon«, sagte sie, doch Thorwald umfasste sie noch fester. »Ich setze dich wie versprochen vor dem *Hrafninn* ab.«

Lilja verzichtete darauf, ihm wegen der paar Meter zu widersprechen, geschweige denn, sich aus seinem Arm zu winden.

Gerade als sie bei der Pforte ankamen, hörten sie schwere Schritte hinter sich und eine weibliche Stimme fluchen.

Lilja fuhr herum und erblickte Liv, an der Björn wie ein nasser Sack hing.

»Hilfst du mir? Ich schaffe das nicht allein!«, rief Liv und keuchte unter dem Gewicht des stattlichen Mannes, der mit geschlossenen Augen dümmlich vor sich hingrinste.

»Björn, du wirst mir langsam zu schwer. Halt dich mal an der Pforte fest!«, bat Liv ihn. Er riss die Augen auf, und seine Miene versteinerte, als er Lilja an Thorwalds Arm entdeckte. Dann wankte er einen Schritt auf Thorwald zu. »Ist das wahr, dass du damals der Typ warst, mit dem sich Lilja getröstet hat?«

Lilja ließ Thorwalds Arm los und stellte sich zwischen die beiden Männer. Offenbar war Björn wesentlich betrunkener als Thorwald, denn er konnte sich kaum auf den Beinen halten. Lilja hatte Sorge, er würde umkippen. Sie packte ihn am Ärmel und schob ihn zum Zaun, der ihm Halt gab.

»Bis morgen, Thorwald, ich helfe Liv. Wir schaffen das schon allein!«, rief sie nun ihrem Begleiter zu, doch der dachte gar nicht daran, sich diskret zurückzuziehen, sondern trat seinerseits bedrohlich auf Björn zu. »Du hast sie schlecht behandelt, du Blödmann! Dafür sollte ich dir noch eins aufs Maul geben«, zischte er.

Lilja warf Liv einen erschrockenen Blick zu, die ihr ein Zeichen machte, sich lieber in Sicherheit zu bringen. Das Gefühl teilte Lilja, denn ihr war so, als würde pures Testosteron durch die Winterluft wabern. Sie trat beiseite und wollte sich vorsichtshalber zu Liv stellen. Im Vorbeigehen versuchte sie allerdings, Thorwald am Ärmel mitzuziehen, doch er schüttelte sie ab wie eine lästige Fliege. Stattdessen ging er mit kämpferischer Miene noch einen Schritt auf Björn zu. »Du weißt schon, dass ich noch einen guthabe. Du hast mir damals auf dem Schulhof einen Zahn ausgeschlagen.«

Björn stieß nur einen unartikulierten Zischlaut aus, während in seinen Augen ebenfalls die pure Kampfeslust flackerte. Statt sich an den Zaun zu lehnen, richtete er sich jetzt gerade auf und konnte tatsächlich wieder auf eigenen Beinen stehen. Körperlich und kräftemäßig schienen die beiden einander in nichts nachzustehen. Björn war zwar größer, Thorwald dagegen breiter.

»Und du bist ein mieser Abzocker. Du hast sie mir weggenommen!« Björns Artikulation war nicht mehr ganz klar, aber Lilja konnte immerhin jedes Wort verstehen und hegte keinerlei Zweifel, dass es hier nicht um die Schulschönheit Sam ging, sondern um sie.

»Die werden sich doch nicht etwa prügeln wie die Kleinkinder?«, raunte sie Liv erschrocken zu, denn sie gehörte nicht zu den Frauen, die insgeheim geschmeichelt waren, wenn sich zwei attraktive Kerle um sie prügelten.

Liv zuckte mit den Schultern. Sie schien das ganze Machogehabe der beiden etwas gelassener zu sehen als Lilja, die in diesem Augenblick nicht wusste, wen von beiden sie kindischer fand. Liv hingegen holte in aller Seelenruhe ihr Telefon hervor und bestellte ein Taxi.

Doch dann ging alles ganz schnell. Björn fiel mit einem Aufschrei zu Boden, nachdem Thorwald ihm die Faust in den Magen gerammt hatte. »Du hast dich einfach verpisst. Bis heute! Das war lange fällig.« Weiter kam er nicht, weil ihm Björn die Beine weggezogen hatte und er in hohem Bogen in einen alten Schneehaufen fiel. Und schon hatte sich Björn über ihn gerollt.

Lilja beobachtete die Prügelei der beiden fassungslos und fragte sich, in welchem Film sie gelandet war. Dass es wohl um sie ging statt um die elfenhafte damals elfjährige Sam, die kurz nach dieser Schulhofschlägerei der beiden Jungen mit ihren Eltern nach Dänemark gezogen war, wurde immer offensichtlicher. Um Himmels willen, dachte Lilja, das gibt es doch nur in schlechten Western, dass sich zwei ausgewachsene Kerle um eine Frau prügeln!

»Aufhören!«, schrie sie, aber die beiden wälzten sich mit Verve durch den alten Schnee, der jetzt nicht nur vom Schmutz eingefärbt, sondern auch voller roter Spritzer war.

Während Lilja noch überlegte, wie sie dem kindischen Treiben ein Ende bereiten sollte, ließen die Kampfhähne voneinander ab und blieben jeder für sich keuchend im kalten Schnee liegen, der sich über den ganzen Gehsteig verteilt hatte.

Da Liv sich sofort auf Björn stürzte und versuchte, ihm aufzuhelfen, kümmerte sich Lilja um Thorwald, dem Blut aus der Nase lief. Sie drückte ihm ein Taschentuch in die Hand und forderte ihn recht unsanft auf, hochzukommen. Obwohl sie stocksauer war, dass er diese Prügelei begonnen hatte, reichte sie ihm die Hand, um ihm aufzuhelfen. Zu ihrer großen Verwunderung machte er einen fast befreiten Eindruck. Die Wut in seinen Augen hatte einem gewissen Triumph Platz gemacht, während er Björn, der stöhnend am Gartenzaun lehnte, einen schadenfrohen Blick zuwarf.

»Das musste mal sein«, murmelte er.

»Idiot!«, zischte Lilja. »Ich glaube, du findest allein nach Hause«, fügte sie eisig hinzu.

»Dann schlaf gut, wunderschöne Lilja!«, flötete er. »Bis morgen!«

»Du glaubst doch nicht allen Ernstes, dass ich dich nach

der Nummer morgen wiedertreffe, als wäre nichts geschehen.« Lilja tippte sich gegen die Stirn.

»Ach, meine Süße, sei doch nicht so hart!«, bettelte Thorwald und klang dabei betrunkener als zuvor. Wie auch immer, er schien auf jeden Fall nicht Herr seiner Sinne gewesen zu sein. Und sie hatte nicht die geringste Lust, ihn morgen wiederzusehen.

»Du hast doch gehört, was sie gesagt hat«, mischte sich nun Björn lallend ein und machte eine fahrige Bewegung, die offenbar eine Drohgebärde sein sollte.

In dem Augenblick hielt ein Taxi vor dem *Hrafninn*. Liv deutete auf den Wagen und rief Thorwald zu, dass sie das für ihn bestellt habe.

»Er wohnt in einer Villa auf der anderen Fjordseite. Da kann er nicht zu Fuß hin, und schon gar nicht in diesem Zustand«, erklärte Liv der verblüfften Lilja, die sich fragte, wie er wohl hatte nach Hause kommen wollen. Oder hatte er das von Anfang an gar nicht vorgehabt, sondern geplant, bei ihr im Hotel zu übernachten?

Thorwald aber sträubte sich dagegen, ins Taxi zu steigen. Erst als Lilja ihn grob am Arm packte und zum Wagen zog, fügte er sich in sein Schicksal.

»Darf ich dich denn wenigstens mal anrufen bei deinen Eltern?«, fragte er schuldbewusst.

»Ja, natürlich, aber nun schlaf erst mal deinen Rausch aus! Und das da eben war keine Heldentat, mein Lieber!«

Thorwald warf ihr zum Abschied wieder diesen Seehundblick zu, aber Lilja wandte sich energisch ab, um Liv zu helfen.

Björn lehnte unterdessen immer noch am Zaun und stierte grimmig vor sich her. Ihn hatte diese kleine Prügelei offenbar nicht so befriedigt wie seinen Gegner.

»Kannst du ihn an der anderen Seite unterhaken?«, bat Liv sie.

Beherzt tat Lilja, was Liv verlangte, aber Björn schüttelte seine beiden Helferinnen ab. »Ich schaffe das schon allein«, brummte er. Und tatsächlich, er konnte auf eigenen Beinen ins Haus wanken.

»Soll ich dir noch helfen?«, stöhnte Lilja, als sie an der Treppe angelangt waren.

»Nein, ich denke, er schafft es in sein Bett«, lachte Liv. »Ich begleite ihn.« Sie gab der verblüfften Lilja ein Küsschen auf die Wange. »Du bist ein Phänomen. Nicht nur, dass du den Traummann bekommen hast, jetzt prügeln sich auch noch die attraktivsten Einheimischen um dich.« Kopfschüttelnd folgte sie Björn, der Lilja keines Blickes mehr gewürdigt hatte.

Vielleicht besser so, dachte Lilja, während sie die Treppe nach oben stieg. Sie hätte es nie für möglich gehalten, dass sich zwei erwachsene Männer im nächtlichen Schnee die Köpfe einschlugen. Vor dem Hintergrund dieser Prügelei war sie auch nicht länger daran interessiert, zu erfahren, warum Björn so hartnäckig leugnete, sie ohne eine einzige Erklärung verlassen zu haben.

Mit diesem Gedanken war sie jedenfalls zufrieden, als sie sich unter die warme Decke kuschelte.

Mitten in der Nacht – jedenfalls ihrem subjektiven Erleben nach – wachte sie in einer selten entspannten Stimmung auf und hielt das zweite Kissen eng umschlungen. Sie konnte sich dunkel erinnern, dass sie einen schönen Traum gehabt hatte, den sie gern zu Ende geträumt hätte. Aber dazu musste sie sich erst einmal daran erinnern, um den Faden in Gedanken weiterzuspinnen. Es dauerte eine Weile, bis das letzte Bild vor ihrem inneren Auge auftauchte. Sie liegt in einem breiten Bett und sieht aus Fenstern, die bis zum Boden reichen, hinüber nach Akureyri. Es ist einer der Tage, an denen die Sonne nicht untergeht. Fast nahtlos geht die Abenddämmerung in die Morgendämmerung über, und schon steigt die Sonne wieder aus dem Fjord empor. Sie liegt auf dem Rücken zwischen zwei attraktiven Männern, die jeweils ihre Hand halten und die sie noch nie zuvor gesehen hat. Die beiden Männer schmachten sie an, und plötzlich bekommen sie erkennbare Züge. Oje, Thorwald und Björn! Nicht schon wieder!

Trotzdem musste Lilja wider Willen lächeln. Im Traum waren die beiden Kerle ja wirklich entzückend gewesen! Sie warf einen flüchtigen Blick auf ihre Armbanduhr und schreckte hoch. Von wegen mitten in der Nacht! Es war bereits weit nach zehn. Lilja sprang aus dem Bett, duschte sich, raffte ihre Sachen zusammen und eilte die Treppe hinunter. An der Rezeption war alles ruhig. Offenbar schlief auch Liv noch. Es war Lilja mehr als recht, dass sie keinem Menschen begegnete, insbesondere Björn nicht. Sie schrieb Liv einen Zettel, dass sie ihr auf keinen Fall die Bezahlung schuldig bleiben wolle und in den nächsten Tagen vorbeikommen werde, um das in Ordnung zu bringen.

Draußen war es kälter als am Tag zuvor, aber die Sonne strahlte immer noch oder schon wieder vom blauen Himmel. Lilja stieg rasch in den Mietwagen, den sie erst am Montag abgeben musste, und verließ das Zentrum in Richtung der Altstadt.

11

Eine gemeine Intrige

Die Altstadt von Akureyri war einst als dänische Handels-
niederlassung gegründet worden. Zahlreiche in unterschiedlichen Farben gestrichene, jeweils auf individuelle Weise
prächtig gestaltete Holzhäuser, die alle eine ganz eigene Geschichte aufzuweisen hatten, säumten die Hafnarstræti. Lilja
liebte den Weg am Versammlungshaus vorbei, hinter dem
dann die bunten Fassaden das Straßenbild dominierten.

Ihr Elternhaus befand sich auf einem Eckgrundstück, wo
die Hafnarstræti die Lækjargata kreuzte, ganz in der Nähe
des ältesten noch erhaltenen Wohnhauses Akureyris, des Lax-
dalshúses. Das Haus war um 1795 entstanden und hatte im
19. Jahrhundert noch direkt am Fjord gestanden. Im 20. Jahrhundert hatte man östlich der Hafnarstræti Land aufgeschüt-
tet, sodass die Hafenstraße schon lange nicht mehr am Wasser lag.

So wie die meisten Bauten in der Altstadt gehörte auch
Liljas Elternhaus zu den Gebäuden, die im späten 19. und
frühen 20. Jahrhundert von den dänischen Händlern errichtet
worden waren. Das Haus hatte sich im Jahr 1900 ein reicher
Kaufmann gebaut, ein Mitglied der Kaupfélag Eyfirðinga og
Akureyrar, jener genossenschaftlich organisierten Handels-
gesellschaft, die Akureyri damals großen Wohlstand beschert
hatte und die es heute noch in der Stadt gab. Zu der dama-
ligen Zeit waren etliche neue Wohnhäuser, Lagerstätten und

Geschäfte in der Altstadt entstanden. Das hatte Akureyri einen stürmischen Aufschwung beschert. Doch kurz nachdem der Kaufmann mit seiner Familie in das stattliche Wohnhaus eingezogen war, war er einem Unglück zum Opfer gefallen.

Liljas Urgroßvater, ein Fischer, den der Handel mit gesalzenem Trockenfisch zu einem vermögenden Mann gemacht und der bis dahin ganz bescheiden in der Strandgata gewohnt hatte, hatte es der Witwe für wenig Geld abgekauft und war dort mit seiner Familie eingezogen. Wie man sich seit Generationen erzählte, war es seine Frau gewesen, die einen Hang zu dem Kaufmannsviertel gehabt haben sollte. Sie selbst stammte aus dem nördlichen Teil Akureyris, in dem eher die Handwerker wohnten. Zwischen den beiden Stadtteilen hatte einst eine große Rivalität geherrscht, sodass man später das erste Gymnasium der Stadt genau in der Mitte errichtet hatte, damit keiner sich benachteiligt fühlte. In der Altstadt ging es auf jeden Fall vornehmer zu, und zu dieser feinen Gesellschaft hatte es die Vorfahrin Liljas gezogen. Ihr eher bescheidener Mann hatte ihrem Herzenswunsch schließlich nachgegeben, als das Haus so plötzlich zum Verkauf gestanden hatte. Es gehörte jedenfalls zu den schönsten der ganzen Altstadt. Es war in einem zarten Grün gestrichen, besaß eine hochherrschaftliche Veranda, zwei Türmchen und verspielte Holzschnitzereien am Dachfirst. Es hieß immer noch das Michelsen-Haus, nach dem Erbauer, obwohl dort seit dem Beginn des 20. Jahrhunderts Liljas Familie wohnte.

Als Lilja linker Hand das alte Kaufhaus, das eine legendäre Tuch- und Wäscheabteilung besessen hatte, wie ihre Großmutter noch zu berichten wusste, auftauchen sah, spürte sie wieder dieses anheimelnde Gefühl von Nachhausekommen. In dem Laden wurden schon lange keine Stoffe mehr verkauft, aber man hatte es auch drinnen im ursprünglichen Stil erhalten. Durch die großen Fenster konnte man immer noch die Verkaufstische und die Regale aus edlem Holz sehen. Früher hatte Lilja sich immer vorgestellt, wie ihre Urgroßmutter in ihren hübschen Kleidern, die sie auf den alten Fotos trug, in das Geschäft gegangen war, um dort schöne Dinge einzukaufen.

Nach der nächsten Ecke tauchte dann auch schon ihr Elternhaus vor ihr auf.

Lilja parkte ihren Mietwagen vor dem Haus, um ihren schweren Koffer hineinzutragen, bevor sie das Auto zurückbringen wollte. Sie konnte es sich nicht leisten, es länger zu behalten, weil sie mit ihrem Geld haushalten musste.

Als sie ihn gerade keuchend die Treppe zur Veranda, von der der Hauseingang abging, hochhievte, tauchten Kristian und Björn auf. Sie hatten die Arme voller Hochzeitsgeschenke. Dann muss Björn noch früher aufgestanden sein als ich, dachte sie verwundert.

Kristian begrüßte sie leicht verkatert. »Lass mal stehen, den Koffer, ich nehme ihn dir gleich ab!«

»Nicht nötig, ich stelle ihn vor der Haustür ab, weil ich eh gleich wieder losfahre. Ich muss den Mietwagen abgeben.«

»Und wie kommst du wieder zurück?«, fragte er.

»Zu Fuß, die Strandgata ist ja nicht weit.«

»Ich wäre sonst zur Station gefahren und hätte dich auch wieder hierher zurückgebracht, aber wir haben gleich Probe, und ich muss die Braut noch zu Hause aus dem Bett holen«, erklärte er entschuldigend.

»Gut, ich fahre dich zurück«, brummte Björn, um dessen rechtes Auge herum ein unübersehbares Veilchen schimmerte.

»Ist nicht nötig, ich gehe gern zu Fuß«, erwiderte sie kühl. Ihr stand überhaupt nicht der Sinn danach, mit ihm allein im Wagen zu sitzen. Nicht nach dem Faustkampf, den er sich heute Morgen mit Thorwald geliefert hatte. Das war wirklich eine peinliche Show gewesen. Für beide Kerle!

»Quatsch, ich mache das!« Das klang fast wie ein Befehl.

Lilja wunderte sich, dass er schon wieder so fit und nüchtern war. Ob er von der Prügelei überhaupt noch etwas wusste?

Seufzend stellte Lilja ihren schweren Koffer ab und ging zu ihrem Wagen. Wie sie im Rückspiegel sehen konnte, stieg Björn tatsächlich in seinen Mietwagen und folgte ihr zur Autovermietung am Hafen.

Eigentlich ist das ja ganz nett von ihm, dachte sie, und trotzdem war ihr das nicht ganz geheuer. Sie befürchtete, er würde wieder so merkwürdige Andeutungen über das Ende ihrer Beziehung machen. Oder ihr würde ein abwertender Kommentar zu seinem Veilchen herausrutschen.

Doch er schwieg eisern, als sie zu ihm in den Wagen stieg. Auf der Höhe des Akureyri Hotels hielt er plötzlich an und schlug ihr vor, dort in der Bar einen Kaffee zu trinken. Lilja überlegte kurz, aber dann sagte sie sich, dass es wohl besser wäre, ihm endlich mal die Meinung zu sagen. Entweder entspannte sich die Lage zwischen ihnen, wenn sie offen unter vier Augen redeten, oder es kam zu einem ernsthaften Streit.

»Meinetwegen«, stöhnte sie. Björn hatte ihre Antwort gar nicht abgewartet, sondern er hatte den Wagen geparkt, war ausgestiegen und steuerte, ohne auf sie zu warten, auf das Hotel zu. Die Bar war um diese Zeit wie leer gefegt, weil das Frühstücksbüfett längst abgeräumt war. Bis auf die große Kanne mit dem Kaffee, aus der sie sich, wie der Mitarbeiter an der Rezeption ihnen gesagt hatte, selbst bedienen sollten.

Kaum dass sie sich gegenübersaßen, musterte Björn sie durchdringend. »Was läuft eigentlich zwischen diesem Angeber und dir?«, fragte er nun unverblümt.

Lilja konnte kaum fassen, dass er das wirklich gesagt hatte.

»Das geht dich gar nichts an!«, fauchte sie.

»Das sehe ich anders. Offenbar war er ja schon damals der Grund, dass du von mir nichts mehr wissen wolltest.«

Lilja tippte sich gegen die Stirn. »Sag mal, hast du gestern einen Schlag auf den Kopf bekommen? Dann könnte ich verstehen, dass du solchen Unsinn redest«, gab sie in scharfem Ton zurück.

»Okay, okay, mir war die Erinnerung an unsere Rangelei heute Morgen beim Aufwachen tatsächlich entfallen, aber als ich in den Spiegel sah, kamen mir ein paar unschöne Bilder in den Kopf. Wenn ich mich richtig entsinne, hat der Typ mich provoziert, und ich bin ausgerastet. Aber darüber wollte ich mit dir eigentlich nicht reden.«

»Ich auch nicht mit dir. Das war so dämlich«, gab sie schroff zurück.

»Ich weiß zwar nicht mehr alles, aber der tiefere Grund, der ist mir durchaus noch bewusst. Was glaubst du denn wohl, warum der schöne Thorwald und ich uns gestern gekloppt haben?«

»Weil ihr lattenstramm gewesen seid«, entgegnete Lilja ungerührt.

»Das hat uns zwar die Hemmung genommen, aber dicke Luft herrschte schon in der Kirche zwischen uns. Auf dem Fest haben wir es bei giftigen Blicken belassen. Und du kennst den Grund. Du brauchst also gar nicht so empört zu tun.«

»Keine Ahnung! Und ich finde es voll daneben, wenn sich erwachsene Männer prügeln, warum auch immer.«

»Ach ja? Und du kannst dir nicht vorstellen, dass wir eine alte Rechnung offen hatten?«

»Ich vergaß! Ihr habt euch schon einst in der Schule um die Klassenbella geprügelt.«

Lilja dachte nicht daran, ihm zu offenbaren, dass die beiden Streithähne nicht hatten verbergen können, um wen es bei dieser neuen Runde gegangen war. Denn sie sah überhaupt nicht ein, damit die Prügelei der beiden zu rechtfertigen, zumal das Ganze nun wirklich Schnee von gestern war.

»Tu doch nicht so! Du weißt ganz genau, um wen es dabei ging, oder?«

»Mir fällt kein Grund ein, der so einen Kinderkram rechtfertigt. Und außerdem ist das alles schon so lange her. Lass uns einen Strich unter die Vergangenheit ziehen, und gut ist! Ich habe dir längst verziehen.«

»Du mir verziehen? Na toll! Du hast mir also verziehen, dass du damals keinen Nerv für eine Fernbeziehung hattest und Thorwald als Trostpflaster genommen hast, als ich noch nicht mal im Flieger nach Kopenhagen saß?«

»Erzähl nicht so einen Mist!«, widersprach Lilja ihm empört. Jetzt fing er schon wieder an, die Tatsachen zu verdrehen. Langsam wurde sie wütend, weil sie sich nur allzu gut an die vielen vollgeheulten Kissen von damals erinnern konnte.

»Dass ich mich so in dir täuschen konnte! Ich habe dich für eine aufrichtige Person gehalten. Aber dass du das leugnest, ist wirklich traurig«, sagte er kopfschüttelnd.

Was sollte das? Seine Worte entsprachen genau ihren Gedanken über ihn. Dass sie ihn für aufrichtig gehalten hatte. Langsam schlich sich in Liljas Gedanken die Vermutung, dass irgendetwas nicht stimmen konnte. Entweder er verwechselte sie mit einer anderen Liebe oder … oder … Aber das konnte doch nicht sein! Schließlich war es keine fünfzig Jahre her. Dass er vehement die Fakten leugnete, das passte dennoch nicht zu dem ehrlichen Björn. Wenn sie da nur an ihren heimlichen Ausflug nach Grímsey dachte … Nicht sie hatten damals die moralischen Bedenken gepiesackt, dass sie ihre Mutter belogen hatte, sondern ihn. Bis zu ihrer Abfahrt hatte er sie angefleht, es ihrer Mutter ehrlich zu sagen. Um ihre Ruhe zu haben, hatte sie ihm dann schließlich vorgeschwindelt, dass ihre Mutter Bescheid wüsste. Auf der Insel hatte sie ihm dann gestanden, dass ihre Angst, die Mutter würde ihr den Ausflug verbieten, gesiegt und sie doch eine Schulfreundin vorgeschoben hatte. Und dieser grundehrliche Mensch spielte jetzt Katz und Maus mit ihr? Nein, das passte einfach nicht zu ihm.

96

»Warum hast du mir das damals nicht einfach persönlich gesagt?«, fuhr Björn gequält fort. »Warum musstest du deine Mutter vorschicken, um mir die Botschaft zu bringen, dass ich nie wiederkommen soll?«

Lilja wollte ihm gerade heftig Kontra geben, als ein vager Verdacht sie eiskalt durchzuckte.

»Meine Mutter? Wann hast du je mit meiner Mutter über das Thema Fernbeziehung gesprochen?«, fragte sie mit fester Stimme, obwohl ihr reichlich mulmig wurde.

»Willst du behaupten, du weißt davon nichts?«

»Kannst du mir erst mal meine Frage beantworten?«, flehte sie ihn an. In diesem Moment trafen sich ihre Blicke, und statt abgrundtiefer Verachtung sprach aus seinen Augen entfernt so etwas wie Zuneigung.

Björn legte den Kopf schief und überlegte. »Na ja, ich kann mich an den Anruf erinnern, als wäre es gestern gewesen, aber ich frage mich gerade, ob unsere Trennung vor meiner Abreise nach Kopenhagen oder danach gewesen ist.«

Anruf? Welcher Anruf, fragte sich Lilja fieberhaft, denn ihr Verdacht verdichtete sich langsam zur Gewissheit. Aber das wollte sie nicht an sich heranlassen. Das wäre … nein, alles in ihr weigerte sich, diesen Gedanken bis zum bitteren Ende zu führen.

»Danach! Da bin ich mir sicher«, entgegnete Lilja stattdessen. »Denn ich kann mich noch genau an unseren Abschied erinnern. Als ich dich zum Flieger nach Reykjavík gebracht habe, haben wir uns unter Tränen ewige Liebe geschworen. Tja, und das war dann das Letzte, was ich je von dir gehört habe.«

»O ja, ich entsinne mich wieder!«, stöhnte er. »Ich habe dich gefragt, ob du dir vorstellen könntest, zum Studium nach Kopenhagen zu gehen, und du hast fest versprochen, darüber nachzudenken.«

»Genau, weil ich mir partout nicht ausmalen wollte, so

weit von zu Hause fortzugehen«, sinnierte Lilja. Sie hatte das Bild von ihrem Abschied vor Augen, als wäre es gestern gewesen. Wie sie einander immer wieder umarmt hatten. Ich besuche dich, sobald du dich eingelebt hast, hatte sie ihm versichert. Und ich komme jede freie Minute nach Akureyri, hatte er geschworen. Nie würde sie vergessen, wie die kleine Maschine, in der Björn gesessen hatte, vom Boden abgehoben und sie ihr hinterhergesehen hatte, bis sie nur noch ein Punkt über dem Fjord gewesen war. Und auch daran, wie sie in dem Augenblick zum ersten Mal in ihrem Leben bereit gewesen war, ihre geliebte Heimat zu verlassen und ihm nach dem Schulabschluss in die Ferne zu folgen.

»Tja, und dann hat ein Kanadier geschafft, was mir nicht gelungen ist. Er hat dich von hier weggelockt«, klagte Björn.

»Aber das war doch viel später! Als ich glauben musste, dass du nichts mehr von mir wolltest. Ich wäre doch tatsächlich zum Studium nach Kopenhagen gekommen, um nur bei dir zu sein«, widersprach Lilja ihm verzweifelt.

Björn musterte sie fassungslos. Offenbar schien es endlich auch bei ihm angekommen zu sein, dass weder Lilja noch er im Unrecht waren.

»Aber das würde ja bedeuten … ich meine, wenn du dich nicht von mir trennen wolltest, dann hat ja deine …«, stammelte Björn.

Lilja stöhnte laut auf. Sie wollte die brutale Wahrheit, die sich nicht länger verdrängen ließ, nicht noch aus seinem Mund hören, aber er redete wie in Trance weiter. »Ich habe dich angerufen. Ein paar Tage nach meiner Ankunft in Kopenhagen. Da wollte ich dich einladen, weil mein WG-Kumpel übers Wochenende verreist war, und ich dachte, wir könnten uns ein schönes Wochenende machen.«

Liljas Herzschlag beschleunigte sich merklich. Sie konnte die Gewissheit, dass ihre Mutter Schicksal gespielt hatte, nicht länger leugnen. Björn würde sich niemals solche Lügengeschichten ausdenken. Sie sah ihn mit großen Augen an. »Und was genau hat sie dir am Telefon gesagt?«

»Willst du es wirklich wissen?«

Lilja nickte schwach.

»Dass du gerade das Wochenende mit Thorwald verbringst und dass du darum bittest, dass ich dich nicht mehr anrufe, weil du keine Lust auf eine Fernbeziehung mit mir hast.«

Lilja wurde übel. Sie sprang von ihrem Stuhl auf und rannte ohne ein Wort der Entschuldigung nach draußen. Dort atmete sie ein paarmal tief durch.

12
Zarte Versöhnung

Lilja wusste nicht, wie lange sie vor dem Hotel auf der Treppe gestanden und über das Wasser auf die gegenüberliegende Seite des Fjords gestarrt hatte. Erst die Hand, die zart über ihr Haar strich, riss sie aus ihren Gedanken. Sie fuhr herum und sah in Björns gequältes Gesicht.

»Meine Mutter hat also in meinem Namen mit dir Schluss gemacht?«, wiederholte Lilja.

»Ich habe ihre Worte damals kaum anders interpretieren können«, erwiderte Björn und musterte sie zweifelnd. Offenbar konnte er das Ganze auch immer noch nicht ganz begreifen. »Komm, wir gehen ein Stück am Wasser entlang! Wir brauchen wohl beide frische Luft.«

Lilja fragte sich, was in ihrer Mutter nur vorgegangen sein musste, hatte sie ihren Liebeskummer doch hautnah miterlebt. Vielleicht hat sie das nur so dahergesagt und …, dachte sie, während sie Björn auf dem Weg zum Fjord folgte.

»Aber warum hast du denn nicht versucht, mich persönlich ans Telefon zu bekommen? Vielleicht hast du das wirklich falsch verstanden«, hakte Lilja nach und blieb abrupt stehen.

»Was denkst du denn? Ich habe nicht einfach aufgegeben. Aber beim wiederholten Versuch – und ich habe es wirklich zu jeder Tages- und Nachtzeit versucht, und immer war sie dran! – hat sie behauptet, ich könnte es hundertmal versuchen, du würdest das Gespräch nicht annehmen. Du wolltest partout nicht mit mir sprechen. Und dein mobiles Telefon war plötzlich aus. Es war zum Verrücktwerden.«

»Mein Telefon war aus?«, fragte sie, als könne sie das nicht glauben, aber da fiel ihr siedend heiß etwas ein. Ihr Telefon hatte sie kurz nach Björns Abreise verloren. Sie unterbrach ihren Gedanken. Nein, wohl nicht verloren! Das hatte sie nur glauben müssen, weil ihre Mutter das Telefon höchstwahrscheinlich hatte verschwinden lassen. Aber Moment, Lilja hatte doch diverse Male vom Festanschluss auf seinem Handy angerufen, um ihm mitzuteilen, dass ihr Telefon weg war! Lilja wusste auch nicht mehr, was sie glauben sollte.

»Aber warum bist du nicht mehr an dein mobiles Telefon gegangen? Ich habe mir anfangs die Finger wund gewählt.« Mit diesen Worten ließ sie sich auf eine Bank fallen, die am Ufer stand. Sie spürte, dass ihr die Knie ein wenig weich geworden waren. Björn setzte sich zu ihr. So dicht, dass sich ihre Hände versehentlich berührten. Auch das weckte bei Lilja Erinnerungen an früher. Wie oft hatten sie stundenlang Hand in Hand auf einer Bank gesessen und über ihre Zukunft fantasiert!

»Das ist mir schon im Flieger nach Kopenhagen geklaut worden, und dann habe ich mir eine dänische Nummer geholt«, berichtete er. »Aber das habe ich damals deiner Mutter auch erzählt. Ich habe sie angefleht, dich nur einmal ans Telefon zu holen, damit wir uns wenigstens verabschieden können. Sie hat gesagt, es tue ihr leid, du möchtest nicht.«

»Das gibt es doch alles nicht!«, murmelte Lilja. Damit hatten sich sämtliche Rechtfertigungsversuche zugunsten ihrer Mutter in Luft aufgelöst. Katla hatte nicht nur ihre Beziehung eigenmächtig beendet, sondern aktiv dafür gesorgt, dass Björn auch den letzten Funken Hoffnung, Lilja wenigstens noch einmal zu sprechen, hatte aufgeben müssen.

»Und da ist wirklich gar nichts dran gewesen? Dass du dich tatsächlich mit Thorwald getröstet hast? So unzertrennlich, wie ihr beiden gestern auf dem Fest gewesen seid, wirkte das sehr vertraut«, erkundigte er sich nun zögernd.

»Ja, wir beide waren kurz zusammen«, gab Lilja widerwillig zu. »Nach weit über einem Jahr, nachdem du verschwunden warst.«

»Also doch. Ich dachte schon, ich hätte mich getäuscht, aber das erklärt alles.« Das klang schwer gekränkt.

Lilja fand, dass er keinerlei Grund hatte, nun, nachdem das Rätsel gelöst war, ihr irgendwelche Vorwürfe zu machen.

»Um es ganz genau zu sagen: Thorwald kam erst, nachdem mir Kristian von einem Familientreffen in Reykjavík berichtet hat, auf dem du mit deiner dänischen Freundin aufgetaucht bist.« Lilja ärgerte sich darüber, dass auch in ihrer Stimme ein leicht vorwurfsvoller Unterton mitschwang. Kurz herrschte ein angespanntes Schweigen zwischen ihnen beiden.

Björn lenkte als Erster wieder ein. »Ich weiß gar nicht, was ich dazu sagen soll. Dass deine Mutter mich nicht besonders leiden konnte, das war ja kein Geheimnis, aber solche Gemeinheit?«

»Ich bin auch total geschockt. Sie mischt sich schon mal gern ein, aber dass sie Schicksal spielt und uns auseinanderbringt … das ist echt hart. Das wird sie bitter bereuen!«

»Na ja, vielleicht lässt du die Sache einfach auf sich beruhen. Du bist doch jetzt glücklich mit deinem Traummann verheiratet. Da solltest du vielleicht keinen solchen Aufriss wegen einer alten Geschichte machen. Wem nützt das jetzt noch?«

»Es war so peinlich, wie sie dir das gleich am Tisch auf die Nase binden musste. Dass ich ja soooo glücklich verheiratet bin«, fauchte Lilja.

»Das hätte sie nicht einmal tun müssen. Sie hat das bereits zuvor einer Freundin deiner Schwester erzählt, und da ich in Hörweite stand, hat sie extra laut geschwärmt. *Also, so ein gut aussehender und kluger Mann, dieser Noah! Lilja hat so ein Glück gehabt. Und wenn jetzt erst die kanadischen Enkel kommen …*«

Lilja musste wider Willen lachen. Björns Humor hatte sie schon immer gemocht. Und er konnte unglaublich gut Menschen parodieren. Er traf nicht nur den Ton ihrer Mutter perfekt, sondern auch ihre Gestik und Mimik. Was hatten sie damals bloß für einen Spaß gehabt, weil Björn jeden aus dem Stegreif imitieren konnte! Doch Lilja wurde bei dem Gedanken an ihre Mutter und die quälende Frage, warum sie Björn derart belogen hatte, gleich wieder ernst.

»Auch wenn das schon verjährt ist, ich muss wissen, warum«, stöhnte sie.

»Vielleicht hat es mit meinem Vater und ihrer Geschichte mit ihm zu tun«, gab Björn zu bedenken.

»Mein Vater und deine Mutter? Das höre ich nicht zum ersten Mal. Meine Großmutter hat auch schon so eine Andeutung gemacht. Wusstest du denn, dass die beiden sich näher kannten? Und wann soll das wohl gewesen sein?«

»Ich vermute, das war, noch bevor mein Vater dann zusammen mit meiner Mutter und mir aus Reykjavík zurück nach Akureyri gegangen ist.«

»Du meinst, die beiden kennen sich aus jungen Jahren?«

Björn nickte. »Vielleicht war das der Grund, dass meine Mutter sich auch nie sonderlich wohlgefühlt hat im Norden.«

»Ich habe sie ja nie kennengelernt. Deine Eltern waren bereits wieder nach Reykjavík gegangen, bevor du dein Abitur gemacht hast, oder?«

»Ja, ich habe noch fast ein Jahr lang bei Kristians Eltern gewohnt. Ich hatte bislang auch keine Ahnung, dass die beiden sich wohl etwas näher gekannt haben. Das habe ich erst auf dem Hinweg hierher erfahren. Ich war noch ein paar Tage in Reykjavík bei ihnen zu Besuch, bevor ich zu Elins und Kristians Hochzeit gekommen bin. Und da habe ich meine Eltern gefragt, warum sie nicht mitfahren. Eingeladen waren sie ja. Und da hat meine Mutter in einem Nebensatz gesagt, sie möchte auf keinen Fall der Brautmutter begegnen. Als ich nachgehakt habe, hat sie nur gesagt, ich solle meinen Vater fragen. Und der hat gebrummt, er habe Katla in jungen Jahren mal näher gekannt. Mehr war nicht aus ihm herauszuholen. Hört sich verdammt nach unglücklicher Liebe an. Fragt sich nur, wer wen enttäuscht hat!«

»Das ist ja schon eine Menge, was du in Erfahrung gebracht hast. Ich habe mich gar nicht getraut, meine Mutter zu fragen«, entgegnete Lilja. »Und meiner Großmutter war das wohl unangenehm, dass sie damals beinahe etwas verraten hätte, was ich nicht wissen sollte.«

Björns Blick war nun beinahe liebevoll und zärtlich. So ähnlich hatte er sie früher manchmal angesehen. Doch jetzt verunsicherte sie vor allem die Tatsache, dass sie das nach so langer Zeit nicht kaltließ.

Um ihre aufkeimenden Gefühle zu überspielen, schlug sie vor, dass sie nun aufbrechen sollten. »Du brauchst doch bestimmt noch ein bisschen Schlaf«, bemerkte sie halb im Scherz. Sie deutete auf sein Veilchen. »Hast du noch mehr Blessuren davongetragen?«

»Jaja, mach dich nur lustig über mich! Ich habe mich bislang nur ein einziges Mal in meinem Leben gekloppt. Das war auf dem Schulhof, da war ich neun, aber als gestandener Mann? Echt peinlich!«

»Ich weiß, das war der Tag, als deine und Thorwalds Freundschaft wegen unserer Schulschönheit Sam in die Brüche ging.«

»Genau, da bist du fein raus, denn du warst nämlich noch ein Kleinkind, das wir gar nicht wahrgenommen haben.«

»Vorsicht, ihr seid nur zwei Jahre älter als ich!«, lachte sie und drohte ihm spielerisch mit dem Finger.

»Ach, ich bin ganz froh, dass ich nicht länger zornig auf dich sein muss, jedenfalls nicht mehr wegen deines angeblichen Schlussmachens! Was dein Trostpflaster Thorwald angeht, bin ich nicht sauer, sondern frage mich nur, ob du an

Geschmacksverirrung gelitten hast«, gab Björn zu. Das klang so aufrichtig erleichtert, dass nicht viel gefehlt hätte, und Lilja hätte ihn in den Arm genommen. Wenn er nicht diese Gelegenheit genutzt hätte, um über Thorwald zu lästern, hätte sie das wohl wirklich getan. Aber sie zog es vor, ihn nicht deswegen zu kritisieren. Sie fasste in diesem Augenblick allerdings den Entschluss, die beiden Streithähne zeitnah an einen Tisch zu bekommen und zu einem Waffenstillstand zu nötigen, immer gesetzt den Fall, dass sie in Akureyri bleiben würde.

»Komisch, eigentlich hatte ich lange nicht mehr daran gedacht. Aber je näher ich vorgestern Richtung Akureyri gekommen bin, desto intensiver kam mir diese alte Geschichte wieder hoch«, gestand sie.

Björn blickte sie zugewandt an. »Das ging mir genauso. Ich hatte die Geschichte ziemlich gut verdrängt, aber als ich erfuhr, dass deine Schwester meinen Cousin heiratet, da war alles wieder da. Gott, war das schlimm für mich! Die ersten Wochen bin ich wie ein Trauerkloß durch Kopenhagen gelaufen. Und vom Studium habe ich gar nichts mitbekommen.«

»Meine Mutter kann was erleben!«, stieß Lilja empört hervor.

»Willst du das alte Fass wirklich aufmachen? Viel schöner wäre es doch, wenn wir beide die nächsten Tage mal intensiv miteinander reden könnten. Ich müsste da eh dringend etwas mit dir besprechen wegen deines Vaters.«

»Das war vielleicht ein Schock, als ich ihn gestern so verkümmert wiedergesehen habe! Ich war seit meinem Umzug nach Kanada nie wieder in Akureyri, und meine Mutter hatte mir das in den Briefen verschwiegen.«

»Ja, das ist ein Trauerspiel, aber ich könnte ihn in den nächsten Wochen wenigstens ein bisschen unterstützen. Bis ich meinen neuen Job antrete, würde ich die *Lundi* bewegen,

105

mit dem alten Jökull zum Fischen rausfahren und ihm dabei helfen.«

»Hat mein Vater dich denn darum gebeten?«

»Nein, wir haben auf der Hochzeit darüber gesprochen, und er machte so einen verzweifelten Eindruck, weil die Lundi seit seinem Unfall keinen einzigen Fisch mehr eingebracht hat. Da kam ich auf den Gedanken, ihm auszuhelfen. Er hat mein Angebot begeistert angenommen und wollte mich sogar am Ertrag beteiligen, aber das nehme ich nicht an. Es gibt nur ein Problem: Deine Mutter darf es nicht wissen, hat sich dein Vater ausgebeten. Das hat mir gar nicht gefallen, aber nun habe ich nicht mehr die geringsten Skrupel, deinem Vater hinter dem Rücken deiner Mutter zu helfen.« Ein leichtes Grinsen umspielte seine Lippen.

»Sie hat es nicht anders verdient. Sie wäre jedenfalls nicht erfreut, wenn du Vaters Schiff vorerst am Laufen hältst. Katla würde die Lundi lieber heute als morgen verkaufen.«

»Ich weiß, aber …« Seine Miene hatte sich verfinstert. »Aber das ist keine gute Lösung. Darüber würde ich gern noch einmal in Ruhe mit dir sprechen, aber jetzt müssen wir los. Ich muss mich tatsächlich noch mal aufs Ohr legen. Schließlich bin ich nicht mehr an Brennivín gewöhnt, den ich zu später Stunde statt des guten Gins in mich reingeschüttet habe, und vor allem nicht daran, mich nachts um die Gunst schöner Frauen zu prügeln.«

Lilja hatte Angst, vor lauter Verlegenheit rote Wangen zu bekommen.

»Gut, wir treffen uns dann demnächst mal zum Reden«, schlug sie vor.

»Ich lade dich nächste Woche ins Fjorður ein. Habe von Kristian gehört, dass das kleine Restaurant in der Hafnarstræti ein echter Geheimtipp ist.«

»Und weißt du auch, wem das gehört?«

Er zuckte mit den Schultern. »Keine Ahnung.«

»Sagt dir Fanney noch etwas?«

Er lachte. »Wer auf der Schule kannte nicht Nonni und Manni, die Unzertrennlichen? Aber hat sie nicht dieser Pferde-züchter aus der Einöde vom Fleck weg geheiratet?«

Lilja nickte eifrig. »Schon, aber ihre Beziehung ist genauso gescheitert wie m…« Hastig unterbrach sie sich. Es war be-stimmt nicht der richtige Zeitpunkt, Björn ihr Geheimnis anzuvertrauen. Und schon gar nicht, bevor sie ihrer Mutter gebeichtet hatte, dass und warum sie Noah verlassen hatte. »Sie ist geschieden und hat nach dem Tod ihrer Eltern aus dem Café das Restaurant gemacht«, fuhr sie eilig fort.

»Ich mochte sie immer gern. Sie war früher jedenfalls so ein herzerfrischender Wirbelwind«, entgegnete er.

»Sie ist immer noch die Alte. Offenherzig, direkt und total herzlich. Ich treffe mich morgen Abend mit ihr. Stell dir vor, ich bin ihr zufällig auf der Straße begegnet! Noch ein unver-hofftes Wiedersehen, mit dem ich gar nicht gerechnet hatte.« Erneut stockte sie, denn sie ertappte sich dabei, dass sie das so voller Freude verkündete, und Björn war sicher so klug und folgerte, wer die zweite überraschende Begegnung war. »Aber sag mal, wie lange bleibst du überhaupt? Wolltest du nicht dein Kapitänspatent machen?«, fügte sie hastig hinzu, damit er gar nicht weiter zum Nachdenken kam.

Björn nickte. »Das habe ich längst in der Tasche, aber dann habe ich auf Wunsch meiner Frau noch eine Zusatzausbildung an einer speziellen Kreuzfahrt-Akademie in Deutschland ab-solviert. In vier Wochen habe ich meinen ersten Job als Erster Offizier auf so einem Pott. Natürlich für eine Nordlandtour, die auch in Grímsey haltmacht.«

Lilja rang ein wenig um Fassung. Sie hatte seit gestern kei-nen einzigen Gedanken mehr an seine Ehefrau verschwendet, aber nun war sie präsenter, als es ihr lieb war. Lilja redete sich gut zu, dass sie das gar nichts anging.

»Und wo lebst du sonst?«, fragte sie hölzern nach.

»In Kopenhagen. Jedenfalls bis vor Kurzem«, entgegnete er und musterte sie fragend.

»Und du? Wie lange wirst du in Akureyri bleiben?«

»Mal sehen«, entgegnete sie ausweichend.

»Aber die nächste Woche bist du schon noch da, oder?«, fragte er lauernd.

»Ja.« Mehr brachte Lilja nicht heraus. Sie ärgerte sich maßlos darüber, dass sie angesichts ihrer Versöhnung völlig die Realität verdrängt hatte. Stattdessen hatte sie sich einem längst vergangen geglaubten Gefühl der Geborgenheit hingegeben. Einem Gefühl, das sie von früher kannte und das sie immer dann gespürt hatte, wenn sie mit ihm zusammen gewesen war.

»Gut, dann melde ich mich Montag bei dir, wenn ich am Nachmittag von der ersten Fahrt mit der Lundi zurück bin und deinem Vater Bericht erstatte. Wir müssen uns wohl konspirativ auf seinem Walfänger treffen. Damit deine Mutter nichts mitbekommt. Gut wäre es, wenn du deinen Vater unauffällig dorthin bringst.«

»Das mache ich doch gern!«

»Gegen achtzehn Uhr? Ich freue mich.«

»Schön, ich freue mich auch«, entgegnete Lilja, sichtlich bemüht, locker mit ihm umzugehen, ohne darüber nachzudenken, ob sie das wirklich wollte.

»Schade nur, dass wir uns nicht in Gegenwart deiner Mutter verabreden können. Die müsste doch Blut und Wasser schwitzen, wenn sie mitbekommt, dass sie es nicht geschafft hat, unseren Kontakt bis in alle Ewigkeit zu kappen«, fügte er leicht amüsiert hinzu.

»Wirklich schade«, echote sie. »Ich werde es jedenfalls vorerst mit keinem Wort erwähnen. Wer weiß, ob es noch eine bessere Gelegenheit gibt, ihr das um die Ohren zu hauen?«

Lilja musste nun daran denken, wie vehement ihre Mutter ihr auf der Hochzeit ausgeredet hatte, überhaupt in Kontakt zu Björn zu treten. Im Nachhinein konnte sie gut verstehen, warum Katla jegliches Gespräch zwischen Björn und ihr auf der Hochzeit verhindert hatte.

Björn und Lilja umarmten sich zum Abschied, aber diese Umarmung fiel flüchtig aus. Lilja war, seit er im lockeren Plauderton seine Ehefrau erwähnt hatte, ziemlich verkrampft. Was will ich denn von ihm?, fragte sie sich verunsichert. Einmal davon abgesehen, dass er verheiratet war, würde sie nie wieder eine Beziehung mit einem Mann führen, der die meiste Zeit abwesend war und auf einem Kreuzfahrtschiff über die Meere schipperte. Überdies gab es einen weiteren triftigen Grund, in Zukunft einen Bogen um ihn zu machen. Solange sie noch als Noahs Ehefrau galt, würde sie nicht ausgerechnet in Akureyri, wo jeder jeden kannte, einen Flirt beginnen.

»Geh nur allein! Ich schlendere ganz langsam zum Haus meiner Eltern zurück«, sagte Lilja steif.

Björn aber deutete zum Himmel. »Die Sonne kommt heute sicher nicht zurück. Ich befürchte eher, es gibt Regen. Soll ich dich nicht doch lieber vor der Tür absetzen?«

»Nicht nötig. Ich bin ja nicht aus Zucker«, erwiderte Lilja.

»Aber wir sollten für den Notfall unsere Nummern austauschen.«

Nachdem Björn ihre Nummer in seinem Telefon abgespeichert hatte, wollte sie es ihm gleichtun und nahm ihr ausgeschaltetes Telefon zur Hand.

»Ach, mein Akku ist leer! Ich schreibe es mir auf.« Mit diesen Worten griff sie in ihre Handtasche, holte Stift und einen Briefumschlag hervor, auf den sie seine Nummern kritzelte.

»Dann wünsche ich dir noch einen schönen Tag«, sagte Björn zum Abschied und ging zögerlich ein paar Schritte, drehte sich aber noch einmal um.

Lilja winkte ihm zu, bevor sie sich auf den Weg zurück zum Michelsen-Haus machte. Die Gedanken kreisten wild in ihrem Kopf umher, und immer wieder stand sie vor der Frage, was damals bloß in ihre Mutter gefahren war. Sie hätte nicht übel Lust gehabt, sie auf der Stelle mit der miesen Intrige zu konfrontieren. Aber sollte sie nicht lieber ein Ass im Ärmel behalten für den Moment, in dem ihre Mutter erfahren musste, dass ihre Beziehung mit Noah nicht nur gescheitert war, sondern dass es diese Ehe nie gegeben hatte? Weder die kleine intime Feier auf dem Standesamt in Bedford noch die Party im Garten. Vor allem log sie ihrer Mutters seit Jahren vor, dass es noch eine große Nachfeier in Akureyri geben würde. Wie hätte sie sonst glaubhaft erklären sollen, dass ihre Eltern nicht zur Hochzeit eingeladen worden waren? Eigentlich wunderte sie sich darüber, dass ihre Mutter über dieses Fest in Akureyri noch kein Wort verloren hatte, seit sie wieder zurück war. In ihren Briefen hatte sie ihr nämlich sogar schon eine Gästeliste geschickt.

Lilja hatte eine lebhafte Erinnerung daran, was der Anlass der verlogenen fiktiven Hochzeitsschilderungen gewesen war. Die Idee war auf der Hochzeit von Noahs Cousine entstanden. Irgendwann zu später Stunde hatte Debbie etwas angetrunken gemeint, sie seien ein mindestens ebenso schönes Brautpaar, weil sie schon als Gäste so bezaubernd aussähen. In ihrem Übermut und unter dem Einfluss einiger kanadischer Drinks hatte Lilja noch in jener Nacht ihrer Mutter eins der Fotos von Noah und ihr geschickt, mit der Unterschrift: *So sieht ein glückliches Brautpaar aus.* Das sollte natürlich ein Scherz sein, aber ihre Mutter, die sich sonst weigerte, mit ihr profan per WhatsApp zu kommunizieren, hatte das für bare Münze genommen und sofort zurückgeschrieben. *Ich bin so glücklich, aber warum habt ihr es mir nicht vorher gesagt? Wir hätten euch doch wenigstens ein Geschenk geschickt.*

Je intensiver Lilja darüber nachdachte, desto mehr bedauerte sie diesen Unsinn im Nachhinein. Nach dem Missverständnis mit dem Foto hätte Lilja nämlich aus der Nummer noch unbeschadet herauskommen können, aber sie hatte den Irrtum vorerst nicht aufgeklärt. Sie hatte einfach ihre Ruhe haben wollen, aber das war sehr kurz gedacht gewesen. Die Nachrichten ihrer Mutter hatten zwar nicht mehr mit dem blöden Satz geendet: *Und wie steht es mit Heiraten?* Doch statt dieser Frage hatte ihre Mutter sie nun mit aufgeregten Kommentaren zu ihrer vermeintlichen Hochzeit genervt. *Findest du nicht, dass ein weißes Kleid hübscher gewesen wäre? Hast du der Verwandtschaft Karten geschrieben, oder soll ich das tun? Meinst du nicht, dass es an der Zeit wäre, Noahs Eltern kennenzulernen? Wie wäre es, wenn ihr Weihnachten mit ihnen zu uns kämt?*

So war dann die nächste Notlüge entstanden. Dass es noch ein großes Fest in Akureyri geben würde, wenn Noah nicht mehr ständig unterwegs war, sondern einen Posten an der Klinik angenommen hatte. Natürlich gab es auch diese Stelle nicht. Noah hatte niemals erwogen, einen Job am Krankenhaus anzunehmen. Und je mehr sich Lilja aus den Fingern sog, desto intensiver fragte ihre Mutter nach. Das, was eigentlich zu Liljas Entlastung hatte dienen sollen, nämlich nicht ständig mit diesem Thema konfrontiert zu werden, war dann nach hinten losgegangen und erst recht in Stress ausgeartet.

Eine verdammt dumme Aktion, wie Lilja im Nachhinein einsah, aber die Vorstellung, es der Mutter zu beichten, war nach allem, was sie heute hatte erfahren müssen, nicht mehr ganz so schlimm.

In dem Moment, in dem ihre Mutter ihr mit großem Theater vorwarf, dass sie sie gemein belogen hatte, würde sie nur ganz süffisant fragen: *Und du hast mir nichts zu beichten, Mutter? Apropos gemeine Lügen?*

13

Nur eine flüchtige Besucherin

Nachdenklich betätigte Lilja die Klingel an der Haustür ihrer Eltern, doch es blieb alles still. Nachdem sie es mehrfach ohne Erfolg versucht hatte, drückte sie vorsichtig die Klinke hinunter, denn ihre Eltern schlossen die Tür nur ab, wenn sie länger abwesend waren. In Akureyri brach keiner in das Haus seiner Nachbarn ein. Sie versuchte es noch einmal mit Klopfen, aber nichts rührte sich.

Ein Blick zum Himmel bestätigte Björns Vermutung, es könnte noch Regen geben. Die Wolkendecke hatte sich ziemlich verdichtet. Lilja ließ sich auf die obere Verandastufe fallen und überlegte, wohin sie wohl gehen sollte. Dies war schon früher einer ihrer Lieblingsplätze gewesen, weil man von hier bis zum Wasser sehen konnte. Das war im Haus nur aus der oberen Etage möglich. Lilja hoffte, dass sie ihr Mädchenzimmer bekam, das diesen Blick besaß, im Gegensatz zu dem viel größeren Gästezimmer, das früher Sigurd gehört hatte und das nach hinten zum Garten ging.

Lilja fiel schließlich ihre Großmutter ein. Dass sie bei Amma Hrafnhildur jederzeit willkommen war, wusste sie, aber sie hatte noch einen Hintergedanken. Sie würde versuchen, der Großmutter Informationen über die Beziehung zwischen Katla und Björns Vater zu entlocken. Vielleicht war sie etwas redseliger, wenn Liljas Fragen nach so vielen Jahren nun völlig überraschend kamen.

Lilja erhob sich von ihrem Ausguck und schlenderte die Hafnarstæti bis zum Ende entlang. Dort befanden sich auf der rechten Straßenseite die dänischen Kaufmannsvillen, während sich auf der linken Straßenseite kuschelige Häuschen aneinanderreihten.

Als Lilja das rote Haus ihrer Großmutter auftauchen sah, wurde ihr warm ums Herz. Das war ein Ort großen Wohlbefindens für sie. Ihre Großmutter war damals in ihren Liebeskummer involviert gewesen und hatte ihre Enkelin ständig mit kulinarischen Köstlichkeiten verwöhnt. Allein ihre selbst gemachte Blaubeermarmelade mit Früchten aus dem Garten hatten Lilja stets für einen winzigen Augenblick des Genusses ihren Kummer vergessen lassen.

Lilja blieb kurz an der Straße stehen, als sie das Holzhaus mit der weißen Veranda erreichte. Sie wollte sehen, ob es noch sein altes Strahlen besaß. Keine Frage, das Falunrot war genauso intensiv wie vor ein paar Jahren. Dieses Haus war ein Magnet für die Touristen, die im Sommer oft auf Inselrundreisen mit Bussen nach Akureyri gebracht wurden und ihr Sightseeing-Programm dann mit dem obligatorischen Rundgang durch die Altstadt abschlossen. Und im Sommer hatte das Haus überdies eine ganz spezielle Ausstrahlung durch den bunten Mohn, den ihre Großmutter dort gepflanzt hatte. Akureyri besaß nicht zufällig einen sehenswerten botanischen Garten, sondern wegen des milden Klimas wuchsen und gediehen hier im hohen Norden einige Blumen, die man woanders im Land nicht züchten konnte. Im Mai dann sprossen in Großmutters Garten die unterschiedlichen Mohnblumen. Die Farben reichten von einem blassen Orange und Rosa über das klassische Rot des Klatschmohns bis hin zu einem kräftigen Lavendel.

Und wenn Liljas Großmutter an einem sonnigen Tag auf ihrer weißen Veranda vor der Staffelei saß und malte, blieben die Touristen in Trauben stehen und machten Fotos. Letzteres war der Grund, warum Amma Hrafnhildur im Sommer nicht mehr vor dem Haus malte, sondern sich nach hinten in den Garten verzog. Sie war ganz und gar nicht erpicht darauf, als Malerin von Akureyri auf den mobilen Telefonen der Touristen zu landen. Dass ihr Häuschen ein beliebtes Fotomotiv war, störte sie nicht, aber sie wollte nicht auf den Bildern erscheinen.

Lilja öffnete die Eisenpforte und freute sich auf ihre Großmutter. Doch auch bei Amma Hrafnhildur hatte sie kein Glück, denn ihr Haus war abgeschlossen, was bei ihrer Großmutter noch ungewöhnlicher war als bei ihren Eltern.

Ob sie wohl gemeinsam weggefahren sind?, dachte Lilja, als ihr siedend heiß der Geburtstag ihrer Tante Embla einfiel. Noch vor ein paar Tagen hatte sie daran gedacht, ihr wie jedes Jahr eine Karte zu schreiben. Embla war die jüngere Schwester ihrer Mutter und lebte mit ihrem Mann in Husavik, wo sie beide an der örtlichen Grundschule unterrichteten. Schade, dachte Lilja, dass keiner sie gefragt hatte, ob sie nicht Lust gehabt hatte mitzukommen. Das zeigte ihr, dass die Familie sie wirklich nur als Besucherin wahrnahm und nicht als jemand, der in seine Heimat zurückgekehrt war.

Wenn ihr Emblas Geburtstag rechtzeitig eingefallen wäre, hätte sie den Wagen noch einen Tag länger behalten und sich auf eigene Faust auf den Weg gemacht. Die knapp einhundert Kilometer hätte sie in weniger als zwei Stunden geschafft, aber mit dem Bus dauerte es wesentlich länger. Wenigstens anrufen sollte ich, dachte sie und überlegte, ob sie es wagen sollte, ihr Telefon kurz in Gebrauch zu nehmen. Das bedauerte sie, kaum dass sie sich ins isländische Netz eingewählt hatte. Es zeigte Lilja an, dass etliche unbeantwortete Anrufe sowie Nachrichten bei ihr eingegangen waren. Sie versuchte, das zu übersehen, und wählte die Nummer ihrer Tante. Emblas Freude war riesig, als sie die Stimme ihrer Nichte hörte. Und natürlich war sie untröstlich, dass sie nicht mitgekommen war, lachte ihre Tante, aber man würde sich ja bald zur nächsten Hochzeitsfeier sehen. Da fiel Lilja ein, dass sie und ihr Mann gestern gar nicht auf dem Fest gewesen waren, und sie fragte nach dem Grund.

»Ach ja, das hat uns total leidgetan, aber wir haben gerade im Walmuseum eine Grippewelle. Und leider waren drei Vorträge am Wochenende voll ausgebucht. Und wir konnten keinen hundert Leuten absagen, da sind Eldar und ich spontan eingesprungen. Umso besser, dass wir bald mit Noah und dir feiern können. Deine Mutter sagte, ihr werdet diese Woche einen Termin besprechen. Ach, ich freue mich so für euch!«

Lilja hätte das Gespräch mit ihrer Tante am liebsten beendet, weil sie Sorge hatte, dass ihr Ärger über Katlas Geschwätzigkeit ansonsten noch ungefiltert aus ihr herausplatzen würde, doch dann fragte sie, ohne sich etwas anmerken zu lassen, ob sie ihre Mutter mal sprechen könne.

Das war wieder so typisch für Katla, dass sie Informationen über ihr Leben streute, ohne das mit ihr abgesprochen zu haben. Das ist allerdings vergleichsweise harmlos im Vergleich dazu, dass meine Mutter sogar meine Beziehungen eigenmächtig beendet, fügte Lilja in Gedanken bitter hinzu.

Lilja zitterte vor Wut, als sich ihre Mutter meldete und sie überschwänglich mit den Worten begrüßte: »Ach, meine Süße, wir haben gerade über dich gesprochen!«

»Sag mal, hast du keine anderen Probleme, als alle Welt mit dem tollen Noah vollzuquatschen?«, bellte sie ins Telefon.

»Was ist dir denn für eine Laus über die Leber gelaufen?«, gab die Mutter empört zurück. »Wir haben gerade nur darüber geplaudert, wie wir deine Nachfeier gestalten können, ohne nachzuäffen, was Elin und Kristian sich ausgedacht hatten.«

»Da sagst du es ja selbst. Das haben die beiden geplant, nicht du! Könntest du mich vielleicht vorher fragen, was ich für Vorstellungen habe?«

115

Offensichtlich wollte sich ihre Mutter nicht von ihr die Stimmung verderben lassen, denn sie flötete fröhlich: »Ja, wenn du auch nie da bist! Aber das ist eine gute Idee, dann setzen wir beiden uns heute Abend mal gemütlich zusammen und sprechen in Ruhe über alles.«

Lilja atmete tief durch, um sich zu beruhigen. Es hatte wenig Sinn, ihrer Mutter noch einmal Widerworte zu geben.

»Wann kommt ihr eigentlich zurück? Ich stehe nämlich vor Ammas Haus, um bei ihr auf euch zu warten, aber als auch ihre Tür verschlossen war, ist mir Tante Emblas Geburtstag eingefallen.«

»Ich schätze, so gegen neunzehn Uhr.«

»Gut, dann werde ich mir die Zeit schon bis dahin vertreiben.«

»Tja, du hättest ja bei uns schlafen können, dann hätten wir daran gedacht, dich mitzunehmen. Aber du musstest ja unbedingt mit Bjarkisson junior turteln.«

»Ist das nicht immer noch besser als mit Björn?«, stieß sie, ohne zu überlegen, hervor.

Das kam für ihre Mutter so überraschend, dass sie mit einem aufgeregten Schnaufen reagierte, bevor sie überhaupt einen Ton herausbringen konnte.

»Du bereust doch nicht etwa, dass du dem Kerl gestern die kalte Schulter gezeigt hast! Ich meine, du hast doch wohl nicht mit ihm geredet, nachdem wir gegangen waren, oder?«

»Kein Wort, Mamma! Ich werde doch nie vergessen, was er mir damals angetan hat«, heuchelte sie. »Und besonders infam ist, dass er so getan hat, als hätte ich die Schuld an der Trennung und ohne eine Erklärung Schluss mit ihm gemacht.«

»Ich muss jetzt auflegen, dein Vater ruft nach mir«, murmelte ihre Mutter hektisch, und schon war das Gespräch beendet. Das konnte ja heiter werden, wenn sie heute Abend mit ihrer Mutter über eine Hochzeitsfeier reden sollte, die niemals stattfinden würde. Lilja beeilte sich, ihr Telefon wieder auszuschalten, damit sie nicht Gefahr lief, von einem Anruf Noahs überrascht zu werden. Ein flüchtiger Blick hatte bestätigt, was sie befürchtet hatte: Die Nachrichten und Anrufe waren allesamt von Noah. Sie konnte nur hoffen, dass er nun, da er nicht die geringste Reaktion darauf erhielt, aufgeben würde.

Lilja war sich unschlüssig über ihr Ziel, darum schlenderte sie erst einmal Richtung Zentrum. Zum Glück hatte sich die Wolkendecke wieder gelichtet, sodass sie keinen Schauer befürchten musste. An der Kreuzung Glerágata Strandgata angekommen, beschloss sie, einen Bummel durch den Hafen zu machen und einen Blick auf die Schiffe ihres Vaters zu werfen. Ob die immer noch am Vesterbakki lagen? Als sie in die Strandgata einbog, stellte sie wie schon bei ihrer Ankunft fest, dass sich im großen Hafen kein einziges Boot befand. Auch an der Bryggian gab es zu dieser Jahreszeit noch keine Kreuzfahrer. Vor Ostern steuerte auch kaum ein Kreuzfahrtschiff diese Breiten an. Das würde ja bedeuten, dass Björn noch ein wenig bleiben kann, schoss es ihr durch den Kopf. Hatte er nicht gesagt, dass er auf einer Linie angeheuert hatte, die Grímsey anlief? Ihr zweiter Gedanke galt der Frage, warum sie das überhaupt so brennend interessierte. Jetzt, da zwischen ihnen alles Belastende aus der Vergangenheit geklärt war, gab es doch keinen weiteren Gesprächsbedarf. Außer dass er ihr noch etwas über ihren Vater erzählen wollte. Gut, das konnte und wollte sie ihm nicht verwehren, aber noch einmal so eine emotionale Begegnung mit ihm sollte sie unbedingt vermeiden. Und das schien nicht einseitig gewesen zu sein. Seine Blicke hatten jedenfalls keine andere Deutung zugelassen, als dass sie ihn genauso wenig kaltließ wie er sie. Sie nahm sich fest vor, das Thema Gefühle füreinander beherzt anzusprechen und Björn ihre Freundschaft anzubieten. Natürlich wusste sie um die Problematik, einem Mann, in den man einst sehr verliebt gewesen war, die Freundschaft anzutragen, aber man

117

konnte es ja zumindest einmal versuchen. Vielleicht erkalteten damit die Sehnsüchte und das Bedauern, dass sie ihre Liebe damals nicht hatten leben dürfen. Ob sie heute immer noch ein Paar wären?, fragte sie sich ganz spontan und verscheuchte den Gedanken sogleich. Solche Nähe zwischen ihnen würde Lilja nie mehr zulassen. Nicht, weil sie nichts mehr für ihn empfand, sondern weil plötzlich intensive Gefühle hochgekocht waren, die sie von früher kannte, die aber nun völlig unpassend waren, zumal Björn im Gegensatz zu ihr tatsächlich verheiratet war. Natürlich hoffte sie, dass das Aufflammen ihrer Emotionen allein der Erleichterung geschuldet war, sich damals nicht unsterblich in einen miesen Kerl verliebt zu haben.

Als sie am Ende der Strandgata in die Laufásgata einbog, sah sie bereits von Weitem links neben der großen Spedition das Schild *Bjarkisson*. Das war offenbar das Schild von Thorwalds Firma, denn sein Vater hatte wie schon Thorwalds Großvater Bjarki geheißen. Das war auch der Name des Busunternehmens gewesen. Über den Wohlstand der Familie Bjarkisson hatte es im Ort von jeher unterschiedliche Meinungen gegeben. Die einen bewunderten Thorwalds Vater, den jüngeren Bjarki, wie er aus zwei Bussen ein ganzes Imperium gemacht hatte. Den anderen missfiel, dass er durch die Angebote immer mehr Touristen nach Island lockte. Das war schon ein Thema gewesen, bevor Lilja Akureyri verlassen hatte. Der Fluch und der Segen des Tourismusbooms. Fischer wie ihr Vater sahen wenig Vorteil darin, dass die Fremden im Sommer die Stadt überschwemmten, doch vielen anderen spülte dieser Boom auch Geld in die Kasse. Genauso gespalten war die Einstellung zu den Kreuzfahrtschiffen, besonders wenn sie auch Grímsey anführen. Für die einen verpesteten diese rußigen Riesen durch das Verfeuern von billigem Schweröl nicht nur die Luft, sondern verschreckten bei den Landausflügen der vielen Menschen die Vogelarten auf der

Insel. Auf Grímsey tat man ansonsten nämlich alles, um die Vögel zu schützen. Nicht einmal Katzen und Hunde wurden dort geduldet. Aber andere wiederum fanden, man sollte den Aufenthalt der Menschen für ein paar Stunden nicht überbewerten, sondern sich eher darüber freuen, dass der Standort als Kreuzfahrthafen auch den Wohlstand mehrte.

Tja, und nun hat Thorwald ein weiteres Stück vom Kuchen ergattert, dachte Lilja, denn eigentlich hätte neben der großen Spedition kein anderes Unternehmen dieser Art Platz gehabt. Aber was man auch immer gegen die Bjarkissons vorbringen konnte, sie waren gute Geschäftsleute. Und das hatte damals ihrer Mutter schon mächtig imponiert. Lilja konnte sich sehr gut daran erinnern, wie sie versucht hatte, ihre Tochter dazu zu bewegen, Thorwald auf keinen Fall den Laufpass zu geben. Im Gegenteil, Katla hatte ihre Tochter bereits in der Familienvilla der Bjarkissons gesehen. Doch Lilja hatte damals allein auf ihr Herz gehört, und das war noch nicht frei gewesen.

Genug über die Vergangenheit gegrübelt!, dachte Lilja, straffte die Schultern und wechselte die Straßenseite, um einen Blick über den Zaun der Spedition Bjarkisson zu werfen.

14

Die olle Wellblechhalle

Lilja stellte sich an den Zaun der Firma Bjarkisson und ließ neugierig ihren Blick über das Firmengelände schweifen.

Es lag wie ein kleiner David neben dem Goliath aus Reykjavík, aber offenbar war hier alles in Miniaturausgabe vorhanden, was es beim großen Nachbarn gab. Lilja konnte eine moderne Wellblechhalle erkennen, ein Kühlhaus und etliche Container. Thorwald hatte nicht übertrieben.

Da das Tor offen stand, überlegte sie, ob es wohl in Ordnung wäre, wenn sie das Ganze einmal aus der Nähe betrachtete. Sie rechnete zwar nicht damit, dass Thorwald nach der langen Nacht und dann noch an einem Samstagmorgen im Büro saß, aber sie vermutete, dass er nichts dagegen hätte, wenn sie sein Werk bewunderte. Also betrat sie entschlossen das Firmengelände. Linker Hand stand ein modernes kleines Bürohaus, auf der rechten Seite erstreckten sich eine Halle und ein Kühlhaus. Davor befanden sich mehrere Containerauflieger und ein fahrbarer Kran, mit dem die Container offenbar auf dem Gelände transportiert werden konnten. Alles wirkte sauber und gepflegt bis auf eine heruntergekommene Tonnendachhalle direkt am Fjord, die überhaupt nicht zu dem Rest passte, aber Liljas Herz höherschlagen ließ. Genau in dieser Hütte hatten sie, nachdem sie außer Betrieb genommen worden war, mit der Clique rauschende Partys gefeiert, mit diversen Bands geprobt, romantische Abende verbracht,

120

damals, als das Gelände noch für jedermann zugänglich gewesen war. Lilja überlegte kurz, ob sie einen Blick hineinwerfen sollte, aber sie war sich ziemlich sicher, dass von der improvisierten Bar, die sie dort aufgebaut hatten, und dem sonstigen Partyambiente nichts mehr übrig war. Also schlenderte sie an der Halle vorbei zum Wasser hinunter, weil sie sich fragte, wo und wie die Container wohl entladen wurden, denn weder auf Thorwalds Gelände gab es eine Containerbrücke noch auf der anderen Seite des Zaunes. Das hätte Lilja auch gewundert, weil solche Containerbrücken die Landschaft nachhaltig prägten und überhaupt nicht zum Eyjafjörður gepasst hätten. Aber dafür standen dort ein paar kleinere Kräne und Transporter, die alle einen recht neuen Eindruck machten. Die Anlage wirkte modern und hochwertig, soweit Lilja das beurteilen konnte. Thorwald hatte offenbar mutig investiert.

Auf dem Rückweg wollte sie sich spaßeshalber die alte Halle doch noch einmal von innen ansehen, als eine ihr bekannte Stimme in scharfem Ton brüllte: »Halt, wo wollen Sie hin? Das ist Privatgelände!« Gleichzeitig erklang drohendes Hundegebell. Und schon war nicht nur Thorwald bei ihr, sondern auch ein gefährlich knurrender schwarz-weißer Islandhund. Zum Glück hatte er ihn an der Leine.

Ungläubiges Staunen stand Thorwald ins Gesicht geschrieben, als er sie erkannte.

»Lilja? Was machst du denn hier? Oder hatte ich dich gestern missverstanden, und du nimmst mein Angebot, dir die Firma zu zeigen, doch an? Aber warum kommst du dann nicht erst im Bürohaus vorbei?«

Als der Hund nicht zu knurren aufhörte, gab Thorwald ihm ein Kommando, woraufhin das Tier verstummte und sich hinlegte.

»Darf ich vorstellen? Björk, meine ständige Begleiterin. Und sie erspart die Security. Sie kann sehr gefährlich tun.«

»Tun?«, fragte Lilja verunsichert.

Thorwald trat ganz nahe an sie heran und steckte ihr etwas in die Jackentasche. »Wenn du ihr das gibst, ist das der Beginn einer wunderbaren Freundschaft. Der Hund ist absolut gutmütig und verspielt und vor allem bestechlich«, lachte er, als Lilja ihn irritiert ansah. Sie ahnte, dass er ihr gerade ein Leckerli für den Hund zugesteckt hatte, und tatsächlich holte sie einen nach Fisch stinkenden Keks hervor.

»Na, Björk, soll ich mich bei dir einschmeicheln?«, fragte sie mit sanfter Stimme. Ihr war der Umgang mit Hunden nicht ganz fremd, weil die Nachbarn in Bedford einen Husky besessen hatten, mit dem sie sich schließlich angefreundet hatte. Äußerlich hatten die beiden Hunderassen auch entfernte Ähnlichkeit. Sie besaßen beide dieses kuschelige, dichte Fell, die spitzen Ohren und die schlanke Schnauze.

Wie erwartet setzte sich Björk kerzengerade vor sie hin und sah sie mit diesem gewissen unwiderstehlichen Hundeblick an. Lilja gab der Hündin das Leckerli, und Björk warf sich ihr zum Dank zu Füßen vor lauter Freude.

»Das wäre dann mal geklärt«, sagte Thorwald, bevor er Lilja erneut skeptisch musterte. »Aber mal ganz im Ernst: Was führt dich auf mein Firmengelände? Und vor allem – was willst du an der ollen Abrisshalle? Da habe ich wirklich Schöneres zu bieten.«

»Entschuldige, dass ich einfach auf dein Firmengelände gegangen bin! Ich kam zufällig vorbei, die Pforte war offen, und da dachte ich, ich könnte mir das von Nahem ansehen«, versuchte Lilja ihm ihr unbefugtes Eindringen zu erklären.

»Kein Problem, sieh dich nur um! Ich kann dir alles zeigen, wie ich dir das gestern schon angeboten habe. Ich hätte mich nur gern auf eine Führung vorbereitet«, erwiderte er sichtlich bemüht, sich seinen Ärger nicht anmerken zu lassen. Lilja war das furchtbar unangenehm. Nichts lag ihr ferner, als ihm gegenüber übergriffig zu werden. Also versuchte sie, schnell von sich abzulenken.

»Wahnsinn! Bis auf diese olle Hütte hast du in den vergangenen Jahren aber echt was aufgebaut. Ich weiß nur, dass hier vor zehn Jahren nur so alte Tonnendachhallen standen wie die da. Das sah eher aus wie auf einem Schrottplatz.«

»Tja, und nun ist das mein Grundstück und meine Firma. Wir haben alle Hütten abgerissen, bis auf die eine.«

Lilja fragte sich, ob er das Gebäude aus lauter Sentimentalität stehen gelassen hatte. Ob er sich gar nicht mehr daran erinnern konnte, dass ihre Clique sich damals ausgerechnet die noch existierende Hütte zur Partylocation ausgebaut hatte. Eine innere Stimme warnte sie davor, ihn darauf anzusprechen.

»Und wo sind eure Busse?«, fragte sie stattdessen interessiert.

»Unterwegs! Was denkst du denn? Wir sind auch im Winter ziemlich ausgelastet. Aber ein Teil der Fahrzeuge steht woanders in einer großen Halle. Da, wo unsere Firma früher war.«

»Das ist ja unglaublich, aber du warst immer schon der Machertyp. Und du kannst beide Betriebe allein stemmen?«

»Na ja, um die Busse kümmert sich immer noch mein Vater. Aber nun spuck es endlich aus! Was treibt dich her? Die Sehnsucht nach dem Sieger?«

»Du bist wohl auch noch stolz darauf, dich mit Björn geprügelt zu haben?«, fragte Lilja in scharfem Ton zurück.

»Nein, natürlich nicht. Obwohl ich der bessere Kämpfer war. Das musst du doch zugeben.« Lilja wusste, dass das ein Scherz sein sollte, aber sie konnte nicht so recht darüber lachen. Mit prüfendem Blick suchte sie in seinem Gesicht nach Spuren der Schlägerei, aber er sah nicht nur frisch aus, sondern geradezu makellos. Seine Nase schien Björns Fausthieb völlig unbeschadet überstanden zu haben. Überhaupt machte er einen erschreckend dynamischen Eindruck und sah mit seinem vom Wind zerzausten Haar und der sportlichen Winterjacke sogar noch besser aus als gestern.

Lilja machte eine wegwerfende Handbewegung. »Du hast angefangen, mein Lieber. Das war nicht fair, zumal Björn wesentlich mehr im Tee hatte als du.«

Thorwald sah sie zerknirscht an. Dass es nur gespielt war, verriet das Zucken seiner Mundwinkel. »Ich entschuldige mich hiermit in aller Form für mein Benehmen einer Dame gegenüber, aber einer musste es ihm doch mal sagen, wie mistig er sich damals verhalten hat.«

Nun musste Lilja leicht grinsen. »Pass auf, Thorwald, die alte Geschichte hat sich inzwischen geklärt!«

»Ha, nun hast du zum ersten Mal mir gegenüber zugegeben, dass er es war, dem du damals noch hinterhergetrauert hast.«

»Ja, das brauchte ich doch auch gar nicht auszusprechen. Das war doch damals Stadtgespräch. Und es ist überdies Geschichte. Er konnte jedenfalls nichts dafür, dass ich damals glauben musste, er habe mir den Laufpass gegeben.«

»Ach, der Arme!«, bemerkte er ironisch. »Um Ausreden war er ja noch nie verlegen.«

»Thorwald, ich möchte nichts mehr hören! Weder von dir über ihn noch von ihm über dich. Ich denke, es ist an der Zeit, dass wir mal zu dritt essen gehen.«

Thorwald tippte sich gegen die Stirn. »Ich kann mich gerade noch beherrschen«, schimpfte er.

»Gut, dann gehen wir beide eben auch nicht essen«, erwiderte Lilja energisch. Dass sie nicht gleich darauf gekommen war! Sie würde sich erst mit Björn oder Thorwald allein verabreden, nachdem die beiden Streithähne sich zu einem friedlichen Abend zu dritt bereit erklärt hatten. Das würde sie genau so auch Björn am Montag sagen. Sie wollte zu der Verabredung auch nur gehen, weil es sie brennend interes-

sierte, was er ihr so dringend ihren Vater betreffend mitzuteilen hatte. Davon war sie in diesem Moment jedenfalls fest
überzeugt.

»Und mit Björn gehst du allein essen, oder was?«, hörte
sie Thorwald fauchen.

»Nein, auch nicht. Ihr beiden müsst euch ja nicht lieben
oder eure Freundschaft wiederbeleben, aber reden wie vernünftige Menschen, das solltet ihr schon!«

Thorwald rollte mit den Augen.

»Aber in meinem Büro einen Kaffee mit dir allein trinken,
das geht auch, ohne dass ich bei Björn zu Kreuze kriechen
muss, oder?«, fragte er wieder halb im Scherz.

Lilja tat so, als müsse sie ernsthaft darüber nachdenken.
»Meinetwegen«, sagte sie gönnerhaft mit einem Lächeln.
»Aber darf ich vorher mal einen Blick in die Hallen werfen?« Dabei meinte sie natürlich die alte Halle, aber wenn sie
ihm das so direkt gesagt hätte, wäre er bestimmt beleidigt
gewesen.

»Ja, aber nur in die neue, die im Betrieb ist. Die Nissen-
hütte ist so baufällig, dass man sie nicht mehr betreten kann.
Die wird bald abgerissen«, sagte er und machte ihren Wunsch
zunichte, wenigstens einen Blick in die Halle zu werfen, mit
der sie so viele Erinnerungen verband, aber sie wollte nicht so
schnell aufgeben.

»Nur einmal kurz schauen. Bitte!« Und schon machte Lilja
einen Schritt in Richtung der Hütte. »Bereits als Kinder haben
wir in den Hütten, die nicht mehr in Betrieb waren, gespielt.
Ich will nur mal gucken, ob bei mir Kindheits- und Jugend-
gefühle hochkommen.«

»Ich kann das nicht verantworten. Das ist zu gefährlich!«,
entgegnete Thorwald in einem Ton, der keinen Widerspruch
duldete. Lilja zuckte zusammen. So streng hatte er noch nie
mit ihr gesprochen. Intuitiv schwieg sie, weil sie das Gefühl
hatte, ihn mit ihrem Gebettel nicht unbedingt erweichen zu

125

können. Offenbar konnte er sich auch gar nicht mehr daran erinnern, mit welchem Feuereifer sie sich die Bar zusammengezimmert und den aus den Vorräten ihrer Eltern entwendeten Alkohol herbeigeschleppt hatten. Und wie sie hier Musik gemacht hatten. Alle zusammen. Sie hatte damals ziemlich gut Saxofon gespielt.

Widerwillig folgte sie ihm zu der modernen Halle, deren Rolltor er voller Stolz mit einer Fernbedienung öffnete und sie eintreten ließ. Das Innere war in ihren Augen völlig unspektakulär. Auf beiden Seiten standen gestapelte Kisten.

»Schau, das ist die Ware, die nächste Woche auf ein Schiff über Rotterdam nach China geht! Alles Ware aus der Gegend. Wir können am Fjord preiswert produzieren, weil wir sowohl die Wasserenergie kostenlos nutzen können als auch die Wärme, die bei uns direkt aus dem Boden kommt.«

Lilja musste sich ein Schmunzeln verkneifen, denn er redete mit ihr wie mit einem Investor, den er vom Standort Akureyri überzeugen wollte, und nicht wie mit einer Isländerin, die diese Vorzüge nicht nur kannte, sondern auch liebte. Thorwald aber war so in Fahrt, dass er ihre Belustigung gar nicht wahrnahm.

»Und dank des Freihandelsabkommens mit den Chinesen müssen wir keine unnötigen Zölle zahlen«, fuhr er fort.

»Und wie kommen die Container an Bord und von Bord?«, fragte sie, um ihm zu beweisen, dass seine Ausführungen sie wirklich interessierten.

»Alle vierzehn Tage läuft ein mit eigenem Krangeschirr ausgerüstetes Containerschiff Akureyri an und lädt und löscht die Container.«

»Aber wenn ich sehe, wie viele Container sich da drüben stapeln, frage ich mich, wie du mit deinem kleinen Unternehmen neben der Konkurrenz bestehen kannst.«

Er lachte breit. »Ich kenne einige Jungs, die in der Gegend Start-ups gegründet haben und schnell ziemlich erfolgreich geworden sind. Und die mir die Aufträge geben. Aber der Riese nebenan ist ziemlich kooperativ. Du darfst nicht vergessen, in den vergangenen Jahren hat unsere Gegend wirtschaftlich ein neues Standbein bekommen. Zusätzlich zur Fischerei und zum Tourismus. Das sind spezielle hochtechnische Produkte. Sieh mal hier!« Er deutete auf eine Kiste, die von außen genauso aussah wie alle anderen. »Das ist Glasfaserkabel aus einer neuen Firma. Oder das hier.« Er zeigte mit Feuereifer auf eine andere Kiste. »Das sind CDs mit …« Lilja aber hörte ihm gar nicht mehr zu, weil sie in Gedanken schon wieder zu der alten Halle abschweifte. Doch sie nickte so interessiert, dass er nun weiterging und vor einer Kiste stehen blieb. »Und das hier ist Fischleberöl, das eine Firma aus Dalvik herstellt und das bei den Chinesen sehr begehrt ist.«

Statt seine anpreisenden Worte über die Inhalte der großen Kisten an sich vorbeirauschen zu lassen, hätte sie viel lieber ungestört in der alten Hütte nach Reliquien aus der Vergangenheit gestöbert. Ob die selbst gezimmerte Bühne noch stand? Sie hoffte jedenfalls, dass er ihrem Bitten doch noch nachgab, wenn sie später noch einmal darauf zurückkam.

»Toll«, sagte sie in der Hoffnung, dass sie genügend Begeisterung gezeigt hatte, sodass er die Führung nun beenden würde, doch stattdessen fuhr er fort, ihr den Inhalt weiterer Kisten voller Stolz zu präsentieren.

Bis sie demonstrativ gähnte. »Entschuldige, die Nacht war doch etwas zu kurz.«

»Willst du trotzdem noch das Kühlhaus sehen?«, fragte er, doch sie schüttelte den Kopf.

»Also Fische exportiert ihr auch nach China?«, bemerkte sie, während sie gen Ausgang strebte.

»Nein, keine normalen Fische, wenn du so willst. Nur Seehasen.«

»Du meinst den Rogen?«

»Nein, die Chinesen essen sogar die Weibchen. Und Fischköpfe laufen besonders gut.«

»Fischköpfe?« Lilja schüttelte sich. Sie war zwar die Tochter eines Fischers, aber wenn ein ganzer Fisch auf den Tisch kam, ließ sie als Erstes den Kopf verschwinden. Sie aß ungern etwas mit Augen. Natürlich wusste sie, dass sie das trotzdem tat, wenn sie den Kopf unter der Serviette versteckte, aber es half, den Genuss nicht zu mindern, denn Lilja war eine leidenschaftliche Fischesserin. Sie war als Kind mit ihrer Antipathie gegen Fischköpfe ordentlich aufgezogen worden. Einmal hatte sie auf ihrem Teller nur Köpfe gefunden und wusste sofort, wer für diesen Scherz verantwortlich gewesen war. Ihr Vater und Sigurd. Ja, die waren einst ein Herz und eine Seele gewesen. Bis Sigurd in Sachen Walfang gemeutert hatte. Lilja aber hatte damals beim Anblick der Fischköpfe nicht hysterisch geschrien, sondern in aller Seelenruhe die Bäckchen herausgelöst und gegessen, so wie es ihre Eltern und Sigurd immer machten und behaupteten, das sei das Leckerste am Fisch überhaupt. Damit hatte sie ihren Bruder und ihren Vater zwar um die Schadenfreude gebracht, aber stattdessen hatten bei Tisch schließlich alle herzlich gelacht. Komisch, wenn sie daran dachte, wie lustig ihr Vater früher sein konnte … Es war fast so, als sei bei ihm nach Sigurds Verschwinden ein Schalter umgelegt worden.

»Die Chinesen lieben das, aber jetzt habe ich dich genug vollgelabert. Komm, ich habe eine nagelneue Cappuccinomaschine original aus Italien!«

Erleichtert folgte Lilja ihm und dem Hund, der die ganze Zeit über lauernd auf Liljas Jackentasche gestarrt hatte, nach draußen. Offenbar hoffte der gefräßige Vierbeiner, dass sie dort noch mehr Überraschungen versteckt hatte.

Als sie ins Freie traten, hatte sich sogar die Sonne einen Weg durch die nicht mehr geschlossene Wolkendecke gebahnt. Ein Strahl fiel auf das Tonnendach der alten Halle. So als würde er sie daran erinnern wollen, noch einen Vorstoß zu wagen. »Darf ich nicht doch mal kurz einen winzigen Blick hineinwerfen?«, stieß sie hervor. »Ich glaube nämlich, es ist genau die Halle, die wir damals als improvisierten Party- und Probenraum ausgestattet haben. Kannst du dich eigentlich noch daran erinnern?« Jetzt war es ihr doch herausgerutscht, und wie sie schon befürchtet hatte, diente das nicht dazu, ihn zu erweichen. Im Gegenteil, seine Miene verfinsterte sich.

»Nein, das muss vor unserer Beziehung gewesen sein. Wir haben uns damals in einer Bar getroffen.« Das klang abwehrend.

Lilja überlegte. Um Himmels willen, er hatte recht! In einen größeren Fettnapf hätte sie gar nicht treten können. Das mit der improvisierten Partylocation in der ollen Halle war zu Björns Zeiten gewesen. Dass sie nicht gleich daran gedacht hatte! Natürlich, es hatte in der Hütte nicht nur eine Bar gegeben, sondern auch ein altes Sofa, das irgendein Freund Björns seinen Eltern abgeschwatzt hatte und … Lilja hoffte, dass sie nicht rot wurde, denn dort hatten sie sich zum ersten Mal geliebt. Und auch das stand nun detailgetreu vor ihrem inneren Auge. Thorwald hatte ja gar nicht zu ihrer Clique gehört. Er hatte zwar versucht, Anschluss zu bekommen, aber die Clique hatte ihm zu verstehen gegeben, dass seine Gesellschaft in der Halle nicht erwünscht war. Thorwald hatte sich dann über die Musik an den älteren Jungen orientiert. Auch mit ihrem Bruder hatte er mal in einer Band gespielt.

Bevor Thorwald, der jetzt aussah, als sei er ziemlich sauer, etwas sagen konnte, winkte Lilja eilig ab. »Vergiss es! Ist nicht so wichtig. Da kamen gerade einfach ein paar Jugenderinnerungen hoch.«

»Genau, bei mir auch. Ich weiß noch wie heute, wie Björns bester Freund mir vorgeschlagen hat, meine Drinks doch lieber in einer angesagten Szenebar zu nehmen.«

Lilja entsann sich der Szene, als wäre es gestern gewesen.

Ihr hatte Thorwald damals eher leidgetan, weil die Jungs ihn mobbten, doch nach seiner Antwort hatte sich ihr Mitgefühl in Grenzen gehalten. *Das Grundstück wird demnächst mein Vater kaufen, und dann solltet ihr euch eine neue Bar suchen, in der ihr euch die Drinks auch leisten könnt, denn diese Halle lasse ich als erste abreißen.*

Komisch, dass er ausgerechnet diese Halle stehen gelassen hat, dachte Lilja und machte eine abwehrende Bewegung. »Ich kann mich auch täuschen. Vielleicht war das eine andere Halle«, behauptete sie nun, um Thorwald von den Erinnerungen daran abzulenken, wie unbeliebt er in ihrer Clique gewesen war. »Ist ja egal, wir sollten endlich deine neue Espressomaschine ausprobieren!«

Thorwalds Miene hellte sich wieder auf.

»Das glaube ich übrigens auch. Dass das gar nicht diese Halle war, in der ihr damals gefeiert habt. Dann komm mit, folge mir doch in mein kleines Reich!« Er schien sichtlich erleichtert, als sie endlich von ihrem Wunsch abließ, einen Blick in das Innere der Halle zu werfen.

15

Eine aufregende Frau

Thorwald führte Lilja in ein modern ausgestattetes Büro. Sie erkannte auf den ersten Blick, dass er es ausschließlich mit isländischen Designermöbeln eingerichtet hatte. Dass man sich in diesem Haus nicht um Geld sorgen musste, das war an jedem einzelnen Stück erkennbar.

»Setz dich!« Er deutete auf eine ebenfalls gestylte Sitzecke. »Espresso, Cappuccino oder Milchkaffee?«

»Ich nehme Cappuccino«, erwiderte Lilja, während sie sich in dem perfekten Büro umsah. Sogar die Gemälde schienen echt, wenn sie den Hákonarson so betrachtete. Das war mit Sicherheit keine billige Reproduktion. Dass sie überhaupt etwas von isländischer bildender Kunst verstand, hatte sie ihrer Großmutter zu verdanken. Die hatte in jungen Jahren sogar internationale Erfolge mit ihrer Porträtmalerei gefeiert, sich dann aber wegen der Kinder nur noch hobbymäßig mit dem Malen beschäftigt. Natürlich hatte sie inzwischen die ganze Familie in Öl dargestellt. Die Bilder hingen im Flur ihres Elternhauses. Lilja konnte zwar immer noch keine Ähnlichkeit zwischen dem scheu wirkenden kleinen Mädchen und sich selbst erkennen, aber der Rest der Familie hielt besonders ihr Porträt für genial getroffen.

»Schön hast du es hier«, bemerkte Lilja anerkennend.

»Wenn ich schon den ganzen Tag hier verbringen muss, möchte ich das wenigstens in stilvollem Ambiente tun«, erwiderte Thorwald, als er mit zwei Tassen zurückkam. Selbst denen sah man sofort den Designstempel an.

»Weißt du, dass du heute ein ganz anderer Typ Frau bist als damals?«, bemerkte Thorwald, nachdem er Lilja eine Zeit lang stumm gemustert hatte.

»Ich glaube, so was in der Art hast du mir gestern Nacht schon gesagt. Dass ich früher eher so das Mädchen zum Heiraten gewesen sei und heute …«

»Du bist eine aufregende Frau«, raunte er.

Lilja wusste nicht so recht, was sie dazu sagen sollte. Irgendwie missfiel ihr dieser Vergleich zwischen damals und heute. Natürlich hatte sie sich verändert, seit sie mit Thorwald zusammen gewesen war. Und ja, es hatte nicht nur die anderen damals verwundert, dass sie ihre Heimat Noahs wegen verlassen hatte, sondern sie selbst am meisten. Das hätte sie sich bis dahin nur ein einziges Mal getraut – um Björn nach Kopenhagen zu folgen, aber das wäre ja auch kein Abschied für immer gewesen. Sie hatte damals gedacht, Björn und sie würden nach dem Abschluss ihrer Studien wieder nach Akureyri zurückkehren. Wenn sie ganz ehrlich war, wusste sie nicht mehr so genau, wann sich bei ihr der Schalter umgelegt hatte, nur dass es passiert war, nachdem Noah in ihr Leben getreten war.

Und schon war sie in Gedanken bei dem Kennenlernen. Die ersten Wochen mit Noah hatte sie wie in einem Rausch erlebt, weil sie endlich wieder richtig verliebt gewesen war. Das hatte sie nach der Zeit mit Björn nie mehr in dieser Form erlebt. Dabei hatte sich das mit Noah, einmal abgesehen davon, dass er ein völlig anderer Typ als Björn war, auch ganz anders angefühlt als bei ihrer ersten großen Liebe. Bei Björn war sie sich so sicher gewesen, den Mann getroffen zu haben, mit dem sie den Rest des Lebens verbringen wollte, bei Noah hatte sie nicht so viel gedacht. Mit seiner Art, sie zu erobern, hatte er bei ihr jegliche Vernunft außer Kraft gesetzt. Bei Björn hatte sie immer gewusst, wo sie ähnlich tickten: Rot, Islandpferd, Þingvellir. Bei Noah kannte sie weder seine Lieblingsfarbe, sein Lieblingstier noch seinen magischen Ort. Und sein Charakter hatte sich ihr nie wirklich erschlossen. Björns Eigenschaften hingegen kannte sie. So war er beispielsweise leidenschaftlich in allem, was er tat, ob er küsste oder über etwas sprach oder ob er etwas liebte. Und trotzdem hatte er ihr ausreichend Raum gegeben, ihren eigenen Interessen nachzugehen. Noah hingegen hatte Lilja wie ein Tsunami mit sich gerissen. Mit einer unglaublichen Power, die ihr keine Möglichkeit mehr gelassen hatte, für etwas zu brennen, das nichts mit ihm zu tun hatte. Er hatte ihre Interessen förmlich erstickt oder es zumindest versucht. Außer ihm hatte es jedenfalls in ihrem Leben nichts anderes mehr geben sollen. Damals hatte Lilja das für die größte Erfüllung gehalten und geglaubt, so müsse sich die wahre Liebe anfühlen – einfach nur berauschend. Dass die Dynamik nur bis Bedford angehalten hatte, das hatte sie leider nicht vorausgesehen. Wie hätte sie das auch vorher erkennen sollen? War sie doch nicht in der Lage gewesen, auch nur einen einzigen vernünftigen Gedanken zu fassen. Wie hätte sie auch darauf kommen sollen, dass dieser hinreißende Mann in Wahrheit ein fürchterlicher Langweiler war? Natürlich hatte auch sein Job dazu beigetragen, dass Lilja ihn für wahnsinnig aufregend gehalten hatte. Dabei hatte sie bald einsehen müssen, dass ein Arzt auf einem Kreuzfahrtschiff nicht automatisch ein großer Abenteurer war. Und den hatte sie sich wohl insgeheim gewünscht. Wenn sie schon ihre Heimat verließ, hatte sie damals beschlossen, dann für einen Helden, nicht für einen Muttersohn, der weder ein Hobby besaß noch sich für sein Land interessierte, geschweige denn für die Menschen. Einer, dem die Marke seiner Schuhe wichtiger war als der Kontakt zu den Nachbarn. Der immer zuerst an sich dachte, etwas völlig Untypisches für seine Landsleute. Lilja hatte sich, was Hilfsbereitschaft und Offenheit der kanadischen Gesellschaft betraf, oft wie zu Hause gefühlt. Aber ausgerechnet Noah und seine Mutter besaßen diese für viele Kanadier so typischen Eigenschaften nicht. Lilja wollte das ungern auf die Tatsache schieben, dass Debbie gar nicht in Kanada geboren war, sondern die Tochter eines US-amerikanischen und in Deutschland stationierten Soldaten und dort auch aufgewachsen war. Nein, solche Vorurteile mochte Lilja nicht, aber das Erwachen aus dem Traum vom Supermann an ihrer Seite war schon bitter gewesen.

»Ich hoffe nicht, dass du gerade an mich denkst, so finster, wie du jetzt guckst.« Mit diesen Worten riss Thorwald Lilja aus ihren Gedanken.

»Sorry, ich war mit meinen Gedanken ganz woanders. An mir ist das Schlafdefizit jedenfalls nicht spurlos vorübergegangen«, sagte sie entschuldigend.

»Und hast du noch gehört, was ich dir eben für ein Kompliment gemacht habe?«, fragte er lauernd.

Wie sollte Lilja auf diese Frage reagieren? Gab sie zu, dass sie sehr wohl verstanden hatte, was er da von sich gegeben hatte, würde sie sich dazu äußern müssen, leugnete sie es, würde er es wiederholen. Also musste sie wohl oder übel auf seine Bemerkung mit der aufregenden Frau eingehen.

»Was heißt das? Ein anderer Typ Frau? Ich bin ich. Und du kannst nicht davon ausgehen, dass sich binnen neun Jahren nichts verändert. Ich war jünger, und natürlich hatte ich weniger Lebenserfahrung.« Sie konnte sich gerade noch bremsen, ihm zu sagen, dass ihm die heutige Reife auch sehr gut anstand und er souveräner wirkte als damals. Das hätte er womöglich als Aufforderung verstanden, sie mit weiteren Komplimenten zu überhäufen, was ihr aber eher peinlich gewesen wäre, als dass sie sich darüber hätte freuen können.

»Du hast recht. Das war blöd. Das hast du mir eigentlich heute Morgen schon gesagt, wie wenig du es leiden kannst, wenn man die Lilja von heute mit der von früher vergleicht.

Ich wollte nur zum Ausdruck bringen, dass man dir den Glamour deines neuen Lebens ansieht.«

»Glamour? Was denn für ein Glamour?«, entfuhr es ihr schärfer als beabsichtigt, weil sie an ihr Gartenhaus hinter dem auch nicht gerade traumhaften Bungalow ihrer Schwiegereltern denken musste.

»Na ja, ich meine … also deine Mutter erzählte so was in der Art. Du bist doch sicher hin und wieder mit auf Kreuzfahrt gewesen, oder?«

»Was soll ich denn da?«, gab sie unwirsch zurück. »Ich habe in Halifax in einem Institut für Meeresforschung gearbeitet. Das habe ich geliebt, aber der Glamourfaktor ging gen null.«

Thorwald rollte übertrieben mit den Augen. »Irgendwie ist heute der Wurm drin. Ich scheine ständig in den Fettnapf zu treten. Und das nach dem bezaubernden Abend mit dir. Ist es die Prügelei, die du mir übel nimmst?«

»Nein, ich fand das zwar bescheuert von euch, aber in erster Linie bin ich es leid, als Ehefrau von Noah betrachtet zu werden. Ich bin immer noch Lilja Arisdottir. Und dieses Gerede meiner Mutter geht mir so was von auf die Nerven!«, stieß sie mit Nachdruck hervor.

Zu ihrer Überraschung lachte Thorwald so ansteckend, dass sie ihm gar nicht länger böse sein konnte.

»Das verstehe ich gut. In den letzten Jahren gab es für sie kaum ein anderes Thema. Sogar neulich beim Einkaufen im Hagkaup, als sie meine Mutter getroffen hat und die sich nach deinem Vater erkundigen wollte, hat sie davon geschwärmt, wie gut es dir in Kanada geht. Auf den Zustand deines Vaters ist sie gar nicht weiter eingegangen. Meine Mutter meinte, sie stehe wohl immer noch unter Schock wegen des Unfalls.«

»Apropos … der Unfall meines Vaters. Weißt du, was er auf dem Walfänger getrieben hat?«

»Keine Ahnung, so viel Kontakt haben wir ja auch nicht«,

erwiderte Thorwald so unwirsch, als wisse er in Wirklichkeit sehr wohl mehr und wolle es nicht verraten.

»Es soll jedenfalls sehr stürmisch gewesen sein«, hakte sie lauernd nach.

Er zuckte nur mit den Schultern.

»Ich denke, ich werde gleich aufbrechen und mir die Schiffe im Hafen mal näher ansehen. Weißt du eigentlich, warum kein einziges Fischerboot mehr an der Strandgata liegt?«

»Die Schiffe sind alle draußen«, erwiderte er knapp.

»Ungewöhnlich. Die Fischer sind doch in der Regel Samstagmittag zurück, um Wochenende zu machen.«

»Ich rede von den Trawlern. Die sind immer Monate auf See.«

»Gut, diese gigantischen Fischfabriken schon, aber ich meine die Fischerboote.«

»Davon gibt es nicht mehr viele. Die meisten Fischer haben ihre Schiffe inzwischen verkauft.«

»Verkauft? An wen denn und warum? Das kann doch nicht sein, dass jetzt nur noch diese Riesenteile die Fische abgreifen.«

»Am besten befragst du mal deinen Vater zu dem Thema. Der weiß Bescheid.«

»Komisch eigentlich, dass meine Mutter auch so wild auf den Verkauf ist. Warum bloß?«, murmelte Lilja.

»Ich kann das verstehen. Dein Vater wird wohl kaum je wieder rausfahren können, und Jökull schafft das nicht allein. Der hängt ja nach dem Unfall …« Er unterbrach sich hastig. »Also, ich würde mich ehrlich freuen, wenn wir uns noch einmal unter vier Augen treffen könnten, bevor du wieder nach Kanada fährst.«

»Dann wärst du also dazu bereit, dass wir vorher das Dreiertreffen machen?«

»Wenn es sein muss, um dich noch einmal zum Essen einladen zu dürfen, dann meinetwegen. Aber ich glaube nicht, dass der Sturkopf Björn sich darauf einlässt.«

»Ich werde ihn am Montag fragen.«

»Du triffst ihn also doch allein?«, bemerkte Thorwald inquisitorisch.

»Nein, nicht allein. Soll ich ihn nun fragen oder nicht?«

»Weißt du was? Wenn, dann klär das gleich mit ihm. Ich will das nicht auf die lange Bank schieben.«

»Wann kannst du denn diese Woche?«

»Für dich lieber in aller Ruhe am Wochenende, für Fisch und Chips im Imbiss mit Björn so schnell wie möglich.« Das klang bissig.

»Montag bei Fanney um zwanzig Uhr? Dann komme ich direkt von unserem Termin mit ihm dahin.«

»Ins *Fjörður* mit dieser Pappnase? Muss das sein? Da gehe ich mit meinen Geschäftspartnern hin. Das ist Spitzenklasse!«

»Das will ich hoffen. Ich werde dort heute Abend allein bewirtet, weil wir so glücklich sind, dass wir uns wiedergetroffen haben.«

Thorwald fasste sich an den Kopf. »Natürlich, Nonni und Manni … dass ich nicht gleich darauf gekommen bin!« Er lachte, während Lilja ihren Zettel mit Björns Telefonnummer aus der Tasche kramte, ihr Telefon anstellte und ihm eine kurze Mitteilung schrieb, dass sie am Montag mit ihm im *Fjörður* essen gehen würde. Dass noch jemand mit an Bord sein würde, konnte sie ihm immer noch am Montag verraten.

»Tja, dann gebe ich dir auch mal meine Nummer. Das einzig Gute an dieser Nötigung ist, dass du dann wohl auch noch die Woche darauf in Akureyri bist, oder? Denn ohne diese Aussicht auf einen netten Abend zu zweit nehme ich das mit Björn nicht auf mich.«

»Versprochen«, sagte Lilja und notierte seine Nummer auf dem Briefumschlag unter Björns Nummer. Er kam ihr, während er ihr seine Daten diktierte, dabei etwas näher, als es dieser Vorgang unbedingt erfordert hätte, aber es war ihr nicht unangenehm. Er war wirklich, und das konnte sie vor sich selbst zugeben, ein guter Typ, wenngleich vielleicht eine Spur zu eitel. Aber immerhin ist er im Gegensatz zu Björn ein freier Mann, dachte sie und fragte sich im selben Augenblick, ob sie noch zu retten war. Selbst wenn früher oder später die Wahrheit über ihre Fake-Ehe ans Licht kam, würde sie doch nichts mit dem Mann anfangen, den sie schon einmal hatte schwer enttäuschen müssen. Sie fand allerdings, dass er ihr gegenüber äußerst zugewandt war, gemessen an dem, was sie ihm damals zugemutet hatte. Thorwald hatte schon gemeinsame Zukunftspläne für Lilja und sich geschmiedet, während sie vom ersten Tag an hin- und hergerissen gewesen war, ob sie sich wirklich schon auf ihn einlassen konnte, obwohl ihr Herz immer noch an Björn hing. Zugegebenermaßen schweren Herzens hatte sie sich dann für eine harte Trennung entschieden, bevor er sich zu viele Illusionen hätte machen können. Nach außen hin hatte er versucht, die Fassung zu wahren, weil er es wohl noch nie zuvor erlebt hatte, dass sich eine Frau von ihm getrennt hatte. Dafür hatte er schon einige gebrochene Herzen auf seinem Weg hinterlassen. Lilja erinnerte sich noch wie heute an seinen fassungslosen Gesichtsausdruck, als sie ihm gesagt hatte, dass sie sich nicht mehr treffen könnten, weil sie noch zu sehr in einen anderen Mann verliebt sei. Er hatte ihr damals Löcher in den Bauch gefragt und ihr auf den Kopf zu gesagt, dass das doch hoffentlich nicht immer noch wegen Björn sei. Lilja hatte eisern geschwiegen. Als könnte er Gedanken lesen, fragte Thorwald sie jetzt unverblümt: »Wenn du frei wärst, würdest du aber nicht wieder mit Björn anbandeln, oder?«

»Ach, Thorwald, was soll das? Die Frage stellt sich doch gar nicht.«

»Ich will nur eins noch einmal ganz klipp und klar aus

deinem Mund hören: Hat das mit uns damals nicht geklappt, weil du immer noch an diesem Idioten gehangen hast?«

»Das weißt du doch. Ja, ja, ja, ich habe ihn damals nicht aus dem Kopf gekriegt und wollte dich nicht verletzen. Und ein Idiot ist er wirklich nicht. Mensch, Thorwald, er war mal dein bester Freund!«

»Du hast recht. Bis wir neun Jahre alt waren, passte keine Briefmarke zwischen uns. Was soll's? Schließlich gibt er hier auch nur ein Gastspiel, bevor er seinen neuen Job antritt. Habe gehört, er geht nun auch auf große Kreuzfahrt. Weißt du was? Es ist sogar gut, wenn wir uns vertragen. Anouk hat immer gesagt, dass jede negative Emotion wertvolle Energie bindet, die man besser für sich selbst gebrauchen sollte. Also, weg mit Schaden!«

Lilja sah ihn erstaunt an. So gefiel er ihr wirklich, auch wenn er nur die Lebensweisheit seiner Frau zitierte. Lilja nahm spontan seine Hand und tätschelte sie kurz freundschaftlich.

»Alle Achtung, du hast dich auch verändert! Bist ja ein weiser Mann geworden.« Wie aus einem Mund fingen die beiden an zu lachen, doch Liljas Lachen erstarb, als sie daran erinnert wurde, dass sie ja auch eine negative Emotion mit sich herumschleppte. Und wenn sie es genau nahm, sogar gleich zwei – sowohl gegenüber Noah als auch gegenüber seiner Mutter. Doch bei dem Gedanken, sie sollte den beiden jetzt einen versöhnlichen Brief schreiben, wollte sich ihr schier der Magen umdrehen. Trotzdem dachte sie mit einigem Missbehagen an ihre ätzenden Zeilen, die sie Noah zurückgelassen hatte. Sie erinnerte sich noch an jeden Satz, weil sie lange daran gefeilt hatte, um die richtigen Worte zu finden.

Noah, ich bin fort, wenn du zurückkommst. Ich halte es nicht mehr aus, mit einem Muttersöhnchen zusammenzuleben, das vor seiner Mutter kuscht und gar keinen eigenen Willen besitzt. Und der Ohrfeigen gibt,

139

wenn man ihn mit der Wahrheit konfrontiert. Du bist ein armer Kerl, der einem nur leidtun kann, aber jemand, der schlägt, der hat mein Mitgefühl nicht verdient. Ich gehe wohl nach Vancouver. Bitte, such nicht nach mir, aber wahrscheinlich wird deine Mutter dir schon davon abraten, mir hinterherzurennen. Ich für meinen Teil möchte dich niemals wiedersehen!!!

Im Nachhinein bedauerte sie, dass sie nicht einfach ohne Worte verschwunden war, aber nun hatte sie diese Zeilen in Bedford auf dem Esstisch für ihn liegen gelassen. Dabei hatte Noah sehr wohl begriffen, was er mit dieser entlarvenden Ohrfeige bei ihr angerichtet hatte. Er war über sich selbst sehr erschrocken gewesen und hatte sich sofort entschuldigt. Sie aber hatte ihn keines Blickes mehr gewürdigt. Natürlich wusste sie, dass er kein gewalttätiger Kerl war, sondern ein hilfloser, schwacher Mann, der sich ihr zunehmend unterlegen gefühlt hatte.

In diesem Augenblick spürte sie zum ersten Mal so etwas wie Mitgefühl mit ihm. Sie selbst nahm sich eigentlich gar nicht als besonders stark und autark wahr, aber ihre Kollegen im Institut hatten ihr immer wieder die Rückmeldung gegeben, was für eine kraftvolle, warmherzige und charakterfeste Persönlichkeit sie doch sei. Vielleicht hatte sie Noah damit überfordert, und er hatte irrtümlich geglaubt, dass eine junge isländische Frau, die fast vom Polarkreis kam, nie aufhören würde, ihn anzuhimmeln. Aber da war sie einfach andere Männer gewohnt. Gestandene Kerle wie Björn und auch Thorwald, die mehr zu bieten hatten als er. Noah hatte schlichtweg ihr natürliches Selbstbewusstsein unterschätzt.

»Darf ich fragen, an wen oder was du jetzt gerade wieder denkst? Du siehst so aus, als würdest du überlegen, mit wem du dich noch versöhnen könntest.« Thorwald grinste frech. »Also, ich habe dir verziehen, dass du mich damals nicht wolltest.«

Lilja zog es vor, seine Frage zu ignorieren. Stattdessen kam ihr der Gedanke, Noah noch ein paar versöhnliche Worte nach Kanada zu schicken. Sie musste ihm ja nicht gleich ihre Analyse seiner Psyche offenbaren. Doch knappe Zeilen, in denen sie ihm für die schönen Stunden dankte und bekräftigte, dass das mit ihnen leider nicht funktioniert hatte, konnte sie sich durchaus vorstellen. Allerdings nur an ihn. Debbie würde keine Post von ihr bekommen!

»Soll ich dich zu den Booten begleiten?«, fragte Thorwald nun.

Lilja verspürte das dringende Bedürfnis, allein zu sein, um all das, was sie seit ihrer Ankunft in Akureyri erlebt hatte, noch einmal vor ihrem inneren Auge Revue passieren zu lassen.

Sie stand von dem bequemen Sofa auf, streichelte noch einmal ausgiebig Björk und verabschiedete sich von Thorwald, der sie unbedingt zur Tür bringen wollte. Sie aber betonte, dass sie allein rausfinden würde. Das tat sie nicht ganz ohne Hintergedanken, denn sie wollte zum Abschluss dieses Überraschungsbesuchs zumindest einen flüchtigen Blick in die alte Hütte werfen, zu der Thorwald ihr den Eintritt so vehement verweigerte.

Sie umarmten sich zum Abschied, und Lilja versicherte ihm, sie würde sich melden, sobald Björn sich zu einem Dreiertreffen bereit erklärt habe.

»Und wenn er nicht mitspielt, sehen wir uns dann gar nicht mehr, bevor du zurückfährst?«, fragte er.

»Doch, natürlich. Wenn er nicht will, dann werde ich das nicht auf deinem Rücken austragen. Wo denkst du hin?«, flötete sie, damit er ja nicht auf den Gedanken kam, sie zur Pforte zu begleiten.

Lilja wartete einen Moment draußen vor der Tür für den Fall, er würde ihr doch noch hinterherkommen, aber es blieb alles still.

Sie blickte sich einmal vorsichtig um, bevor sie den Weg zur Wellblechhütte ihrer Jugend einschlug. Als sie die zwei kleinen Fenster und die Tür sah, kamen ihr immer mehr Erinnerungen hoch. Wie oft hatten Björn und sie sich vor der Hütte geküsst. Lilja war sehr enttäuscht, dass die Tür verschlossen war. Und auch durch die Fenster konnte sie nicht nach innen sehen, denn die teilweise zerbrochenen Scheiben waren mit schwarzer Folie beklebt. Aber Lilja wollte auf keinen Fall aufgeben. Die Vorstellung, dort drinnen vielleicht doch Partyrelikte zu entdecken, beflügelte sie, die Wellblechhalle zu umrunden. Sie staunte nicht schlecht, als sie feststellte, dass es an der hinteren, dem Wasser zugewandten Front ein Rolltor gab, das wie das der Halle nur per Fernbedienung geöffnet werden konnte. Die Tatsache, dass Thorwald für die baufällige Hütte, die angeblich demnächst abgerissen werden sollte, ein elektrisches Tor investiert hatte, machte sie stutzig. Sofort sprudelte ihre Fantasie ganz ungezügelt los. Ob er etwas zu verbergen hatte? Es fragte sich nur, was, aber Lilja versuchte, ihren Spekulationen Einhalt zu gebieten. Vielleicht war es ihm ja nur peinlich, dass er bei all dem modernen Kram noch so eine abgewrackte Halle für die Lagerung seiner Container benötigte.

Lilja atmete einmal tief durch und eilte zum Ausgang. Sie konnte nur hoffen, dass Thorwald sie nicht aus irgendeinem Fenster heraus beobachtet hatte. Was für eine dumme Idee zu glauben, dass in der Halle irgendetwas an die Partys von damals erinnert!, dachte sie. Und schon war sie durch das Tor geschlüpft und auf der Laufásgata ganz unauffällig in Richtung Hafen unterwegs.

16
Jökull und die Tröll

Lilja staunte nicht schlecht, als sie das Hafenbecken erreichte. Noch vor sechs Jahren hatten an der Kaimauer etliche der größeren Fischerboote gelegen, während die kleinen ihren Platz an der Sandgerðishót hatten.

Doch nun herrschte gähnende Leere bei den Anlegern. Am Austurbakki lag einsam ein alter Walfänger, der schon einmal bessere Zeiten gesehen hatte. Lilja befürchtete, dass dieser heruntergekommene Seelenverkäufer kein Geringerer als die Tröll war, das Schiff ihres Vaters. Sie bedauerte nicht wirklich zu sehen, wie der Walfänger nutzlos vor sich hingammelte. Trotzdem war sie durch ihren Vater so erzogen, dass auch Schiffe anständig behandelt werden mussten. Früher hatte sie sich maßlos aufgeregt, dass ihr Vater mit diesem Schiff nahezu verheiratet gewesen war und sich mehr über eine Schramme an Bord aufgeregt hatte als über die toten Wale, die längsseits bis in den Hafen geschleift wurden, und über das viele Blut, das die Decks der Schiffe bei der grausamen Jagd geflutet hatte. So jedenfalls hatte Lilja es als Kind voller Abscheu im Hafen bei den anderen Walfängern beobachtet. Die Tröll hatte sie nie in Aktion gesehen. Insgeheim gab sie dem Schiff die Schuld dafür, dass sich ihr Vater heillos mit Sigurd überworfen hatte. Der Gedanke an ihren Bruder machte sie traurig. Warum hatte er nicht wenigstens versucht, in all den Jahren den Kontakt zu ihr aufzunehmen, aber wie sollte er? Er konnte doch gar nicht wissen, wo sie die vergangenen sechs Jahre gelebt hatte, wobei sie den leisen Verdacht hegte, dass Amma Hrafnhildur mehr über seinen Verbleib wusste, als sie zugeben wollte. Sie nahm sich vor, die Großmutter noch einmal nach Sigurd zu befragen.

Lilja warf dem Rostgiganten einen mitleidigen Blick zu. Warum ließ ihr Vater ihn nicht verschrotten oder zumindest gründlich überholen, um ihn dann als Ausflugsdampfer zu verkaufen oder dergleichen? Nun erst entdeckte sie, dass an der Pier noch ein großes modernes Schiff lag, das eine merkwürdig eckige Form besaß. Als Lilja sich dem Schiff näherte, wurde sie von einigen an Bord arbeitenden Männern skeptisch beäugt, sodass sie gleich wieder umkehrte, wobei sie auf einen Blick alles von Interesse begriffen hatte. Das Schiff war ein moderner norwegischer Walfänger, der für die Jagdsaison, die im April begann, fit gemacht wurde. Diese Art des neuen Walfängers war ganz speziell auf die Jagd nach Zwergwalen ausgerichtet. Mit Grauen hatte sie neulich erfahren, dass die norwegische Quote in diesem Jahr bei weit über tausend Tieren lag.

Sie überlegte, ob sie sich auf die alte Tröll wagen sollte, denn dieses Schiff hatte sie aus Prinzip noch nie betreten. In dem Moment hörte sie in der Ferne ihren Namen rufen. Sie blickte sich um und entdeckte einen alten Mann, der mit ausgebreiteten Armen auf sie zuwankte. Anders konnte sie den Gang des Fischers Jökull nicht bezeichnen. Seit Lilja denken konnte, arbeitete er für ihren Vater. Ari hatte ihn, so erzählte man sich, noch von seinem Vater übernommen. Je näher er kam, umso mehr erschrak Lilja. Er war nur noch ein Schatten seiner selbst. Das Wanken entpuppte sich bei näherem Hinsehen als Torkeln. Keine Frage, er ist betrunken, dachte Lilja, spätestens als er sie unter Tränen umarmte. Aber nicht nur seine Fahne war schier unerträglich, sondern auch sein Körpergeruch. Offenbar hatte der alte Mann lange keine Dusche mehr gesehen.

144

Lilja musste sich sehr überwinden, die nicht enden wollende Umarmung über sich ergehen zu lassen. Als er sie endlich losließ, blickte sie in Jökulls faltiges Gesicht, das sie arg an zerklüftete Ränder des Viti-Kraters erinnerte, und sie fragte sich, wie lange er sich wohl nicht mehr um sein Äußeres gekümmert hatte. Sein Bart war beinahe völlig verfilzt, und sein ungepflegtes Haar, das unter einer löcherigen Pudelmütze hervorlugte, war viel zu lang. Er trug eine Arbeitshose und einen Strickpullover, der auch schon bessere Zeiten gesehen hatte. Lilja erinnerte sich gut daran, dass Jökull stets gepflegt gewesen war. Und getrunken hatte er auch nie. Im Gegenteil, auf der *Lundi* herrschte absolutes Alkoholverbot, und Lilja hatte nie gehört, dass der alte Mann in seiner Freizeit an der Flasche hing. Lilja war nur ein paarmal bei ihm zu Hause gewesen, und dort war immer alles sauber gewesen. Jökull hatte dann aber nach dem Tod seiner Frau den blauen Fischerschuppen auf dem Hafengelände bezogen, den ihr Vater eigentlich zum Aufbewahren der Tampen und Netze gemietet hatte. Jedenfalls waren diese himmelblau angestrichenen Holzbaracken nicht zum Wohnen gedacht. Im Gegenteil, das war strikt verboten, aber im Hafen hielt man zusammen. Keiner wäre je auf den Gedanken gekommen, den alten Mann dort vertreiben zu lassen. Dessen war sich Lilja jedenfalls in diesem Moment so gut wie sicher. Erlaubt war, dass die Fischer sich dort ausruhten und umzogen, weshalb es auch Toiletten und Duschen vor Ort gab.

»Ach, es ist ein Trauerspiel mit dem guten Ari!«, jammerte der alte Mann.

Lilja hakte ihn unter. »Ich weiß, ich habe ihn gesehen. Es ist wirklich traurig, aber jetzt kümmere ich mich erst einmal um dich.«

»Mir ist nicht mehr zu helfen«, erwiderte er betrübt. Seine klare Stimme stand in völligem Gegensatz zu seinem desolaten Allgemeinzustand. Sie klang kein bisschen verwaschen.

Lilja befürchtete, das lag daran, dass er schon über einen längeren Zeitpunkt regelmäßig zur Flasche griff.

»Das erzählst du mir, wenn wir bei dir einen schönen Kaffee trinken, ja?«

»Der Kaffee ist alle«, stöhnte er. »Muss mal wieder einkaufen gehen.«

»Egal, aber ich bringe dich jetzt zu deiner …« Während Lilja noch überlegte, wie sie seinen Schuppen nennen sollte – Haus, Schuppen oder Unterkunft –, hatte er bereits auf die *Tröll* gedeutet.

»Dann komm in die gute Stube, mein Kind!« Nun steuerte er die Gangway an, über die man das Schiff betreten konnte, die Lilja aber noch gar nicht bewusst wahrgenommen hatte.

»Ich wollte dich aber zu deiner Unterkunft bringen«, sagte sie streng, doch Jökull verschwand wieselflink im Bauch des Schiffes. Lilja folgte ihm, ohne zu zögern. Auf den ersten Blick erkannte sie, dass auch das Innere des Schiffes dringend eine gründliche Überholung nötig hatte.

Sie konnte ihm gar nicht so schnell folgen, wie er über eine rostige Treppe im Unterdeck verschwunden war. Lilja fragte sich indessen, warum der alte Mann sie unter Deck lotste. Der Sinn seiner Aktion erschloss sich erst, als sie Jökull am Ende des Gangs auf einer Koje sitzen sah. Zögernd kam sie näher und betrat die Kajüte, deren Einrichtung aus zwei Doppelkojen, einem wackeligen Stuhl, einem Tisch und einem Einbauschrank bestand. An den Konserven und dem spärlichen Geschirr, das sich dort auf dem Tisch stapelte, sowie den Kleidungsstücken, die den Stuhl förmlich unter sich begruben und teils den Boden bedeckten, konnte Lilja erahnen, was das zu bedeuten hatte.

»Seit wann wohnst du denn hier auf der *Tröll*?«, fragte sie ihn irritiert.

»Kurz nach dem Unglück wurde Ari aufgefordert, mir zu untersagen, in der Hütte zu wohnen«, knurrte der alte Mann.

»Warum? Hat mein Vater die Miete nicht mehr bezahlt?«
Lilja ließ sich auf das untere Bett der zweiten Koje fallen.

»Nein, das waren die Gangster. Sie haben ihn bei der Behörde angeschwärzt. Dass er mich da wohnen lässt. Und das ist ja offiziell verboten. Hier, trink erst mal!«

Jökull hielt ihr eine unverwechselbare Flasche hin – aus grünem Kunststoff mit einem Totenkopf darauf, die den Brennivín enthielt, der ihn so betrunken machte. Trotz aller Vorbehalte nahm sie einen kräftigen Schluck, der sofort in ihrem Bauch zu brennen begann. »Tut gut, oder?«, fragte er.

»Wie man's nimmt«, murmelte sie. »Seit wann ernährst du dich davon?« Lilja bereute ihren Vorstoß, als sich seine Miene verdüsterte. Wahrscheinlich konnte er ihr in diesem Zustand sowieso keine klare Antwort geben, aber da täuschte sie sich.

»Seit dem Unfall. Seit wir nicht mehr rausfahren und vor allem seit Ari den Gangstern die Lundi in den Rachen werfen will. Und jetzt haben sie auch noch deine Mutter eingewickelt.« Er nahm einen weiteren Zug aus der Flasche.

Lilja atmete tief durch. Von Anfang an hatte sie bei dem Gedanken an den Verkauf der Lundi ein merkwürdiges Gefühl beschlichen. Und auch Björn hatte doch schon durchblicken lassen, dass es da ein Problem gab.

»Von wem sprichst du?«, erkundigte sie sich aufgeregt und hätte ihm am liebsten seinen Stoff weggenommen aus lauter Sorge, er könne sonst den Faden verlieren, aber er antwortete ihr mit klarer Stimme: »Die Trawlerfuzzis. Die wollen an Aris Quote. Und wenn sie die ergaunert haben, dann landet die Lundi als Müll auf dem Meeresgrund, weil es die einfachste Art ist, sich des Bootes zu entledigen. Sie wollen nicht das Schiff, nur die Quote, weil sie den Rachen nicht vollkriegen können. Scheiße!«

Liljas Herzschlag beschleunigte sich. Auch wenn sie sich noch keinen rechten Reim darauf machen konnte, spürte sie, dass sie da gerade mehr erfuhr, als ihr lieb war.

147

»Wer sind die Trawlerfuzzis?«, fragte sie trotzdem nach.

Er verdrehte die Augen. »Das ist eine Firma aus Reykjavík, die drei dieser schwimmenden Monster besitzt und in Akureyri auf Quotenfang ist. Ist dir nicht aufgefallen, dass hier außer der Lundi kein größeres Fischerboot mehr liegt?«

»Doch schon, aber ich wusste nicht, warum.«

»Weil die Krake sie bereits alle gefressen hat«, spuckte Jökull verächtlich aus. »Und jetzt wollen sie die Lundi. Und dein Vater wird sie zur Schlachtbank führen, wenn kein Wunder geschieht.«

Lilja verkniff sich ein Grinsen. Jökulls Vorliebe für Dramatik kannte sie von früher. Das hatte er nicht dem Alkohol zu verdanken. Keiner konnte so spannend Geschichten von den Abenteuern zur See erzählen. Wäre es danach gegangen, hätte er schon etliche Male sein Leben verloren, weil ihn das Gewicht eines gigantischen Kabeljaus über Bord gezogen hatte. Ihr Vater hatte oft gesagt, dass Jökull ein kluger und vor allem belesener Mann sei, der in jungen Jahren die gesamte isländische Literatur regelrecht verschlungen habe.

»Na ja, verstehen kann ich meinen Vater. Er wird wohl nicht mehr selbst zum Fischen rausfahren, und du schaffst das nicht allein«, entgegnete sie vorsichtig.

Jökull aber sprang aus seiner Koje und baute sich angriffslustig vor ihr auf. »Aber wozu hat man denn Kinder? Es ist deine und Sigurds Verantwortung, die Tradition der Familie fortzusetzen, aber du gehst lieber nach Kanada, und dein Bruder verschwindet spurlos.«

»Also, ich wüsste wirklich nicht, was ich machen sollte. Mein Vater hat mich, was die Fischerei angeht, nie ernst genommen. Für ihn war ich eine Fischtheoretikerin, wie er mir einmal gesagt hat.«

Jökull musterte sie fragend. »Wie hat er dich genannt?«

»Eine Person, die zwar Fischerei studiert hat, aber keinen

Schimmer von der Praxis hat«, versuchte sie ihm das in einfachen Worten zu erklären.

»Ich weiß, was ein Theoretiker ist. Bin ja nicht blöde. Aber Fischtheoretikerin. Nie gehört! Aber wie dem auch sei, das Praktische kann man doch lernen«, brummte er.

»Du meinst, ich soll zum Fischen rausfahren? Ich, der es schon den Appetit verdirbt, wenn der Fisch auf meinem Teller noch einen Kopf mit Augen hat?«

»Weiß der Teufel, wie du das anstellst, du sollst ihm nur helfen. Doch, natürlich weiß ich die Lösung«, bemerkte er versonnen.

»Und magst du mir das Rezept verraten?«, fragte sie leicht unwirsch nach.

Der alte Mann nickte. »Du holst deinen Bruder nach Hause, und ihr wuppt den Laden gemeinsam. Du da oben.« Er deutete auf ihren Kopf. »Und dein Bruder auf der *Lundi*. Und solange ich noch auf meinen Beinen stehen kann, bin ich dabei.« Genau in dem Augenblick geriet er ins Wanken, nachdem er sich noch einen ordentlichen Schluck gegönnt hatte.

»Wenn du den weiter inhalierst, sehe ich schwarz«, kommentierte Lilja die Tatsache, dass er es nur mit Mühe geschafft hatte, mit seinem Hintern auf der Koje zu landen und nicht in dem Konservenberg.

Jökull hob die Hand. »Ich schwöre es beim Leben meiner verstorbenen Frau, dass ich mit dem Saufen aufhöre, wenn ihr beiden endlich das Ruder übernehmt und die *Lundi* nicht absaufen lasst.«

»Du bist wirklich ein Schatz, Jökull, aber vielleicht müssen wir uns den Realitäten fügen. Vielleicht brauchen meine Eltern das Geld«, gab sie zu bedenken.

»Natürlich braucht Ari Geld, aber das ist doch kurzsichtig. Sie locken mit einem Batzen Bares, das schneller weg ist, als er denken kann. Er ist noch keine sechzig! Und eines Tages dann

149

hat er gar nichts mehr. Das Boot ist futsch. Und damit euer Erbe.«

»Also, ich bin nicht scharf darauf, ein Fischerboot zu erben«, erwiderte Lilja.

Jökull funkelte sie wütend an. »Ach ja, ich vergaß! Du hast ja einen reichen Mann in Kanada. Dir kann das egal sein, ob die Tradition deiner Familie stirbt und deine Eltern sich endgültig ruinieren. Aber was ist mit Sigurd? Der Junge ist ein Fischer wie dein Vater und ich. Dann sorg wenigstens dafür, dass er zurückkehrt und den Laden übernimmt, bevor du wieder abhaust!«

Lilja schluckte. Sie fand, dass der alte Mann in seinem Zorn ganz schön ungerecht wurde. Andererseits schien er ihr mehr zuzutrauen als ihr eigener Vater, der ihr stets vorgeworfen hatte, dass sie von der Fischerei so viel verstand wie eine Kuh vom Schlittschuhlaufen.

»Jökull, selbst wenn ich hierbliebe, ich könnte nichts ausrichten. Mein Vater lässt sich von mir keine Ratschläge geben, geschweige denn, dass er mir irgendeine Verantwortung überträgt.«

»Mädchen, in dem Punkt ist Ari ein Esel. Er hält so große Stücke auf dich, würde sich aber lieber in der Grönlandsee versenken, als es dir gegenüber zuzugeben. Wie oft hat er zu mir gesagt: *Meine Lilja, die hätte das Zeug gehabt, in meine Fußstapfen zu treten. Sie hätte einen Fischer heiraten sollen.*«

»Verstehe, das wäre also mein Verdienst gewesen, den richtigen Mann zu heiraten? Dazu habe ich nicht studiert!«

»Das meinte er doch nicht so. Er sah dich vielleicht nicht an Bord die Fische reinholen, sondern als Planerin, als Kopf der Sache. Schau mal, deine Mutter hat sich nie für den Beruf interessiert. Das musste Ari alles allein machen. Glaub mir, wie gut es bei Familien lief, in denen alle mitgearbeitet haben!«

»Aber du hast doch gerade selbst gesagt, die meisten hier

im Hafen haben ihre kleinen Boote verkauft. Vielleicht ist es besser so.«

»Unsinn! Neulich hat Ari verkündet: *Lilja hätte das nicht zugelassen. Sie hätte ihnen die Stirn geboten. Meine Tochter ist eine Kämpferin, aber sie ist weg.*«

Was sollte Lilja dazu sagen? Natürlich rührte es sie, dass ihr Vater sie offenbar mehr vermisste, als er jemals zugeben würde. Und dass er in ihr so etwas wie die heilige Johanna der kleinen Fischer sah. Aber zugleich fühlte sie sich damit völlig überfordert.

»Jökull, ich weiß doch gar nicht, ob ich bleibe!«, stöhnte Lilja.

»Und warum bist du allein gekommen? Wo ist denn dein toller Mann?«

»Der ist in ... Jökull, kannst du ein Geheimnis bewahren?«

»Klaro, morgen erinnere ich mich doch eh nicht mehr, was du heute gesagt hast. Du weißt, der *Schwarze Tod* frisst Hirn.« Er zwinkerte ihr verschwörerisch zu.

»Es kann sein, dass ich bleibe, und ich verspreche dir, dass ich mit meinem Vater darüber reden werde. Und was Sigurd angeht ... ich glaube, Großmutter kennt seinen Aufenthaltsort.«

»Ich wusste es doch. Als ich dich eben vor der *Tröll* entdeckte, da wusste ich, die Rettung naht. Du standst da wie ein Engel.«

Lilja musste lächeln.

»Versprich dir nicht zu viel! Aber es gibt erst einmal einen Aufschub. Vater wollte es dir noch am Wochenende erzählen, aber nun nehme ich die gute Nachricht vorweg. Ihr werdet ab Montag erst einmal wieder mit der *Lundi* rausfahren.«

»Ari ist wieder gesund?«

»Nein, das nicht, aber er hat für ein paar Wochen Ersatz gefunden.«

»Wen?« Der alte Mann bebte vor Aufregung.

151

»Hallo, ist da wer? Jökull?«, brüllte jemand von draußen. Obwohl es in der Kajüte nur noch leise ankam, erkannte Lilja die Stimme sofort und sprang erfreut auf. »Komm bitte nach oben! Das ist er!«, rief Lilja aufgeregt und rannte los. Außer Atem kam sie an Deck an.

Björn staunte nicht schlecht, als Lilja aus dem Innern des Schiffes auf die Gangway trat.

»Du?«

»Was dagegen?«, fragte sie frech.

»Nein, im Gegenteil. Aber ich wollte eigentlich zu Jökull. Dein Vater hat mich gerade angerufen und mich gebeten, es ihm zu sagen, weil er sich am Wochenende nicht davonschleichen kann. Er ist heute bei einer Tante von dir. Und morgen ist Familientag mit der Tochter aus Kanada.« Lilja entging sein spöttischer Unterton keineswegs, aber das nahm sie ihm in diesem Augenblick ganz und gar nicht übel. Sie war so froh, dass er gekommen war!

»Du kommst gerade recht. Ich habe just in dem Augenblick versucht, Jökull zu erklären, dass er am Montag fit sein muss.« In diesem Moment trat der alte Mann aus dem Bauch des Schiffes ins Freie und musste sich an der Reling festhalten, um nicht das Gleichgewicht zu verlieren. Dabei ließ er die Brennevínflasche los, die mit einem lauten Platsch ins Wasser fiel.

Björn grinste breit. »Das ist doch schon mal der erste Schritt in die richtige Richtung.«

»Ist das der neue Kapitän auf der Tröll?«, fragte der alte Mann und stolperte Björn entgegen. Offenbar sind ihm die letzten Schlucke nicht mehr so gut bekommen, dachte Lilja und hakte ihn unter, um ihn auf eine alte Holzkiste zu bugsieren, die auf der Kaimauer vor sich hinrottete.

Jökull ließ sich das lammfromm gefallen. Sie setzte sich neben ihn, und Björn fand auf der anderen Seite Platz. Ihre Blicke trafen sich über den Kopf des alten Mannes hinweg.

Björn rümpfte so übertrieben die Nase, dass sie Mühe hatte, nicht in einen Lachkrampf auszubrechen.

»Ja, das ist Björn, der mit deiner Hilfe ab Montag mit der *Lundi* zum Fischen rausfährt.«

Jökull klopfte dem frischgebackenen Interimskapitän der *Lundi* kräftig auf die Schulter. »Das ist ein Wort, mein Junge!« Dann musterte er Björn mit einem skeptischen Blick. »Kannst du das denn überhaupt? Du bist doch noch grün hinter den Ohren!«

»Keine Sorge, ich darf sogar schon ans Ruder von Kreuzfahrtschiffen«, lachte Björn.

Jökull machte eine abwehrende Handbewegung. »Die fahren doch von allein. Ich sage bloß Autopilot. Auf solchen Dampfern ist der Kapitän doch nur für das Kapitänsdinner gut. Die haben von Seefahrt keinen Schimmer«, schnaubte er verächtlich.

»Keine Sorge, mein Vater war schon Fischer, und ich bin als Knirps oft mit draußen gewesen.«

Jökull musterte ihn. »Und wie heißt du denn? Ich meine, dein Vater?«

»Ich bin Björn Haukursson.«

Ein Strahlen ging über Jökulls Gesicht. »Haukur ist dein Vater? Ein toller junger Mann, ein großartiger Fischer.« Seine Miene verdüsterte sich gleich wieder. »Aber hat er der Fischerei nicht den Rücken gekehrt und ist ins Ministerium gegangen?«

Björn nickte. »Ja, mein Vater arbeitet immer noch im Ministerium für Landwirtschaft und Fischerei in Reykjavík.«

»Ach ja, schade, alle guten Jungs sind weg! Was hat das früher für Pfundskerle im Hafen gegeben«, erinnerte sich der alte Mann. Er klopfte Björn erneut auf die Schulter. »Aber wenn du Haukurs Sohn bist, fahre ich mit dir sogar bis Grönland.«

Björn winkte ab. »Also, ich denke, wir sollten erst mal im Fjord bleiben. Was meinst du?«

153

Der alte Mann nickte eifrig.

Während die beiden Männer ihren ersten gemeinsamen Arbeitstag auf der Lundi planten, überlegte Lilja derweil, was sie tun konnte, um Jökull wieder fit zu machen. Ihn schien die Aussicht, mit der Lundi rauszufahren, zwar förmlich zu ernüchtern, aber so konnte sie Björn diesen Mitarbeiter wohl kaum zumuten. Wie sie es drehte und wendete, erst einmal sollte er sich ausgiebig duschen, rasieren und frische Kleidung anziehen. Sie machte Björn über den Kopf des alten Mannes hinweg ein Zeichen, dass dieser dringend eine Dusche brauche. Björn zwinkerte ihr verschwörerisch zu.

»Tja, Jökull, als Kapitän brauche ich natürlich Personal, das auf Zack ist«, sagte Björn nun.

»Da bist du bei mir richtig. Frag Ari!«

»Ja, der hat mich ja zu dir geschickt, um dir zu sagen, dass es am Montag um sechs Uhr morgens losgeht.«

Jökull sprang auf und rief: »Aye, aye, Käp'n!«

»Jökull, wir beide sind ein Team. Nur weil ich den Kasten fahren darf, werde ich draußen natürlich bei den Netzen genauso mit anpacken.«

»Aye, aye, dann werde ich mir jetzt noch ein bisschen Stärkung besorgen.« Dass er damit flüssige Nahrung meinte, war Lilja sonnenklar.

»Doch es gibt eine Regel. Ausnüchtern für morgen«, bemerkte Björn in strengem Ton.

Jökull musterte ihn skeptisch, aber dann versprach er, keinen Tropfen mehr anzurühren, während er sich gefährlich über die Kaimauer beugte, um der Plastikflasche mit dem Brennevín, die sich gerade von dem Schiff entfernte, sehnsuchtsvoll hinterherzusehen.

»Meinst du, du könntest ihn in die Dusche begleiten?«, raunte Lilja Björn zu.

»Ungern, aber ich denke, ich habe keine Wahl, wenn ich

Montag nicht freiwillig von Bord springen will«, gab er flüsternd zurück.

»Gut, dann geh du mit ihm zu den Duschen, und ich bringe euch Handtücher und saubere Klamotten hinterher, immer gesetzt den Fall, ich werde in dem Chaos da unten fündig.«

»Haust er etwa da drinnen?«

»Leider, er behauptet, in Vaters Fischbude, in der er die letzten Jahre gewohnt hat, habe er wegen der Gangster nicht mehr übernachten dürfen.«

»Was für Gangster?« Björn hatte seine Stimme so erhoben, dass Jökull es gehört hatte.

»Na, die Trawlermafia, die auf unsere Quoten scharf ist!«, mischte er sich empört ein.

»Das erzähle ich dir in Ruhe«, raunte Lilja Björn zu. In diesem Augenblick trafen sich versehentlich ihre Hände. Diese zufällige flüchtige Berührung durchzuckte Lilja wie ein Blitz. Björn schien ebenso verwirrt wie sie, aber er redete hastig weiter, als wäre nichts geschehen.

»Dein Vater hat da schon was angedeutet. Das war das, was ich dir unbedingt erzählen wollte. Gut, dann versuche ich mal die Nummer mit dem Saubermann.« Björn stand abrupt auf, legte Jökull freundschaftlich den Arm um die Schultern und flüsterte ihm etwas zu.

Jökull stutzte kurz, doch dann nickte er eifrig und ließ sich von Björn mitziehen. Der drehte sich noch einmal um und zwinkerte Lilja verschwörerisch zu.

Lilja kehrte in die Kajüte zurück und durchsuchte Jökulls Kleiderberg. Aber alles, was sie anfasste, ließ sie angewidert fallen. In diese Sachen konnte sie Jökull nach dem Duschen auf keinen Fall stecken. In ihrer Verzweiflung öffnete sie den Schrank ganz vorsichtig in der Erwartung, dass er entweder gähnend leer war oder ihr noch so ein verschmutzter Kleiderberg entgegenfiel. Doch nichts dergleichen geschah, und trotzdem fuhr ihr ein Schreck durch alle Glieder beim An-

155

blick der sorgfältig im Schrank verwahrten Dinge. Die Sachen hatten alle etwas gemeinsam: Sie waren unbenutzt. Kleidung in verschweißten Verpackungen, ein Laptop noch in seinem Originalkarton und etliche volle Flaschen teuren Alkohols. Besonders ins Auge fielen ihr fünf identisch aussehende Paare Markensneaker. Neugierig holte sie einen davon aus dem Schrank und betrachtete den schicken Schuh aus der Nähe. Er war von Gucci, und Lilja hegte ihre Zweifel daran, ob der wirklich echt war oder nur ein Markenfake. Kopfschüttelnd stellte sie das schicke Teil zurück in den Schrank und griff nach einer Hose und einem Pullover. Als sie die Sachen hervorholte, fiel ein Bündel Bargeld zu Boden. Lilja hob es auf und stopfte es hastig unter die Klamotten zurück. Sie fühlte sich gar nicht gut dabei, fremde Sachen zu durchwühlen, und dennoch brannte ihr die Frage auf den Nägeln, wie Jökull zu fabrikneuer Kleidung, einem Laptop, teuren Sneakern und einem Bündel Bargeld kam. Es kostete sie viel Überwindung, nicht seinen ganzen Schrank zu durchsuchen, sondern sich damit zu begnügen, Socken und Wäsche aus einem Fach zu nehmen, in dem Jökull tatsächlich frisch gewaschene Kleidung aufbewahrte. Eilig stopfte sie die Sachen in eine Einkaufstasche, die sie in einer Ecke der Kajüte fand. Nur ein Handtuch konnte sie nicht auftreiben. Gedankenverloren folgte sie den Männern zu den Waschräumen, doch die hatten mit der Reinigungsaktion noch gar nicht begonnen, sondern warteten vor der Tür auf sie.

»Leider ist abgeschlossen. Wir kommen nicht rein«, seufzte Björn. »Aber ich gehe jetzt mit Jökull ins Hotel und lasse ihn dort in Ruhe duschen.«

»Du wohnst immer noch im *Hrafninn*?«

»Nur noch bis Montag. Liv hat mir einen Sondertarif gegeben. Dann bekomme ich bei deiner Schwester und Kristian das Gästezimmer. Ich wollte sie nur am Honeymoon-Wochenende nicht unbedingt mit meiner Anwesenheit stören.«

»Gut, dann begleite ich euch, wenn ich darf«, sagte sie und kämpfte mit sich, ob sie Björn später in ihren Fund einweihen sollte oder nicht.

»In ein Hotel? Das mag ich nicht«, murrte Jökull und verzog sein Gesicht, als hätte er auf eine Zitrone gebissen.

»Nun komm schon! Ist doch egal, unter welche Dusche du gehst. Denk doch nur daran, wie wohl du dich fühlen wirst, wenn du saubere Klamotten anziehen kannst.« Lilja holte, um ihre Worte zu unterstreichen, den noch verpackten Pullover aus der Tasche.

Beim Anblick des Kleidungsstückes wurde der alte Mann blass. »Wo ... wo hast du das her?«, stammelte er.

»Aus deinem Schrank«, entgegnete sie wahrheitsgemäß. Seine Reaktion bewies ihr, wie unangenehm es ihm war, dass sie seinen Schrank geöffnet hatte.

»Und was hast du da noch gefunden?«, fragte er und kniff die Augen zusammen.

»Nichts. Gar nichts. Doch, noch eine Hose und frische Wäsche«, erwiderte sie hastig. Der Blick, den ihr der alte Mann zuwarf, signalisierte ihr, dass er sie beim Schwindeln ertappt hatte, aber er schwieg.

Als sie in Richtung Zentrum gingen, hatte sich die Dämmerung bereits wie ein Tuch über die Stadt gelegt. An einem überwiegend grauen Tag wie diesem war das nicht besonders spektakulär. Nicht wie nach Sonnentagen. Doch das änderte nichts an Liljas gehobener Stimmung. Sie fühlte sich mit Björn durch dieses gemeinsame Kümmern um Jökull innig verbunden. Sie war froh, dass Misstrauen und Unverständnis zwischen ihnen einer warmherzigen Vertrautheit gewichen waren. Es fühlte sich so richtig an wie damals, als sie noch ein Paar gewesen waren, und dann doch wieder prickelnd fremd. Kann man sich eigentlich in ein und denselben Mann zweimal verlieben?, fragte sie sich.

157

17

Störgefühle

Liv, die an diesem Tag an der Rezeption saß, warf Björn und Lilja einen entgeisterten Blick zu, als sie in Begleitung des alten Jökull das Gästehaus betraten.

»Möchte euer Begleiter ein Zimmer?«, fragte sie zweifelnd.

»Nein, ich erkläre dir das kurz. Am besten, ihr beiden geht schon vor«, entgegnete Lilja. Sie wollte dem alten Mann die Peinlichkeit ersparen, in seiner Gegenwart zu erklären, warum sie ihn mit ins Hotel gebracht hatten.

Björn verstand das sofort, bat Liv um den Schlüssel und verschwand mit Jökull in Richtung der steilen Treppe, die nach unten in Livs Privaträume führte. Das nahm Lilja zwar wahr, ließ sie in diesem Moment jedoch nicht stutzig werden.

Liv musterte Lilja fragend. »Wer ist der Mann?«

»Jökull ist ein Mitarbeiter meines Vaters, der seit dem Unfall ein wenig unter die Räder geraten ist. Und ab Montag fährt Björn zusammen mit ihm auf der Lundi raus, bis er seinen neuen Job antritt. Und dazu müssen wir den alten Mann erst mal wieder rundherum fit machen.«

Liv machte eine abwehrende Handbewegung. »Schon gut, ich habe ja nichts dagegen, wenn der Mann hier duscht, aber …« Liv stockte und musterte Lilja verunsichert. »Ich wüsste nur gern, ob da was zwischen euch beiden läuft.«

»Zwischen wem?«, gab Lilja zurück, wenngleich ihr schwante, worauf Liv hinauswollte. Es war wohl kaum zu übersehen, wie vertraut Björn und sie miteinander umgingen.

»Na ja, mit Björn und dir. Ich meine, ihr seid doch früher ein Paar gewesen, hat mir Elin mal erzählt.« Das klang äußerst besorgt.

Lilja hatte wenig Lust, Liv Einblick in ihr kompliziertes Beziehungsleben zu geben. Vor allem würde sie Elins Freundin ganz bestimmt nicht in ihr Geheimnis einweihen, dass sie Single und überdies ziemlich angetan von der Wiederbegegnung mit ihrer großen Liebe war. Besonders seit er eben im Hafen aufgetaucht war. Es faszinierte sie, wie gut sie beide immer noch harmonierten, wenn es ein Problem zu lösen galt. Ohne viele Worte hatten sie als Team agiert, um Jökull dabei zu unterstützen, wieder zu alter Hochform aufzulaufen.

»Wie kommst du denn darauf? Wir haben uns zufällig unten am Hafen getroffen. Und außerdem bin ich fest liiert.« Letzteres ging Lilja nicht so leicht über die Lippen, aber sie hoffte, damit alle Zweifel Livs beseitigt zu haben. Am liebsten hätte sie hinzugefügt: *Und Björn übrigens auch!* Aber das wäre zu zickig gewesen. Sie hatte nicht den geringsten Grund, eifersüchtig auf Liv zu sein. Es war doch ganz allein die Sache der beiden, ob sie eine kleine Affäre hatten.

Liv aber biss nervös auf ihrer Unterlippe herum. »Na ja, also dafür, dass du verheiratet bist, hast du gestern aber sehr intensiv mit Thorwald geflirtet. Ich habe gedacht, ihr beiden frischt da wieder was auf, denn Elin sagte, ihr wart auch mal kurz zusammen.«

Lilja fand, dass das entschieden zu weit ging. Liv hatte wohl so gar keinen Grund, ihr einen Flirt mit einem verheirateten Mann vorzuwerfen.

»Liv, das ist Schnee von vorgestern!«

»Merkwürdig nur, dass Björn heute Nacht im Traum deinen Namen gemurmelt hat.«

Lilja zuckte zusammen. Das berührte sie doppelt. Eher weniger, dass Björn offenbar von ihr träumte, als vielmehr, dass er bei Liv übernachtet hatte. Denn wie sollte man wohl sonst hören, was ein Mann im Schlaf von sich gab? Sie hoffte, dass Liv ihr die Betroffenheit nicht anmerkte.

»Ich bin übrigens nicht zu Elins Hochzeit gekommen, um verflossene Lieben wieder aufzufrischen«, entgegnete Lilja in scharfem Ton. Irgendwie fühlte sie sich aber auch ertappt. Natürlich tat sie genau das, was Liv ihr vorwarf. Sie flirtete mit Thorwald und genoss die alte Vertrautheit und Geborgenheit in Björns Nähe.

»Das weiß ich doch«, lenkte Liv ein. »Aber es war nicht zu übersehen, um wessen Gunst sich die beiden Kerle heute Morgen geprügelt haben.«

Selbst Liv, die so cool getan hatte, hatte also gemerkt, dass es bei der Auseinandersetzung mit den Fäusten um sie gegangen war, schoss es Lilja durch den Kopf. Wie peinlich!

»Und wenn schon! Ich habe weder ein Interesse daran, die Sache mit Thorwald wiederzubeleben, noch Björn zurückzuerobern. Meinetwegen brauchst du dir keinen Kopf zu machen.«

Heuchlerin, dachte Lilja, du bist eine Heuchlerin, Lilja Arisdottir, und sie fühlte sich äußerst unwohl in ihrer Haut. In diesem Augenblick kamen ihr arge Zweifel, ob es wirklich ein so guter Plan gewesen war, in ihre alte Heimat zurückzukehren und in Erwägung zu ziehen, in Akureyri neu anzufangen.

Das war sehr kurzsichtig von ihr gewesen, wie sie jetzt schmerzhaft feststellen musste, weil seit ihrer Rückkehr die Geister der Vergangenheit das Kommando übernommen hatten. Auch wenn ihr der Gedanke im Herzen wehtat, vielleicht wäre es um vieles leichter, in Reykjavík neu durchzustarten. Dann wäre sie zwar nicht bei ihrer Familie, aber sie bliebe in ihrem Land. Und dann bräuchte sie sich nämlich keinerlei

Gedanken mehr um die Zukunft der Lundi, das Geheimnis des alten Jökull oder um die Frage zu machen, wann sie ihrer Mutter beibringen sollte, dass Kanada auf der ganzen Linie passé war. Vor allem musste sie sich dann nicht vor sich und anderen rechtfertigen, dass sie möglicherweise dabei war, sich neu in Björn zu verlieben.

»Da bin ich ja froh«, stieß Liv erleichtert hervor. »Das mit Björn und mir ist nämlich ganz frisch. Ich hätte wirklich Sorge, dass deine Anwesenheit unsere Beziehung gleich wieder auseinanderbringen könnte.«

Lilja sah Liv finster an. Sie dachte daran, dass Björn verheiratet war, aber das wollte sie nicht weiter kommentieren. Liv aber schien ihre Gedanken zu erraten.

»Nicht dass du jetzt denkst, ich bin sein kleiner Seitensprung. Seine Frau und er haben sich kürzlich getrennt.«

Lilja spürte, wie ihr abwechselnd heiß und kalt wurde. »Ach so«, murmelte sie. »Aber das geht mich ja auch gar nichts an«, fügte sie hastig hinzu.

»Bitte, sei so lieb! Verrate keinem, dass wir beide zusammen sind! Das ist ja erst vorgestern nach der Hochzeit am Wasserfall passiert. Kannst du dich erinnern? Ich habe dich doch getroffen, bevor ich abends zur Wikingerparty gegangen bin. Tja, und danach ist er bei mir im Bett gelandet. Ich hatte schon Sorge, wir würden das ganze Hotel wecken. Aber du hast nichts gehört, oder?«, flüsterte Liv strahlend, während sie sich vorsichtig umsah. So als solle das nur kein anderer mitbekommen. Lilja hätte ihrerseits liebend gern darauf verzichtet, solche intimen Details zu erfahren.

»Er wohnt also gar nicht im Hotel?«, fragte sie dennoch nach.

»Doch, er hatte ein Zimmer gebucht, aber er hat es kaum benutzt. Also, wenn du magst, kannst du nach den Männern sehen.«

Lilja spürte, wie Livs Geständnis sie unangenehm berührte.

161

Von wegen Sonderkonditionen im Hotel!, dachte sie empört. Aber es nutzte gerade gar nichts, wenn sie sich aufregte, dass Björn ihr vorhin verschwiegen hatte, wie diese Sonderkonditionen aussahen, weil sie das herzlich wenig anging, sagte sie sich energisch. Trotzdem, sie fühlte sich in diesem Moment nicht in der Lage, unbeschwert in Livs Privatsphäre einzudringen, auch wenn Liv sie geradezu ermutigte, den Männern in die Wohnung zu folgen.

»Kannst du mir bitte einen Gefallen tun?«, bat sie Liv, nachdem sie innerlich wieder einigermaßen ihre Fassung zurückerlangt hatte. »Kannst du Björn die saubere Kleidung vorbeibringen und ihn bitten, dem alten Mann vielleicht die Haare zu schneiden?« Sie reichte Liv die Tasche mit der Kleidung für Jökull.

»Klar, mache ich, aber willst du wirklich nicht lieber selbst ...?«

Lilja schüttelte heftig den Kopf. »Nein, ich merke gerade meinen Kater von gestern. Ich brauche frische Luft. Sag den beiden Männern, dass ich beim Hinterausgang warte!«

Ohne eine Antwort abzuwarten, stürzte Lilja die steile Treppe hinunter, die zu dem Ausgang führte, der zum Parkplatz ging. Beinahe wäre sie gestolpert, aber sie konnte gerade noch rechtzeitig das Gleichgewicht halten und sich an den schmalen Holzhandlauf klammern. Sie eilte an der Tür vorbei, hinter der sich ihrer Ansicht nach Livs Wohnung befand, in der Hoffnung, Björn auf keinen Fall in die Arme zu laufen.

Draußen angekommen, atmete sie ein paarmal tief durch. Inzwischen war es dunkel und merklich kühler geworden. Ein Blick nach oben zeigte ihr, dass die Wolken sich inzwischen verzogen hatten und der Himmel sternenklar war. Lilja setzte ihre Kapuze auf und warf einen Blick auf ihre Armbanduhr. Es war schon kurz vor sieben. Das hätte sie nicht erwartet. Dieser Tag war wie im Flug vergangen. Seufzend dachte sie an das Gespräch, das sie gerade mit Liv geführt hatte. Vom Kopf her fand sie ihre eigene Reaktion darauf komplett überspannt, aber in ihrem Bauch grummelte es mächtig.

Sie ging in Gedanken noch einmal die Erlebnisse seit ihrer Rückkehr in Akureyri durch. Und immer wieder sah sie Jökull, Björn und sich auf der Holzkiste an der Kaimauer sitzen, und ihr wurde warm ums Herz. Sie konnte nicht leugnen, dass sie sich in dem Augenblick rundherum wohl und auf eine harmonische Weise mit Björn verbunden gefühlt hatte. Und dann die flüchtige Berührung ihrer Hände …

Sie grübelte hin und her, wie sie mit ihrem inneren Chaos umgehen sollte, nachdem sie Liv versprochen hatte, ihre zarten Bande mit Björn nicht zu stören.

Bevor sie auch nur annähernd eine Lösung für ihr Problem gefunden hatte, traten Björn und Jökull sichtlich vergnügt ins Freie, denn sie lachten laut.

Der alte Mann warf Björn im Spaß vor, was der sich alles ihm gegenüber herausgenommen habe. Aber in Wirklichkeit schien er sehr stolz auf seine Verwandlung zu sein. Mit Recht, wie Lilja bewundernd feststellte. Sein Bart war gestutzt, das Haar geschnitten, und er glänzte vor Sauberkeit.

»Ich begleite dich dann zur *Tröll* zurück«, sagte Lilja zu Jökull und vermied es dabei, dass Björn und ihr Blick sich trafen. »Du siehst klasse aus«, fügte sie hinzu, woraufhin ein Strahlen über Jökulls Gesicht ging.

»Ich käme auch gern mit«, bemerkte Björn sichtlich verunsichert.

Lilja winkte ab. »Das ist nicht nötig. Es ist schon großzügig genug von dir, dass du meinem Vater hilfst. Wir schaffen das allein.« In diesem Augenblick konnte Lilja nicht länger seinem Blick ausweichen. Pure Verständnislosigkeit stand ihm ins Gesicht geschrieben.

»Tja, wie du meinst, dann bleibe ich hier«, murmelte er sichtlich enttäuscht.

163

»Wo sind deine Sachen?«, erkundigte sich Lilja sachlich bei Jökull.

»Müll! Die wollte ich nicht mehr haben. Heute fängt ein neues Leben an«, verkündete der alte Mann entschlossen. Man merkte ihm nicht einmal entfernt an, in welch erbarmungswürdigem Zustand er sich vor ein paar Stunden noch befunden hatte. Auch der restliche Alkohol hatte sich ganz offensichtlich verflüchtigt. Er wirkte stocknüchtern.

»Und ich soll euch wirklich nicht begleiten?«, hakte Björn ungläubig nach.

»Doch«, sagte Jökull.

»Nein!«, verkündete Lilja im selben Moment.

Lilja sah Björn förmlich an, wie ihm ihr scheinbarer Stimmungsumschwung zu schaffen machte, aber sie konnte nicht anders. Wenn sie jetzt ihren Emotionen nachgab, dann würde sie sich nichts mehr wünschen, als dass sie Jökull gemeinsam zur Tröll brachten. Und dann wäre die Nähe zwischen ihnen vorprogrammiert. Langsam gewann ihr Verstand wieder die Oberhand. Der signalisierte ihr, Björn lieber aus dem Weg zu gehen. Es bestand nicht nur die dringende Gefahr, dass sie sich womöglich wieder in ihren Ex verliebte, sondern dass dies bereits geschehen war.

Lilja wollte ihre Rückkehr nach Akureyri auf keinen Fall damit belasten, dass sie sich in fremde Beziehungen einmischte. Vielleicht würde sie das etwas anders sehen, wenn sie die Klarheit hätte, dass sie in Akureyri bliebe. Genauso wichtig wäre in diesem Zusammenhang allerdings die Gewissheit, dass Björn nicht auf große Kreuzfahrt ginge. Alles nur utopische Gedankenspiele, dachte Lilja grimmig. Für ein paar Wochen bis zu seiner Abreise lohnte es sich jedenfalls nicht, auszutesten, ob doch mehr zwischen ihnen lief. Und schon gar nicht auf Livs Kosten. Nein, dachte Lilja entschieden, sie würde Abstand halten, bevor sie für Chaos sorgte, zumal sie selbst keinen Schimmer hatte, wohin bei ihr die Reise gehen sollte. Reykjavík, dachte sie, als Jökull im selben Augenblick begeistert ausrief: »Das Nordlicht! Seht nur! Das ist ein Zeichen. Es wird alles wieder gut!«

Liljas und Björns Blicke folgten dem des alten Mannes. Und tatsächlich. Das grüne Nordlicht schimmerte in einer Klarheit und Intensität, wie Lilja es selten am Himmel gesehen hatte. Natürlich hatte sie schon diverse Polarlichter in ihrem Leben beobachtet, aber dieses sah aus wie ein riesiger Schweif aus grünem Nebel, der sich über den gesamten Himmel zog. Nein, so ein flächendeckendes Licht hatte sie noch nie bewundert.

»Ich wüsste schon, was ich mir wünschen würde«, murmelte Björn und blickte Lilja verträumt an. Lilja konnte zwar keine Gedanken lesen, aber sie ahnte, was er damit meinte. Auch an ihm schienen die letzten Stunden nicht spurlos vorübergegangen zu sein. Doch statt ihm zu signalisieren, dass sich ihre Gefühle offenbar mit seinen deckten, trieb sie Jökull zur Eile an.

»Komm, lass uns gehen! Ich habe meiner Mutter versprochen, um sieben zu Hause zu sein.«

Jökull aber ließ sich Zeit mit dem Abschiednehmen. Er bedankte sich überschwänglich bei Björn und versprach ihm, am Montagmorgen das Schiff bereits aufgeklart zu haben, wenn der Käpt'n an Bord käme.

»Danke für alles, Björn«, murmelte Lilja bereits im Gehen.

»Dafür nicht!«, gab Björn sichtlich angeschlagen zurück. »Und ja, ich gehe am Montag mit dir im Fjörður essen.«

Das hatte Lilja völlig vergessen. Am liebsten hätte sie den Männern abgesagt, aber das wäre doch kindisch gewesen. Schließlich ging es darum, dass sich zwei erwachsene Männer an einen Tisch setzten, statt sich die Köpfe einzuschlagen. Nur stand ihr der Sinn nicht danach, Björn in diesem Moment zu offenbaren, dass es ein Essen zu dritt sein würde.

»Schön«, murmelte sie und war so durcheinander, dass sie

ein Stück in die falsche Richtung lief, bis Jökull sie darauf hinwies und trocken bemerkte, der Käpt'n hätte bestimmt gleich den richtigen Weg eingeschlagen, wenn er sie hätte begleiten dürfen.

18

Verstehe einer die Frauen

Björn blieb noch ein Weilchen draußen stehen und betrachtete das magische Licht am Himmel. Es war wirklich das imposanteste Nordlicht, das er jemals gesehen hatte. Er stieß einen tiefen Seufzer aus. Nicht nur vor Begeisterung für dieses Naturphänomen, das nun ganz langsam wieder am Himmel verblasste, sondern auch, weil er partout nicht schlau aus Lilja wurde. Eben waren sie einander so nahe gewesen, als hätte es diese Jahre der Trennung niemals gegeben. Allein, wie sie ihn vorhin angelächelt hatte! Es hätte nicht viel gefehlt, und er hätte unten auf der Kiste ihre Hand genommen, nachdem sich ihre Finger berührt hatten. Schade, dachte er, nun war zwar das Missverständnis zwischen ihnen ausgeräumt, aber Lilja benahm sich wie eine launische Diva. Eben noch herzerwärmende Zuwendung und wenig später allenfalls höfliche Distanz. Wenn sie wüsste, dass und warum seine Frau Bente und er sich getrennt hatten … Einmal davon abgesehen, dass er auf Dauer nicht in Kopenhagen leben, sondern nach Island ziehen wollte, hatte es zwischen ihnen einen Vorfall gegeben, der eine Menge mit Lilja zu tun hatte. Seine Frau hatte ihm nämlich angemerkt, wie sehr er sich in letzter Zeit zurückgezogen hatte. Eigentlich seit er wusste, dass er zur Hochzeit seines Cousins mit Liljas Schwester zum ersten Mal seit damals wieder nach Akureyri reisen würde. Er war davon ausgegangen, dass die Schwester der Braut, die er niemals ganz

167

vergessen hatte, auch kommen würde. Das hatte ihn in große Unruhe versetzt. Er hatte sich schließlich eingeredet, das sei doch eine günstige Gelegenheit, ihr einmal ins Gesicht zu sagen, was sie ihm mit dieser hässlichen Trennung eigentlich angetan hatte. Er hatte sich bei seinem Cousin ganz bewusst all die Jahre nicht nach Lilja erkundigt, und Kristian hatte sie ihm gegenüber auch mit keinem Wort mehr erwähnt. Deshalb hatte er bis zum Abend vor dem Fest im Hof auch nichts von ihrer Ehe mit einem Kanadier gewusst. Aber seine Gedanken, die hatten schon seit Monaten immer wieder um Lilja gekreist. So sehr, dass es auch Bente nicht verborgen geblieben war. Ausgerechnet zu einem Zeitpunkt, als in Bentes Leben ein anderer Mann getreten war, hatte sie bemerkt, dass er gedanklich mit einer anderen Frau beschäftigt war. Niemals hätte Bente ihn betrogen, aber sie wollte sichergehen, dass sie bei Björn genauso die Nummer eins war wie bei ihrem Arbeitskollegen, der ihr sein Herz zu Füßen legte. Schließlich hatte Bente Björn die Frage aller Fragen gestellt: *Hast du je aufgehört, sie zu lieben?* Er hatte das leugnen wollen, aber mit der Antwort hatte er die eine Sekunde zu lange gezögert, jene Sekunde, die Bente seine wahren Gefühle verraten hatten. Gefühle, die ihm selbst gar nicht bewusst gewesen waren. Bente hatte sich daraufhin für den anderen Mann entschieden. Björn, den es zwar verletzt hatte, von heute auf morgen einfach ausgetauscht zu werden, hatte sie trotzdem irgendwie auch verstehen können. Bente hatte doch glauben müssen, der Spuk sei lange vorüber. Sie hatte ihn damals getröstet, als er wegen Lilja gelitten hatte. *Die Frau, die dich so gemein behandelt, ist es nicht wert, dass du um sie trauerst,* hatte sie ihm immer und immer wieder eingetrichtert. Er hatte ihr schließlich zugestimmt und nicht verraten, dass sein Herz trotz alledem noch für Lilja schlug. Irgendwann hatte er sich ernsthaft eingebildet, dass die alten Wunden geheilt seien.

Elin hatte ihm schon am Wasserfall von Noah, ihrem kanadischen Schwager, vorgeschwärmt, und er hatte sich daraufhin vorgenommen, Lilja auf dem Fest im Hof zu ignorieren. Doch dann hatte er sie gesehen. Schöner denn je, reifer, selbstbewusster und doch immer noch die Frau, die er einmal sehr geliebt hatte. Und von der er bis heute hatte denken müssen, dass sie ihn eiskalt abserviert hatte, etwas, was so gar nicht zu ihrem Charakter passen wollte.

Eigentlich hätte ihm das alles gleichgültig sein sollen, aber als er auf der heidnischen Hochzeit von Elin hatte erfahren müssen, dass Lilja inzwischen Akureyri verlassen und mit einem Kanadier verheiratet war, hatte ihn diese Neuigkeit so getroffen, dass er sich in seinem Kummer in Livs Arme geflüchtet hatte. Er hatte den ganzen Abend schon unverbindlich mit ihr geflirtet, aber dann war aus dem Techtelmechtel eine ernsthafte Affäre geworden. Jedenfalls waren sie zu später Stunde nach dem Genuss von reichlich Brennivín in ihrem Hotel gelandet und hatten eine leidenschaftliche Nacht miteinander verbracht. Er mochte die quirlige junge Frau wirklich. Ja, am Morgen danach hatte er sogar für einen kurzen Augenblick geglaubt, sie sei möglicherweise die richtige Partnerin für ihn, nachdem sie glaubwürdig verkündet hatte, sie könne gut mit einem Mann zusammen sein, der viel unterwegs sei. Natürlich hatte sie damit auf seinen künftigen Job abgezielt. Doch die ganze Seifenblase war in dem Moment zerplatzt, als er Lilja gesehen hatte. Diese Frau hatte solch intensive Gefühle in ihm geweckt, wie es keine andere Frau jemals in ihm hatte auslösen können. Gestern Abend war es nur Zorn gewesen. Zorn darüber, wie schnöde sie ihre Beziehung beendet hatte. Und die eiskalte Wut, dass die kanadische Ehefrau den ganzen Abend mit Thorwald turtelte. Dass sie ausgerechnet mit jenem Mann flirtete, der in Kindertagen sein bester Freund gewesen war, bis sie sich wegen eines Mädchens geprügelt hatten, das hatte ihn verletzt. Damals war seine Freundschaft zu Thorwald in Feindschaft umgeschlagen, obwohl Thorwald seinen Eltern und den Lehrern gegenüber nach der Schlägerei eisern geschwiegen hatte, wer ihm den Zahn ausgeschlagen hatte. Und auch Björn hatte keinem gepetzt, warum er an jenem Tag mit Nasenbluten nach Hause gekommen war. Trotzdem hatten sich die beiden danach gegenseitig ignoriert. Und als er dann hatte erfahren müssen, dass Lilja ausgerechnet etwas mit seinem ärgsten Feind angefangen hatte, kaum dass er im Flieger gen Kopenhagen gesessen hatte, hatte ihn das schwer erschüttert. Deswegen war ihm in der Nacht die Sicherung durchgebrannt, als er vor dem Gästehaus auf Thorwald getroffen war. Er hielt in seinen Gedanken inne. Lilja hatte recht. Es war so dermaßen albern, wenn sich zwei erwachsene Männer prügelten, dass er den Drang verspürte, diese leidige Angelegenheit aus der Welt zu schaffen. Aber wie? Sollte er sich bei Thorwald einfach entschuldigen dafür, dass er ihm eins auf die Nase gegeben hatte? Wenn er Glück hatte, würde auch Thorwald nicht wie ein dummer Junge reagieren, sondern wie ein erwachsener Mann und mit ihm Frieden schließen. Frieden?, dachte Björn, ein Waffenstillstand würde durchaus genügen! Jedenfalls wäre es vernünftig, das Kriegsbeil zu begraben, vor allem für den Fall, dass er in Akureyri bleiben würde, was noch in den Sternen stand. Seine Eltern waren jedenfalls begeistert von der Aussicht, dass er überhaupt wieder in Island leben würde, und wollten ihm unbedingt eine Wohnung am Hafen von Reykjavík kaufen – in einem dieser neu errichteten Wohntürme. Aber die Entscheidung drängte nicht, denn er würde in zwei Monaten ohnehin länger unterwegs sein und die freien Wochen zwischen den Touren vorerst bei seinen Eltern wohnen können.

Und was war mit Lilja? Sollte er ihr bis zu ihrer Abreise nicht lieber aus dem Weg gehen? Wäre es nicht klüger, das Essengehen mit ihr am Montag besser abzusagen?

Dort, wo gestern noch die Wut regiert hatte, herrschte nun,

nachdem er von der Intrige ihrer Mutter wusste, kein Vakuum mehr, sondern dort machten sich ganz andere Emotionen bemerkbar. Es war eine merkwürdige Mischung aus alten, vertrauten Gefühlen und etwas Neuem, etwas Aufregendem. Er befürchtete fast, sich neu in Lilja verliebt zu haben.

Björn vermutete, dass Lilja etwas Ähnliches gespürt hatte und deshalb einen Rückzieher gemacht haben könnte. Was hatte er sich denn vorgestellt? Sie war verheiratet und nur zu Besuch in der alten Heimat. Wahrscheinlich waren diese beiderseitigen Emotionen auch nur der Erleichterung zu verdanken, dass sie sich damals niemals freiwillig voneinander getrennt hätten. Und vor allem die Erleichterung darüber, sich im Wesen des anderen nicht so brutal getäuscht zu haben. Und dann ihr harmonisches Teamspiel, als es um die Wiederherstellung des alten Mannes gegangen war. Das hatte nicht nur Jökull glücklich gemacht, sondern auch sie beide.

Trotzdem, man kann das Rad der Geschichte nicht zurückdrehen, dachte Björn entschieden. Jetzt war Lilja nicht mehr frei, und das sollte er schnellstens akzeptieren.

Björn straffte die Schultern. Am liebsten wäre er noch einmal hinunter zum Hafen gegangen, um ihr zu versichern, dass er sich wahnsinnig freute, sich doch nicht in ihr getäuscht zu haben, und dass er hoffte, sie könnten Freunde werden. Diesen Gedanken schüttelte er sofort wieder ab. Was für ein Unsinn! Es war doch gar nichts passiert außer in seinen Gedanken. Und warum sollte er ihr die Freundschaft antragen, wenn sie nächste Woche wieder gen Kanada entschwand? Nein, er würde gar nichts mehr unternehmen. Wenn man sich traf, würde er versuchen, unverbindliche Freundlichkeit auszustrahlen.

»Björn, ich dachte, du bringst den alten Mann runter zum Schiff«, hörte er eine Stimme hinter sich sagen. Er fuhr herum und sah sofort, dass Livs sonstige ansteckende Fröhlichkeit wie weggeblasen war und sie äußerst angespannt wirkte.

»Nein, Lilja ist allein gegangen«, gab er zurück.

»Und? Wie ist es, sie nach so vielen Jahren wiederzutreffen? Kommen da alte Gefühle hoch?«, fragte sie in lockerem Tonfall, doch Björn konnte sie nichts vormachen. Sie schien etwas zu spüren. Keine Frage und kein Wunder. Er hatte auf dem Weg vom Hafen zum Hotel ja auch bemerkt, dass da etwas flirrte. Was sollte er bloß sagen? Leugnen vielleicht?

Er räusperte sich ein paarmal. »Es hat mich sehr verunsichert, weil wir nach so langen Jahren feststellen mussten, dass keiner von uns beiden damals die Trennung gewollt hatte.«

»Aber was … ich meine, warum? Was war denn los?«

Björn stand überhaupt nicht der Sinn danach, Liv in die Intrige einzuweihen.

»Liv, das ist eine lange Geschichte. Lilja ist Vergangenheit«, raunte er. »Außerdem ist sie verheiratet und wird ganz bald nach Kanada zurückkehren.«

»Genau, zu dem tollen Noah«, lachte Liv. »Mit dem kannst du es sowieso nicht aufnehmen«, fügte sie scherzhaft hinzu.

Björn traf dieser kleine Scherz wie ein Messerstich mitten ins Herz. Sie war doch immer noch seine große Liebe, verdammt!

Liv bot ihm in dem Moment ihre Lippen zum Kuss an. Björn zögerte, bevor er darauf einging, doch während er sie küsste, musste er plötzlich an den ersten Kuss mit Lilja denken und löste sich rasch von Livs Lippen.

»Verzeih, aber ich muss das erst mal verarbeiten, dass Lilja mich damals nicht mutwillig im Stich gelassen hat«, seufzte er.

Livs Miene versteinerte. »Sie bedeutet dir noch immer viel, oder?«

»Ich … also, na ja … sie war mal meine … also, ich habe sie sehr geliebt.« Er rang sich zu einem Lächeln durch und strich Liv versonnen eine Strähne ihres blonden Haars aus dem Gesicht.

»Was frage ich noch? Ihr habt euch gestern erst um sie geprügelt«, gab Liv verletzt zurück.

»Wir waren betrunken. Und ich habe damals glauben müssen, sie hätte Thorwald gegen mich ausgetauscht, aber das war nicht so. Aber lass uns das Thema wechseln! Du musst dir keine Gedanken machen. Lilja ist meine Vergangenheit, du bist die Gegenwart. Verstehst du?«

»Natürlich weiß ich, was du damit sagen willst, aber versprichst du mir eins?«

»Wenn du mir sagst, was, dann können wir darüber reden«, entgegnete Björn schwach. Er kam sich gerade wie ein Feigling vor. Wenn er ehrlich gewesen wäre, hätte er Liv reinen Wein einschenken und zugeben müssen, dass ihn sein Wiedersehen mit Lilja völlig aus der Bahn geworfen hatte. Aber wollte er noch eine Beziehung daran scheitern lassen, dass Lilja durch seine Gedanken geisterte?

»Ich werde ihr einfach aus dem Weg gehen. Sie wird doch eh nicht mehr länger als zwei Wochen bleiben«, vermutete Björn.

Liv schmiegte sich an ihn. Er legte den Arm um sie und zog sie noch näher zu sich heran. Es fühlte sich gut an, sagte er sich und nahm sich vor, alles zu versuchen, Lilja endgültig loszulassen.

»Bitte versprich mir, es mir ehrlich zu sagen, wenn du so weit bist!«, raunte Liv. »Ich möchte nämlich nichts mit dir anfangen, solange du in eine andere Frau verliebt bist.«

»Aber … aber ich bin doch nicht in sie verliebt … ich meine, das ist über zehn Jahre her«, widersprach Björn ihr heftig, obwohl er genau wusste, dass das Gegenteil der Fall war.

Liv legte ihm liebevoll einen Finger auf den Mund. »Bitte, Björn, versprich nichts, was du nicht halten kannst! Ich meine es ganz ernst. Du bist kein kleiner Flirt für mich. Leider. Sonst könnten wir viel Spaß haben«, sagte sie mit einem melancholischen Unterton.

»Und so nicht?«, fragte Björn verunsichert, weil er sich gerade in diesem Augenblick wünschte, in ihren Armen alle Gedanken an Lilja zu vergessen.

Sie schüttelte traurig den Kopf.

»Nein, du brauchst noch etwas Zeit. Dieses Wiedersehen hat dich offensichtlich schwer durcheinandergebracht. Gib mir ein Zeichen, wenn du wieder frei bist! Ich verlange nicht, dass du Lilja völlig aus deinem Herzen verbannst, aber als Trostpflaster wäre ich mir zu schade.«

»Das bist du keine Sekunde lang für mich gewesen!«, protestierte er energisch.

Liv sah ihn zärtlich an. »Das weiß ich, aber heute, nachdem ihr offensichtlich alte Geschichten geklärt habt und nichts mehr zwischen euch steht, da würde ich es sein. Ich denke, das wollen wir beide nicht.«

Björn spürte, wie recht sie hatte. »Du bist eine wunderbare Frau«, flüsterte er. »Ich werde also heute in meinem Zimmer übernachten und morgen zu Kristian ziehen.«

»Aber komm schnell wieder! Ich warte auf dich«, gab Liv mit weicher Stimme zurück.

Björn nahm Liv in den Arm und wünschte sich in diesem Moment nichts mehr, als zu dieser Frau als freier Mann zurückzukehren und gemeinsam mit ihr herauszufinden, ob sie sich ernsthaft aufeinander einlassen sollten.

19

Katla im Glück

Ari hatte erstaunlich gute Laune an diesem Sonntagabend. Katla hatte ihren Mann lange nicht mehr so ausgeglichen erlebt. Er lobte ihr Essen, meckerte nicht über das Fernsehprogramm und kommentierte auch nicht die Abwesenheit seiner Tochter. Überdies hatten die beiden sich erstaunlich gut verstanden, nachdem Lilja gestern Abend nach Hause gekommen war. Katla hatte ihr extra ihr altes Zimmer hergerichtet, worüber sich Lilja riesig gefreut hatte, aber zu Katlas großer Enttäuschung war sie dann nach dem Abendessen gleich ins Bett gegangen. Dabei hätte Katla mit ihr gern einmal über die Hochzeitsnachfeier gesprochen, zumindest über einen Termin. Jedenfalls wollte sie Lilja endlich verbindlich auf ein Datum festnageln.

Es hatte Katla nicht einmal gestört, dass ihre Tochter vorhin im Gehen dem Vater noch etwas zugeraunt hatte, woraufhin der sich vor lauter Freude die Hände gerieben hatte. Natürlich wäre es ihr lieber gewesen, sie hätte erfahren, was Vater und Tochter plötzlich für Geheimnisse teilten, nachdem Ari anfangs doch immer noch sauer auf Lilja gewesen war. Aber viel wichtiger war es doch, dass die Stimmung im Haus gut war. Dafür nahm sie sogar ein Vater-Tochter-Geheimnis in Kauf. Und wenn sie recht überlegte, war Aris Stimmung von dem Moment an immer besser geworden. Aber schon gestern Abend hatte bei ihrem Mann die Wiedersehensfreude Oberhand über seinen Groll gewonnen, dass Lilja nach ihrem Besuch wieder nach Kanada zurückkehren würde.

Lilja und ihr Vater hatten beim gestrigen Abendessen sogar lebhaft miteinander diskutiert, ohne dass es zu einem lauten Streit gekommen wäre. Katla hatte nur mit halbem Ohr zugehört, weil es reine Fachsimpelei gewesen war. Offenbar ging es um die diesjährigen Fangquoten des Kabeljaus. Ari schimpfte jedenfalls über die Sperrung einer Küstenzone, in der er viel unterwegs gewesen war. Lilja versuchte ihn davon zu überzeugen, dass diese Maßnahme allein der Erholung der Bestände galt. Und davon, dass die Maßnahmen von fähigen Meeresbiologen begleitet und wissenschaftlich dokumentiert würden. Ari aber hielt dagegen, dass solche Sperrzonen vielmehr dort eingerichtet werden sollten, wo die Fischfabriken das Meer leer fischten. Überhaupt sei nicht mehr mit anzusehen, wie mit den Quoten geschachert würde.

Katla hatte ihre ganz eigene Meinung zu dem Thema. Sie fand, dass Ari doch nur profitieren konnte von diesem System, war er doch lange Zeit Quotenkönig im Hafen gewesen. Die Quoten wurden nach deren Privatisierung im Jahr 1990 für jeden Bootseigner nach der Menge Fisch ausgerechnet, die er in den vergangenen drei Jahren gefangen hatte. Und damals hatte der noch junge Ari ganz vorn gelegen, sodass seine momentane Quote wirklich ein Pfund war, mit dem er wuchern konnte. Der Trawlerkönig, dessen Namen Katla in diesem Haus nicht einmal denken durfte, hatte bereits vor dem Unfall eigens Baldur, einen seiner Mitarbeiter, auf Ari angesetzt, um ihn zum Verkauf der *Lundi* zu überreden, aber ihr Mann stellte sich stur. Daraufhin hatte sich Baldur konspirativ mit ihr allein verabredet und noch einmal einen Bonus auf den Kaufpreis draufgeschlagen, den sein Chef bereits angeboten hatte. Seitdem lag Katla ihrem Mann ständig in den Ohren, das Geld endlich zu nehmen. Sie brauchten es dringend, denn seit dem Unfall kam nichts mehr in die Kasse, aber ihr Mann sperrte sich vehement gegen den Verkauf seiner Quoten. Vor dem Unfall hatte Katla sogar noch ein gewisses Verständnis für seine Sturheit in diesem Punkt aufbringen können, doch langsam war ihre Geduld erschöpft. Schon vor dem Unfall waren die Einnahmen nämlich zurückgegangen, weil alles durch die Großen abgefischt wurde, und nun kam gar nichts mehr rein. Langsam gingen ihre Reserven aus, und Katla fand es unverantwortlich von Ari, dass er sich weiterhin stur gegen den Verkauf sträubte. Doch nun gab es einen Lichtblick: Ari hatte sich immerhin damit einverstanden erklärt, sich demnächst mit Baldur an einen Tisch zu setzen.

Für Katla war das quasi sein Einverständnis zum Verkauf, und sie fieberte dem Tag entgegen, an dem sie sich treffen wollten. Der Termin sollte in der nächsten Woche stattfinden. Bis gestern hatte diese Verabredung festgestanden, doch auf der Autofahrt zu Embla hatte ihr Mann ganz nebenbei verkündet, dass er ihn um zwei Monate verschieben müsse. Katla hatte kaum ihren Ohren trauen wollen, aber Ari hatte gar nicht mit sich reden lassen, genauso wenig wie bei ihrem Angebot, ihn zu chauffieren. *Nimm mir doch nicht noch den letzten Spaß!*, hatte er sie angefaucht und sich mit ihrer Hilfe auf den Fahrersitz gequält.

Gut, damit konnte sie leben, aber dass er den Termin verschieben wollte, passte ihr überhaupt nicht. Da im Fernsehen gerade ein langweiliger Film lief, bei dem Ari immer wieder einnickte, wollte sie seine gute Laune ausnutzen, um das leidige Thema noch einmal anzusprechen.

»Ari, darf ich den Fernseher ausschalten? Ich würde lieber mit dir plaudern«, schlug sie ihm vor.

»Meinetwegen!«

Nachdem Katla das Gerät ausgeschaltet hatte, rückte sie auf dem Sofa näher an ihn heran. »Ari? Ich wollte noch einmal fragen, ob es nicht besser wäre, wir würden uns doch nächste Woche schon mit Baldur zusammensetzen. Ich meine, wir müssen ja nichts unterschreiben.«

»Ach, Katla, ich würde dir sonst wirklich jeden Wunsch von den Augen ablesen, aber ich habe gerade keinen Nerv auf den Heini! Dazu muss es mir erst wieder besser gehen. Du weißt doch, was der Doktor gesagt hat. Ich bin erst dann gesund, wenn ich ohne Krücken gerade auf meinen Beinen stehen kann.«

Katla stieß einen Unmutslaut aus, bevor sie ihm mit sanfter Stimme erklärte, dass er trotzdem nie wieder mit der *Lundi* rausfahren könne. Und dass er den Verkauf dringend über die Bühne bringen solle, bevor er vollends genesen war.

»Nein, das passt mir aber nicht«, brummte er.

»Nun versteh doch, Ari! Ich kann ihm unmöglich absagen.« Was für ein sturer Bock!, dachte sie verärgert. Er würde uns lieber verhungern lassen, als sich von seinem Schiff zu trennen.

»Das verstehe ich gut. Das musst du doch auch gar nicht«, erklärte Ari nun mit verdächtig sanfter Stimme.

Katla dachte schon, ihr Mann sei endlich vernünftig geworden, als er grinsend hinzufügte: »Das mit der Absage übernehme ich selbstverständlich höchstpersönlich.«

Katla wusste nicht so recht, ob sie lachen oder weinen sollte, denn es war lange her, dass sein alter Humor mal wieder bei ihm durchblitzte. Seit seinem Unfall hatte sie ihn jedenfalls nicht mehr so entspannt erlebt.

»Ari, bitte! Es geht um unsere Existenz. Auf dem Konto ist Ebbe.«

»Keine Sorge, ich habe da noch eine Kasse, mit der wir vorerst über die Runden kommen«, erwiderte er fröhlich.

Katla war nicht sicher, ob das ein Scherz sein sollte oder ob er wirklich irgendwo Bargeld gebunkert hatte. Gewundert hätte sie das nicht, denn er hatte zu den Menschen gehört, die die Bankkrise vorausgesehen und ihr Geld rechtzeitig in Sicherheit gebracht hatten, und zwar zu Hause.

In diesem Augenblick klingelte das Telefon. Katla fragte sich, wer an einem Sonntagabend störte. Sie lief in den Flur, wo ganz altmodisch das Telefon stand, aber es war nur Elin, die dringend ihre Schwester sprechen wollte. Sie schien sehr ungehalten darüber, dass Lilja nicht im Haus war.

»Soll ich ihr etwas ausrichten?«, erkundigte sich Katla und versuchte, ihre Neugier nicht allzu sehr durchklingen zu lassen.

Elin überlegte kurz. »Nein, Mamma, das muss ich schon selbst mit ihr klären.«

»Soll sie zurückrufen? Ich weiß allerdings nicht, wie lange sie bei ihrer Freundin bleibt.«

»Lieber nicht. Nicht dass sie Björn an der Strippe hat, denn der wohnt ja ab morgen bei uns.«

»Was hat dein Anruf mit diesem Haukursson zu tun? Ich denke, Lilja und er sind wie Hund und Katze, seit er sie damals so bösartig verlassen hat«, bemerkte Katla hektisch, während sie hoffte, dass die beiden auf dem Fest nicht doch noch ins Gespräch gekommen waren. Nicht auszudenken, sie hätten sich über ihre Trennung damals ausgetauscht …

»Mamma, ich will mich da nicht weiter einmischen. Du, sag ihr doch nur, ich hätte angerufen und würde mich die Tage wieder melden!«

Katla musste sich erst einmal auf den Stuhl neben dem Telefon setzen. Die Panik, Lilja könnte womöglich erfahren, was damals wirklich geschehen war, ließ ihre Knie weich werden. Das würde sie ihr nie verzeihen. Natürlich hatte Katla damals mitbekommen, wie sich Lilja wegen Björn die Augen ausgeheult hatte, aber dass sie die beiden auseinandergebracht hatte, war doch in bester Absicht geschehen. Schließlich hatte Katla ihrer Tochter nur ersparen wollen, was ihr einst mit Haukur widerfahren war. Ja, sie hatte sie vor einer großen

Enttäuschung schützen wollen. Vor einer so schlimmen Enttäuschung, wie sie die mit Björns Vater erlebt hatte.

Katla versuchte, gegen ihre Angst anzuatmen, dass sie inzwischen aufgeflogen sein könnte, aber dann beruhigte sie ihre angeschlagenen Nerven schnell wieder. Wüsste Lilja inzwischen, dass sie Björn damals am Telefon schamlos belogen und ihr Mobiltelefon versteckt hatte, ihre Tochter hätte doch kein Wort mehr mit ihr geredet. Dann hätten sie heute Vormittag bestimmt nicht so harmonisch einen Skúffukaka, Liljas Lieblingskuchen, gebacken und ihn nachmittags gemeinsam gegessen.

Bei diesem Gedanken entspannte sich Katla sichtlich. Sie kannte ihre Tochter immerhin so gut, dass sie ihr nicht zutraute, auf familiäre Harmonie zu machen, während es in ihr brodelte. Nein, wenn Lilja auch nur ahnen würde, dass sie damals Schicksal gespielt hatte, um ihrer Tochter die Enttäuschung zu ersparen, sie würde es ihr mit Sicherheit niemals verzeihen. Wahrscheinlich würde sie nicht einmal annähernd verstehen, dass sie es nur getan hatte, um sie zu schützen. Was für ein Glück, dachte sie, dass Lilja diesen Noah gefunden hatte, der sie auf Händen trug und nicht in die Ferne ging, um neue Frauen kennenzulernen, sondern sie mitgenommen hatte. Das hätte sie sich damals von … Ach, sie wollte seinen Namen nicht einmal mehr denken! Jedenfalls hätte sie sich das gewünscht, aber dann … Nein, nein, daran wollte sie keinen einzigen Gedanken mehr verschwenden! Bei ihr war es zwar kein kanadischer Traummann gewesen, der sie einst gerettet hatte, sondern der gute Ari, der damals gar nicht hatte fassen können, dass seine Traumfrau ihn doch noch erhörte. Es war nicht so, dass Ari keine anderen Frauen hätte haben können. Im Gegenteil, auf dem Kai, an dem die Lundi lag, waren jedes Mal, wenn das Boot von See zurückerwartet wurde, erstaunlich viele junge Damen unterwegs gewesen. Katla natürlich nicht. Sie hatte ihm die kalte Schulter gezeigt, bis sie gemerkt hatte, auf wen sie sich verlassen konnte. Bei der Erinnerung an den virilen und vor Kraft strotzenden Ari, der er bis zu seinem Unfall auch im Alter geblieben war, wischte sich Katla hastig eine Träne aus dem Augenwinkel und schweifte in Gedanken zurück zu ihrer Tochter. Ja, es machte sie froh, dass ihre Tochter diesem Haukursson nicht bis in alle Ewigkeit hinterhergetrauert hatte. Natürlich hatte Katla damals ein schlechtes Gewissen gehabt, weil Lilja ja hatte glauben müssen, dass er sie verlassen hatte. Im Grunde genommen hatte sie ihr genau das Leid zugefügt, das sie ihr eigentlich hatte ersparen wollen. Aber sie hatte es doch nur gut gemeint! Katla holte noch einmal tief Luft, bevor sie aufstand und zurück zu Ari ins Wohnzimmer gehen wollte.

In dem Augenblick klingelte das Telefon erneut. Katla staunte nicht schlecht, als sie eine aufgeregte Stimme am anderen Ende auf Englisch fragen hörte, ob Lilja in Akureyri sei.

Katla durchrieselte ein eiskalter Schauer. »Noah? Wieso fragst du? Das weißt du doch. Du bist schließlich ihr Mann.«

Nun herrschte angespanntes Schweigen in der Leitung.

»Sie hat euch also nichts von unserem kleinen Krach erzählt?«, hakte er zögernd nach.

»Nein, sie sagt, sie sei allein zu Elins Hochzeit gekommen, weil du unterwegs seist. Wir haben aber auch noch gar nicht so richtig miteinander gesprochen, weil hier doch so viel Trubel war und sie erst im Hotel gewohnt hat«, erwiderte Katla, während ihr einfiel, wie intensiv Lilja auf der Hochzeitsfeier mit Thorwald geflirtet hatte. Da hätte sie schon stutzig werden müssen. Ihr Atem ging schwer bei der Vorstellung, dass Lilja und Noah ein ernsthaftes Problem haben könnten. Genügte es nicht an Pech in der Familie, dass Sigurd verschwunden war und Ari diesen Unfall gehabt hatte? Da wären nun Probleme dort, wo sie sich im Glück wähnte, gar nicht passend.

»Reg dich bitte nicht auf!«, bat Noah sie. »Es war wirklich

nur eine kleine Unstimmigkeit, die deine Tochter in den falschen Hals bekommen hat. Aber ich werde sie zurückholen. Ich bin quasi schon unterwegs. Sie fühlte sich einfach zurückgesetzt in den letzten Monaten. Deshalb wird sie mir verzeihen, wenn sie sieht, dass ich mich für sie sogar in den Flieger setze.«

»Du kommst uns besuchen?« Augenblicklich war der kleine Schrecken vergessen, und Katla jubelte vor Freude.

»Wie schön! Natürlich wird sie das! Ach, deshalb wirkte sie so niedergeschlagen auf Elins Hochzeit! Ich will mich nicht einmischen, aber da hätte ich eine zauberhafte Versöhnungsidee. Ihr holt bei der Gelegenheit eure lange versprochene Hochzeitsfeier für unsere Familie und die Freunde nach.«

»Hochzeit nachholen?«, fragte Noah, doch dann versicherte er Katla, dass das ein wundervoller Plan sei.

»Und wann kommst du genau?«, fragte Katla, die ihr Glück gar nicht fassen konnte, völlig aufgedreht nach.

»Du, ich bin schon auf dem Weg zum Flughafen. Ich muss über Toronto fliegen. Also, ich lande morgen um zehn Uhr Ortszeit in Reykjavík. Ich wollte dann spontan entscheiden, ob ich den Flieger oder einen Mietwagen zu euch hochnehme.«

»Und wie lange bleibst du?«

»Rückflug ist eine Woche später. Montag. Da habe ich natürlich zwei Tickets gebucht. Eins davon für meine Lilja.«

»Aber das ist geradezu genial! Dann könnten wir das am Freitag machen. Ich werde gleich, wenn Lilja zurückkommt, mit ihr reden.«

»Wo ist sie denn?«, fragte Noah neugierig.

»Bei einer Freundin, aber sie wird bald zurück sein. Ach, da wird sie sich aber freuen! Und ich könnte gleich die Einladungen fertig machen und rausschicken. Gut, es werden sicher nicht alle so spontan können, aber ich freue mich riesig.«

»Meinetwegen«, räumte Noah ein. »Aber lieber wäre es mir, du würdest es Lilja nicht verraten. Schau, ich möchte sie doch überraschen.«

»Kein Problem. Ich schweige wie ein Grab. Dann überraschen wir sie eben mit dem Fest. Das ist doch wirklich zutiefst romantisch«, versicherte Katla Noah, während sie in Gedanken bereits bei der Gästeliste und der Menüauswahl war. Gut, das würde zwar alles ein paar Nummern kleiner werden als bei Elin, aber dafür sehr exklusiv. Sie würde morgen als Erstes bei Fanney für Freitag das Fjörður buchen. Auch wenn es etwas kurzfristig war, für die Hochzeit ihrer Freundin würde sie sicher das Unmögliche möglich machen. Ach, was würde Lilja bloß für Augen machen, wenn sie ihre Tochter unter einem Vorwand ins Restaurant ihrer Freundin lockte! Katla unterbrach ihre Gedanken. Aber wenn sie gar nichts von dem Termin wusste, dann würde sie auch kein Hochzeitskleid tragen. Die Vorstellung behagte Katla überhaupt nicht. Plötzlich fand sie den Gedanken, Lilja mit dem Fest zu überraschen, gar nicht mehr so prickelnd, doch nun blieb keine Zeit mehr, über dieses Problem nachzugrübeln. Was nutzte ihnen das schönste Fest, wenn keiner kam? Mit Feuereifer machte sie sich sofort nach Beendigung des Telefonats daran, die potenziellen Gäste einzuladen, bei denen sie sich noch ungestraft an einem Sonntagabend telefonisch melden durfte.

20
Böse Überraschung

Lilja war leicht beschwipst, als sie vom Tisch im *Fjörður* aufstand und sich zum Gehen bereitmachte. Sie hätte noch stundenlang in diesem wunderschönen Restaurant bei leckerem neuseeländischem Wein sitzen können, aber Fanney musste am nächsten Morgen ganz früh zum Hafen, um bei dem Fischer ihres Vertrauens frisch gefangene Meeresfrüchte zu besorgen. Natürlich hatte sie ihrer Freundin hoch und heilig versprochen, ihre Ware in Zukunft von der *Lundi* zu beziehen.

Was Fanney aus dem ehemals eher schmucklosen Café gezaubert hatte, war einfach sagenhaft, wie Lilja fand. Die Wände waren mit weiß gestrichenem Holz vertäfelt, was dem Raum ein Flair von skandinavischer Gemütlichkeit verlieh. Dazu passend hatte sich Fanney für weiße Holztische entschieden und sie jeweils so weit auseinandergestellt, dass jeder eine Privatsphäre hatte. Ganz besonders imponierte Lilja der Tresen mit der Bar, die keine Gästewünsche offenließ.

Fanney hatte zum Hauptgericht einen in Salz gebackenen Fisch serviert, den Lilja in ihrem Leben noch nie derart schmackhaft und perfekt gewürzt genossen hatte. Sie überhäufte die Freundin mit Komplimenten. Das Essen war so lecker, dass Lilja förmlich das Reden vergessen hatte.

Erst nach dem Dessert, einem ganz speziellen Pfannkuchen mit Blaubeeren, hatten die Freundinnen ihre Plauderei nachgeholt. Und Lilja ließ nichts aus. Sie vertraute Fanney wirklich

184

alles an. Von ihrer getürkten Ehe und enttäuschenden Beziehung, ihrer Entscheidung, Kanada den Rücken zu kehren, über die teuflische Intrige bis hin zu ihren Gefühlen für Björn, aber auch ihre Sympathie für Thorwald erwähnte sie und natürlich das Versprechen, das sie Liv gegeben hatte. Nicht einmal die leidige Prügelei verschwieg sie ihr. Bei ihrer Schilderung, wie die beiden betrunkenen Männer sich im Schnee gewälzt hatten, hatte Fanney sich köstlich amüsiert. Allein die Vorstellung vom stets geschniegelten Thorwald als kleinem Polarkreis-Rambo, wie sie ihn nannte, trieb ihr die Lachtränen in die Augen. Im Gegenzug verriet ihr Fanney schließlich, dass der Trennungsgrund von Jón ein deutscher Tourist gewesen war, der auf ihrem Hof Reiterurlaub gemacht hatte. Und dem sie sogar nach Köln nachgereist war, um festzustellen, dass er ihr einen vom Pferd erzählt hatte, wie Fanney es wörtlich ausdrückte. Er besaß weder ein Haus noch eine Arbeit, geschweige denn eine eigene Praxis, sondern lebte mehr schlecht als recht als Leiharbeiter. Fanney hatte sich ganz sicher nicht deshalb in ihn verliebt, weil er behauptet hatte, er sei Internist, nein, der Grund, warum sie sich in den nächsten Flieger in die Heimat gesetzt hatte, war die Tatsache, dass er ein notorischer Lügner war.

So schlimm die Geschichten aus ihren Leben auch immer waren, die beiden Frauen kamen aus dem Kichern nicht heraus, während sie sich gegenseitig mit Schilderungen absurder Situationen aus ihren Ehen übertrumpften. Allein, wie sie sich über ihre dominanten Exschwiegermütter ausließen, forderte sie zu Lachsalven heraus. Zu später Stunde waren sie überzeugt, dass die beiden Frauen Zwillinge waren, die man bei der Geburt getrennt und in unterschiedliche Länder geschafft hatte.

Doch sie waren auch ernst gewesen. Vor allem, als Lilja gefragt hatte, was sie denn jetzt tun solle. Ob Reykjavík wohl die Lösung sei, hatte Lilja in den Raum gestellt. Das hatte Fanney

185

allerdings mit Verve abgeschmettert. »Du bleibst hier! Ich kenne einen Prof, der hier öfter mit seiner Frau zu Abend isst, der sucht dringend eine neue Assistentin. Vielleicht kennst du den noch. Er heißt Ísaak Hilmarson.«

Natürlich kannte Lilja ihn. Bei ihm hatte sie damals nicht nur ihren Abschluss gemacht, sondern in seinem meeresbiologischen Institut gearbeitet, bis sie mit Noah nach Kanada gegangen war. Der Professor war damals untröstlich gewesen, dass er sie als Mitarbeiterin verloren hatte. Wie hatte er zum Abschied noch gesagt? *Sie können jederzeit wiederkommen.*

Lilja versprach ihrer Freundin, sich bei Hilmarson zu melden.

»Genau, und wenn du den Job bekommst, denk gar nicht mehr an Reykjavík! Du gehörst nach Akureyri«, hatte Fanney euphorisch verkündet.

Dass Lilja ihre beste Freundin wiedergefunden hatte, war jedenfalls ein schlagendes Argument, hierzubleiben, und wenn noch ein Job hinzukam … Das ließ ihre Zukunftspläne wieder in einem ganz anderen Licht erscheinen.

»Wo wirst du eigentlich wohnen, wenn du dich entscheidest zu bleiben?«, fragte Fanney, als Lilja sich ihre Jacke überziehen wollte, um langsam aufzubrechen.

»Na ja, vorerst bei meinen Eltern.«

»Ich hätte sonst noch ein Zimmer. Willst du es sehen? Meine Wohnung ist gleich über dem Restaurant.«

Lilja schüttelte den Kopf. »Lieber nicht. Sonst ziehe ich gleich ein und bleibe, ohne zu überlegen, in Akureyri, aber so einfach ist es dann doch nicht. Ich habe das Gefühl, ich bringe hier alles durcheinander.«

Statt ihr mitfühlend beizupflichten, lachte Fanney laut auf. »Jetzt übertreibst du aber. Gibt Schlimmeres, als sich wieder in den Ex zu verlieben.«

»Das ist noch nicht alles. Denk doch an die ganze Geschichte, die ich mit meiner Mutter klären muss! Ich komme mir wie eine Hochstaplerin vor.«

»Du kannst doch nichts dafür, dass deine Mutter der ganzen Stadt von deinem Traummann vorschwärmt. Ich finde das, was sie getan hat, ehrlich gesagt viel heftiger. Du hast keinem Menschen Schaden zugefügt mit deiner erfundenen Hochzeit, aber sie hat sich zwischen dich und deine große Liebe gestellt.«

»Du hast wie immer recht. Gemessen an ihrer Intrige, ist meine Lüge ein Witz. Trotzdem, ich weiß nicht, wie und wann ich ihr das sagen soll. Wenn ich jetzt nach Reykjavík gehen würde, könnte ich ihr die Illusion lassen.«

Fanney tippte sich gegen die Stirn. »Du kannst ihr noch nicht weiter vorgaukeln, dass du in Kanada lebst! Das ist doch Schwachsinn in Tüten!«

Lilja musste grinsen angesichts dieser herzerfrischenden Ehrlichkeit. »Okay, ich sage es ihr morgen.« Sie warf einen Blick auf ihre Armbanduhr. »Es ist elf Uhr, da schläft sie schon.«

Fanney umarmte die Freundin stürmisch. »Bin ich froh, dass ich dich wiederhabe!«

»Und ich erst«, seufzte Lilja und sah ihre Zukunft in Akureyri schon etwas rosiger. Dann, wenn Björn erst fort war, sie ihrer Mutter die Wahrheit gesagt, einen Job hatte und mit Fanney zusammenlebte … Ihre Euphorie war allerdings von kurzer Dauer, weil sie an das Schicksal ihres Vaters und an Jökulls mahnende Worte denken musste. Plötzlich stand ihre Entscheidung glasklar fest. Allerdings war sie nicht mehr in rosarotes Licht getaucht.

»Fanney, ich bleibe vorerst in Akureyri. Der alte Mann hat recht. Ich kann meinen Vater nicht hängen lassen. Ich muss unbedingt Sigurd finden. Und dann sehen wir weiter.«

»Und du sagst deiner Mutter aber trotzdem die Wahrheit, oder?«

Lilja nickte schwach.

Die Freundinnen umarmten sich noch einmal, bevor sich Lilja auf den Heimweg machte. Die Hafnarstræti war wie ausgestorben, und sie begegnete keiner Menschenseele.

Gedankenverloren schloss sie die Haustür auf und wollte sich in ihr Zimmer schleichen, als sie ein leises Zischen vernahm. Sie fuhr herum und erblickte ihre Mutter. Katla war bereits im Nachtzeug, aber sie wirkte nicht müde. Im Gegenteil, sie machte einen aufgekratzten Eindruck.

»Ich wollte mir gerade ein Glas Wasser holen, aber jetzt, da ich dich sehe«, flüsterte sie aufgeregt. »Bist du müde, oder können wir noch kurz reden?«

Lilja war das gar nicht recht, denn auf ihr lastete der Druck, endlich reinen Tisch zu machen, und sie hatte gehofft, dass ihr noch Zeit bis zum morgigen Tag blieb.

»Meinetwegen«, stimmte sie zu und folgte ihrer Mutter an den Esstisch in der Küche, an dem unter der Woche die Mahlzeiten eingenommen wurden.

Lilja hatte keine Ahnung, was mit ihrer Mutter los war, aber dass sie völlig überdreht war, ließ sich nicht verbergen. Sie konnte ja nicht einmal einen winzigen Augenblick lang still sitzen, sondern sprang gleich wieder auf und holte die Wasserflasche und ein Glas für Lilja, ohne dass sie darum gebeten hatte.

»Na, war es schön mit Fanney?«, erkundigte sie sich überschwänglich.

»Und wie! Und ihr Restaurant ist echt süß.«

»Ich habe schon viel davon gehört. Leider haben wir es noch nicht geschafft. Du weißt ja, dein Vater geht nicht so gern essen. Aber wenn wir erst die Lundi verkauft haben, dann werden wir uns solchen Luxus leisten«, plapperte ihre Mutter drauflos, sodass sich Lilja ernsthaft Sorgen machte. Ob sie getrunken hat?, fragte sie sich.

»Ist das denn beschlossene Sache? Das mit dem Verkauf?«, hakte Lilja hastig nach.

»Wenn es nach mir ginge, schon. Aber dein Vater ziert sich noch. Der glaubt allen Ernstes, dass er jemanden finden wird, der für ihn rausfährt.« Das klang abwertend.

»Und du glaubst nicht, dass er so jemanden finden wird?«

»Selbst wenn, es wäre unsinnig. Den müsste er doch bezahlen. Und wenn wir die *Lundi* verkaufen, bekommen wir etwas dafür, und das nicht zu knapp.«

»Soviel ich weiß, bekommt er das Geld nicht für sein Boot, sondern für seine Quoten.«

»Was macht das schon für einen Unterschied? Hauptsache, wir haben keine finanziellen Sorgen.«

»Ist das nicht ein bisschen kurz gedacht? Wenn das Geld alle ist, habt ihr gar nichts mehr.«

Ihre Mutter machte eine wegwerfende Handbewegung. »Das ist so viel. Das können wir gar nicht ausgeben. Es ist das Beste für alle!«

»Aber Pabbi liebt sein Boot«, widersprach Lilja ihrer Mutter heftig.

»Ach, Lilja, was soll ein Fischer, der nie wieder rausfahren kann, mit einem Fischerboot?«, bemerkte ihre Mutter. »Und überhaupt, hast du nicht gerade ganz andere Sorgen?«, fügte sie lauernd hinzu.

Lilja zuckte zusammen. Das hörte sich ja fast so an, als ob ihre Mutter ihr auf die Schliche gekommen sei.

Eigentlich wäre das ein gutes Stichwort für sie gewesen, um ihrer Mutter die Wahrheit zu sagen, aber Lilja spürte einen unüberwindlichen Widerstand dagegen.

»Wieso? Ich meine, was sollte sein?«, fragte sie stattdessen.

Ihre Mutter drohte ihr nun spielerisch mit dem Finger und lächelte dabei versonnen. Letzteres wäre ihr sicherlich vergangen, wenn sie Bescheid wüsste, mutmaßte Lilja.

»Du hast wohl gar kein Vertrauen mehr zu mir«, fügte ihre Mutter immer noch lächelnd hinzu.

»Ich weiß nicht, wovon du redest«, sagte Lilja, während ihr ganz mulmig zumute wurde.

»Ach, Kind, so ein kleiner Streit ist doch kein Grund, allein zur Hochzeit von Elin zu kommen! Noah wäre so gern mitgefahren.«

»Noah? Wie kommst du jetzt auf Noah?«, fragte Lilja erschrocken.

Ihre Mutter beugte sich verschwörerisch über den Tisch. »Ich habe ihm ja eigentlich versprochen, dir nichts zu verraten. Aber ich weiß doch, wie du dich freuen wirst. Er kommt morgen, und stell dir vor, am Freitag feiern wir eure Hochzeit nach.«

Lilja hätte am liebsten laut aufgeschrien, aber eine innere Stimme riet ihr dringend dazu, ruhig zu bleiben und sich ihr Entsetzen nicht anmerken zu lassen.

»Wann hast du mit ihm gesprochen?«, erkundigte sie sich gefasst.

»Er hat vorhin angerufen. Da war er schon am Flughafen. Eigentlich wollte er dich überraschen, aber ich finde, das geht doch nicht, wenn ihr am Freitag eure isländische Hochzeit feiert. Ach, ich bin so aufgeregt! Stell dir vor, Embla kommt, Elin und Kristian haben Zeit, sie lässt fragen, ob Björn und ihre Freundin Liv auch mitkommen können, aber das habe ich abgelehnt, jedenfalls was diesen Björn betrifft, also, ich muss den Burschen nicht unbedingt auf deiner Hochzeit sehen. Großmutter habe ich auch schon erreicht. Ach, das wird wunderbar! Vielleicht können wir das Lokal deiner Freundin mieten. Ja, das ist doch eine gute Idee.«

Ihre Mutter redete ohne Punkt und Komma, doch was sie von sich gab, war für Lilja nicht mehr als Hintergrundgeplätscher. Sie hörte ihr gar nicht mehr zu, sondern überlegte fieberhaft, was sie unternehmen könnte, um die schlimmste Katastrophe zu verhindern. Dabei hatte es für sie absolute Priorität, dass Noah erst gar nicht in Akureyri auftauchte. Alles andere war ihr in diesem Moment herzlich gleichgültig. Auch die Tatsache, dass ihre Mutter halb Akureyri eingeladen hatte, ohne das mit ihr abzusprechen. Es gab jetzt zwei Möglichkeiten: Sie ließ die Bombe jetzt platzen und kümmerte sich darum, dass Noah nicht nach Akureyri kam, oder sie konzentrierte sich auf die Frage, wie sie sein Auftauchen verhindern konnte, und klärte die Familie über ihren Beziehungsstatus auf, nachdem sie Noah wieder in den Flieger nach Kanada gesetzt hatte.

»Freust du dich denn gar nicht?«, hörte sie ihre Mutter wie von ferne fragen.

»Doch, doch, ich überlege nur, ob es nicht besser wäre, ihn in Reykjavík abzuholen«, murmelte Lilja, doch ihre Mutter unterbrach sie hektisch: »Aber dann weiß er doch, dass ich dir das verraten habe!«

»Mamma, darauf kann ich jetzt keine Rücksicht nehmen. Ich würde gern mit ihm allein sein, bevor wir uns ins Familienleben stürzen.«

Ihrer Mutter missfiel dieser Plan außerordentlich. »Gut, dann hält er mich eben für eine Tratschtante.«

Lilja aber kümmerte sich nicht mehr um die Einwände ihrer Mutter, sondern fragte, ob sie wusste, wann er in Reykjavík landen würde.

»Morgen um zehn Uhr«, erwiderte ihre Mutter sichtlich beleidigt. »Es ist der Flieger aus Toronto, denn der Junge musste umsteigen«, fügte sie vorwurfsvoll hinzu.

»Gut, dann werde ich mal schauen, ob ich noch einen Platz im ersten Flieger nach Reykjavík bekomme«, sagte sie mehr zu sich.

»Lilja, ich verstehe dich nicht. Wir könnten morgen doch so schön die Feier vorbereiten, ein Kleid aussuchen ...«

Lilja aber verließ die Küche, ohne darauf einzugehen, und kehrte wenig später mit ihrem Rechner zurück. Erleichtert stellte sie fest, dass es noch einen Platz in der Maschine um

8:25 Uhr gab und mehrere Plätze auf dem letzten Flug nach Akureyri zurück. Ohne zu zögern, buchte sie die Flüge.

»Lilja, nun sprich doch mit mir! Ich finde wirklich, wir könnten morgen die Einladungen …«

»Bitte ruf morgen alle an! Am Freitag findet kein Fest statt!«, stieß Lilja, ohne zu überlegen, hervor. Ihr war es in diesem Augenblick völlig gleichgültig, ob der Zeitpunkt geeignet war oder nicht. Sie konnte dieses Geplapper ihrer Mutter einfach keine Sekunde länger ertragen.

»Aber das kannst du nicht machen! Ich meine, Noah wird enttäuscht sein. Das sollte doch eine Überraschung werden.«

»Mamma! Hör bitte damit auf! Es kann keine Nachfeier geben, weil es auch nie eine Hochzeit gegeben hat.«

Ihre Mutter sah sie fassungslos an. »Was … was willst du damit sagen?«

»Dass ich dich belogen habe, weil es dich so glücklich gemacht hat, zu glauben, ich würde auf Wolke sieben hausen.«

»Du hast die Hochzeit erfunden? Und die Fotos?«

»Da waren wir Gäste auf einer anderen Hochzeit.«

»Aber … aber vielleicht könntet ihr ja dann am Freitag in echt heiraten. Das wäre doch ein Traum.« Und schon strahlte ihre Mutter wieder.

»Nein, ich werde ihn weder heiraten noch nach Kanada zurückgehen!« Lilja merkte gar nicht, dass sie ihre Worte herausgeschrien hatte. Erst als jemand applaudierte, sah sie ihren Vater in der Tür stehen.

»Bleibst du dann hier?«, fragte er.

Lilja nickte.

»Dann kann ich jetzt besser schlafen«, verkündete Ari, bevor er sich auf seinen Krücken ziemlich wendig entfernte.

»Das hättest du mir nicht antun dürfen!«, stöhnte ihre Mutter.

Gleichfalls, dachte Lilja, aber sie war gerade ganz und gar nicht in der Stimmung, ihrer Mutter die Intrige vorzuwerfen.

Stattdessen gab sie ihr einen flüchtigen Gutenachtkuss und verschwand in ihrem Zimmer, um wenigstens noch ein bisschen Ruhe zu bekommen, wobei sie befürchtete, dass sie kein Auge zubekommen würde. Langsam wich nämlich ihr erster Schock darüber, dass Noah ihr Abschiedsschreiben mitnichten ernst genommen hatte, dem Zorn über seine Ignoranz. Das Einzige, was sie ein wenig bremste, sich total in diese Wut auf ihn hineinzusteigern, war ihr schlechtes Gewissen, ohne ein persönliches Wort des Abschieds aus Bedford geflüchtet zu sein.

Merkwürdig, dachte Lilja. Es gab nicht einmal die leiseste Stimme in ihr, die zumindest in Erwägung zog, dass es womöglich eine Versöhnung zwischen Noah und ihr geben könnte.

21

Goodbye in Reykjavík

Gerade als Liljas Maschine nach Reykjavík abhob, ging die Sonne auf. Das zauberhafte Farbspiel am Horizont zog ihre ganze Aufmerksamkeit auf sich. Vergessen waren die erdrückenden Gedanken, die sie heute Nacht kaum in den Schlaf hatten kommen lassen. Obwohl sie nicht ausgeschlafen hatte, fühlte sie sich über den Wolken leicht und befreit von allen Sorgen. Was sollte schon passieren?, fragte sie sich. Sie würde Noah in aller Ruhe von Angesicht zu Angesicht klarmachen, dass es wirklich aus war mit ihnen und dass er in Akureyri nicht willkommen war.

Es war ein schöner Tag, an dem die Sonne vom Himmel strahlte. Das Flugzeug, das lediglich eine Dreiviertelstunde für die Strecke benötigte, flog so niedrig über die Insel, dass sie die ganze Zeit einen gigantischen Blick auf Island von oben hatte. Sie konnte unter sich die schneebedeckten Berge sehen, zerklüftete Täler und immer wieder auch leuchtend blaue Seen. Sie war beinahe enttäuscht, als dort unten die Skyline von Reykjavík auftauchte, denn das bedeutete die baldige Landung. Es fiel ihr allerdings sofort ins Auge, wie viele hohe Wohn- und Bürotürme in den letzten Jahren in der Hauptstadt entstanden waren. Als sie vor sechs Jahren ihre Heimat verlassen hatte, war das Konzerthaus Harpa das mit Abstand imposanteste Gebäude am Hafen gewesen. Nun standen sie dicht an dicht, die neuen Hochhäuser von Reykjavík.

Sie fragte sich in diesem Augenblick, ob sie Noah gleich am Flughafen sagen sollte, dass er den weiten Weg umsonst gekommen war, oder ob sie noch ein paar Stunden zum Abschied gemeinsam in der Hauptstadt verbringen sollten. Das würde davon abhängen, wie er sich verhielt. Da sie ihm niemals zugetraut hätte, dass er sich, um sie zurückzugewinnen, in den Flieger nach Island setzen würde, konnte sie schwer einschätzen, wozu er noch so fähig war. Die Frage war wirklich, ob er in guter Absicht kam und ihre Entscheidung, wie sie auch immer ausfallen würde, akzeptieren konnte oder ob er sie um jeden Preis in ihr unerträglich gewordenes Leben nach Kanada zurückholen wollte.

Während der Landung spürte sie zunehmend die Aufregung bei der Vorstellung, ihm gleich am Gate zu begegnen. Ihr Vater hatte ihr heute Morgen mit auf den Weg gegeben, auf jeden Fall allein zurückzukommen, während ihre Mutter in einer Tour auf sie eingeredet hatte, es sich doch bitte noch einmal zu überlegen und Noah wenigstens eine Chance zu geben. Dabei hatte sie ihren Eltern mit keinem Ton verraten, was genau zwischen Noah und ihr vorgefallen war. Nur dass es definitiv zu Ende war, daran hatte sie keinen Zweifel gelassen und zumindest ihrem Vater mit dieser Nachricht eine große Freude bereitet.

Sie hatte gerade noch abwenden können, dass er sie mit dem Wagen zum Terminal brachte, weil sie viel lieber zu Fuß dorthin gehen wollte. Schließlich hatte sie nur einen kleinen Rucksack dabei. Doch als er ihr zur Tür hinterhergehumpelt war, da ahnte sie, dass er ein konkretes Anliegen hatte. »Ich lass mich dann heute von Kristian zur Tröll bringen, denn du bist sicher um achtzehn Uhr noch nicht wieder zurück, oder?«, raunte er ihr verschwörerisch zu. O Gott, das hatte sie ganz vergessen! Dabei hatte er sich so darauf gefreut und war außer sich vor Glück gewesen, als sie ihm die gute Nachricht möglichst unauffällig gesteckt hatte. Aber jetzt blieb ihr keine Zeit, lange darüber nachzudenken, und Kristian schien ihr für diese Mission durchaus vertrauenswürdig. »Mach das! Gute Idee. Nächstes Mal bringe ich dich«, versprach sie ihm und gab ihm zum Abschied einen flüchtigen Kuss auf die Wange.

Als sie das Flugzeug verließ, fragte sie sich, was sie mit ihrer Zeit bis zur Ankunft von Noahs Flieger anfangen sollte, wobei sie ganz froh darüber war, dass ihr noch ein wenig Ruhe vergönnt war. Sie kaufte sich in der Halle eine Tageszeitung und setzte sich auf eine Bank. Wie lange hatte sie kein isländisches Morgenblatt mehr gelesen! Prompt stieß sie auf einen Artikel über Fischereiquoten, der nur das bestätigte, was sie schon wusste. Als sie die Nachrichten aus der Hauptstadt las und dort insbesondere einen Artikel über den Abschiedsauftritt einer Band, die große Erfolge in einem Klub gefeiert hatte, stutzte sie. Der Sänger hieß ... Sigurd Arisson. Natürlich konnte das ein Zufall sein, denn es gab sicherlich nicht nur den einen Isländer, der diesen Namen trug. Aber Sigurd hatte damals in Akureyri schon in einer Band gesungen. Liljas Herz klopfte bis zum Hals. Sie steckte die Zeitung hastig in ihren Rucksack. Selbst wenn das ihr Bruder war, dann wusste sie immer noch nicht, wo er lebte. Da fiel ihr die Großmutter ein, und sie zögerte nicht, ihr Telefon aus dem Rucksack zu holen. Sie hatte es immer noch nicht wieder eingeschaltet, nachdem sie es gleich nach ihrem Gespräch mit Embla ausgemacht hatte. Sofort ploppten neue Nachrichten von Noah auf. Lilja überflog diese nun hastig, um sie löschen zu können. Es überraschte sie allerdings, wie selbstkritisch er sich gab. Schade nur, dass sie seine Entschuldigungen und Liebeserklärungen völlig kaltließen. Vor gar nicht allzu langer Zeit wäre dies genau das gewesen, was sie sich von ihm wünschte. Nun löste es nicht mehr als eine gewisse Erleichterung in ihr aus, weil sie ihm offenbar nicht erst episch breit erklären musste, warum sie ihn verlassen hatte.

Aber dann war sie in Gedanken auch schon wieder bei ihrem Bruder und tippte aufgeregt die Nummer ihrer Großmutter ein. Die alte Dame besaß nicht nur ein Smartphone, sondern konnte auch hervorragend damit umgehen und lud sich stets die allerneusten Apps auf ihr Telefon. Sie hatte es tatsächlich immer bei sich und meldete sich sofort.

»Amma, hast du mal eine Minute?«

»Ja, natürlich könnte ich Ihnen ein Bild verkaufen, aber warten Sie, ich müsste mal eben schauen …«

Was redete ihre Großmutter denn bloß für einen Unsinn?, dachte Lilja, doch da klärte Amma Hrafnhildur ihr merkwürdiges Verhalten bereits auf. »Entschuldige, Kind, ich bin bei deinen Eltern, und wenn Katla hört, dass ich mit dir spreche, dann wird sie mir womöglich den Hörer aus der Hand reißen, um dich zur Versöhnung zu überreden. Ist er denn schon gelandet?«

»Nein. Das heißt, du weißt schon alles?«, erkundigte sich Lilja.

»Na ja, deine Mutter ist außer sich, weil du so stur bist. Und vor allem, weil du ihr vorgeschwindelt hast, du seist mit Noah verheiratet.« Sie kicherte leise. »Ich finde das großartig, dass du endlich wieder nach Hause kommst. Also, ich werde dich nicht bitten, dich mit Noah zu versöhnen. Ich habe damals meinen Mund gehalten, aber in meinen Augen ist der Junge ein Blender.«

»Amma, du musst ihn mir gar nicht ausreden. Ich rufe aus einem ganz anderen Grund an. Du weißt doch, wo Sigurd lebt, oder?«

Daraufhin herrschte Schweigen in der Leitung.

»Bist du noch dran?«, fragte Lilja nach einer Weile.

Die Antwort war ein lang gezogener Seufzer ihrer Großmutter. »Ich habe ihm versprochen, meinen Mund zu halten.«

»Gut, gut, es ist nur so … Ich habe mir die Wartezeit mit der Lektüre des *Morgunblaðið* vertrieben und bin über den Bericht einer Band gestoßen, die ihr letztes Konzert gegeben hat, bevor sie sich trennt. Und der Sänger heißt Sigurd Arisson.«

»Ob er wieder in einer Band singt? Keine Ahnung. Da bin ich überfragt …« Sie zögerte. »Ach, aber dass er in Reykjavík lebt, kann ich dir wohl verraten, ohne seinen Zorn auf mich zu ziehen!«, fuhr sie hastig fort.

Lilja stieß einen verächtlichen Zischlaut aus. »Also, ich habe ihm nie was getan und finde das wirklich etwas übertrieben, daraus ein Staatsgeheimnis zu machen.«

»Lilja, ich muss mich an seine Regeln halten, und sie lauten nun einmal, keinem Familienmitglied seinen Aufenthaltsort zu verraten.«

»Und wieso hast du Kontakt zu ihm?«

»Er hat es mir versprochen an dem Tag, an dem er Akureyri verlassen hat. Dass er mich darüber informiert, wie es für ihn weitergeht. Er wusste damals doch gar nicht, wohin er sollte, und dann hat er sich beim Fischereiministerium beworben und dort über alte Kontakte einen Job bekommen.«

Lilja meinte sich dunkel zu erinnern, erst kürzlich von einem Mann gehört zu haben, der dort arbeitete, aber ihr wollte partout nicht einfallen, wo genau sie das aufgeschnappt hatte.

»Und da ist er immer noch?«

»Lilja, du bringst mich in Teufels Küche!«

»Du musst doch nur Ja oder Nein sagen.«

»Ja, du Quälgeist.«

»Danke, Amma, du bist die Beste!«, flötete Lilja, denn mit dieser Information war es ein Leichtes, ihrem Bruder noch heute einen kleinen Überraschungsbesuch abzustatten. »Ich verrate ihm auch nicht, woher ich das weiß. Ich werde ihm vorschwindeln, dass die mir im Klub diesen Hinweis gegeben haben«, fügte sie verschwörerisch hinzu.

»Muss ich mir Sorgen machen, dass du zu einer notorischen Schwindlerin wirst? Erst die Hochzeit und dann das!«, lachte die Großmutter.

»Ich will dich doch nicht in die Pfanne hauen«, verteidigte sich Lilja.

»Kind, sag ihm ruhig, dass ich mich verplappert habe! Vielleicht ist er auch froh, wenn du bei ihm aufkreuzt. Er hat all die Jahre genau wissen wollen, was du machst.«

»Und wie geht es ihm?«

»Frag ihn am besten selbst!«

»Und hast du ihn auch gesehen in all den Jahren?«

»Ja, ich habe sie mal besucht in ihrem Haus. Das ist sehr schön direkt am Wasser gelegen.«

»Sie? Sag bloß, er hat Frau und Kinder?«

»Mein Mund ist verschlossen«, erwiderte die Großmutter. »Entschuldigen Sie, ich rufe Sie wieder an. Ich bin nämlich nicht in meinem Atelier, sondern bei meiner Tochter.«

»Dann grüß Mamma schön!«, flüsterte Lilja und beendete amüsiert das Gespräch. Mit einem Blick auf die Anzeigetafel sah sie, dass der Flieger aus Toronto gerade gelandet war. Sie hatte große Mühe, sich innerlich auf Noahs Ankunft einzustellen, jetzt, da sie fest entschlossen war, ihren Bruder im Ministerium mit ihrem Besuch zu überraschen.

Verstohlen holte sie ihre Puderdose aus dem Rucksack und warf einen prüfenden Blick in den kleinen Spiegel. Bei dem Schlafdefizit war es kein Wunder, dass sie sehr blass wirkte, aber vielleicht war das besser, als wenn sie Noah frisch und erholt gegenüberstand. So konnte er sich einreden, sie würde auch unter der Trennung leiden, wenngleich das nicht den Tatsachen entsprach. Den inneren Abschied von ihm hatte sie schon längst vollzogen.

Lilja erhob sich und schlenderte zum internationalen Ankunftsterminal. Noah war einer der Ersten, der mit einem Rollkoffer aus dem Zollbereich trat. Er sah weder nach links noch rechts, sondern wollte mit gesenktem Kopf zum Schalter einer Autovermietung eilen, doch da stellte sie sich ihm in den Weg.

»Hallo, Noah!«, sagte Lilja.

Er aber stierte sie nur fassungslos an. »Was machst du denn hier?«, fragte er schließlich. »Das sollte doch eine Überraschung werden.«

»Wollen wir in die Bar des Flughafenhotels gehen?«, gab sie zurück und war ein wenig erschrocken, dass sein Erscheinen so gar keine Emotionen in ihr auslöste. Weder negative noch positive. Gut, sie konnte sehr wohl erkennen, dass er erschöpft wirkte, eine graue Gesichtsfarbe hatte und einen Dreitagebart, was sie an ihm noch nie zuvor gesehen hatte, aber das ließ sie völlig kalt.

»Gut, aber wäre es nicht besser, wir würden uns im Wagen unterhalten? Ich nehme mal an, du bist mit dem Auto gekommen«, bemerkte er immer noch staunend.

»Lass uns erst in Ruhe reden!«, schlug sie vor. Mitten in dem Gewühl der ankommenden Reisenden aus Kanada schien es ihr nicht angebracht, ihm zu offenbaren, dass sie gar nicht daran dachte, ihn mit nach Akureyri zu nehmen.

Als sie nun, ohne Noahs Antwort abzuwarten, Richtung Ausgang strebte, folgte er ihr. Erst in der Bar gewann er seine Fassung zurück.

Er sah ihr tief in die Augen. »Sorry, ich bin komplett durcheinander. Ich habe dich ja nicht einmal gebührend begrüßt. Du siehst übrigens fantastisch aus.«

Wenn Lilja sich vor Augen führte, wie sehr sie zu Beginn ihrer Beziehung seine Komplimente genossen hatte, wenngleich sie oft eher übertrieben gewesen waren, konnte sie selbst kaum glauben, wie abgeklärt sie heute war. Es schmeichelte ihr überhaupt nicht, dass er ihr Aussehen lobte. Nicht, nachdem er jahrelang weder bemerkt hatte, wenn sie beim Friseur gewesen war oder ein neues Kleid getragen hatte. Es war schlichtweg zu spät, um an ihrer Entscheidung, sich von ihm zu trennen, zu zweifeln. Zumal die Komplimente sich plötzlich hohl und schal anfühlten. Nein, sie sah an diesem Tag allenfalls durchschnittlich aus, aber keinesfalls fantastisch.

Lilja suchte bereits nach Worten, wie sie ihm die Wahrheit möglichst schonend plausibel machen sollte, da sprach er schon weiter.

»Ich war so ein Ignorant! Dabei habe ich dich immer geliebt, und ich war dir vor allem treu. Was meinst du, welchen Versuchungen man auf einem Kreuzfahrtschiff ausgesetzt ist! Aber ich bin nie mit einer anderen ins Bett gegangen. Das musst du mir glauben.«

Warum betonte er das so?, fragte sich Lilja. Sie sah sich schließlich auch nicht bemüßigt, es ihm als Heldentat zu verkaufen, dass sie weder den Avancen ihres liebsten Arbeitskollegen noch dem Angebot ihres Nachbarn aus Bedford, die einsame Strohwitwe zu trösten, nachgekommen war. Doch Lilja war ganz froh, dass er mit diesen Ausführungen wieder in sein altes Fahrwasser geriet, indem er betonte, wie groß doch seine Chancen bei der Damenwelt waren.

»Noah, ich habe dich nicht verlassen, weil ich mich von dir betrogen fühlte, sondern unter anderem, weil ich das Leben in der Gartenhütte und die Nähe deiner Mutter nicht mehr ertragen habe.«

»Kein Problem, das Haus wird eh verkauft, jetzt, da mein Vater meine Mutter verlassen hat. Stell dir das vor, er will ausziehen, nach allem, was sie für ihn getan hat, seit er im Rollstuhl sitzt!«

»Vor allem hat sie ihm ständig demonstriert, dass sie ihm eine Last ist. Ich finde das mutig von deinem Vater.«

Noah blickte Lilja ungehalten an, aber er schien seine Widerworte zu unterdrücken. »Jedenfalls haben wir uns schon zwei Wohnungen in Halifax angesehen. Du wolltest doch immer lieber in der Stadt leben.«

»Was heißt das, ihr habt euch zwei Wohnungen angesehen? Deine Mutter und du?«

»Genau, das ist ein supermodernes Gebäude und ein Erstbezug. Wir würden die noch freie Wohnung im siebten Stock kaufen, meine Mutter die im dritten.«

Lilja verspürte einen Lachreiz in der Kehle, weil die Vorstellung, mit Debbie in einem Hochhaus in Halifax zu wohnen, geradezu absurd war. Noahs Bemühungen, ihr die Zukunft in rosigen Farben auszumalen, rührte sie irgendwie auch, aber sie war bereits Welten von ihm und seinen Vorstellungen entfernt. Hätte er gesagt, er hätte in Lunenburg ein kleines Haus gekauft, weit weg von seiner Mutter, sie hätte sich auch darauf nicht eingelassen. Trotzdem wäre das immerhin der Beweis gewesen, dass Noah wirklich in sich gegangen war. In diesem Moment tat er ihr beinahe ein wenig leid.

Lilja fand, dass nun der Zeitpunkt gekommen war, ihm seine Illusionen zu nehmen.

»Noah, ich möchte nicht in der Nähe deiner Mutter leben.«

Er machte eine beschwichtigende Geste. »Das war ja auch nur so eine Idee. Wir können auch in Bedford bleiben.«

»Noah, das würde nichts daran ändern, dass ich weit über die Hälfte des Jahres dort allein lebe, weil du unterwegs bist.«

»Moment, das hast du aber gewusst, als du dich für mich entschieden hast!«, widersprach er verärgert.

»Ich weiß, aber ich konnte nicht abschätzen, wie das für mich sein wird. Ich muss dir ganz ehrlich sagen – ein Mann auf See, das ist nichts für mich.« Sie stockte, weil ihre Gedanken plötzlich zu Björn wanderten. Schon aus diesem Grund sollte sie sich keinerlei Gedanken mehr um ihre große Liebe machen. Er würde schließlich auch die meiste Zeit unterwegs sein. Komisch, dass ihr das gerade in diesem Moment wieder einfiel. Und noch merkwürdiger, dass der Mann ihr selbst in dieser Situation in den Sinn kam.

»Und was würdest du sagen, wenn ich mich als Klinikarzt bewerbe?«

Wie hatte sie sich das herbeigesehnt! Dass er ihr anbot, fern von seiner Mutter einen neuen Job anzunehmen und ihnen einen echten Neuanfang zu ermöglichen. Vor allem, wie oft hatte sie ihn angefleht, dass er sich von seiner Mutter abnabelte, um ihrer Beziehung wenigstens eine ernsthafte Chance zu geben. Und jetzt berührte sie dieser Vorschlag mitnichten.

Lilja holte tief Luft, um seinen vergeblichen Versuchen, sie zur Rückkehr zu bewegen, ein schnelles Ende zu bereiten.

»Noah, es ist aus zwischen uns. Die Ohrfeige war wie ein Schnitt.«

»Was willst du denn noch? Dass ich vor dir auf die Knie falle? Ich habe mich doch bei dir entschuldigt. Was soll ich denn noch tun?«

Lilja stieß einen tiefen Seufzer aus. »Du kannst gar nichts mehr für unsere Beziehung tun. Ich … ich … ich liebe dich nicht mehr.« Lilja erschrak selbst ein wenig über dieses Geständnis, das sie sich in keiner Weise vorher zurechtgelegt hatte, aber das die Wahrheit ungeschminkt auf den Tisch brachte. Vor allem, weil ganz im Hintergrund schon wieder Björn auftauchte, wie er mit ihr auf der Holzkiste am Hafen gesessen hatte, zwischen ihnen der gute Jökull.

Noah musterte Lilja betroffen. Sie hatte ihn noch nie weinen gesehen, aber in diesem Augenblick schimmerte es feucht in seinen Augen.

»Und ich habe erst, als du weg warst, gespürt, wie sehr ich dich liebe.«

Mit dieser Erklärung berührte er ihr Herz, nicht weil sie seine Gefühle auch nur annähernd erwiderte, sondern weil er ihr unendlich leidtat. Sonst war immer eine Mauer um ihn herum gewesen, und nun stand er schutzlos vor ihr, und sie hatte keine andere Wahl, als ihn abzuweisen.

»Wenn ich jetzt sage: *Lass uns Freunde bleiben!*, klingt das sicher zynisch aus meinem Mund.«

Noah unterbrach Lilja schroff: »Dann lass es bitte!«

»Gut, aber du sollst wissen, dass du mir seit Jahren nicht so nahe bist wie in diesem Moment. Ich hatte so viele negative Emotionen gegen dich aufgebaut, aber jetzt, da du dich so verletzlich zeigst, spüre ich, was für tiefe Emotionen in dir schlummern …«

Noah musterte sie voller Hoffnung.

»Aber für uns als Paar ist es zu spät«, ergänzte sie schnell. »Es tut mir wirklich leid, denn ich wollte dich ganz sicher nicht verletzen.«

»Ist schon gut. Das glaube ich dir sogar.« Mit diesen Worten stand er auf. »Aber ich kann dein Mitleid gerade nicht ertragen. Ich nehme den nächsten Flieger zurück.«

Lilja schluckte. Noahs Betroffenheit war so authentisch, dass sie ihn in diesem angeschlagenen Zustand ungern allein lassen wollte, aber sie hatte wohl kaum eine andere Wahl. Alles, was sie ihm jetzt anbieten würde, wie einen gemeinsamen schönen Tag in Reykjavík, konnte ihm nur wie blanker Hohn vorkommen. Also schwieg sie, doch als er ohne Abschied gehen wollte, hielt sie das nicht aus und umarmte ihn. Sie rechnete damit, dass er sie wegstoßen würde, aber er umklammerte sie und versicherte ihr unter Tränen, dass er der größte Idiot von ganz Nova Scotia sei.

Nun wurden auch Liljas Augen feucht, doch bevor die Tränen fließen konnten, ließ Noah sie abrupt los, griff nach seinem Koffer und wandte sich zum Gehen. Doch er drehte sich noch einmal um. »Ach ja, das soll ich dir noch von meinem Vater geben.« Er holte einen Briefumschlag aus der Manteltasche, den er ihr reichte, bevor er dann mit gesenktem Kopf Richtung Ausgang hetzte.

Lilja aber setzte sich wieder hin und bestellte einen Kaffee. Dann öffnete sie den Umschlag. Es war ein Brief von George.

Liebe Lilja,
ich habe meinen Sohn noch nie so verzweifelt erlebt. Ich glaube,
er hat erst jetzt gemerkt, was du ihm eigentlich bedeutest. Mir ist der
Junge dadurch wieder viel näher gekommen. Natürlich wünsche ich
mir nichts sehnlicher, als dass du unter diesen Umständen wieder
zurückkommst. Doch ich befürchte, du wirst es nicht tun. Wie du dich
auch immer entscheidest, vergiss nie den alten George in Bedford!
Und melde dich! Eines Tages werde ich in das Land aus Feuer und Eis
reisen und hoffe, dich dann wiederzusehen.
Dein George

Nun gab es kein Halten mehr. Die Tränen schossen ihr wie Wasserfälle aus den Augen, sodass der Kellner ihr mit dem Kaffee einen ganzen Stapel Servietten hinlegte, die sie dankbar als Taschentücher benutzte. Nachdem die letzte Träne vergossen war, griff sie zu ihrem Telefon und tippe Georges Nummer ein. Erst als er sich völlig verschlafen meldete, fiel ihr die Zeitverschiebung ein. In Halifax war es gerade erst acht Uhr morgens.

»George, entschuldige, ich wollte dich nicht wecken!«

»Lilja? Du kommst nicht mit, oder?«, fragte er und klang nun sehr wach.

»Nein, Noah nimmt den nächsten Flieger zurück, und ich habe gerade deinen Brief gelesen. Du musst mir versprechen, deine Reisepläne zu realisieren. Ich werde dir mein Land zeigen.«

»Du bleibst in Island?«

»Ja«, versprach Lilja. »Ja, ich bleibe in Island. Und bitte kümmere dich um Noah! Ich habe ihn noch nie so verletzlich erlebt.«

»Versprochen! Beides. Ich komme nächstes Jahr und nehme mir Zeit für den Jungen. Alles im Leben hat sein Gutes. Ich habe wieder einen Zugang zu ihm.«

Lilja blieb, nachdem das Gespräch beendet war, noch eine

Weile in der Bar sitzen und ließ endlich auch ihre Trauer zu, dass ein wichtiger Abschnitt in ihrem Leben unwiderruflich beendet war.

22

Liljas großer Bruder

Lilja hatte sich vom Flughafen mit einem Taxi direkt zur Skúlagata bringen lassen. Nun stand sie vor der weißen Fassade des schmucklosen Bürohauses, in dem das Ministerium für Landwirtschaft und Fischerei untergebracht war, und zögerte, es zu betreten. Die Gedanken in ihrem Kopf überschlugen sich förmlich und endeten doch immer wieder bei derselben bangen Frage. Wie würde Sigurd reagieren, wenn sie plötzlich vor ihm stand? Sie hatten einander schließlich weit über zehn Jahre nicht gesehen.

»Na, vermissen Sie den Seemann?«, fragte eine männliche Stimme, die Björns Stimme zum Verwechseln ähnlich war, und sie fuhr herum. Der Mann war schon älter. Er hätte ihr Vater sein können. Sie sah den Fremden fragend an.

»Ich weiß leider nicht, wovon Sie reden«, gab Lilja zu.

»Ach, Sie kennen das Wandgemälde gar nicht, oder? Viele, die hier vor dem Haus stehen, sind nur gekommen, um zu schauen, ob er wirklich verschwunden ist. Das Wandbild zeigte einen Seemann hinter seinem Ruder, und das gehörte zu dieser Fassade, und eines schönen Sommermorgens war die Wand weiß.«

»Und Sie arbeiten hier im Ministerium?«

Der Mann nickte.

»Kennen Sie vielleicht einen Sigurd Arisson?«

Er lachte. »Natürlich, hier im Haus kennt jeder jeden. Aber

den Sigurd kenne ich nun besonders gut. Er kommt aus Akureyri wie ich auch.«

»Sie sind aus Akureyri?«, wiederholte Lilja, doch in demselben Augenblick fiel ihr wieder ein, wo sie jüngst von der Existenz eines anderen Mitarbeiters des Fischereiministeriums erfahren hatte, und sie erkannte außer der Stimme auch sonst eine gewisse Ähnlichkeit mit seinem Sohn. Sie besaßen die gleiche Statur, die grünen Augen, das gleiche dunkle Haar, nur dass das seines Vaters schon von einigen Silberfäden durchzogen war.

Björns Vater nickte eifrig. »Also, wenn Sie zu Sigurd wollen, kommen Sie nur mit! Ich arbeite auf derselben Etage wie er.«

Lilja folgte ihm verunsichert. Sollte sie ihm verraten, dass sie seinen Sohn kannte, oder sich lieber bedeckt halten?, fragte sie sich, doch Björns Vater machte keinerlei Anstalten, sie auszuhorchen. Stattdessen erzählte er ihr, wie empört die Mitarbeiter über das übermalte Wandgemälde waren und nun ein neues Bild forderten.

Lilja hatte Mühe, sich auf den Inhalt seiner Worte zu konzentrieren, denn seine Stimme war der von Björn so ähnlich, dass sie versucht war, nur ihrem tiefen und angenehmen Klang zu lauschen.

»Hier ist es«, sagte er und deutete auf eine Tür, bevor er mit einem Lächeln weiterging. Ihr Blick blieb verblüfft an dem Namensschild hängen. *Sigurd Katlasson*. Kein Wunder, dass ihr keine Suchmaschine der Welt dabei hatte helfen können, ihren Bruder aufzuspüren! Er hatte einfach den Namen der Mutter angenommen. Katla wäre sicherlich stolz, wenn sie davon erführe, dachte Lilja. Ob das so ein guter Tausch war, wagte sie nach ihren jüngsten Erfahrungen arg zu bezweifeln.

Lilja atmete ein paarmal tief durch. Jökull wäre stolz auf sie gewesen. Den ersten Schritt hatte sie gemacht. Sie hatten ihren Bruder gefunden, aber das schien ihr in diesem Augenblick die leichtere Aufgabe zu sein, als ihn davon zu überzeugen, zusammen mit ihr die *Lundi* vor dem Ausverkauf zu retten.

Es half alles nichts. Nachdem sie an die Tür geklopft hatte, ertönte von innen eine weibliche Stimme.

Mit klopfendem Herzen betrat sie das Büro. Eine junge Frau, die an einem Bildschirm saß, begrüßte sie freundlich. Als sie nach ihrem Anliegen fragte, war Liljas Mund so trocken, dass sie Schwierigkeiten mit dem Sprechen hatte.

»Ich möchte zu Sigurd.«

»In welcher Angelegenheit?«

»Privat.«

»Gut, ich schaue mal, ob er kurz Zeit hat. Sein Terminkalender für heute ist ziemlich voll.« Sie rief daraufhin bei ihm an, nickte und deutete auf eine Tür. »Du kannst durchgehen.«

Lilja war so aufgeregt, dass sie nun keinen klaren Gedanken mehr fassen konnte. Andere hätten sich einen Plan gemacht, wie sie strategisch vorgehen sollten, doch Lilja war einfach einer spontanen Eingebung gefolgt und hatte sich kein einziges Wort vorher zurechtgelegt. Meistens hatte sie Erfolg mit ihrer direkten Art, aber was, wenn ihr Bruder nichts von ihr wissen wollte? Es war doch nicht normal, wie er sich vor der Familie regelrecht versteckte.

Der erste Augenblick ist entscheidend, sagte sie sich, während sie die Klinke herunterdrückte und die Tür öffnete.

Sigurd saß hinter einem riesigen Schreibtisch und sah interessiert auf, als Lilja sein Büro betrat, doch dann veränderte sich seine Miene, und ihm stand die Fassungslosigkeit förmlich ins Gesicht geschrieben.

»Lilja?«

»Ja, ich bin es, deine kleine Schwester. Wollte mal schauen, ob du noch lebst«, versuchte sie zu scherzen, aber Sigurd schien wie versteinert.

209

»Wie hast du mich gefunden?«, fragte er.

Lilja holte die Morgenzeitung aus ihrem Rucksack und reichte sie ihm. »Ich habe im Klub gefragt, wo dieser gefeierte Sänger wohnt. Und sie gaben mir diese Adresse.« Lilja sah sich um. »Schickes Büro hast du. Hätte nie gedacht, dass du mal an einem Schreibtisch sitzen würdest.«

Sigurd schien sich langsam von seinem Schock erholt zu haben, denn er stand jetzt auf und kam mit ausgebreiteten Armen auf sie zu. »Du bist hier! Und das ist die Hauptsache. Ich habe dich so vermisst!« Mit diesen Worten nahm er sie in die Arme, hob sie hoch und wirbelte sie im Kreis herum, wie er es früher oft getan hatte, als sie noch ein kleines Mädchen und er schon ein großer Junge gewesen war. Dann setzte er sie wieder auf dem Boden ab und trat einen Schritt zurück. »Meine Güte, du bist ja eine richtige Frau geworden! Kanada scheint dir gut bekommen zu sein.«

Lilja stieß einen tiefen Seufzer aus. »Wie man's nimmt«, erwiderte sie ausweichend.

Sigurds Miene entspannte sich, und ein Lächeln umspielte seine Lippen. »Und Amma hat nicht zufällig ihre Hände im Spiel, dass du wusstest, wo du mich finden kannst?«

»Wieso Amma? Nein, gar nicht!«, versuchte Lilja zu schwindeln.

»Wenn du es über den Klub herausgefunden hättest, dann würdest du dich sicherlich wundern, wieso ich von Kanada wissen kann. Das kann mir nur unsere Großmutter erzählt haben. Und sie liegt mir schon lange in den Ohren, endlich wieder aufzutauchen.«

»Alles klar, ich gestehe, ich habe sie vorhin angerufen, nachdem ich auf dem Flughafen den Artikel gelesen hatte. Und dann habe ich sie gelöchert, wo ich dich finden kann, aber mach ihr bitte keinen Vorwurf! Sie hat es nur gut gemeint. Nicht böse sein!«

»Warum? Ich freue mich wahnsinnig, dich zu sehen.«

»Aber warum darf sonst keiner der Familie wissen, wo du bist?« Lilja hatte ganz sicher nicht so undiplomatisch sein wollen, aber nun stand diese Frage im Raum. Sigurds Miene hatte sich verdüstert. »Das ist eine lange Geschichte. Was meinst du, wollen wir vielleicht eine Kleinigkeit zu Mittag essen? Danach habe ich nämlich Termine.«

Lilja nickte und beobachtete, wie ihr Bruder seine Winterjacke von einem Garderobenhaken nahm. Er sah verändert aus. Sein Haar war kürzer als früher, und seine Gesichtszüge waren kantiger geworden. Vielleicht lag es auch an seinem Bart. Und seine Kleidung zeugte von ungeheurer Stilsicherheit. Früher hatte er nur Jeans und Pullover getragen. Die schwarze feine Hose und das weiße Hemd gaben ihm jedenfalls eine vornehme Ausstrahlung.

In seinem Hirn schien es fieberhaft zu arbeiten, vermutete Lilja, denn die Falte zwischen seinen Augenbrauen grub sich immer tiefer in seine Stirn. Sie hoffte, dass er ihr die ungeschminkten Fragen nicht übel nahm.

Doch in diesem Moment lächelte er sie an. »Äußerlich hat sich bei dir viel verändert, aber in deiner ungestümen Art bleibst du meine Schwester, die alles wissen will, die jeder Sache auf den Grund geht und für die Taktik immer ein Fremdwort bleiben wird. Keine Sorge, ich mag das! Und ich werde versuchen, dir deine Frage zu beantworten. Hast du was dagegen, dass später noch jemand dazukommt?«

»Nein, gar nicht!« Lilja vermutete, dass er ihr bei dieser Gelegenheit seine Frau vorstellen wollte.

Ihr Bruder nahm sein Handy und schrieb eine Nachricht, bevor sie sein Büro verließen. Sigurd teilte seiner Sekretärin mit, dass er um fünfzehn Uhr gleich zu dem Treffen mit Vertretern der Fisch verarbeitenden Industrie ins *Grand Hotel* gehen werde. Doch dann hielt er inne. »Das ist übrigens meine Schwester Lilja, und das ist meine Mitarbeiterin Sam.« Die beiden Frauen lächelten sich zu.

»Meine Güte, das hätte ich nie gedacht! Mein Bruder im Ministerium mit eigenem Vorzimmer!«, lachte Lilja, als sie die Treppen nach unten gingen.

»Ich auch nicht. Träume immer noch manchmal nachts von der Lundi«, gab er seufzend zu, doch das, was Lilja auf der Zunge lag, hielt sie lieber zurück. Wenn sie gleich ungefiltert mit ihrem eigentlichen Anliegen herausplatzte, würde er wahrscheinlich spontan ablehnen. Überhaupt wäre es unklug, ihn im ersten Schritt zu einer Versöhnung mit dem Vater zu überreden. Und ihn dann, wenn er überhaupt dazu bereit war, sofort mit ihrem eigentlichen Ziel zu überfallen – seiner potenziellen Rückkehr! Von wegen Taktik ist für mich ein Fremdwort, dachte sie amüsiert. In dem Punkt hielt er offensichtlich an Kindheitserinnerungen fest. Sigurd hatte stets, wenn er etwas von den Eltern gewollt hatte, erst einmal für gute Stimmung gesorgt, während Lilja sich nie mit solchen taktischen Vorbereitungen aufgehalten, sondern ihre Wünsche stets ohne Umschweife geäußert hatte. Damit war sie allerdings auch häufig gescheitert. Sigurd hingegen war ein sehr friedfertiger und sanfter Junge gewesen, der es besser als sie verstanden hatte, die Eltern um den Finger zu wickeln, indem er lange nicht so fordernd aufgetreten war.

Um sich ihr Ziel, Sigurd zurück nach Akureyri zu locken, nicht von vornherein zu verbauen, wechselte sie nun rasch das Thema. Wenn sie ganz ehrlich war, glaubte sie, seit sie sein feines Büro betreten hatte, nicht mehr so recht an den Erfolg ihrer Mission. Sigurd hatte eine gute Stellung. Insgeheim hatte sie sich zuvor ausgemalt, ihr Bruder würde irgendwo in einem kleinen Fischereihafen gerade mal so über die Runden kommen und wäre froh, das Unternehmen des Vaters retten zu dürfen. Aber warum sollte Sigurd seinen guten Job im Ministerium aufgeben, nur um wieder im Ölzeug an Bord zu stehen und Fische zu fangen?

»Ich bin vor dem Haus dem Vater von Björn begegnet. Er sagt, er kennt dich gut.«

»Haukur hat mir damals den Job verschafft, nachdem Vater mich aus dem Haus geworfen hatte. Er hatte auch gerade dort angefangen.«

»Und woher kennst du ihn?«

»Er gehörte damals zu den wenigen Kutterbesitzern, die sich der Front gegen den Walfang angeschlossen hatten. Er war für mich so was wie ein väterlicher Ratgeber. Es hat uns natürlich zusammengeschweißt, dass wir die beiden einzigen Fischer waren, die sich offen gegen den Walfang gestellt haben. Darum ist er bis heute ein guter Freund geblieben. Warst du nicht mal mit seinem Sohn zusammen? Ich erinnere mich dunkel, dass das kein gutes Ende genommen hat. Du hattest wohl Liebeskummer, hat jedenfalls Amma berichtet, denn ich glaube, da war ich schon fort. Aber die Zeiten verschwimmen in der Erinnerung immer ein wenig.«

»Jaja, das ist lange her. Das war noch zur Schulzeit«, versuchte Lilja das Thema von Björn abzulenken.

»Klar, ihr seid ja inzwischen beide aus Island geflüchtet. Du nach Kanada mit deinem Mann, und er lebt wohl in Kopenhagen und ist dort verheiratet. Hat Haukur jedenfalls mal erwähnt.«

Lilja verkniff sich, ihm zu verraten, dass er inzwischen von seiner Frau getrennt war und sie niemals einen kanadischen Ehemann besessen hatte. Aber etwas anderes fiel ihr in dem Zusammenhang siedend heiß ein. Sie hatten inzwischen das Gebäude verlassen und schlenderten in Richtung der Laugavegur.

»Sag mal, wenn du Haukur näher kennst, weißt du was darüber, ob er mal eine Beziehung zu unserer Mutter hatte?«, fragte Lilja ihn nun.

Sigurd zuckte mit den Schultern. »Keine Ahnung. Wir reden eigentlich nicht über die Vergangenheit. Bei uns geht es um die Arbeit, und einmal im Jahr um die Weihnachtszeit laden wir abwechselnd Haukur und seine Frau zum Essen ein oder umgekehrt. Dann machen wir gelegentlich Touren zum Gletscher und gehen auch mal Skifahren zusammen. Aber warum fragst du?«

»Ach, Großmutter hat da mal was angedeutet, aber das ist wirklich nicht wichtig. Hauptsache, wir haben uns wieder. Erzähl mal, hast du eine Frau, Kinder, ein Haus?«

Sigurd aber stellte ihr, statt ihr eine Antwort zu geben, die Gegenfrage: »Und du bist noch glücklich mit deinem Kanadier? Großmutter sagt, Mamma ist total begeistert von ihm, aber Amma findet, dass er ...« Er stockte.

Lilja aber ahnte, was er sagen wollte.

» ... dass er ein Blender ist? Das lag dir auf der Zunge, oder?«

Sigurd wand sich. Er war immer schon ein höflicher Mensch gewesen, der sich mit seinen Urteilen gegenüber den Mitmenschen stets vornehm zurückhielt.

»Keine Sorge, Großmutter hat mit ihrer Meinung über Noah mir gegenüber nicht hinter dem Berg gehalten!«, lachte sie.

»Das ist typisch für sie, aber das ist nicht besonders nett, wenn sie das über deinen Mann sagt. Das hört man ja ungern über den Menschen, den man liebt.«

Sie waren jetzt bei einem italienischen Restaurant im Zentrum angekommen. »Er ist nie mein Mann gewesen«, gestand Lilja ihrem verblüfften Bruder. Nachdem sie einen Platz gefunden und sich gesetzt hatten, berichtete ihm Lilja offenherzig die ganze Geschichte mit Noah.

Als sie die übertriebene Schwärmerei ihrer Mutter für den Kanadier schilderte, lachte er herzlich. »Das kann ich mir vorstellen. Ich erinnere mich noch gut, wie sie mir früher die in ihren Augen passenden Mädels schmackhaft gemacht hat.«

»Ohne Erfolg, wie ich mich gut entsinne«, pflichtete Lilja ihm amüsiert bei. »Deshalb platze ich auch vor Neugier, wie die Frau aussieht, die dein Herz erobern konnte. Du weißt schon, dass du der Schwarm aller Mädchen gewesen bist, oder?«

Sigurd hörte ihr aber offenbar nicht mehr zu, sondern blickte angespannt in Richtung der Tür, durch die eben ein Bild von einem Mann gekommen war. Solche perfekten Exemplare laufen auch nur in der Hauptstadt rum, dachte Lilja, und merkwürdigerweise huschte auch an dieser Stelle für den Bruchteil einer Sekunde Björn durch ihre Gedanken. Der war mit Sicherheit nicht so ein Adonis wie dieser Kerl, aber auf seine Weise perfekt. STOPP! Konnte dieser Mann nicht einmal für fünf Minuten aus ihrem Hirn verschwinden? Sie sollte sich wirklich lieber mit dem ausgesprochen attraktiven Fremden beschäftigen, der jetzt seinen Mantel mit einem eleganten Schwung an die Garderobe hängte, sie aber dabei nicht aus den Augen ließ. Jetzt winkte er ihr auch noch lächelnd zu. Also, wenn der sie nicht ablenken konnte von den Gedanken an den Ex, wer dann?

23

Der schöne Schwager

Der schöne Mann näherte sich nun Liljas und Sigurds Tisch. Lilja stutzte, als sie begriff, wem sein Lächeln wirklich gegolten hatte. Ihr jedenfalls nicht! Die Blicke, die sich Sigurd und er zuwarfen, ließen die Luft brennen. Da fiel es Lilja auch schon wie Schuppen von Augen: Diese beiden Männer liebten sich. Sie fasste sich an den Kopf. »Gott, ich bin mit Blindheit geschlagen! Dass ich das nicht früher gemerkt habe«, murmelte sie.

»Kein Problem«, lachte Sigurd, während er sich von dem Mann mit Küsschen begrüßen ließ, bevor der sich lächelnd Lilja zuwandte. »Hallo, ich bin Davið. Und du musst Lilja sein. Wie schön, dass ich endlich mal seine Familie kennenlerne! Die hat er mir ja bislang vorenthalten.«

»Das stimmt nicht. Amma kennst du schon.«

»Klar, deine wunderbare Großmutter, die kenne ich sogar sehr gut.« Davið setzte sich neben Liljas Bruder und legte ihm ganz ungezwungen den Arm um die Schultern. »Danke, dass du mir Bescheid gesagt hast.«

Lilja musterte das offenbar verliebte Paar wohlwollend.

»Ist das dein großes Geheimnis, wovon die Eltern nichts wissen sollen?«, fragte Lilja ungläubig. Sie hatte in Halifax mehrere Freunde gehabt, die mit Männern liiert waren. Und sie konnte sich kaum vorstellen, dass ihre Eltern diese Beziehung missbilligen würden. Gut, ihre Mutter würde wahrscheinlich darüber lamentieren, dass sie kein Enkelkind von Sigurd bekam, aber sonst?

Sigurds Miene hatte sich sichtlich verfinstert.

»Es geht sie nichts an!«, sagte er schroff.

Lilja hob beschwichtigend die Hände. »Ich will mich auch nicht einmischen, aber ich würde vorschlagen, ihr kommt einfach mal zusammen nach Akureyri. Jetzt, da ich wieder dort wohnen werde. Das wäre doch eine nette Geste.«

»Nur über meine Leiche«, schimpfte Sigurd, woraufhin Davið ihm sanft über den Handrücken strich. »Sigurd, ich finde, deine Schwester hat recht. Euer Streit ist doch so lange her.«

»Genau, und vor allem hat Vater seitdem keinen einzigen Wal mehr gefangen. Es wird Zeit, sich zu versöhnen«, bekräftigte sie.

»Es ging doch nicht nur um die Wale«, widersprach Sigurd gequält.

»So? Worum denn?«

»Vater hat mich angebrüllt, ich sei kein Mann. Ich hätte keine Eier und würde mich wie ein Mädchen benehmen. Fehlte nur noch, dass ich mich von einem Mann … lasse. Verstehst du jetzt?«

Das war starker Tobak. Das konnte Lilja nicht leugnen, aber sie vermutete, ihr Vater hatte inzwischen bitter bereut, dass er sich zu diesen Beleidigungen hatte hinreißen lassen. Sie hatte jedenfalls aus dem Mund ihres Vaters noch niemals etwas Abschätziges über gleichgeschlechtliche Paare gehört.

»Vater ist nach seinem Unfall nur noch ein Schatten seiner selbst. Ich finde, du könntest den ersten Schritt machen«, bemerkte Lilja, was ihr Daviðs Zustimmung einbrachte.

»Mein Reden. Ich habe keine Angst, mich ihm als sein Schwiegersohn vorzustellen«, sagte er entschieden.

»Ihr seid verheiratet?«, fragte Lilja neugierig. Sie konnte nicht verhehlen, dass sie ihren neuen Schwager auf Anhieb

217

ins Herz geschlossen hatte, auch wenn auf ihn das Vorurteil zutraf, das sie früher unter Mädchen stets gepflegt hatten, wenn ein Junge extrem gut ausgesehen hatte. *Der ist zu schön, um hetero zu sein!* Bei Thorwald hatte sich das dann allerdings als Irrtum erwiesen.

»Ja, ich habe ihm in einer Eishöhle den Antrag gemacht«, erwiderte Davið strahlend.

»Darf ich dich mal umarmen? Meinen Segen habt ihr«, lachte Lilja, und schon war Sigurds Ehemann aufgesprungen und nahm sie herzlich in den Arm.

»Wenn alle so toll sind wie deine Großmutter und du, sollten wir euch wirklich bald besuchen kommen.«

»Das wäre zu schön!«, jubelte Lilja.

»Du kannst ja allein fahren. Ich habe überhaupt keine Lust, mich von meinem Vater beleidigen zu lassen. Und selbst wenn er unsere Beziehung akzeptiert, wird er mir nie verzeihen, dass ich an einem Schreibtisch gelandet bin.«

»Mutter drängt Vater, seine Quoten an den Trawlerkönig zu verkaufen!«, platzte es da aus Lilja heraus, weil sie das einfach nicht länger für sich behalten konnte. Sie spürte zwar Sigurds Groll gegen den Vater, aber sie hoffte, ihn würde der drohende Verkauf des wunderschönen alten Fischerbootes aus Holz so berühren, dass er Mitleid mit dem Vater bekam.

»Mist!«, fluchte er. »So ein Mist, aber wir können nichts dagegen unternehmen. Um Quoten wird geschachert, was das Zeug hält. Was meinst du, was ich hier schon für gescheiterte Existenzen sitzen hatte, die diesen Verlockungen erlegen waren und es zutiefst bereut haben, weil sie im Endeffekt ohne was dastanden und dazu beigetragen haben, dass der Berufsstand des kleinen Fischers immer mehr ausstirbt!«

»Und offenbar profitieren allein die fahrenden Fischfabriken davon«, vermutete Lilja.

»Ja, es gibt schon in einigen traditionellen Fischereiorten keine kleinen Boote mehr, sondern nur diese Trawler. Da kann man nichts machen, solange sich die kleinen Fischer kaufen lassen. Und die denken dann, sie hätten einen großen Deal gemacht, geben das Geld aus und haben dann gar nichts mehr.«

»Aber Pabbi will nicht verkaufen. Mamma drängt ihn dazu, weil sie meint, dass die *Lundi* überflüssig ist, jetzt, da Pabbi wegen seiner Rückenverletzung nicht mehr rausfahren kann.«

»Tja, vielleicht ist es in diesem Fall tatsächlich besser, wenn er die *Lundi* verkauft«, sinnierte Sigurd.

»Pabbi ist Fischer aus Leidenschaft. Fischerei ist unsere Familientradition, die wir doch nicht einfach aufgeben können.«

»Und was ist mit Jökull? Kann der nicht für Vater einspringen?«

»Jökull schafft das nicht allein. Er braucht einen Kapitän, der die *Lundi* führen kann. Sie ist schließlich keine kleine Nussschale, mit der jeder herumdümpeln darf.«

Sigurd zuckte mit den Schultern. »Aber wenn es keinen Fischer gibt, der damit rausfahren kann, was ist dann die Alternative?«

»Dass wir ihm helfen!«, stieß Lilja aufgeregt hervor.

Sigurd sah seine Schwester fassungslos an. »Wie meinst du das?«

»Ab heute fährt Björn mit Jökull raus. Aber im Mai geht er auf Kreuzfahrt, dann brauchen wir einen neuen Kapitän.« Sie fixierte ihn durchdringend.

»Björn? *Der* Björn?«

»Wir brauchen einen Kapitän und erfahrenen Fischer für die *Lundi*«, wiederholte sie hartnäckig.

»Du meinst aber nicht mich, oder? Ich werde mich hüten! Nein, nein, ich rette Vater nicht den Arsch! Nicht nach allem, was er mir angetan hat.«

Erneut legte Davið beschwichtigend eine Hand auf Sigurds Arm. »Hör dir doch erst mal an, was deine Schwester dir zu sagen hat!«

»Sie will mich an Bord der *Lundi* zwingen. Ich denke nicht daran, zumal sich unser Vater das alles selbst zuzuschreiben hat. Ich meine, warum fährt er bei Sturm auf der *Tröll* raus?«

»Ja, diese Sache wird allerdings ein Rätsel bleiben. Das kann sich kein Mensch erklären. Aber wenn du von dem Unfall weißt, hat die Amma dich aber bestens auf dem Laufenden gehalten, was in Akureyri alles passiert ist.«

»Na ja, Schwesterlein, dass ich mit meinem Vater nichts mehr zu tun haben will, bedeutet ja nicht, dass ich ein kaltes Herz habe.«

»Das wollte ich dir auch gar nicht unterstellen. Ich weiß, das ist ganz schön viel verlangt von dir, dein wunderbares Leben in Reykjavík aufzugeben, um unserem Vater aus der Klemme zu helfen. Ich war auch zunächst sehr skeptisch, als Jökull von uns beiden verlangt hat, dass wir das Unternehmen unseres Vaters retten. Aber dann wollte ich zumindest mit dir darüber sprechen.«

»Du weißt schon, dass es zu viel verlangt ist. Warum sollten wir beide die Kastanien für unseren Vater aus dem Feuer holen?«

»Natürlich, aber ich hatte irgendwo im Hinterkopf die Illusion, dass du immer ein Fischer mit Herzblut bleiben wirst. Wenn ich geahnt hätte, dass deine Berufung inzwischen die Arbeit im Fischereiministerium ist, wäre ich nicht so optimistisch gewesen. Ich vermute, du verspürst nicht den geringsten Drang, die *Lundi* zu retten, oder?«

»Darf ich mich an dieser Stelle einmal in eure Diskussion einmischen?«, fragte Davið zaghaft.

»Du doch immer«, entgegnete Sigurd zärtlich.

»Auch auf die Gefahr hin, dass ich damit in sämtliche Fettnäpfchen treten könnte, mein Schatz?«

»Sag, was du denkst! Es gibt zwischen uns keine Zensur«, ermutigte Sigurd seinen Mann lächelnd. Lilja war gerührt

220

darüber, wie verbunden und liebevoll diese beiden Menschen miteinander umgingen.

»Okay, du hast es so gewollt.« Davið räusperte sich noch einmal, bevor er Sigurd daran erinnerte, wie unglücklich er so manches Mal gewesen war, weil er Tag für Tag in einem Büro sitzen musste, statt im Morgengrauen in den Fjord hinauszufahren.

Sigurd machte eine wegwerfende Handbewegung. »Jaja, das sind dann kurzfristige Launen, die mich überkommen. Aber nun haben wir uns dieses Leben hier aufgebaut, und das werden wir um keinen Preis aufgeben. Allein, weil du hier deine Wurzeln hast und nicht im hohen Norden.«

»Sigurd, ich will auf keinen Fall unser bisheriges Leben aus den Angeln heben, aber ich würde zumindest einmal mit dir in aller Ruhe darüber sprechen wollen, ob wir uns überhaupt einen Wechsel vorstellen könnten.«

»Sei nicht böse, aber ich kann mir diesbezüglich überhaupt nichts vorstellen! Das Letzte, was ich in meinem Leben tun würde, wäre nach Hause zurückzukehren, um unter der Tyrannei meines Vaters zu leben. Das werde ich dir nicht antun!«

Lilja spürte, dass sie so nicht weiterkam. Die Verletzung, die Sigurd durch ihren Vater erlitten hatte, schien noch zu tief zu sein. Jedenfalls durfte sie wohl nicht darauf hoffen, dass ihr Bruder den ersten Schritt machen würde.

»Und wie würdest du reagieren, wenn Vater sich bei dir entschuldigen und dich bitten würde, nach Hause zurückzukommen?«

Sigurd machte eine abwehrende Bewegung. »Eher friert die Hölle zu, bevor sich unser Vater bei mir entschuldigt und mich um etwas bittet.«

Aber Lilja ließ nicht locker. »Ich meine ja auch nur ganz theoretisch. Würdest du ihn eiskalt abweisen oder dir zumindest überlegen, ob du ihm helfen würdest?«

»Diese Frage kann ich dir in der Theorie nicht beantworten«, entgegnete Sigurd ausweichend. »Ich denke, das müsste ich dann sowieso erst grundsätzlich mit Davið besprechen.«

»Aber das würdest du in so einem Fall tatsächlich machen? Diese Möglichkeit zumindest einmal durchspielen?«, insistierte Lilja.

»Ich finde es wirklich rührend, wie du dich für unseren Vater einsetzt. Schließlich hast du's auch nicht immer leicht gehabt mit ihm. Das spricht für dich, aber ich kann nicht über meinen Schatten springen. Lass uns abwarten, wie es sich entwickelt! Sollte Vater eines Tages vor meiner Tür stehen und mich darum bitten, nach Hause zu kommen, dann werden wir uns wohl mit diesem Anliegen beschäftigen müssen.«

Lilja nickte schwach. Vor allem, weil sie sich gerade vorstellte, sie würden ihren sturen Vater tatsächlich dazu überreden können, seinen Sohn um Hilfe zu bitten, und er würde dann vor Sigurds Haustür stehen und auf dem Namensschild *Katlasson* lesen. Ihre Hoffnung, ihren Vater und ihren Bruder wieder zu versöhnen, sank bei dieser Vorstellung auf den Nullpunkt.

»Aber jetzt erzähl doch mal von dir, Schwesterherz! Was hast du vor? Willst du im hohen Norden bleiben? Und wenn, was willst du dort mit deinem Leben anfangen?«

Lilja zuckte mit den Schultern. »Das weiß ich leider auch nicht so genau. Ich hatte ja in Halifax einen guten Job an der Universität. Vielleicht könnte ich bei meinem alten Professor nachfragen, ob der eine Assistentenstelle für mich hat.«

Sigurd musterte seine Schwester skeptisch.

»Und du bist ganz sicher, dass du in Akureyri bleiben möchtest? Ich meine, dass es dich nach Island zurückgezogen hat, das kann ich von Herzen verstehen, aber wäre für dich nicht auch ein Leben in Reykjavík angenehmer? Davið und ich haben hier wirklich etliche Kontakte, die gute Leute suchen und dir einen adäquaten Job besorgen könnten.«

Konnte ihr Bruder Gedanken lesen? Diese Frage hatte sich Lilja in den vergangenen Tagen selbst weit mehr als einmal gestellt. Ob sie nicht doch lieber in die Hauptstadt gehen sollte. Aber wenn sie so darüber nachdachte, war sie gerade wesentlich entschlossener, in ihrer alten Heimat zu bleiben als noch ein paar Tage zuvor. Reykjavík war schön, keine Frage, aber ihre Heimat war der Norden.

»Ich bin mir noch nicht ganz sicher, aber ich spüre zunehmend, dass mein Herz dem Polarkreis gehört. Ich glaube, wer einmal die Mittsommernacht auf der Insel Grímsey verbracht hat, wird dieses Erlebnis niemals vergessen.«

»Mittsommernächte gibt es in Reykjavík genauso wie im hohen Norden, Schwesterchen. Aber ich sehe schon, du hängst mehr an deiner Heimat, als ich es tue.«

»Das wage ich zu bezweifeln«, lachte Davið. »Wenn du Berichte über den Eyjafjörður im Fernsehen siehst, bekommst du jedes Mal feuchte Augen.«

»Das ist jetzt gemein von dir, dass du meine intimsten Geheimnisse ausplauderst«, konterte Sigurd, aber richtig böse klang es nicht.

»Lieber bei der Wahrheit bleiben! Dich berührt der Norden sehr. Mich auch, obwohl ich aus dem tiefsten Süden komme. Und ich traue mich jetzt, einen Vorschlag zu machen. Sigurd und ich kommen an einem unserer nächsten freien Wochenenden nach Akureyri und machen uns einen Eindruck von der Lage vor Ort. Ich denke, wenn euer Vater abweisend und hässlich auf Sigurd und vor allem auch auf unsere Beziehung reagiert, dann sollten wir uns keinerlei Gedanken mehr über eine eventuelle Hilfeleistung für deinen Vater machen. Aber ich finde, wir können das nur beurteilen, wenn wir uns einen sinnlichen Eindruck verschafft haben.«

»Das ist ein Supervorschlag, Davið. Ich glaube, dagegen kann mein Bruder nichts einzuwenden haben. Oder, Sigurd?«, pflichtete Lilja ihrem Schwager eifrig bei.

»Oje, ich hätte gleich wissen müssen, dass die geballte Power meiner kleinen Schwester und die meines Mannes mich zu Dingen nötigen wird, die ich vorher nicht annähernd in Erwägung gezogen hätte. Aber euch zuliebe könnte ich mir das eventuell vorstellen. So ein Besuch ist ja schließlich keine Verpflichtung. Wir werden uns eh ein Hotel nehmen, damit wir nicht mit Vater unter einem Dach wohnen müssen. Und bei der kleinsten Beleidigung sind wir weg.«

»Heißt das Ja?«, jubelte Lilja und umarmte ihren Bruder stürmisch.

Er nickte seufzend.

»Das ist mehr, als ich zu hoffen gewagt habe. Glaub mir, du wirst es nicht bereuen. Und jede Wette, Vater wird dich eines Tages auf Knien anflehen, Kapitän auf der *Lundi* zu werden.«

»Warst du eigentlich immer schon so eine Nervensäge und eine derartig gnadenlose Zweckoptimistin?«, fragte Sigurd grinsend.

»Tja, das muss wohl irgendwo tief in mir geschlummert haben. Sonst wäre ich sicherlich nicht aus meinem Leben in Akureyri ausgebrochen und mit einem wildfremden Kerl nach Kanada gegangen«, gestand Lilja.

»Du bist eine bewundernswerte Frau, wenn ich dir das mal so direkt sagen darf«, lachte Davið.

Sigurd musterte seine Schwester anerkennend. »Das muss immer schon in dir gesteckt haben, obwohl es dir jetzt aus jeder Pore blitzt. Du bist so selbstbewusst und souverän, wie du es damals auf jeden Fall nicht gewesen bist.«

Lilja umarmte ihren Bruder erneut überschwänglich, aber dann warf sie Davið einen prüfenden Blick zu. »Bevor wir uns jetzt gegenseitig zu viele Komplimente machen, würde mich mal interessieren, was du beruflich machst, Davið. Wäre für dich rein theoretisch überhaupt ein Leben im Norden machbar?«

»Sagen wir mal so … Es kommt darauf an, ob ich den

Wechsel in eine andere Firma wagen würde und ob ich dort eine Stelle bekäme. Ich arbeite nämlich in der Softwareentwicklung für Spiele. An eurem Fjord da oben sind in letzter Zeit einige derartige Start-up-Unternehmen wie Pilze aus dem Boden geschossen. Unter anderem eine Firma, die genau das entwickelt, worauf ich spezialisiert bin. Ich habe sogar schon einmal auf einer Tagung mit einem Typen aus der dortigen Geschäftsführung gesprochen, der mir händeringend versichert hat, so einen wie mich könnten sie gut gebrauchen. Aber das ist jetzt schon mindestens ein Jahr her.«

Sigurd blickte Davið zweifelnd an. »Davon hast du mir nie etwas erzählt.« Das klang ein wenig beleidigt.

»Schatz, so, wie du über deine Familie geschimpft hast, hatte ich keinerlei Hoffnung, dass du einen Ortswechsel in den Norden befürworten würdest, zumal du diesen guten Job im Ministerium hast.«

Lilja rieb sich die Hände. »Dann will ich mich doch gleich mal bei den einschlägigen Firmen am Fjord erkundigen, was es da für Jobs für Davið gibt.«

»Untersteh dich, Schwesterherz! Du wirst dich jetzt überhaupt nicht einmischen!«, fauchte Sigurd. Das klang gar nicht mehr freundlich. Das kannte sie schon von früher. Wenn ihr Bruder diesen Ton bekam, war mit ihm nicht zu spaßen.

»Aber ich kann doch mal unverbindlich den Thorwald fragen, ob der etwas weiß. Der hat durch seine Spedition so viele Kontakte.«

»Von welchem Thorwald sprichst du da?«

»Na, von Thorwald Bjarkisson.«

»Klar erinnere ich mich an den. Ich glaube, ich war mal kurzfristig in ihn verknallt, aber der ist so was von hetero.«

»Sein Glück!«, lachte Davið.

»Wir haben eine Zeit lang zusammen in einer Band gespielt. Ich erinnere mich noch gut, dass die Meinungen über ihn vor Ort weit auseinandergingen. Es gab einige, die ihn überhaupt nicht leiden konnten, während ich ihn eigentlich immer ganz amüsant fand. Und der hat jetzt eine Spedition? Ich denke, sein Vater war der König der Busse.«

»Ja, die Busse gibt es auch noch, aber die organisiert sein Vater, während er neben der großen Spedition im Hafen ein kleineres Unternehmen gegründet hat, das offenbar ganz gut floriert. Er hat mich neulich mal da rumgeführt. Und dabei erwähnte er auch so etwas wie die Tatsache, dass es am Fjord mittlerweile sehr viele Start-up-Firmen gibt, die Software entwickeln.«

»Spedition Bjarkisson? Da klingelt etwas bei mir. Ich bin gerade neulich nach denen gefragt worden, aber ich kann mich nicht mehr an Einzelheiten des Gesprächs erinnern. Wenn ich mich recht entsinne, ging es um gebrauchte Container, die einer Spedition in Reykjavík kurz nacheinander verkauft worden waren. An denen hat die Versicherung jetzt großes Interesse, weil es sich um Container von einer Linie handelt, die alle als im Sturm verloren gegangen gemeldet worden sind.«

»Und Thorwalds Spedition hat sie in Reykjavík verkauft?«

»Das weiß ich nicht mehr so genau. Kann sein, dass sie nur geliefert haben. Vielleicht fällt mir wieder Näheres zu diesem Sachverhalt ein. Dann werde ich dir berichten. Ich weiß nur, dass die Versicherung jetzt intensive Nachforschungen anstellt. In dem Zusammenhang hat man Haukur und mich gefragt, ob wir die Spedition Bjarkisson kennen, aber uns sagte die nichts. Das war aber auch alles nur so kurzes Geplänkel bei einem Geschäftsessen.«

Sigurd warf einen Blick auf seine Armbanduhr.

»Es tut mir leid, aber ich muss jetzt zu meinem Termin. Den kann ich auf keinen Fall ausfallen lassen. Bleibst du noch ein bisschen in der Stadt? Wir haben ein wunderschönes Gästezimmer.«

Lilja schüttelte den Kopf. »Nein, ich habe schon einen

Rückflug nach Akureyri gebucht. Ich wollte ursprünglich lediglich Noah am Flughafen abfangen. Damit er nicht bei uns zu Hause auftaucht. Dass ich dich in Reykjavík so einfach finden würde, das hat sich erst erschlossen, als ich auf dem Flughafen den Zeitungsartikel mit deinem Auftritt gesehen habe. Aber wieso stand in der Zeitung eigentlich Sigurd Arisson? Sonst wäre ich doch gar nicht über deinen Namen gestolpert.«

Die Frage machte Sigurd sichtlich verlegen. »Als Künstler bin ich Arisson geblieben, um meine beiden Identitäten besser auf die Reihe zu kriegen. Ist eben mein Künstlername. Ich meine, es ist höchst selten, dass du in der Presse überhaupt mit Nachnamen genannt wirst. Im Übrigen ...«

Sigurd deutete mit großer Geste auf seinen Mann. »Das war unser Auftritt. Davið ist ein begnadeter Gitarrist. Ohne ihn wäre die Band nur die Hälfte wert.«

»Jetzt übertreibst du aber, mein Lieber. Ich glaube, bei deiner Stimme ist es völlig egal, welcher Gitarrist dich begleitet.«

»Und warum war das denn euer Abschiedskonzert?«, hakte Lilja neugierig nach.

»Die anderen Bandmitglieder müssen schlichtweg mehr Auftritte machen. Die sind zum Teil professionelle Musiker, die keinen Brotjob haben wie wir und die von unseren paar Gigs einfach nicht leben können.«

»Ein weiterer Grund, nach Akureyri zu ziehen«, lachte Lilja. »Dort wimmelt es geradezu von Musikern, die alle nur nebenbei Musik machen können, weil sie noch einen zweiten Job haben.«

»Schade, dass ich jetzt zu meinem Termin muss. Sonst hätte ich meiner kleinen Schwester mal Bescheid gestoßen, dass sie ja nicht versuchen soll, uns den Norden an jeder Ecke schmackhaft zu machen. Freu dich, dass wir uns überhaupt mit der Möglichkeit eines Besuches beschäftigen! Mehr kannst du im Moment nicht von uns erwarten.«

»Schon gut, Bruderherz, ich höre ja schon auf, Werbung für die Hauptstadt des Nordens zu machen.«

Sigurd erhob sich nur widerwillig von seinem Stuhl.

»Ich mag dich nicht einfach so hier sitzen lassen. Vielleicht kann Davið noch ein bisschen bleiben?«

Er warf ihm einen fragenden Blick zu. Davið zuckte bedauernd mit den Achseln. »Leider bin ich schon jetzt auf dem letzten Drücker. Wir haben gleich eine Teambesprechung, bei der ich als Teamleiter auf keinen Fall fehlen darf. Aber du musst uns versprechen, liebe Lilja, dass du uns schnellstens besuchen kommst.«

»Oder ihr kommt zeitnah in den Norden«, gab Lilja lächelnd zurück.

»Ja, mein kleiner Quälgeist, wenn ich mich wirklich zu diesem Besuch durchringen kann, dann werden wir nicht erst in einem Jahr kommen. Dann werden wir das so bald wie möglich in die Tat umsetzen. Darauf kannst du dich verlassen.«

Die Verabschiedung war herzlich. Sigurd wollte seine Schwester gar nicht loslassen. Und auch Davið nahm sie immer wieder in den Arm. Erst als Lilja mit strenger Stimme befahl, dass sie endlich zur Arbeit gehen sollten, eilten die beiden Männer davon, allerdings nicht, ohne zu bezahlen.

»Ich übernehme die Rechnung!«, verkündete Sigurd noch im Gehen.

Lilja blieb noch lange am Tisch im Restaurant sitzen. Sie bestellte sich einen Kaffee, dann einen Kuchen, danach ein Eis und hing dabei ihren Gedanken nach. Es ist ungeheuerlich, was ich schon wieder alles an einem einzigen Tag erlebt habe, dachte sie. So aufregend war es in Kanada niemals gewesen. Sie hatte einen bezaubernden Schwager dazubekommen, einen Hoffnungsschimmer, dass ihr Vater die Lundi doch nicht verscherbeln musste, und vor allem ihren geliebten Bruder wiedergefunden. Was wollte sie mehr? Was war das bisschen

Herzenschaos, gemessen daran, dass sie ihre kanadische Vergangenheit nun endgültig abgeschlossen hatte? Und das Ganze vor allem in einer Art und Weise, bei der sie sich noch morgens mit einem guten Gefühl im Spiegel betrachten konnte. Sie blickte verträumt aus den bis zum Boden reichenden Fenstern bis zur belebten Hauptstraße.

Und dann schweiften ihre Gedanken doch wieder zu Björn. Allerdings wurden ihre romantischen Regungen von einer Sekunde zur anderen unter einem eiskalten Schrecken begraben. Als ihr nämlich einfiel, dass sie sich nicht nur mit ihm für heute Nachmittag auf der Tröll verabredet hatte, sondern ihn am Abend zusammen mit Thorwald zum Versöhnungsdinner ins Fjörður gelockt hatte. Das größte Problem dabei war allerdings, dass Björn bislang weder ahnte, dass es ein Dinner mit dem dritten Mann sein würde, noch, welchem Zweck diese Verabredung diente ...

Hektisch kramte sie ihr Telefon hervor und wollte ihn anrufen, aber sie hatte seine Daten nicht eingespeichert. Da fiel es ihr wieder ein. Sie hatte seine Nummer auf einem alten Briefumschlag notiert und darunter die von Thorwald. Doch den hatte sie zu Hause in ihrer Handtasche, weil sie im Flieger lieber einen kleinen Rucksack benutzte. Und da hinein hatte sie heute Morgen nur das Ticket, ihre Geldbörse und das Telefon gepackt. Fanneys Nummer hatte sie sich gar nicht erst notiert, doch die Nummer des Fjörður herauszufinden, war ihre geringste Sorge. Es war inzwischen kurz vor siebzehn Uhr, eine Zeit, in der Fanney als Gastronomin bestimmt schon in ihrem Restaurant war, wenn sie nicht sogar durchgehend geöffnet hatte.

Lilja hatte Glück. Die Freundin war sofort am Telefon.

»Fanney, ich bin's, Lilja.«

»Ach, schön, dass du anrufst! Ich hatte nämlich gar keine Nummer von dir. Wollte dir schon schreiben, wie schön es war, dich wiederzusehen.«

229

»Das fand ich auch, aber pass auf, ich bin in Reykjavík.«

»Davon hast du gestern noch gar nichts erzählt.«

»Konnte ich auch nicht, weil ich erst zu Hause erfahren musste, dass Noah plante, mich bei meinen Eltern zu überraschen. Tja, und das galt es zu verhindern. Und deswegen habe ich ihn heute Mittag am Flughafen abgepasst.«

»Oje, heißt das, deine Mutter weiß jetzt Bescheid?«

»Na ja, sie hofft immer noch, dass ich mit dem kanadischen Traumprinzen im Gepäck nach Akureyri zurückkehre und wir zusammen in die Mittsommernacht reiten.«

»Und wie lange bleibst du?«

Lilja stieß einen tiefen Seufzer aus. »Das ist das Problem. Zu spät. Der Flieger soll um 19:45 Uhr starten. Wenn er pünktlich ist, dann könnte ich frühestens eine Stunde später bei dir sein.«

Fanney schien etwas überfordert. »Meinetwegen musst du dich nicht hetzen. Ich meine, ich freue mich, dass du noch mal vorbeiguckst heute Abend. Und montags ist es auch meist nicht so voll, da könnten wir zwischendurch sicher mal ein, zwei Worte wechseln.«

»Fanney! Es geht nicht um eine Verabredung zwischen uns beiden. Ich wollte unbedingt Mutter Theresa spielen und die beiden Streithähne an einen Tisch bekommen.«

»Du meinst Björn und unseren Polarkreis-Rambo?« Und wieder fing sie angesichts ihrer Wortschöpfung an, ungehemmt zu kichern.

»Fanney! Das ist leider gar nicht lustig, wenn die beiden heute Abend in deinem Lokal aufeinandertreffen, wobei Thorwald auf Björns Anwesenheit vorbereitet, Björn aber völlig ahnungslos ist, dass das kein romantisches Dinner, sondern eine Friedensverhandlung werden sollte.«

Lilja merkte bis nach Reykjavík, dass sich ihre Freundin das Lachen nur mühsam verkneifen konnte.

»Bist du so lieb und lancierst Björn an Thorwalds Tisch,

sollte der als Erster kommen? Und dann sag denen, dass ich etwas Verspätung habe, aber Björn gib eine kleine Botschaft von mir. Hast du was zu schreiben?«

»Natürlich. Ich höre.«

»Habe leider vergessen, dir zu sagen, dass das heute ein Dinner zu dritt sein soll, weil ich möchte, dass ihr beiden euch wieder vertragt. Es tut mir so leid! Wollte dich nicht hintergehen.«

»Den Zettel stecke ich ihm also unauffällig zu. Aber was unternehme ich, wenn Björn, was ich in diesem Fall verstehen könnte, aufsteht und mein Lokal unter Absingen schmutziger Lieder verlässt?«

Obwohl Lilja wirklich nicht zum Lachen zumute war, musste sie schmunzeln. Das hatte Fanney schon immer perfekt gekonnt – sie kurz und schmerzlos aus Stimmungstälern zu holen.

»Bitte, das musst du verhindern! Das wäre sonst großer Mist.«

»Wie man's nimmt. Damit hätte sich die Problematik erledigt – was wäre, wenn du dich ernsthaft in diesen Mann verliebst? Er wäre stocksauer, und du wärst ihn los.«

Nein, so nicht, dachte Lilja entschieden. Den Gedanken, dass er dann für immer eine schlechte Meinung von ihr haben würde, behagte ihr ganz und gar nicht.

»Nein, bitte, versuch alles, die beiden bei Laune zu halten, bis ich da bin!«

»Süße, ich verspreche es dir. Zur Not verriegele ich die Tür.«

»Du bist ein Schatz. Nun bete, dass der Flieger wenigstens pünktlich ist«, seufzte Lilja und beendete das Gespräch, bevor sie sich ein Taxi rief und zum Flughafen bringen ließ.

24

Dinner zu dritt

Lilja konnte den Rückflug partout nicht genießen. Einmal abgesehen davon, dass der Flieger eine halbe Stunde zu spät gestartet war, malte sie sich in düsteren Farben aus, was zu diesem Zeitpunkt in Fanneys Restaurant an Katastrophen passierte. Ihre Fantasien reichten von einer wilden Schlägerei, in der das Mobiliar des Fjörður zertrümmert wurde, bis zu einem einsam auf sie wartenden Thorwald, nachdem Björn die Flucht ergriffen hatte. Jedenfalls konnte sie sich nicht eine Sekunde lang entspannen. Ihre Hände waren schweißnass, als sie in Akureyri den Flieger verließ. Sie hatte vor lauter Anspannung dermaßen geschwitzt, dass sie sich trotz der Verspätung in den Waschräumen des Flughafens erst einmal frisch machte. So zerzaust wollte sie auf keinen Fall im Restaurant auftreten.

Auf dem Fußweg dorthin spielte sie allerdings mit dem Gedanken, ob sie nicht einfach im Fjörður anrufen und Fanney bitten sollte, den beiden Männern vorzuschwindeln, dass sie es nicht mehr zur Verabredung schaffte. Doch das hätte sie ihrer Freundin gegenüber nicht fair gefunden. Nicht auszudenken, die beiden Streithähne richteten tatsächlich im Lokal Schaden an. Nein, sie musste sich der Situation stellen, ob sie wollte oder nicht. Und das, obwohl sie ganz und gar nicht in der Stimmung war, sich solchem Stress auszusetzen. Am meisten Sorge hatte sie zugegebenermaßen vor Björns Reaktion. Das Allerschlimmste wäre für sie, wenn er das Lokal wieder verlassen hätte.

Da fiel ihr ein, dass ihr Smartphone noch vom Flug ausgeschaltet war, und sie fragte sich, ob Fanney eventuell eine Nachricht geschickt haben könnte, wie das Aufeinandertreffen der beiden Männer verlaufen war. Im Gehen, um nicht noch später zu kommen, schaltete Lilja ihr Telefon ein. Doch außer einer Nachricht ihres Bruders, in der er ihr versicherte, wie glücklich er sei, sie endlich wiedergesehen zu haben, gab es keine Nachrichten für sie.

Völlig außer Atem erreichte sie schließlich das *Fjörður*. Vor der Tür blieb sie noch einmal kurz stehen, um sich ein wenig zu beruhigen. Doch dann drückte sie, ohne weiter zu überlegen, die Türklinke des Lokals hinunter und betrat den Gastraum. Vorsichtig ließ sie ihren Blick über die Tische schweifen. Doch von Björn und Thorwald keine Spur! Lilja schreckte zusammen, als sich eine Hand auf ihre Schulter legte. Erschrocken fuhr sie herum und blickte in Fanneys vor guter Laune funkelnde Augen.

»Du hast mich vielleicht erschreckt!«, fauchte sie ihre Freundin an. »Sag bloß, es sind schon beide Männer gegangen?«

»Nein, meine Süße. Sie erwarten dich sehnsüchtig.« Fanney nahm die Hand ihrer Freundin und zog sie sanft mit sich fort. »Es gibt noch einen großen Nebenraum. Den habe ich dir gestern gar nicht vorgeführt, weil wir beide genügend Platz im Gastraum hatten. Der Raum ist für Veranstaltungen und geschlossene Gesellschaften. Von dem kleinen Restaurant könnte ich sonst ganz bestimmt nicht leben. Ich mache den auch immer auf, wenn der Platz vorn nicht reicht, weil ich ungern Leute nach Hause schicke.«

»Und nun hast du ihn nur für die beiden Kerle geöffnet? Hätten sie dir ansonsten deine Einrichtung demoliert, oder?«, erkundigte sich Lilja zaghaft.

233

»Sagen wir mal so, es war nicht ganz einfach, sie ohne Probleme doch an einen Tisch zu bringen, und das wollte ich nicht vor meinen anderen Gästen ausdiskutieren. Überzeugt hat sie dann allerdings ein isländischer Gin auf Kosten des Hauses.«

»O mein Gott, dann wissen wir ja, wie das endet!« Lilja sah ihre schlimmsten Befürchtungen bestätigt und die beiden bereits mit blutigen Nasen am Boden liegen.

»Keine Sorge, mein Schatz! Alles ganz friedlich. Überzeug dich selbst!« In diesem Augenblick deutete Fanney auf einen Tisch, an dem sich zwei Lilja wohlbekannte Männer angeregt und überaus zivilisiert unterhielten.

Lilja konnte kaum glauben, was sie dort sah, zumal die Herren derart intensiv in ihr Gespräch vertieft waren, dass sie nicht einmal aufsahen, als Fanney ihre Freundin, die wie erstarrt und regungslos dastand, in Richtung des Tisches schob. Selbst als Lilja ihr ins Ohr flüsterte, was sie den beiden denn ins Essen getan habe, schienen die ihre Anwesenheit immer noch nicht zu bemerken.

Fanney räusperte sich demonstrativ. Da verstummte das Gespräch sofort, und Björn und Thorwald blickten in ihre Richtung. Als wäre gar nichts geschehen, sprangen sie zeitgleich von ihren Stühlen auf und begrüßten Lilja höflich wie eine alte Bekannte. Keiner der beiden gab ihr ein Begrüßungsküsschen.

Dass sie ihr, statt sie zu umarmen, auch noch die Hand reichten, gab Lilja das Gefühl, im völlig falschen Film zu sein. Auch Fanney beobachtete dieses merkwürdige Schauspiel kopfschüttelnd. Doch dann versuchte sie die angespannte Situation mit der Frage aufzulockern, ob sie jetzt die Tafel mit den Abendangeboten bringen könne. Das bejahten die beiden Männer unisono, während Thorwald den Stuhl zwischen ihnen zurechtrückte.

Lilja blickte nun zwischen Björn und Thorwald hin und her.

»Ich muss mich bei euch entschuldigen«, begann sie das Gespräch. »Tut mir sehr leid, dass ich weit über eine Stunde zu spät bin, aber mein Flieger hatte Verspätung.«

»Dein Flieger?«, hakte Thorwald neugierig nach.

»Tja, das ist eine etwas längere Geschichte. Ich würde gern erst einmal etwas zu trinken und zu essen bestellen. Dann werde ich euch alles erzählen.« Und das meinte Lilja verdammt ernst. Nachdem ihre Eltern die Wahrheit kannten, würde sie auch allen anderen gegenüber dazu stehen, dass die kanadische Ehe eine Lüge war. Aber nicht sofort. Erst wollte sie sich vergewissern, ob die Stimmung am Tisch so ein Outing vertrug.

Sie wandte sich zunächst an Björn. »Entschuldige, dass ich nicht zu unserer Verabredung auf der *Lundi* gekommen bin. Dann hätte ich dir gesagt, dass wir zu dritt essen gehen, aber nun ist alles anders gekommen.«

Björn zog spöttisch eine Augenbraue hoch. »Stimmt! Nachdem du mich am Schiff versetzt hast, wollte ich eigentlich gar nicht herkommen, und dann hätte ich dir zumindest gern die Meinung gesagt.«

Er grinste Thorwald an, der dieses Grinsen auch noch erwiderte.

»Sorry, Björn, aber wie war's denn überhaupt? Hat es mit Kristian geklappt? Ich war ja verhindert, aber mein Vater wollte deinen Cousin fragen.« Lilja war das alles sichtlich peinlich, aber sie hoffte, dass Björn sie spätestens dann verstehen würde, wenn sie ihm gleich den Grund für ihre vermeintliche Unzuverlässigkeit genannt hatte.

»Alles perfekt. Ich habe richtig was gefangen. Der Inspektor, der das Wiegen der Fische beaufsichtigt hat, war schwer begeistert. Er ist einer, der die kleinen Fischer liebend gern weiter im Hafen hätte. Sonst wird auch er bald arbeitslos, denn auf den Trawlern haben sie ihre eigenen Inspektoren an Bord. Allerdings solltest du dich dringend um neue Abneh-

235

mer kümmern. Einige Restaurants, die dein Vater exklusiv beliefert hat, beziehen ihre Ware inzwischen woanders her. Heute konnten wir einiges direkt am Kai loswerden. Besonders bitter ist, dass die Firma *Eismeerfisch*, der größte Kunde, der ihm sonst den Fisch abgenommen und gut bezahlt hat, den Vertrag zwischen deinem Vater und *Eismeerfisch* als obsolet ansieht. Ein Typ namens Wanja meinte am Telefon, dass er heute die Ware kulanterweise noch abnimmt, aber ab Dienstag keinen Fisch mehr von uns bezieht. Wir sollen uns um neue Verträge bemühen, hat er gemeint, aber das klang sehr vage. Ich nehme mal an, der kriegt Druck von den Wachhunden der Trawlerfirma. Wenn wir jetzt loslegen, brauchen wir die Sicherheit, dass die Ware bis auf den letzten Kabeljau verkauft wird. Verstehst du?«

Lilja bekam rote Wangen vor lauter Zorn über Björns latenten Vorwurf an ihre Adresse.

»Entschuldigung, aber es ist doch nicht meine Schuld, wenn der Verkauf nicht gesichert ist!«, fauchte sie.

»In dem Punkt muss ich ihr recht geben«, sprang ihr nun Thorwald bei. »Was hat Lilja mit den Problemen ihres Vaters zu tun? Ich meine, sie ist nur zu Besuch.«

Björns Miene verfinsterte sich noch mehr. Er warf Thorwald einen grimmigen Blick zu, als wolle er ihn damit in die Schranken weisen, und Lilja konnte nur hoffen, dass ihr Auftauchen nicht zum prompten Ende des Friedens zwischen den beiden Männern führte.

»Gut, sie hat nicht Schuld, das weiß ich schon, aber wenn wir Ari helfen sollen, sein Boot zu behalten, dann müssen wir alle mit anpacken.«

»Keine Ahnung, was diese Aktion jetzt konkret bewirken soll, dass du mit der *Lundi* fischen gehst«, bemerkte Thorwald achselzuckend. »Du bist bald weg, und wer soll dann rausfahren? Ich meine, das mag den Zeitpunkt hinauszögern, aber es ändert nichts am Ergebnis. Also, wenn ihr mich fragt ...«

»Dich fragt aber keiner!«, fauchte Lilja, die ja in der Sache durchaus Björns Meinung teilte, dass zur Rettung der *Lundi* mehr gehörte als Björns freundliche Hilfe, den Fisch einzubringen. Natürlich musste die Abnahme gesichert sein, aber daran hatte sie bislang keine Gedanken verschwendet. Wie sie es drehte und wendete, Sigurd wurde dringend vor Ort gebraucht, aber dass er sein gediegenes Leben in Reykjavík aufgeben würde, daran zweifelte Lilja nun doch erheblich. Ihre einzige Hoffnung hieß Davið.

Deshalb wandte sie sich an Thorwald. »Hast du nicht gesagt, du kennst einige Gründer dieser neuen Softwareentwicklungs-Firmen am Fjord?«

Er nickte, während Björn sie wegen dieses in seinen Augen abrupten Themenwechsels fragend musterte.

»Willst du uns nicht mal endlich sagen, was los ist? Ich glaube, diese Frage solltet ihr besser klären, wenn ich gegangen bin«, mischte er sich missmutig ein.

»Das hat etwas mit unserem Thema zu tun. Ob du es glaubst oder nicht. Könntest du mir wohl einen Kontakt zu diesem erfolgreichen Start-up machen, das Software für Spiele entwickelt?«

»Kein Problem. Ich weiß, welche Firma du meinst.«

Björn war gerade dabei, sich geräuschvoll zu erheben, offenbar um sich aus dieser Runde zu entfernen, als Fanney an den Tisch trat. Auf einem Tablett hatte sie drei Gläser.

»So, noch einen Gin für die beiden Herren und für dich ein Glas Sauvignon. Und hier ist die aktuelle Speisekarte.« Sie stellte eine Tafel auf einem Stuhl ab. Karten gab es bei ihr nur für die Getränke. »Ich empfehle fangfrischen Steinbeißer. Als Loins mit Gemüse. Natürlich heute noch von der Konkurrenz, aber ab morgen kaufe ich nur von der *Lundi*.« Sie warf Björn einen verschwörerischen Blick zu. »Er hat mich vorhin gleich als Kundin geworben.«

»Das hätte ich doch auch noch getan«, sagte Lilja leicht

zickig. Sie war mit Sicherheit nicht eifersüchtig auf Björns Werbung für Aris Fisch, aber sie hatte das Gefühl, sie verlor gerade völlig die Kontrolle über diesen Abend. Und ärgerte sich vor allem darüber, dass Björn ihr nicht einmal die Spur eines Lächelns geschenkt hatte. Und wie oft hatte sie heute an ihn gedacht! Aber bestimmt nicht an seine angespannte Miene und diese latente Aggression. Gestern wäre sie noch jede Wette eingegangen, dass es ihn auch erwischt hatte, aber das hätte sie heute nicht mehr unterschrieben. Ist vielleicht besser so, dachte sie ungehalten.

Fanney aber ignorierte diesen Spruch ihrer Freundin und fuhr ungerührt fort, die Gerichte zu erklären. Björn hatte sich inzwischen wieder auf seinen Stuhl gesetzt. Lilja hätte ihm gern signalisiert, wie gut sie es fand, dass er geblieben war, aber sie traute sich kaum, in seine Richtung zu schauen aus lauter Sorge, er würde sie schief angucken. Ja, sie spürte, hervorgerufen durch die Erschöpfung, die dieser Tag bei ihr hinterlassen hatte, eine gewisse Empfindlichkeit, besonders im Umgang mit Björn. Nun aber konzentrierten sie sich auf die Essensauswahl und entschieden sich unabhängig voneinander für den Fisch.

Danach hob Lilja den Kopf und prostete den beiden offensiv zu. »Und ihr seid nicht aufeinander los?«, fragte sie, um das Ganze ein wenig aufzulockern.

»Nein, nur fast. Als ich Thorwald gesehen habe, wollte ich gleich wieder umkehren, aber Fanney hat mich an den Tisch gezwungen und mit meinem Lieblingsgin abgefüllt. Und was soll ich sagen? Nachdem ich anfangs nur mit der Frage beschäftigt war, wie ich mich für mein Veilchen rächen soll …«

Thorwald unterbrach Björn lachend. »Hey, man sieht doch gar nichts mehr!«

»Dein Glück!«, konterte er vergnügt. »Jedenfalls haben wir uns gut unterhalten und versucht, uns über die Jahre, die wir nicht mehr miteinander gesprochen haben, bis heute auf den laufenden Stand zu bringen.«

»Also, ich danke euch jedenfalls, dass ihr nicht geflüchtet seid. Und dass ich euch erst euch selbst überlassen habe, war natürlich nicht beabsichtigt. Ich musste dringend nach Reykjavík, weil Noah mich mit seinem Besuch überraschen wollte, was meine Mutter glücklicherweise ausgeplaudert hat. Denn so konnte ich das Schlimmste verhindern.«

»Was heißt *das Schlimmste?*«, wollte Björn neugierig wissen.

»Dass Noah in Akureyri aufkreuzt und ich weiter die glückliche kanadische Ehegattin spielen muss«, entgegnete sie ohne Umschweife.

Beide Männer musterten sie gleichermaßen entgeistert.

»Verstehe ich nicht«, bemerkte Thorwald.

»Ich war nie mit Noah verheiratet!«, stieß Lilja erleichtert hervor. Endlich war es raus!

»Du bist gar nicht verheiratet?« Thorwald fixierte ihren Ringfinger. »Warum habe ich das nicht sofort gesehen? Du trägst keinen Ring.«

»Das hat doch gar nichts zu sagen. Ich war verheiratet und habe nie einen Ring getragen«, knurrte Björn.

»Das ist wieder typisch für dich. Immer was Besonderes sein«, konterte Thorwald.

Lilja hatte den Eindruck, dass die versöhnliche Stimmung zwischen den beiden schon wieder ins Gegenteil zu kippen drohte, seit sie sich eben geoutet hatte.

»Und wieso hast du deinen Eltern vorgelogen, dass du mit dem Typen verheiratet bist?« Björn schien die Geschichte äußerst suspekt zu sein.

»Weil ich gemerkt habe, wie meine Mutter durch diese Ehestory aufgeblüht ist. Ich habe das nett gemeint. Wie konnte ich ahnen, dass ich mich nach sechs Jahren von Noah trennen und nach Hause zurückkommen würde?«

239

»Ihr seid also definitiv getrennt?«, fragte Thorwald sichtlich erfreut nach.

»Mann! Du kannst es wohl gar nicht erwarten, freie Bahn zu haben!«, fauchte Björn.

»Ach ja? Und an dir geht das spurlos vorbei?«, spottete Thorwald. »Aber gut, du willst es ja jetzt mit Liv versuchen. Dann sollte dir das auch gar nichts ausmachen, wenn ich mich ein bisschen intensiver um unsere gemeinsame Freundin kümmere.«

Lilja wollte ihren Ohren nicht trauen. Wo war sie denn da gelandet? Hier wurde gerade *über* sie gesprochen und nicht *mit* ihr! Das konnte sie gar nicht leiden.

»Moment! Es braucht sich gar keiner von euch um mich zu kümmern. Ich komme schon gut allein damit klar, dass meine Beziehung in die Brüche gegangen ist«, sagte sie in scharfem Ton. Dabei ärgerte sie weniger Thorwalds Versuch, sie anzumachen, als vielmehr die Tatsache, dass Björn offenbar selbst schon Thorwald von seiner frischen Beziehung mit Liv berichtet hatte. Und sie konnte gar nichts dagegen tun, dass die Eifersucht sie wie ein Schwarm Mücken überfiel.

Thorwald aber hob ungerührt das Glas. »Dann trinken wir mal auf das Wohl unseres Neusingles!«

Nur widerwillig hoben Lilja und Björn ihre Gläser. »Ich finde, das ist kein Grund zum Anstoßen«, sagte Lilja. »Und so witzig fand ich das auch nicht, dass meine Mutter ganz Akureyri mit Infos über meinen wunderbaren Ehemann gefüttert hat.«

»Sie ist gestraft genug, denn sie hatte schon die halbe Stadt zur Nachhochzeitsfeier eingeladen«, fügte Björn leicht belustigt hinzu.

»Dich etwa auch?«

»Gott bewahre! Sie hat deiner Schwester ausdrücklich mitgeteilt, dass es stillos wäre, Exfreunde einzuladen.«

»Ach, du wolltest ja heute zu Elin ziehen!«, murmelte Lilja. »Aber nun bist du doch bestimmt im Hotel geblieben, oder?«

»Danke der Nachfrage, aber ich habe vor diesem Termin meine Sachen noch in Elins und Kristians Wohnung gebracht. Bin ab heute dort zu erreichen.«

»Genau, man soll nichts überstürzen. So kannst du Liv erst mal besser kennenlernen, bis du im Mai losdüst.« Thorwalds Ton war geradezu mitfühlend. Lilja merkte ihm sichtlich an, mit welch ungebremstem Vergnügen er ihr unter die Nase rieb, dass Björn bereits anderweitig liiert war. Das wiederum schien Björn mächtig gegen den Strich zu gehen. »Man wird sehen. Wir haben ja noch nicht mal eine Beziehung«, versuchte er das Ganze mit Liv kleinzureden, doch Thorwald legte gleich noch einmal nach: »Ihr seid ein echt schönes Paar. Ich drücke euch jedenfalls die Daumen.«

Zum Glück kam in diesem Augenblick das Essen. Lilja verspürte nämlich einen ausgeprägten Fluchtimpuls. Lange würde sie dieses Gerede von dem wunderbaren Paar jedenfalls nicht mehr ertragen. Am liebsten wäre sie nach dem Essen aufgestanden und nach Hause gegangen. Schließlich war die Mission dieses Dinners erfüllt. Die beiden Männer hatten sich immerhin versöhnt. Also konzentrierte sie sich auf die in Kräuterkruste zubereiteten Loins und versuchte, den Tag noch einmal an sich vorbeiziehen zu lassen, statt sich die Laune durch Thorwalds Gerede vollständig verderben zu lassen.

25

Thorwald, der Bedenkenträger

»Und wirst du nun in Akureyri bleiben?« Das war Björns Stimme, die Lilja aus ihren Gedanken riss.

Sie hob den Kopf, und ihre Blicke trafen sich. Da war es wieder, das Flirren, das sie gestern am Hafen und auf dem Weg zum Hotel zwischen ihnen verspürt hatte. Aus seinen Augen sprach auch nicht mehr der geringste Vorwurf oder eine Spur von Ärger. Im Gegenteil, alles, was aus ihnen strahlte, waren Wärme und Wohlwollen.

»Ich war erst am Zweifeln, ob es nicht besser ist, in Reykjavík zu leben, aber ich gehöre hierher. Und ich glaube, mein Vater braucht mich jetzt.«

»Toll! Das finde ich großartig. Dann können wir doch zusammen überlegen, wie er den Verkauf auf Dauer verhindern kann«, pflichtete ihr Björn begeistert bei.

»Leute, Leute, da macht euch bloß keine Illusionen! Das schafft ihr nicht. Wie denn? Wenn sich die *Lundi* überhaupt halten könnte, dann nur mit eigener Crew. Ich meine, das ist total toll, dass du den Kutter bewegst, aber wenn du weg bist, war es das. Verschwendet bloß nicht zu viel Energien in dieses Rettungsprojekt!«, mahnte Thorwald. »Ihr könnt auch nichts gegen die Vormachtstellung des Trawlerkönigs ausrichten. Wenn er seinen Willen nicht bekommt, habt ihr auf Dauer ganz schlechte Karten. Glaubt ihr, die Leute von *Eismeerfisch* haben aus freien Stücken behauptet, dass sie eventuell keine

242

Ware mehr von der Lundi abnehmen? Der Typ hat seine Finger überall drin. Und ohne Fischer ist der Kutter mausetot. Treibt lieber den Preis hoch. Seid nicht so leichtsinnig und macht euch den Typen zum Feind!«

Lilja rollte genervt mit den Augen. »Du hast schon immer geglaubt, dass man gegen die Mächtigen nichts unternehmen kann«, warf sie ihm vor.

»Kein Wunder, die Bjarkissons haben lange zu denen gehört, die hier im Ort das Sagen hatten«, ergänzte Björn in sachlichem Ton.

»Ja, ja, hackt nur auf mir rum! Das habt ihr schon früher getan, wenn wir Schulausflüge zum Gulfoss mit den Bussen meines Vaters unternommen haben«, entgegnete Thorwald beleidigt.

Lilja aber war gar nicht bei der Sache. Ihr fiel ein, dass sie in Reykjavík Björns Vater begegnet war, und sie fragte sich, warum sie ihn eigentlich nicht aus der Zeit mit seinem Sohn kannte, doch da fiel ihr wieder ein, dass die Eltern, kurz bevor sie und Björn zusammengekommen waren, schon nach Reykjavík gezogen waren.

»Ich habe heute deinen Vater gesehen«, sagte Lilja.

»Meinen Vater?«, gab Björn ungläubig zurück.

Lilja nickte. »Wenn er Haukur heißt und im Fischereiministerium arbeitet, dann ist er das gewesen.«

»Was hast du denn im Ministerium gesucht?«

»Meinen Bruder«, gab Lilja zu und war noch unschlüssig, ob sie den beiden verraten sollte, dass sie ihn tatsächlich gefunden hatte.

»Die isländische Welt ist klein«, lachte Thorwald.

»Das kannst du wohl sagen. Auch dein Name fiel. Im Zusammenhang mit irgendwelchen komischen Containern«, erwiderte sie scherzhaft, aber in dem Moment verging Thorwald offenbar das Lachen.

»Um was ging es da genau?«, hakte er nervös nach.

Lilja machte eine abwehrende Handbewegung. »Ach, es ging um den Verkauf von diversen leeren Containern, die von der Bjarkisson-Spedition nach Reykjavík gebracht worden sind.«

»Und was weiter?« Thorwald wirkte sichtlich aufgebracht.

Lilja zuckte mit den Schultern. »Keine Ahnung. Daran konnte sich Björns Vater auch nicht mehr erinnern. Er ist danach gefragt worden, weil er auch aus Akureyri kommt. Mehr nicht.«

»Dann ist ja gut«, bemerkte Thorwald und blickte auffordernd in die Runde. »Ich würde noch einen Drink nehmen. Und ihr?« Er rief nach einer der Bedienungen, die für Fanney im Service arbeiteten.

Lilja überlegte. Auf den verrückten Tag hin konnte sie gut noch einen eiskalten Weißwein vertragen, zumal sie verunsichert registrierte, wie intensiv Björn sie nun musterte. Offenbar hatte ihn das sehr beeindruckt, dass sie seinen Vater gesehen oder nach ihrem Bruder gesucht hatte oder auch beides.

»Hattest du Erfolg bei deiner Suche nach Sigurd?«, fragte er nun und suchte ihren Blick. Lilja nickte und wich ihm nicht aus. Ihr Herz machte einen Sprung, als sie erkannte, dass die Sterne, die aus seinen Augen funkelten, ein Ausdruck seiner Gefühle für sie waren.

Das schien auch Thorwald nicht zu entgehen, denn er fragte plötzlich völlig aus dem Zusammenhang: »Wisst ihr eigentlich schon, was ihr mit dem ollen Walfänger macht?«

Lilja hatte Mühe, ihren Blick von Björn abzuwenden. »Keine Ahnung, was mein Vater damit vorhat.«

»Kannst du nicht mal ein gutes Wort für mich einlegen? Ich liege ihm schon länger in den Ohren damit, dass er ihn mir unentgeltlich überlässt. Ich könnte ihn vorerst am Anleger vor meiner Spedition parken. Vom Kai muss er nämlich über kurz oder lang verschwinden. Ein schöner Anblick ist da doch was anderes.«

Lilja stimmte ihm zu. »Und würdest du ihn dann verschrotten?«

»Sagen wir mal so, ich würde euch erst mal von der Last des alten Kahns befreien.«

»Na ja, so alt ist er ja nun auch wieder nicht. Die Substanz schien mir noch in Ordnung, als ich mir ihn heute mal näher betrachtet habe. Aber was kann man schon mit einem ausgedienten Walfänger anfangen? Wahrscheinlich ist das im Endeffekt ein anständiges Angebot von Thorwald«, bemerkte Björn nachdenklich.

»Ich war in Kanada mal auf einem Ausflugsschiff, das der Veranstalter aus einem Walfänger umgebaut hatte.«

Thorwald machte eine Geste, die zeigen sollte, dass man zu so einem Projekt sehr viel Geld benötigte.

Lilja stieß einen tiefen Seufzer aus. »Ich meine ja nur, es gäbe rein theoretisch alternative Verwertungsmöglichkeiten. Aber ich glaube, mein Vater wäre das Teil gern los, zumal ihn die Tröll immer an seinen Unfall erinnern wird. Schlag es meinem Vater doch einfach vor, Thorwald!«

»Nein, mach du das bitte!«

»Aber warum fragst du ihn nicht selbst?«

»Er redet nicht mehr mit mir«, stieß Thorwald grimmig hervor.

»Warum denn das? Ihr beiden habt doch gar nichts miteinander zu tun.«

»Doch, leider. Ein Klassenkumpel von mir nervt ihn.« Er wandte sich an Björn. »Den musst du auch noch kennen. Baldur.«

Björn rümpfte die Nase. »Ach, ich weiß, dieser Händlertyp, der jeden Tag auf dem Schulhof eine neue Geschäftsidee hatte, um uns auszunehmen!«

»Genau der! Baldur arbeitet hier vor Ort für den Quoten-

245

könig. Und er hat mich gebeten, Ari deutlich zu machen, dass Verkaufen die beste Lösung ist. Und das habe ich versucht.«

»Dann verstehe ich, dass er kein Wort mehr mit dir redet. Warum mischst du dich da auch ein?«, fauchte Lilja ihn an.

»Ich wollte schlichten«, gab er trotzig zurück.

»Und ich kann meinen Vater verstehen, dass er mit den Handlangern des Typen nichts zu tun haben will. Aber gut, ich werde das mit der *Tröll* mal ganz vorsichtig bei ihm ansprechen«, versprach Lilja.

In diesem Augenblick kam Fanney an den Tisch und fragte, ob sie noch ein Dessert wünschten, aber Lilja konnte nichts mehr essen. Die Männer bestellten sich noch jeder eine Beerenmousse.

»Lass uns auf deine Rückkehr in die Heimat anstoßen!«, schlug Thorwald nun vor. Darauf trank Lilja gern, wobei sie sich wirklich fragte, wohin dieser Neuanfang bloß führen sollte. Wenn Sigurd ihr nicht beistand, dann würde sie dabei zusehen müssen, wie die Fischereitradition ihrer Familie mit dem Verkauf der *Lundi* unterging. Es sei denn, sie überwand ihre Aversion gegen Fischköpfe und ließ sich von Björn auf der *Lundi* anlernen. Vielleicht konnte sie dann selbst als Fischerin die Quote einfahren. Sie musste grinsen bei der Vorstellung, in Ölzeug auf der *Lundi* glitschige Fische an Bord zu holen, aber alles war besser, als mit ansehen zu müssen, wie ihr Vater den letzten Lebensmut verlor.

»Worüber freust du dich so?«, fragte Björn und riss sie damit aus ihren Gedanken.

»Ich würde die Woche gern mal mit euch rausfahren«, erwiderte sie.

»Mit auf der *Lundi*?«, fragte Björn beinahe erschrocken nach. »Wenn ich mich recht entsinne, hast du eine Phobie vor Fischköpfen. Und glaub mir, bei frisch gefangenen Fischen ist noch alles dran.«

»Ach, das ist lange nicht mehr so schlimm wie früher!

Lass das mal meine Sorge sein! Bevor ich tatenlos zusehe, wie mein Vater in seinem Kummer, nicht mehr zum Fischer zu taugen, auch noch sein geliebtes Schiff verscherbelt, werde ich den Kutter fahren, sobald du weg bist.«

Thorwald tippte sich empört gegen die Stirn. »Was ist denn das für ein Unsinn? Du packst das nicht!«

»Das ist ja auch nur Plan B, aber trotzdem tust du gerade so, als würdest du mir das nicht zutrauen. Gefahren bin ich die *Lundi* mehr als einmal. Nun gut, nur zum Spaß, ohne Fisch.« Sie wandte sich euphorisch an Björn. »Kannst du dich noch erinnern, wie ich mit dem Kutter deines Onkels in Grímsey angelegt bin?«

»O ja, so ein mutiges Manöver habe ich selten gesehen! Das Boot zu beherrschen, das traue ich dir ohne Weiteres zu, aber ich habe eher meine Bedenken, wie du dich beim Fischen anstellst.«

»Lass es uns ausprobieren! Wenn ich merke, ich kann nicht über meinen Schatten springen, dann werde ich nichts übers Knie brechen. Und wenn du meinst, ich stelle mich blöd an, werde ich meinen Plan nicht weiterverfolgen. Sollte ich allerdings ein Naturtalent sein, weil ich es in den Genen habe, dann … ja, dann werde ich dich ablösen, bis endlich wieder ein Fischer an Bord geht.«

»Du wünschst dir sehr, dass dein Bruder Nachfolger deines Vaters wird, oder? Hast du ihn denn überhaupt gefunden?«, erkundigte sich Björn zugewandt.

Lilja nickte.

»Ja, aber ich will ihn nur nicht unter Druck setzen. Ich möchte eigentlich auf Dauer an der Uni arbeiten, denn ich gehöre viel eher an einen Schreibtisch als Sigurd«, erklärte sie.

»Das will ich wohl meinen«, bemerkte Thorwald mit tadelndem Unterton. »Lass die Finger davon! Du als Fischerin, das kann nicht gut gehen.«

Lilja funkelte ihn wütend an. »Hör doch mal auf, meine Pläne runterzumachen!«

Thorwald zog ein beleidigtes Gesicht. »Ich bin nur der Meinung, dass es keinen Sinn hat, gegen Windmühlenflügel anzukämpfen. Gut, dass Björn das versucht, das verstehe ich. Er ist Fischer. Aber auch das wird unserem Quotenkönig nicht passen. Was meinst du, was der sich erst einfallen lässt, wenn du da an Bord rumturnst?« Das klang abfällig, aber Lilja versuchte es zu überhören.

»Also, nimmst du mich mit, Björn?«

»Natürlich!«

»Schlag ein!«, forderte Lilja Björn auf. Sie reichte ihm die Hand, die er sofort ergriff und kräftig schüttelte.

Danach stand Lilja abrupt auf. »Es war ein langer Tag. Ich muss los. Morgen mache ich mir eine Liste mit allen potenziellen Restaurants und sonstigen örtlichen Abnehmern und arbeite die ab. Das wäre doch gelacht, wenn wir unsere Ware nicht an den Mann oder die Frau bringen.« Sie fühlte sich seltsam beschwingt und ahnte zumindest einen wesentlichen Grund für ihren Optimismus. Ob sie es wollte oder nicht. Björn und sie waren ein Team!

»Ich möchte deinen Optimismus wirklich nicht bremsen, aber Baldur hat mir gegenüber ganz offen angedroht, dass die Lundi verschwinden wird. So oder so!«, gab Thorwald seufzend zu bedenken.

»Und deshalb sollen wir lieber aufgeben? Man könnte ja beinahe meinen, der Mann hat dich in der Hand.« Das sollte mehr ein Scherz sein, aber Lilja entging nicht, wie bleich Thorwald bei ihren Worten wurde.

»Lilja, leg dich nicht mit den falschen Leuten an! Das habe ich auch deinem Vater schon gesagt, aber der alte Stur...« Er unterbrach sich hastig.

»Wenn du mehr weißt als wir, dann solltest du schnellstens damit rüberkommen«, forderte Lilja ihn energisch auf.

»Nein, nein, ich weiß nur, was alle wissen. Wenn der Trawlerkönig Quoten will, bekommt er sie auch.«

Lilja grüßte in die Runde, während ihr Blick etwas länger bei Björn verweilte und sie ihm sogar ein Lächeln schenkte.

Dann verließ sie den Gastraum, ohne sich noch einmal umzudrehen, obwohl sie Thorwald hinter ihrem Rücken zischen hörte: »Wir werden ja sehen, wer ihr wirklich hilft. Du mit deinem blinden Aktionismus oder ich mit meinen fundierten Mahnungen zur Vorsicht.«

Als Lilja sich von Fanney verabschiedete, war ihr Optimismus gedämpft. Thorwalds düstere Warnungen waren nicht folgenlos an ihr vorbeigerauscht.

»Ich habe meinen Bruder gesehen«, verriet sie der Freundin, die sich riesig darüber freute. »Es geht ihm wunderbar mit seinem wunderschönen Mann«, flüsterte sie ihr ins Ohr.

»Jetzt verstehe ich, warum ich ihn stets vergeblich angeschmachtet habe«, seufzte Fanney, doch dann griff sie zielsicher in ihre Hosentasche und zog einen zerknüllten Zettel hervor.

»Bevor ich es vergesse. Das soll ich dir von deinem ehemaligen Prof geben. Er war heute Mittag mit dem Dekan hier essen, und ich habe ihm erzählt, dass du wieder zurück bist.«

»Du bist ein Schatz!«, jubelte Lilja. »Es ist wunderbar zu erleben, wie mir alle helfen wollen.«

Fanney deutete in Richtung des Gastraums. »Die beiden werden sich doch förmlich übertrumpfen, jetzt, da sie wissen, dass du Single bist, oder hast du es ihnen noch nicht gesteckt?«

»Doch, doch, Björn ist wirklich total toll«, erwiderte Lilja schwärmerisch.

»Und Thorwald hat beim Kampf um dein Herz bereits verloren?«, lachte Fanney. »Kein Problem übrigens, ich finde, der Mann ist irgendwie nachgereift. Nicht mehr so ein Schnö-

sel wie früher. Also, bevor der leer ausgeht, wüsste ich da was.«
Das brachte ihr einen liebevollen Stoß in die Seite ein.

»Ich finde es einfach großartig von Björn, dass er für meinen Vater auf der Lundi fischen geht.«

»Schon klar, dein verklärter Blick ist eher professionell gemeint«, neckte Fanney sie.

Lilja ließ das unkommentiert, umarmte die Freundin herzlich und verließ nachdenklich das Fjörður. Vor der Tür fiel ihr der Zettel ein, und sie faltete ihn neugierig auseinander.

Der Inhalt ließ ihr Herz höherschlagen.

Liebe Lilja, der Himmel schickt dich. Brauche dringend Assistenz mit Vertretungspotenzial. Alles Weitere morgen Mittag hier! Du bist eingeladen. 13 Uhr. Wenn du nicht kannst, bitte meine dir bekannte Nummer anrufen. Ísaak

26

Streit – nicht nur mit Elin

Lilja wachte von erregten Stimmen auf, die vom Flur her in ihr Zimmer drangen. Erschrocken fuhr sie auf. Sie hatte wie ein Bär geschlafen, und es war bereits heller Vormittag.

Sie kam gar nicht umhin, dem Streit zwischen ihrer Schwester und ihrer Mutter zu lauschen, dessen unfreiwillige Zeugin sie nun wurde. Es ging um die heidnische Hochzeit. Offenbar hatte Katla von der Asenfeier am Wasserfall Wind bekommen.

»Was heißt, ich soll mich doch freuen, dass ihr auch noch mir zuliebe in die Kirche gegangen seid?«, erregte sich die Mutter.

»Ist es nicht völlig egal, ob das die erste oder zweite Hochzeit war? Bei Lilja war es doch viel peinlicher. Du musstest die Gäste ausladen«, fauchte Elin zurück.

»Vielleicht, aber es ist gar nicht schön, beim Einkauf auf deine gigantische Wikingerparty angesprochen zu werden. Du hättest es mir nicht verheimlichen dürfen. Wie blöd stehe ich denn jetzt da?«

»Mamma, ich hatte Sorge, du würdest auf mich einreden wie auf ein krankes Pferd, dass ich das mit der heidnischen Hochzeit vergesse, aber dann hätte ich zwischen allen Stühlen gesessen, denn Kristian war die Hochzeit am Wasserfall viel wichtiger. Das mit der Kirche und im Hof-Kulturzentrum hat er nur mir zuliebe gemacht«, verteidigte sich Elin.

»Typisch für seine heidnische Sippe. Die sind doch alle so drauf. Allen voran sein Onkel.«

Elin lachte laut. »Mamma, ich glaube, du irrst. Wenn du seinen Onkel Haukur meinst, der ist seiner Frau zuliebe in die Kirche eingetreten. Was hast du eigentlich gegen den Mann? Du kennst ihn doch gar nicht weiter.«

Du irrst, Schwesterherz, offenbar kennt sie ihn besser, als wir glauben, ging es Lilja durch den Kopf, als sie Elin ihren Namen nennen hörte.

»Ach, du hast ja recht, was ist das für eine kleine Schwindelei gegen das, was deine Schwester Lilja uns angetan hat? Wie kann sie sich eine Hochzeit ausdenken?«, spie Katla förmlich aus.

Das könnte den beiden jetzt so passen, hinter meinem Rücken auf mir herumzuhacken, dachte Lilja. Vor allem ihre Mutter lebte diesbezüglich gefährlich, denn Lilja hatte immer noch eine Rechnung mit ihr offen. Sie sprang auf, zog sich hastig an und steckte ihre von der Nacht zerzauste Mähne mit einem Band zusammen.

Und schon stand sie mit einem fröhlich schmetternden »Guten Morgen!« auf dem Flur. Elin und ihre Mutter fuhren erschrocken auseinander.

»Ach, du stehst auch schon auf? Ich dachte, du würdest den ganzen Tag verschlafen«, fuhr ihre Mutter sie an. »Und ich frage mich wirklich, wo du diese gute Laune hernimmst, nachdem du offenbar die Chance deines Lebens verspielt hast.« Daher weht der Wind, dachte Lilja. Offenbar hatte ihre Mutter bis zuletzt gehofft, dass sie mit Noah nach Akureyri zurückkommen würde.

»Ich muss auch sagen. Du hast Nerven«, pflichtete Elin ihrer Mutter bei. »Erst große Nachfeier, dann bist du gar nicht verheiratet.«

»Das war nicht meine Idee, am Freitag ein Fest zu veranstalten«, konterte Lilja und wollte sich angesichts ihres Mittagstermins mit Professor Hilmarson partout nicht die gute Laune vermiesen lassen. Dass ihre Mutter frustriert war wegen der Ehelüge, das konnte sie ja sogar noch verstehen, aber ihre Schwester? Sie sollte ihr doch eigentlich dankbar sein, weil diese im Vergleich zu Elins verheimlichter Asenzeremonie am Wasserfall in den Augen ihrer Mutter die weitaus größere Verfehlung darstellte.

Jedenfalls machte ihre Schwester einen verärgerten Eindruck. Aber doch nicht, weil ich in Wahrheit nicht verheiratet bin, dachte Lilja und wollte sich an den beiden Frauen vorbeidrücken, um kurz mit dem Vater unter vier Augen zu sprechen. Schließlich teilten sie jetzt ein Geheimnis, dass die *Lundi* wieder zum Fischen hinausfuhr, wobei Kristian ja inzwischen wohl ebenfalls eingeweiht war. Jedenfalls hatte er ihren Vater gestern Nachmittag zum Hafen gefahren. Vielleicht hatten Björn und Ari ihn aber auch um sein Schweigen gebeten, denn die Beziehung zwischen Katla und ihrer jüngeren Tochter war immer schon sehr eng gewesen.

»Ich bin deinetwegen hier. Ich habe vorgestern schon angerufen, aber da warst du bei deiner Freundin. Und wir beide haben schließlich noch gar nicht unter vier Augen geredet.« Das sagte Elin in einem Ton, der Lilja keine besondere Lust auf ein Vierergespräch machte, aber sie bat sie in ihr Zimmer.

Der Mutter war förmlich anzusehen, dass sie gern Mäuschen gespielt hätte, aber Lilja schloss die Tür hinter sich.

»Sag mal, Schwesterherz, wird das hier die heilige Inquisition? Was ist los?«, fragte sie Elin, kaum dass sie allein waren.

Elin fühlte sich ertappt und rang sich zu einem Lächeln durch. »Blödsinn! Es ist nur so ...« Sie unterbrach sich. Offenbar fiel es ihr nicht leicht, das auszusprechen, was sie auf dem Herzen hatte.

»Ach, es geht um meine beste Freundin Liv!«

»Schickt sie dich etwa?«, erkundigte sich Lilja lauernd.

253

»Nein, sie hat mir nur ihr Herz ausgeschüttet wegen Björn. Es hat sie wohl voll erwischt. Bitte, Lilja, nimm einfach ein bisschen Rücksicht auf sie!«

»Was heißt das? Soll ich einen Bogen um ihn machen?«, fauchte Lilja. »Wir haben nichts miteinander, wenn du das vermuten solltest.«

»Das denke ich mir, aber du weißt ja, dass er jetzt bei uns wohnt, und er ist heute Nacht spät von einer angeblichen Verabredung mit dir zurückgekommen, und jetzt, da ich weiß, dass du Single bist ...«

»Da wolltest du mir mal ins Gewissen reden, dass ich ihn doch lieber Liv überlassen soll«, unterbrach Lilja ihre Schwester aufgebracht. Im Prinzip störte es sie nicht, dass Elin versuchte, ihrer Freundin zu helfen, aber das Thema Björn war für sie nach gestern Abend nicht gerade unkomplizierter geworden. Nicht jetzt, da sie sich in Sachen Rettung der *Lundi* zunehmend zu einem Team zusammenrauften. Und vor allem nicht, nachdem er ihr gegenüber regelrecht aufgetaut war, als er von ihrer vermeintlichen Ehe erfahren hatte. Ach, sie wusste doch auch nicht, was sie überhaupt denken und fühlen sollte! Und nun machte Elin durch ihre Einmischung alles noch schwieriger.

»Das ist lieb, dass du deiner Freundin helfen möchtest, aber ich habe bereits mit ihr geredet beziehungsweise sie mit mir. Ich habe ihr glaubhaft versichert, dass die Sache mit Björn und mir lange der Vergangenheit angehört.«

Elin stieß einen tiefen Seufzer aus. »Ich weiß, sie hat mir von eurem Gespräch erzählt, und sie mag dich persönlich auch wirklich gern, aber ich glaube, was sie am meisten beruhigt hat, ist die Tatsache, dass du in festen Händen bist. Wenn sie nun erfährt, dass es diesen Traummann gar nicht mehr gibt, dann wird sie das bestimmt verunsichern.«

Lilja musterte ihre Schwester skeptisch, und ihr wurde klar, dass sie Elin als die *Kleine* nie für so voll genommen hatte wie ihren Bruder. Ihr hing das Image der süßen, niedlichen Prinzessin an, die so gut tanzen und singen konnte, die dafür von den praktischen Dingen des Lebens ziemlich unbeleckt war. Nun stand allerdings eine ziemlich selbstbewusste junge Frau vor Lilja, die mit den ihr zur Verfügung stehenden Mitteln versuchte, sie als Konkurrentin ihrer Freundin um Björn auszuschalten. Keine Frage, die Elfe war erwachsen geworden und vor allem nicht zu unterschätzen! Immerhin trug sie das Tuch, das Lilja ihr geschenkt hatte. Das versöhnte sie mit dieser resoluten jungen Frau, die ihr gerade ziemlich vehement den Mann auszureden versuchte, der seit Tagen mit einer Intensität durch ihren Kopf geisterte, die ihr selber zutiefst missfiel. Aber das würde sie ihrer Schwester mit Sicherheit nicht verraten. Nachher gab sie es noch ungefiltert an ihre Freundin weiter.

»Wenn es dich beruhigt, mich verbindet mit Björn einfach die Sorge um die Zukunft von Pabbi«, sagte Lilja schließlich.

»Aber er ist doch auf dem Weg der Besserung! Du hättest ihn mal in den ersten Wochen in der Klinik erleben sollen. Da wussten wir nicht, ob er jemals wieder gehen würde.« Elins wunderschöne braune Augen füllten sich mit Tränen.

»Süße, ist doch alles gut! Es geht um die Schiffe«, versuchte Lilja sie zu trösten.

Elin machte eine wegwerfende Handbewegung. »Ach, die! Die können meinetwegen alle beide verschwinden. Pabbi soll endlich verkaufen und das Leben mit Mamma genießen.«

»Und meinst du, er wird seines Lebens froh, wenn mit ihm die Tradition der Familie stirbt?«

»Eine Tradition, die wir nicht übernehmen wollen? Also, für wen soll er Baldurs tolles Angebot ausschlagen?«

»Du kennst den Kerl, der ihm das Kaufangebot gemacht hat?«

»Ja, er baggert auch an mir rum, dass ich Pabbi gut zurede

und endlich zum Verkauf rate. Mit Mamma war er auch schon essen.«

Lilja war bemüht, ihrem Entsetzen über die Methoden dieses Kerls nicht gleich Ausdruck zu verleihen, sondern sich möglichst diplomatisch zu verhalten. Dass ihre kleine Schwester in Sachen Ausverkauf der Quoten auf Katlas Seite sein würde, das hätte sie nicht erwartet. Wenn sie ehrlich war, hatte sie sich auch keinerlei Gedanken über die Meinung ihrer Schwester gemacht, weil sie diese als ernst zu nehmende Gegnerin gar nicht im Sinn gehabt hatte.

»Und was sagt Kristian dazu?«, fragte Lilja.

»Kristian hält sich da raus. Seine Eltern haben die Fischerei längst aufgegeben, ihr Boot verkauft und einen Pferdehof im Süden gekauft.«

»Und warum waren sie nicht bei eurer Hochzeit?«, fragte Lilja kritisch nach.

»Weil sie dort nicht weg können. Ich meine, das ist wirtschaftlich auch nicht so einfach.«

»Das wäre doch eine gute Idee für Pabbi. Er züchtet Islandpferde«, spottete Lilja, der die naive Haltung Elins zu diesem Thema ziemlich auf die Nerven ging.

»Das konntest du ja immer schon. Polemisch werden, wenn dir die Argumente ausgehen«, zischte Elin.

Ich habe sie gnadenlos unterschätzt, dachte Lilja und entschuldigte sich hastig für ihren dummen Spruch. »Aber Elin, der Verkauf ist doch keine Lösung! Die Lundi ist ein toller Kutter, und von Pabbis Quoten lässt es sich doch wirklich leben.«

Elin stieß einen unwirschen Laut aus. »Wie kannst du nach so vielen Jahren herkommen und glauben, dass hier alles so schön weitergelaufen ist? Nichts ist gut! Schon seit Jahren hat Pabbi Probleme mit den Abnehmern. Sein größter Kunde ist bereits vor zwei Jahren abgesprungen.«

»Freiwillig?«, fragte Lilja skeptisch nach.

»Ist das nicht völlig egal, ob er Druck bekommen hat oder

nicht? Tatsache ist, dass man Pabbi schon vor dem Unfall deutlich signalisiert hat, dass er verkaufen soll. Da konnte ich noch verstehen, dass er gekämpft hat. Aber jetzt? Er ist am Ende seiner Kraft. Lass ihm doch seine Ruhe!«

Die beiden Schwestern waren so intensiv mit ihrem Disput beschäftigt, dass sie gar nicht bemerkt hatten, wie die Tür leise von außen geöffnet wurde und ihr Vater blass und aufgestützt auf seine Krücken die letzten Sätze mit angehört hatte.

»Ich will keine Friedhofsruhe!«, mischte er sich in diesem Augenblick ein. Die Schwestern fuhren erschrocken herum. »Elin, frag doch mich und nicht deine Mutter! Dann weißt du, dass ich keinen Judaslohn will.«

Inzwischen war Katla hinzugeeilt. »Ari, bitte reg dich nicht auf! Und hör auf, so einen Unsinn zu erzählen! Du bist doch kein Verräter, wenn du in deiner Lage den Kutter verkaufst.«

»Doch, ich verrate die Tradition meiner Familie!«

»Aber dafür kannst du dir nichts kaufen, Pabbi«, bemerkte Elin ungerührt.

Lilja war fassungslos angesichts des Risses, der durch ihre Familie ging, und darüber, wie verhärtet die Fronten schon waren. Vor allem war sie mittendrin. In einem hatte Elin wirklich recht. Lilja war nach so vielen Jahren von außen gekommen und sollte sich vielleicht erst einmal ein vollständiges Bild machen, bevor sie sich mit Verve in diesem Konflikt positionierte.

Doch bevor sie weiter über die Frage nachdenken konnte, ob sie sich in Dinge eingemischt hatte, die sie eigentlich nichts angingen, forderte ihr Vater die Schwester und die Mutter unmissverständlich dazu auf, ihn mit Lilja allein zu lassen. Er hatte sich inzwischen bis zum Bett geschleppt und dort auf den Rand gesetzt. Beleidigt und ohne sie noch eines weiteren Blickes zu würdigen, verließ Elin das Zimmer. Die Tür flog mit einem lauten Knall hinter ihr zu.

»Guten Morgen, Pabbi«, begrüßte Lilja ihren Vater. Es war für sie völlig ungewohnt, dass er sie in seinen Angelegenheiten unter vier Augen zu sprechen wünschte, denn über ihre Beziehung wollte er bestimmt nicht mit ihr reden.

Er musterte sie wohlwollend. »Deine Mutter hat ja bis zuletzt gehofft, dass du mit diesem Kanadier hier auftauchst. Ist das wirklich vorbei?«

»Definitiv, Pabbi, und ich bleibe in Akureyri.«

»Wenn du willst, kannst du die Etage für dich haben«, bot er ihr großzügig an.

»Ich denke, auf Dauer werde ich wohl mit meiner Freundin Fanney zusammenziehen«, erwiderte sie vorsichtig.

Ein Lächeln huschte über sein Gesicht. »Kann ich gut verstehen. Hier bist du unter ständiger Aufsicht deiner Mutter.«

»Pabbi, ich bin einfach kein Kind mehr und möchte auch hier mein Leben eigenständig in die Hand nehmen. Ich habe gleich ein Treffen mit meinem alten Professor.«

»Das freut mich.« Er stockte. »Ob du trotzdem noch Zeit für deinen alten Vater hättest?«

Das rührte Lilja zutiefst. Noch nie zuvor hatte der Vater sie um seine Hilfe gebeten. »Aber sicher, Pabbi. Und ich werde mir auch eine Liste mit potenziellen Abnehmern unserer Ware machen und neue Verträge abschließen, wenn ich darf.«

»Aber sicher, mein Kind. Nur befürchte ich, dass wir dann im Mai wieder mit leeren Händen dastehen, wenn wir keinen Ersatz für Björn finden.« Er unterbrach sich und musterte seine Tochter durchdringend.

»Der Junge ist ein Fischer mit Herzblut. Schade, dass du ihn damals nicht geheiratet hast! Dann hätte ich meinen Nachfolger«, fügte er seufzend hinzu.

Lilja konnte gerade noch an sich halten, ihm nicht zu verraten, wer bei dieser Trennung seine Hände im Spiel gehabt hatte.

»Pabbi, danke, dass du mich überhaupt um Hilfe bittest! Aber vertraust du mir auch?«

»Was ist denn das für eine Frage?«

»Ich werde alles versuchen, dass die *Lundi*, nachdem Björn seinen neuen Job angetreten hat, ihr festes Team hat. Und wenn ich selbst rausfahren muss.«

Liljas Vater schwankte offenbar zwischen Bewunderung und Skepsis. Letztere siegte, denn er wies sie konsterniert darauf hin, dass sie in ihrem ganzen Leben noch keinen Fisch gefangen hatte.

Bevor er ihr auch noch ihre Abneigung gegen Fischköpfe mit den großen toten Augen vorhalten konnte, kam sie ihm zuvor. »Ich weiß, es ist nicht mein Ding! Aber bevor ich tatenlos zusehe, wie dir eine Krake deine Quoten wegschnappt und den schönsten aller Kutter auf dem Meeresgrund versenkt, werde ich mir schon was einfallen lassen. Dass ich selbst zur Fischerin von Akureyri werde, ist nur Plan B.« Sie stockte, doch dann traute sie sich endlich auszusprechen, was ihr die ganze Zeit schon auf der Zunge lag. »Mir wäre es lieber, ich würde mich um die Verträge kümmern, und die *Lundi* wäre dann in den professionellen Händen deines einzig würdigen Nachfolgers.«

Ari sah Lilja voller Entsetzen an, während er sich mühsam vom Bett erhob. Sie wollte ihm aufhelfen, aber er wehrte ihre Hand ungehalten ab.

»Du sprichst nicht zufällig von deinem Bruder?«, fragte er mit einem gefährlichen, fast drohenden Unterton.

Obwohl Lilja die Gefahr spürte, die in der Luft lag, seit sie versuchte, Sigurd als Retter der *Lundi* ins Spiel zu bringen, sprach sie seinen Namen aus. »Ja, genau, ich glaube, Sigurd, dein Sohn, wäre der richtige Mann, deinen Kutter zu übernehmen.«

Liljas Vater stand nun recht stabil auf seinen Krücken vor ihr und funkelte sie kampflustig an. »Ich habe keinen Sohn mehr!«, stieß er in einem Ton hervor, der keinen Widerspruch duldete. Trotzdem wollte sich Lilja nicht so einfach geschlagen geben.

»Ihr beiden steht euch in Sachen Sturheit wirklich in nichts nach. Was, Vater, würde dich daran hindern, ihn um Verzeihung zu bitten? Ich bin sicher, dann würde er nicht zögern, dir zu helfen.« Letzteres hielt Lilja zwar selbst für maßlos optimistisch, aber wenn sie in dieser Angelegenheit bei der Wahrheit blieb, schwand die Wahrscheinlichkeit gänzlich, dass Vater und Sohn jemals wieder ein Wort miteinander wechselten.

»Bevor ich bei ihm zu Kreuze krieche, friert eher die Hölle zu«, schnaubte ihr Vater und fuchtelte zur Bekräftigung mit einer der Krücken in der Luft herum. Volltreffer, dachte Lilja resigniert. Wenn sie sich recht entsann, hatte bereits ihr Bruder dieses Höllenbild bemüht, um deutlich zu machen, für wie stur er den Vater hielt.

»Dann schmeiße ich die Lundi doch lieber der Krake in den Rachen«, spuckte Ari aus, bevor er bemüht aufrecht aus ihrem Zimmer humpelte.

Seufzend öffnete Lilja das Fenster und ließ den Blick nachdenklich über den Fjord zur anderen Seite schweifen. Die schneebedeckten Gipfel, die über dem Wasser hoch aufragten, hatten immer schon eine beruhigende Wirkung auf sie ausgeübt. Obwohl es in diesem Augenblick eher so aussah, als sei ihre Lösung des Problems zum Scheitern verurteilt, mochte sie noch nicht kapitulieren. Im Gegenteil, selbst auf die Gefahr hin, dass sich dann sowohl Aris als auch Sigurds Zorn gegen sie richten würde, schrieb sie ihrem Bruder eine aufmunternde Nachricht.

Lieber Sigurd, ich habe zu Hause mal ganz theoretisch die Möglichkeit erwähnt, dass du uns vielleicht einen Besuch abstatten könntest. Stell dir vor, unser Vater ist nicht gleich ausgerastet. Er scheint sich eine

Versöhnung insgeheim wohl zu wünschen. Wenn ihr euch erst Angesicht zu Angesicht gegenübersteht, ist die Versöhnung nur noch ein kleiner Schritt in die richtige Richtung. Bitte warte nicht mehr zu lange. Gruß an den schönen Mann. Lilja

Sie las den Text noch einmal durch und zögerte, diese fette Lüge abzuschicken, doch dann drückte sie mit halb geschlossenen Augen auf *Senden*.

27
Traumjob

Lilja ging eine Viertelstunde zu früh ins Fjörður, um sich von Fanney die Wohnung zeigen zu lassen, denn sie hatte beschlossen, sich gar nicht erst bei ihren Eltern häuslich niederzulassen, nachdem die Würfel gefallen waren, dass sie in Akureyri blieb.

Fanney war hocherfreut über ihre Entscheidung und nahm sich trotz des regen Mittagsgeschäfts die Zeit, Lilja oben durch die Privaträume zu führen. Dort waren eine große Küche, ein geräumiges Wohnzimmer, ein komfortables Bad mit Whirlpoolwanne, Fanneys Schlafzimmer und ein sehr hübsches Gästezimmer. Die Einrichtung der Wohnung hatte ihre Freundin individuell zusammengestellt in einer Mischung aus kühlem nordischem Design und speziell dänischer Gemütlichkeit.

»Hyggelig«, erklärte Lilja grinsend.

»Ist das Modewort auch schon in Kanada angekommen?«, gab Fanney lachend zurück.

»Ja, dort ist zurzeit alles, was gediegen, unaufregend, gemütlich ist und in den Farben Mint und Currygelb mit roten Pünktchen daherkommt, hyggelig«, entgegnete Lilja belustigt.

Fanney sah sich demonstrativ in ihrer Wohnung um. »Ich habe leider weder hyggelige Geschirrhandtücher, Tischdecken oder gar Kaffeebecher, aber alles neu eingerichtet, nachdem ich hier eingezogen bin. Von der kleinen Erbschaft. Dein Gästezimmer war eigentlich für Smilla gedacht, aber sie hat mich noch kein einziges Mal in Akureyri besucht.«

Fanney konnte kaum den Schmerz verbergen, den ihr dieser Gedanke an ihre Tochter verursachte.

Lilja war unsicher, ob sie nachfragen oder das Ganze lieber vorerst auf sich beruhen lassen sollte, doch da hatte Fanney ihr bereits eine Antwort auf ihre unausgesprochenen Fragen gegeben. »Sie nimmt mir übel, dass ich Jón verlassen habe. Er war total am Boden zerstört und hat sich an unsere Tochter geklammert. So nach dem Motto: *Bitte, verlass mich nicht auch noch wie Mama!* Ein Trauerspiel. Dabei habe ich so gehofft, dass wir nach der Scheidung ein besseres Verhältnis bekommen.«

Lilja legte der Freundin tröstend den Arm um die Schultern. »Lass ihr einfach noch ein bisschen Zeit! Irgendwann kommt sie freiwillig«, versuchte sie Fanney gut zuzureden.

»Ich besuche sie einmal im Monat im Internat. Vielleicht hast du ja Lust, das nächste Mal mitzukommen.«

»Aber gern doch.« Und das war nicht nur so dahergesagt. Natürlich war Lilja gespannt, wie die Tochter ihrer besten Freundin in dem Alter sein würde, in dem Fanney und sie unzertrennlich gewesen waren. Wenn sie richtig rechnete, musste Smilla inzwischen zwölf Jahre alt sein.

»Und du willst mir ihr Zimmer wirklich vermieten?«, fragte Lilja zweifelnd.

Fanney nickte eifrig. »Ich habe es ja noch gar nicht speziell für Smilla eingerichtet, sondern einfach nur als zusätzlichen Schlafplatz für Gäste. Du kannst auch gern meine Möbel rausschmeißen und sie durch deine ersetzen«, versicherte sie der Freundin.

Lilja aber gefielen das Bett, der Sekretär und die aus demselben Holz angefertigten Einbauschränke außerordentlich gut. »Wenn ich darf, würde ich gleich heute Nachmittag bei dir einziehen.«

»Ich freue mich«, sagte Fanney aus vollem Herzen, während sie zurück ins Lokal gingen. Lilja erkannte Professor Hilmarson schon von Weitem. Er war zwar älter geworden und sein vorher leicht angegrautes Haar ganz weiß geworden, aber seine imposante Erscheinung war unverändert. Auch er entdeckte sie sofort und winkte ihr freudig zu.

Er begrüßte Lilja herzlich. »Lass dich anschauen! Es kommt mir vor wie eine halbe Ewigkeit, dass du uns verlassen hast, aber ich glaube, es ist erst sieben Jahre her.«

»Fast. Ich bin vor sechs Jahren nach Kanada gegangen«, korrigierte Lilja ihren ehemaligen Professor.

»Ein schwarzer Tag. Ich hatte so viel mit dir vor. Aber das können wir ja nun nachholen. Allerdings muss ich mich auf dich verlassen können. Du bleibst doch, oder?«

Lilja nickte seufzend. »Ich habe mich entschieden, hierzubleiben.«

»Das genügt mir. Sicher ist nur der Tod«, lachte Ísaak dröhnend. »Wann kannst du anfangen?«

Der Professor hatte sich kein bisschen verändert. Er war immer schon so direkt gewesen.

»Sofort?«, fragte sie zaghaft.

»Sehr gut. Je eher, desto besser. Wir haben nämlich Gelder für ein Projekt über das isländische Fischereiwesen bekommen und den Auftrag, eine innovative Ausstellung auf die Beine zu stellen, bei der wir eng mit den Historikern zusammenarbeiten. Also nicht nur Schautafeln und das übliche pädagogische Blabla, verstehst du? Es sollte auch ein ungewöhnlicher Ort sein, an dem die Ausstellung präsentiert wird. Ob es eine feste Institution wird, muss sich zeigen. Auch die Stadt hat uns was dazugegeben. Klar verspricht man sich eine neue touristische Attraktion davon.«

»Äh … ja … äh … also eine Ausstellung, ja, und die muss das gewisse Etwas haben«, versuchte Lilja seinen Auftrag zusammenzufassen.

264

»Genau, du machst das schon, denn ich habe kaum Zeit, mich darum zu kümmern. Am besten kommst du schnell vorbei, dann schließen wir den Vertrag.«

Lilja fiel in dem Moment siedend heiß ein, dass sie noch genügend Zeit benötigte, um das Projekt *Rettet die Lundi* erfolgreich abzuschließen. »Wie viel Stunden hast du dir denn so vorgestellt?«, fragte sie vorsichtig.

»Erst mal halbtags, aber bezahlen kann ich eine ganze Stelle, denn ich will dich schließlich zu meiner rechten Hand aufbauen. Dass du dann auch selbst Vorlesungen geben kannst.«

»Wie komme ich zu dieser Ehre?«, erkundigte sich Lilja angenehm überrascht.

»Du warst meine beste Studentin und Assistentin. Schon vergessen? Noch einmal lasse ich dich nicht ziehen.«

Zum Glück kam jetzt Fanney mit der Mittagskarte. Sonst hätte Hilmarson noch bemerkt, wie Lilja dieses überschwängliche Lob ihres Professors verlegen machte. Sie hatte niemals zuvor einen Gedanken darauf verschwendet, dass sie bei ihrem Fortgang auch eine Lücke hinterlassen haben könnte.

Lilja fragte Fanney, ob in der Fischsuppe auch Köpfe seien. Fanney musterte sie belustigt. »Nein, da sind nur Filets und Meeresfrüchte drin.« Lilja entschied sich trotzdem für die Suppe, obwohl sie bei der Gelegenheit gern an ihrer Abneigung gegen Fischköpfe gearbeitet hätte.

»Kannst du denn gleich morgen anfangen? Oder brauchst du noch ein paar Tage?«, fragte der Professor.

»Nein, nein, ich könnte gleich morgen.« Da fiel Lilja ein, dass sie unbedingt zeitnah einen Tag mit Jökull und Björn zum Fischen rausfahren wollte.

»Wenn du mich so fragst, müsste ich diese Woche noch einiges erledigen, wie zum Beispiel, hier einzuziehen oder im Crashkurs das Fischen zu lernen.«

»Du willst das Fischen lernen. Wozu?«

»Damit ich zur Not auf dem Schiff meines Vaters einspringen kann«, erwiderte Lilja ausweichend. Sie konnte sich nämlich gut vorstellen, dass Ísaak Hilmarson sie nicht mit der *Lundi* teilen wollte.

Der Professor aber hielt sich mit einem Kommentar zurück, sondern bot ihr an, am folgenden Montag mit der Arbeit zu beginnen.

Wenn sie ab jetzt jeden Tag mit zum Fischen fuhr, müsste sie doch eigentlich lernen, worauf es beim Fischen ankam, dachte Lilja und dann daran, dass es ihr tausendmal lieber wäre, wenn ihr Bruder die Nachfolge Aris antrat. Wenn sie nämlich am Montag bei Professor Hilmarson zusagte, konnte sie mit Sicherheit nicht noch fulltime auf der *Lundi* arbeiten. Es half alles nichts, sie brauchte einen Fischer, der fest zum Team gehörte, wenn Björn fort war.

»Und? Wie gefällt es dir ansonsten, wieder zu Hause zu sein?«, erkundigte sich der Professor nun interessiert.

»Na ja, es hat sich einiges verändert. Und nicht nur zum Vorteil, wenn ich da an den Schwund der kleinen Kutter im Hafen denke.«

»Großes Problem«, pflichtete ihr der Professor bei. »Will dein Vater auch verkaufen? Wie ich hörte, kann er ja nicht mehr selber raus zum Fischen fahren.«

Lilja schüttelte heftig den Kopf. »Nein, und ich hoffe, er muss es nicht tun.« Sie stockte. »Ísaak? Ich bin ja erst ein paar Tage wieder in Akureyri, und schon engagiere ich mich dafür, dass mein Vater sich nicht seine Quoten abjagen lässt. Ist das zu voreilig? Habe ich in meiner Antipathie gegen die Gier des Trawlerkönigs etwas übersehen?«, fragte sie selbstkritisch.

»Das ist typisch für dich, und das macht dich auch aus. Mir gefällt das, aber trotzdem solltest du vorsichtig sein. Wo früher Vertrauen unter den Fischern herrschte, dominiert das Misstrauen. Es wird mit der Angst vor der Zukunft gearbeitet. Und wer nicht willig ist, den machen sich die Großen mit

266

Druck gegen die Abnehmer gefügig. Denn was nutzt es, wenn euer Kutter weiter die Quote einfährt, ihr die Ware aber nicht loswerdet?«

»Aber warum gönnen die Big Bosse den Kleinen denn nicht ihre Fangquoten?«

»Das ist gar nicht persönlich gemeint, sondern hat rein wirtschaftliche Gründe. Die Quote einzelner Kutter sind Peanuts für die fahrenden Fischfabriken, aber in der Summe bringen sie was ein. Und in diesem Punkt ist die Gier unermesslich. Ich nehme mal an, dein Vater hat nicht nur so eine kleine Nussschale.«

»Ich kenne die technischen Daten nicht, aber die *Lundi* ist weit über zwanzig Meter lang und sehr schön. Ein gepflegter Holzkutter.«

»Ich wünsche dir, dass du das Boot retten kannst, aber verzeih mir, wenn ich kein Blatt vor den Mund nehme. Du bist keine Fischerin, und wenn es nach mir geht, solltest du eine Forschungskarriere anstreben.«

»Keine Sorge! Ich bin am Montagmorgen in deinem Büro, um den Vertrag zu unterzeichnen«, versprach Lilja.

Mit gemischten Gefühlen wartete sie an diesem trüben und kalten Nachmittag an der Kaimauer auf die Rückkehr der *Lundi*, um mit Björn zu besprechen, ob er sie am nächsten Tag mit rausnehmen würde. Ob sie sich das wirklich zumuten sollte?, fragte sie sich, aber sie war immer noch fest entschlossen, ihre Abneigung gegen die toten Fische zu überwinden. Wenn sie sich vorstellte, es würden sie gleich Hunderte von Augen ansehen, bekam sie eine leichte Panik. Doch selbst wenn sie zu dem Ergebnis kam, dass sie keine große Hilfe an Bord war, geschweige denn in der Lage sein würde, allein mit Jökull die Netze einzubringen, sie brauchte diese praktische Erfahrung, um die *Lundi* vor dem Ausverkauf zu bewahren.

In Sachen Abnehmer hatte sie schon viel geschafft an diesem Tag. Von ihrer Liste der Restaurants hatten die meisten hocherfreut auf ihr Angebot reagiert, dass sie in Zukunft wieder mit Frischware von der *Lundi* beliefert würden. Das waren fast alles alte Kunden ihres Vaters, die sich nur aus Not andere Lieferanten gesucht hatten. Ungleich sperriger hatte sich Wanja von *Eismeerfisch* verhalten. Immerhin hatte sie ihm für den morgigen späten Nachmittag einen Termin abgetrotzt, den er ihr allerdings erst gegeben hatte, nachdem sie angedroht hatte, sich in dieser Angelegenheit ansonsten an die Firmenleitung zu wenden. Während sie so über die kleinen Erfolge dieses Tages nachdachte, kam ein fremder Mann direkt auf sie zu. Er trug eine Mappe unter dem Arm. Vom Sehen kannte sie ihn entfernt aus der Schule. Er war ein paar Klassen über ihr gewesen. Noch bevor er ihr zur Begrüßung die Hand entgegenstrecken konnte, ahnte sie, wer er war. Man sah ihm nicht auf den ersten Blick an, dass er die rechte Hand des Trawlerkönigs war. Im Gegenteil, er war ein rothaariger, gutmütig wirkender Hüne.

Mit den launigen Worten »Du bist also die legendäre Lilja?« begrüßte er sie überschwänglich.

»Und du bist sicher Baldur, der Kutterschreck«, konterte sie.

Er lachte. »Ich habe schon gehört, dass du nicht auf den Mund gefallen bist. Und ich will auch gar nicht lange um den heißen Brei herumreden. Ich konnte noch einen letzten Bonus bei meinem Chef raushandeln. Neunzig Millionen Kronen!«

Lilja entgleisten die Gesichtszüge. Das hörte sich verlockend an, aber sofort stand ihr vor Augen, dass ihre Eltern dann zwar eine Menge Geld hatten, aber weder ein Schiff noch Quoten besaßen.

»Da staunst du. Wir ziehen keinen über den Tisch«, erklärte er großspurig.

»Ich denke, die *Lundi* ist mehr wert, und ihr macht ein

268

Schnäppchen, denn die Quoten meines Vaters kauft ihr schließlich obendrauf.«

Er stieß einen anerkennenden Pfiff aus. »Wow, Mädel, du hast Glück, dass ich ohne Absprache noch ein bisschen Spielraum habe! Fünfundneunzig Millionen und zwölf bar für dich auf die Kralle, wenn du deinen Vater dazu bringst, den Vertrag zu unterzeichnen.«

Er wedelte ihr mit einem Dokument vor der Nase herum.

»Ich bin nicht bestechlich«, fauchte sie ihn an.

»Wer redet denn hier von Bestechung? Sieh es als kleine Aufmerksamkeit!«

Lilja hatte nun genug von dem Spielchen und baute sich kämpferisch vor dem Hünen auf. »Du kannst noch stundenlang mit Scheinen wedeln. Wir wollen dein Geld nicht!«

»Aha, seit wann bist du das Sprachrohr der Familie? Wenn ich richtig informiert bin, bist du eine Schreibtischtante, nur auf Besuch aus Kanada hier und hast keine Ahnung vom Geschäft. Deine Mutter und deine Schwester sind da wesentlich vernünftiger.« Er stopfte den Vertrag demonstrativ zurück in seine Mappe. »Wir brauchen dich nicht. Ich wollte nur nett sein«, zischte er bedrohlich.

»Und ich lasse mich nicht gern erpressen«, konterte Lilja und verbarg, dass ihr das Herz bis zum Hals klopfte. Thorwald hatte nicht übertrieben. Mit diesem Typen war nicht zu spaßen. Wäre sie wirklich eine Verräterin an den Traditionen ihrer Familie, wenn sie sich nicht länger gegen den Verkauf stemmte? Mit der Summe konnten ihre Eltern bestimmt eine Zeit lang sorgenfrei leben. War es nicht zu kurz gedacht, wenn sie glaubte, sie müsse ihre Eltern vor dem Untergang retten?

In diesem Augenblick kam die *Lundi* in den Hafen. Ein Sonnenstrahl hatte sich den Weg durch die Wolkendecke gebahnt, fiel auf den Mast und ließ ihn hell leuchten. Lilja war nicht besonders esoterisch gesonnen, aber sie kam nicht umhin, diese Laune der Natur als Zeichen zu werten. Nein, dieses Boot würde nicht als Quotenbeifang auf dem Meeresgrund landen.

»Wir verkaufen auf keinen Fall! Das kannst du deinem Boss schon mal von mir ausrichten«, verkündete sie Baldur mit klarer Stimme.

Er schien für den Bruchteil einer Sekunde von ihrem kämpferischen Auftreten beeindruckt, doch dann zog er abschätzig die Augenbrauen hoch. »Ach, bevor ich es vergesse, dein Termin mit der Firma *Eismeerfisch* morgen ist leider geplatzt. Und es wird auch keinen neuen geben«, zischte er, bevor er sich hastig aus dem Staub machte. Lilja vermutete, er wollte einen Zusammenstoß mit Björn vermeiden.

»So ein Arschloch! Du kriegst uns nicht klein«, murmelte sie, doch ganz so optimistisch, wie sie sich nach außen gab, war sie in diesem Augenblick ganz sicher nicht. Sie hatte die Macht des Trawlerkönigs und seiner Handlanger schlichtweg unterschätzt.

28

Die Fischerin vom Eyjafjörður

Lilja war sehr aufgeregt, als sie am nächsten Morgen in vollem Ölzeug und Gummistiefeln an Bord der Lundi ging. Björn hatte ihr die Anweisung gegeben, sich noch professionelle Kleidung zu besorgen, weil sie es ohne diese Kluft keine zehn Minuten draußen auf dem Fjord aushalten würde. Dabei machte das Wetter einen guten Eindruck. Die Sonne war bereits aufgegangen, und es herrschten für die Jahreszeit milde Temperaturen, aber Björn hatte ihr mitgeteilt, dass der Wetterbericht für ihr Ziel, den nördlichen Fjord, einen Sturm vorausgesagt hatte. Der alte Jökull war außer sich vor Freude, Lilja zu sehen, und schwärmte ihr in den höchsten Tönen vom neuen Käpt'n vor. Er dachte, sie wolle sie lediglich aus Lust und Laune begleiten. Dass sie sich einbildete, sich bei der Gelegenheit zur Fischerin ausbilden zu lassen, ahnte er nicht. Die erste Nacht in ihrer neuen Bleibe hatte sie schlecht geschlafen. Dabei war das Bett ein Traum, aber es hatte auch nicht verhindern können, dass die Gedanken in ihrem Kopf Karussell gefahren waren. Nachdem auch Fanney ihre aufrichtigen Bedenken geäußert hatte, ob sie an Bord der Lundi auf Dauer wirklich eine ernst zu nehmende Hilfe sein würde, zweifelte sie doch sehr an ihrem Plan, Björn zu ersetzen, sobald er seine Stelle antrat. Dagegen sprach überdies der spannende Job, den Hilmarson ihr in Aussicht gestellt hatte. Wenn sie den Vertrag am Montag unterschrieb, stand sie nicht als

271

Aushilfsfischerin zur Verfügung, selbst wenn sie sich als ausgesprochen talentiert erweisen sollte. Was sie auf jeden Fall perfekt beherrschte, war das Navigieren eines Bootes. Das hatte sie schon als kleines Mädchen gelernt. Der Vater war oft mit den Kindern auf der *Lundi* an warmen Sonntagen im Sommer zum Vergnügen hinausgefahren, und Lilja hatte es geliebt, am Ruder zu stehen. Als sie noch klein war, hatte ihr Vater ihr eine Kiste unter die Füße gestellt, damit sie über das Steuerrad hatte gucken können. Daran musste sie denken, als Björn ihr die technischen Instrumente in der Kajüte erklären wollte. Doch dann schien es ihm wieder einzufallen.

»Ich hatte vergessen, dass du sogar das Boot meines Onkels führen konntest. Das muss kurz vor meiner Abreise nach Dänemark gewesen sein, aber ich hoffe, du hast es nicht verlernt.«

»Nein, in Halifax gehörte ein Forschungsschiff zu unserem Institut. Das habe ich hin und wieder gesteuert. Also, ich schaffe es, uns aus dem Hafen zu manövrieren.«

Dass das sogenannte Forschungsschiff eine nicht einmal zehn Meter lange Segeljacht war, verriet sie ihm lieber nicht. Sonst hätte er ihr vielleicht nicht so ohne Weiteres das Ruder überlassen, um Jökull die Leinen losmachen zu lassen.

Lilja hingegen lief der Angstschweiß den Rücken hinunter, als sie das Boot startete und problemlos von der Kaimauer weg manövrierte. Da entdeckte sie an Land ihren speziellen Freund, der ihr mit wüsten Handzeichen befahl, sofort zurückzukommen. Lilja überlegte kurz. Am liebsten hätte sie ihn übersehen, aber dann legte sie ein elegantes Anlegemanöver hin.

Baldur stand keuchend da und ließ sich von Jökull den Tampen zuwerfen.

»Du weißt schon, dass du dafür einen Führerschein brauchst. Sonst muss ich dich bei der Hafenbehörde melden!«, rief er ihr zu.

»Ach nee, der Baldur! Einmal Petzer, immer Petzer!«, begrüßte Björn ihn abfällig. »Das konntest du in der Schule schon so gut. Pass auf, Lilja hat nur kurz mal spaßeshalber am Ruder gestanden. Sie führt das Schiff nicht. Ich stehe mit meinem Patent daneben«, fügte er energisch hinzu.

»Schon gut«, murmelte Baldur genervt. »Freut euch ja nicht zu früh, wenn ihr nachher mit den frischen Fischen zurückkommt und keiner eure Ware will, dann habt ihr das Nachsehen. *Eismeerfisch* nimmt euch nicht mal mehr einen Hering ab.«

»Aber das wirst du heute nicht erleben. Die Ware ist bereits bis auf den letzten Beifang verkauft«, verkündete Lilja triumphierend. Na, der wird sich wundern, wenn er von dem Fest im Hof-Kulturzentrum erfährt, auf dem es ausschließlich unseren Fisch gibt, dachte sie, bevor sie zurück in die Kajüte ging, um mit der *Lundi* erneut abzulegen. Dabei war sie sich nicht ganz sicher, ob nicht trotz der Großbestellung doch Ware übrig bleiben würde, auf der sie dann wie bestellt und nicht abgeholt hocken bleiben würden. Lilja schüttelte die Gedanken an später ab und konzentrierte sich auf ihr Schiff.

»Leinen los!«, befahl sie und legte entspannt ab.

Es war ein erhebendes Gefühl, an diesem schönen Morgen in Richtung Norden über das Wasser zu gleiten, während die Sonne langsam hinter den Bergen hervorkam.

Die ersten zwei Stunden waren für Lilja das reine Vergnügen. Sie stand stolz am Ruder und flog mit der *Lundi* schier über die Wellen. Der Wind hatte zwar tatsächlich aufgefrischt, aber das brachte sie nicht aus dem Konzept. Jökull und Björn hatten die Schleppnetze ausgelegt und Lilja nach einiger Zeit gebeten, das Tempo zu drosseln.

Björn hatte allerbeste Laune und beschwor, dass sie sich mit der Ausbeute heute selbst übertreffen würden. Das jedenfalls hatte er im Gefühl, wie er sagte. Lilja fand, dass er mit dem zerzausten Haar ein richtig kerniger Naturbursche war, wie sie es bei Männern gernhatte. Ein geschniegelter, gut aussehender Mann wie Davið war hübsch anzusehen, hatte bei ihr aber nicht wirklich eine Chance. Sie liebte ein vom Wetter gegerbtes Männergesicht, und der Duft von Sonne und Salz auf der Haut eines Mannes regte sie wesentlich mehr an als das raffinierteste künstliche Duftwasser. Sie musste sehr an sich halten, ihn nicht auf den frei liegenden Ansatz seines Nackens zu küssen. Der schmeckte bestimmt nach Meer.

Björn wandte sich ihr bewundernd zu. »Also, alle Achtung, am Ruder kann dir keiner was vormachen! Nun bin ich gespannt, wie du dich beim Einbringen der Netze anstellst. Wir schauen mal, wie es aussieht. Geh an die Winde und versuch zu ziehen!« Björn konnte sich offenbar kaum das Lachen verkneifen. Sie vermutete, dass er ihr nicht zutraute, so viel körperliche Kraft aufzubringen, aber da hatte er sich geirrt. Obwohl sie das Gefühl hatte, es würde sie zerreißen, schaffte sie es mit Jökull zusammen, das volle Netz an Bord beizuholen. Als sie die vielen Fische sah, atmete sie einmal tief durch, bevor sie Jökulls Anweisungen folgend die Fische nach Größen und Sorten in verschiedene Plastikwannen sortierte. Es waren überwiegend Seelachs, Kabeljau und Schellfisch. Lilja hatte jegliche Gedanken ausgeschaltet und verrichtete die Arbeit ganz mechanisch und sehr effektiv, obwohl der Wind noch einmal aufgefrischt hatte und die Lundi wie ein Fahrstuhl die Wellen hoch- und wieder runterfuhr. Hinzu kam ein eisiger Regenschauer, der ihr ins Gesicht klatschte. Lilja hatte sich bei den beiden Männern die stabile Körperhaltung abgeguckt. Sie standen nämlich recht breitbeinig da, was ihnen auch auf dem schwankenden Deck einen gewissen Halt verlieh. Sie sortierte die Fische wie im Rausch. Anfangs bereiteten ihr natürlich die Augen und die weit aufgerissenen Mäuler innerlich noch gewisse Probleme, aber darüber war sie bald hinweg.

»An dir ist echt eine Fischerin verloren gegangen!«, rief

ihr Björn anerkennend zu, während er ebenfalls damit beschäftigt war, die Fische zu sortieren. Lilja war erstaunt, wie wenig Beifang sie in den Netzen hatten, aber durch die großen Maschen gelang es kleineren Fischen leichter zu entkommen als bei engmaschigen Netzen.

Lilja musste zugeben, dass sie nicht nur der Gedanke, sich in Sachen Rettung der Lundi nützlich zu machen, zu Höchstleistungen beflügelte, sondern auch Björns Gegenwart. Sein Lob ging ihr runter wie Öl und ließ sie die eine oder andere körperliche Krise rasch überwinden. Nach einigen Stunden taten ihr sämtliche Knochen weh, aber sie machte tapfer weiter. Selbst als Björn sie aufforderte, sich lieber in der warmen Kajüte etwas auszuruhen, setzte sie ihre Arbeit unbeirrt fort. Sie wollte nicht besonders behandelt werden, sondern nur gemeinsam mit den beiden Männern eine Pause einlegen, aber die schien in weiter Ferne. Lilja beobachtete voller Bewunderung, mit welcher Zähigkeit Jökull seinen Job machte. Ihm tat es jedenfalls gut, dass er wieder eine Aufgabe hatte. Er wirkte um Jahre verjüngt und hatte eine gesunde, frische Gesichtsfarbe. Außerdem schien es ihm außerordentlich Spaß zu machen, zusammen mit Björn zu arbeiten.

Auf dem Rückweg holten sie noch einmal ein Netz ein, und Lilja hatte den Eindruck, dass die Lundi bei noch mehr Gewicht sinken würde. Lilja machte jedenfalls auch bei der zweiten Ladung nicht schlapp. Das Einzige, wobei sie ausdrücklich nicht mithelfen durfte, war das Verstauen der schweren Kisten in der Ladeluke.

Als die Kulisse von Akureyri in der Ferne auftauchte, war der Wind wieder abgeflaut, und die Sonne hatte sich erneut einen Weg durch die Wolkendecke gebahnt. Lilja hatte das Ruder wieder übernommen, während die Männer das Deck reinigten. Obwohl ihr jeder einzelne Knochen im Körper schmerzte, fühlte sie sich rundherum wohl. Sie war sehr stolz darauf, dass sie die schwere Arbeit an Bord bewältigt hatte,

275

ohne auch nur eine Minute lang mit dem Gedanken zu spielen, doch noch aufzugeben. Sowohl Jökull als auch Björn zollten ihr immer wieder reichlich Respekt für ihre zupackende Art. Sie ließ sich im Gegenzug nicht anmerken, dass es keinen Muskel in ihrem Körper gab, der nicht wehtat.

Björn ließ sie auch ohne jegliche Einmischung allein in den Hafen zurückkehren und ein klassisches Anlegemanöver ausführen. Sie näherte sich in einem Winkel von dreißig Grad dem Liegeplatz an der Kaimauer und stoppte auf, sodass das Heck sich lehrbuchartig durch den Radeffekt in Richtung Mauer drehte. Erst jetzt sah sie ihren Vater in Begleitung von Kristian dort stehen. Jökull warf Kristian eine Festmacherleine zu. Voller Stolz stoppte Lilja die Maschine und trat aus der Kajüte nach draußen an Deck.

»Du? Ich habe mich schon gefragt, wer so ein elegantes Manöver fährt«, staunte ihr Vater.

Da legte Björn den Arm um sie. »Ari, deine Tochter ist die geborene Fischerin. Da können wir uns alle eine Scheibe abschneiden!«, rief er Liljas Vater zu, dem die Verwunderung ins Gesicht geschrieben stand.

»Sie hat doch nicht etwa den Fisch angefasst, oder?«

»Angefasst?«, lachte Björn. »Sie hat sortiert wie eine Weltmeisterin. Und das Netz hat sie an Bord gehievt.«

»Donnerwetter!«, entfuhr es dem Vater. »Ja, sie ist eben meine Tochter.«

»Doch keine Fischtheoretikerin?«, erkundigte sie sich kokett, während sie sich fragte, ob sich ihr Körper wohl jemals von diesen Strapazen erholen würde.

»Wer hat denn so einen Unsinn behauptet? Du kommst ganz nach mir. Du hast das Fischen im Blut«, sagte er voller Überzeugung.

Lilja lächelte in sich hinein.

»So, und jetzt ruhst du dich aus!«, befahl Björn. »Und wir bringen die Kisten von Bord.«

Das aber wollte Lilja nicht auf sich sitzen lassen. Nun hatte sie unterwegs alles gegeben und hatte den Ehrgeiz, ihren Job ordnungsgemäß durchzuziehen.

»Kommt gar nicht infrage«, widersprach sie heftig.

»Donnerwetter, du bist wirklich die Tochter deines Vaters. Jedenfalls, was deinen Sturschädel angeht«, lachte Jökull. Ari drohte ihm spielerisch mit der Faust. »Dir geht es wohl zu gut, mein Lieber! Noch bin ich dein Kapitän. Das grenzt an Meuterei.«

»Könnt ihr mal aufhören zu quatschen? Noch sind wir nicht fertig«, verkündete Lilja lachend.

»Leichtmatrose Lilja, ab mit Jökull an die Winde! Und da befestigst du die Kisten, die er dir reicht. Ich nehme sie auf der Mauer an.« Und schon war Björn von Bord gesprungen.

Lilja ließ sich den Vorgang einmal von Jökull zeigen, bevor sie selbstständig Kiste für Kiste mit den Karabinerhaken für den Transport von Bord fertig machte. Auch diese Arbeit erledigte sie wie im Rausch, und im Nu stapelten sich auf der Mauer die blauen Kisten voller Fisch. Sie war ganz froh, dass mittlerweile nichts mehr zappelte und lebte. Das hatte sie anfangs viel Überwindung gekostet. Und wenn sie ganz ehrlich war, ihr Traumjob sah anders aus, aber immerhin war sie nun in der Lage, einzuspringen, wenn Not am Mann war.

Da kamen auch schon die ersten Restaurantbesitzer und holten ihre Fische ab. Der Rest der Ware wurde in Aris Fischerhütte in einer Kühltruhe gelagert, zu der die einschlägigen Restaurantbesitzer Zugang hatten, sodass sie sich zu jeder Zeit ihre Bestellung abholen konnten. Allerdings war die Ausbeute an diesem Tag so groß, dass Fisch übrig bleiben würde, für den sie noch keinen Abnehmer hatten. Da halfen auch die einzelnen Interessenten nichts, die überglücklich für den privaten Verbrauch direkt vom Kutter kauften. Lilja trug noch wie an Bord eine bodenlange Schürze über dem Ölzeug und fand, es war ein erhebendes Gefühl, den Fisch so zu verkaufen.

Doch als immer noch einige gefüllte Kisten auf der Kaimauer standen, die eindeutig die bestellte Menge übertrafen, beratschlagten sie, was sie damit anfangen sollten. Es war eigentlich genau die Menge, die sonst der Hersteller der biozertifizierten Tiefkühlware abnahm, dessen Kühlhaus und Fabrik sich in Sichtweite zum Liegeplatz befanden und der die Abnahme für diesen Tag verweigert hatte. Nicht ganz zu Unrecht, denn die Verträge waren durch Aris Ausfall hinfällig geworden.

Der morgige Termin bei *Eismeerfisch* war laut Baldur zwar abgesagt, aber so kampflos würde Lilja nicht aufgeben. Rasch zog sie ihr Ölzeug aus und fuhr sich flüchtig durch das zerzauste Haar.

»Bin gleich wieder da«, sagte sie.

»Wo willst du hin?«, fragte Björn.

Lilja deutete auf das Gebäude der Firma *Eismeerfisch*. »Ich werde sie überreden, uns die frische Ware abzunehmen. Bessere bekommen sie heute nicht mehr.«

»Aber sie haben mir doch ausdrücklich mitgeteilt, dass sie unsere Lieferung nicht wollen. Wir müssen uns was anderes einfallen lassen.«

»Wenn alle Stricke reißen, lagern wir unseren Fisch in Thorwalds Kühlhaus, aber ich sehe nicht ein, dass wir nach der Pfeife dieses Trawlertyrannen tanzen«, erklärte sie kämpferisch, bevor sie sich entschlossen auf den Weg machte.

»Ist sie nicht toll?«, hörte sie hinter sich jemanden bewundernd schwärmen, und sie hätte sich sehr täuschen müssen, wenn das nicht Björns Stimme gewesen wäre.

29

Erfolg auf ganzer Linie

Ohne Probleme gelangte Lilja in den ersten Stock des Firmengebäudes, wo sich die Arbeitsplätze der Mitarbeiter befanden. Vor dem Büro mit dem Namensschild Herdis Finsdottir blieb sie abrupt stehen. Wenn sie nicht alles täuschte, waren sie in eine Klasse gegangen. Herdis war damals eine recht wilde und in der Klasse äußerst beliebte Person gewesen, die mit ihr nie so viel hatte anfangen können, denn in der Schule war Lilja eher zurückhaltend gewesen. Fanney war da anders gewesen und hatte einen heißeren Draht zu Herdis gehabt als sie. Trotzdem zog es Lilja in genau dieses Büro. Sie klopfte zaghaft, woraufhin sie sofort hineingebeten wurde. Zu ihrer Überraschung war das ein Vorzimmer, und sie stutzte. Wenn Herdis eine eigene Vorzimmerdame besaß, dann war sie sicher mehr als eine kleine Mitarbeiterin bei *Eismeerfisch*.

»Mein Name ist Lilja Arisdottir. Ich habe eigentlich erst morgen einen Termin.«

»Mit Herdis?«

»Nein, das war ein Mann, ich glaube, der heißt Wanja.«

»Wanja ist schon gegangen.«

»Es ist aber dringend. Wir haben draußen am Kutter erstklassige frische Ware, und *Eismeerfisch* will die nicht abnehmen.«

»Habt ihr einen Vertrag mit uns?«

»Ja … also nein, nicht mehr.«

Die Sekretärin zuckte bedauernd mit den Schultern. »Tja, dann kann ich euch leider nicht helfen.«

»Und Herdis ist nicht da?«, fragte Lilja seufzend nach.

»Doch schon, aber sie kümmert sich eigentlich nicht um die einzelnen Verträge.«

»Ich würde sie trotzdem gern kurz sprechen, wenn es geht.«

»Moment.« Die Frau stand auf und verschwand hinter einer Tür. Als sie nach wenigen Sekunden zurückkehrte, deutete sie in die Richtung, aus der sie gekommen war. »Herdis erwartet dich.«

Lilja bedankte sich höflich und sah kritisch an sich hinunter. Mit ihren riesigen Gummistiefeln, in denen eine verwaschene Jeans steckte, und ihrem ältesten Pullover, Kleidung, die sie sich heute Morgen von Fanney geliehen hatte und mit der die Freundin allenfalls die Küche putzte, sah sie nicht gerade wie ein vielversprechender geschäftlicher Kontakt aus, aber nun musste sie sich dem Treffen eben in diesem Outfit stellen.

Herdis saß hinter einem Schreibtisch und musterte sie über den Rand ihrer Brille hinweg neugierig. »Lilja, bist du das?«, fragte sie erstaunt.

Lilja nickte.

»Ich denke, du bist in Kanada mit deinem Traumprinzen glücklich. Aber du siehst eher so aus, als kämst du direkt von einem Kutter.«

»So ist es. Ich war draußen beim Fischen mit der *Lundi*.«

»Ach, die gibt es immer noch! Ich habe gehört, sie soll verkauft werden.«

Offenbar weiß ganz Akureyri über die Verkaufsverhandlungen Bescheid, dachte Lilja und sah nur eine Chance, um Herdis davon zu überzeugen, dass sie den Fisch von der *Lundi* abnahm, und zwar nicht nur heute: Sie durfte kein Blatt vor den Mund nehmen. Und so berichtete sie in knappen Worten, dass ihr Vater sich den Verkaufsangeboten des Trawlermagnaten widersetzte und sein Boot behalten wollte. Sie berichtete auch von den Begegnungen, die sie gestern und heute früh am Kai mit Baldur gehabt hatte.

»Für diese Sache ist Wanja verantwortlich. Ich will ihm natürlich ungern in die Suppe spucken. Er nimmt es mir eh übel, dass ich die neue Geschäftsführerin geworden bin und nicht er, wobei er doch die viel besseren Verbindungen hat.«

»Zu den fahrenden Fischfabriken auf jeden Fall«, gab Lilja ungerührt zurück.

Ein Lächeln umspielte Herdis' Mund. »Du hast dich mächtig verändert. In der Schule hast du stets auf Diplomatie gesetzt.«

Lilja erwiderte das Lächeln. »Ist das nicht umwerfend diplomatisch, wenn ich dir jetzt durch die Blume verrate, dass dieser Wanja höchstwahrscheinlich Bares kassiert dafür, damit er unsere Ware nicht nimmt?«

»Sehr diplomatisch«, lachte Herdis. »Also, mir gefällt dein Schneid. Ich mochte dich immer schon, aber zwischen Nonni und Manni passte ja keine Briefmarke.«

»Danke, ich hätte auch nicht gedacht, dass ich dich als Geschäftsführerin von *Eismeerfisch* wiedersehen würde«, sagte Lilja. »Du warst doch unser Sprachtalent. Ich sah dich schon als Redakteurin des *Morgunblaðið*.«

»Danke für das Kompliment. Du wirst lachen. Das mache ich in der Freizeit. Ich schreibe alles über biozertifizierten Fisch. Und mir persönlich ist die Ware vom Kutter sympathischer. Wenn ich da einen zuverlässigen Lieferanten gewinnen kann, der die Voraussetzungen für die Biozertifizierung hat, bin ich dabei. Und ich bin mir sicher, dass dein Vater das Zertifikat besitzt. Sonst hätte er uns ja niemals beliefern können. Aber ich muss mich absolut auf euch verlassen können. Ist nicht dein Vater nach einem Unfall gar nicht mehr in der Lage, die Fischerei zu betreiben? Ich brauche Garantien für regelmäßige Lieferungen.«

281

»Er wird wohl nicht mehr auf dem Schiff arbeiten können. Aller Wahrscheinlichkeit nach wird mein Bruder unser
kleines Unternehmen weiterführen.« Lilja wurde unter ihrem
Ölzeug ganz heiß bei dem Gedanken, wie sie gerade hoch-
stapelte, was die Zukunft der Lundi anging.

»Aber erst mal macht Björn den Job«, fügte sie hastig
hinzu.

»Björn Haukursson? Aber der geht doch auf Kreuzfahrt,
habe ich mir sagen lassen. Also, mit aller Wahrscheinlichkeit nach
können wir nicht arbeiten.«

»Björn geht erst im Mai«, entgegnete Lilja ausweichend.
Ihr war es schrecklich unangenehm, die Menschen, die ihr
so wohlwollend entgegenkamen, zu beschwindeln, aber was
sollte sie tun? Wenn sie die Wahrheit sagte, dass sie doch
selber nicht genau wusste, ob ihre schönen Pläne aufgingen,
würde ihr die toughe Herdis mit Sicherheit keinen Vertrag
geben. Und obwohl der Tag heute auf See zu Liljas voller Zufriedenheit verlaufen war, wurde ihr bewusst, dass ein bisschen mehr dazugehörte, als auf dem Schiff mit anzupacken.
Einen Alltag auf dem Kutter konnte sie sich beim besten
Willen nicht vorstellen. Es passte ihr überhaupt nicht, dass sie
sich schon wieder beim Schwindeln ertappte. Nie wieder!,
hatte sie sich nach der erfundenen Ehe geschworen, und nun
hatte sie nicht nur Sigurd geschrieben, sein Vater habe auf
eine potenzielle Versöhnung positiv reagiert, sondern auch
Eismeerfisch die zuverlässige Partnerschaft versprochen.

Herdis streckte ihr die Hand entgegen. »Lass dir mal von
deinem Vater die Zertifikate geben! Und nenn mir verbindlich einen Namen! Dann machen wir den Vertrag. Und Wanja
werde ich in Zukunft genau auf die Finger gucken. Den Fang
der nächsten Tage nehme ich noch so. Ich vertraue dir. Und
ich schicke gleich jemanden von den Arbeitern rüber, der die
Ware holt.«

»Ich freue mich auch, dass die Blödmänner damit nicht

282

durchkommen«, versicherte Lilja ihr. »Und du bekommst keinen Ärger mit Baldurs Boss?«

Herdis schüttelte ihre lange blonde Mähne. »Der Typ kann uns gar nichts. Unser Laden läuft. Wir setzen nicht mehr nur auf das MSC-Siegel, dessen Vergabekriterien zurzeit arg in der Kritik stehen, sondern haben noch zusätzliche Biosiegel vorzuweisen. Und landen weltweit in Biomärkten. Deshalb müssen wir pro forma noch einmal überprüfen, ob ihr auch keine Langleinen oder Grundschleppnetze einsetzt. Das ist eigentlich selbstverständlich, aber wir haben unsere Auflagen wegen der Biosiegel.«

»Ganz bestimmt haben wir so was nicht, aber kommt gern an Bord!«, versicherte Lilja eifrig und rieb sich vor lauter Freude, so einen hochkarätigen Abnehmer wie *Eismeerfisch* wieder im Boot zu haben, die Hände. »Der Vertragsabschluss feiern wir bei Fanrrey im *Fjörður*«, schlug sie Herdis vor.

»O ja, ich habe es dorthin immer noch nicht geschafft. Aber nun noch ein Wort zu dem kanadischen Traumprinzen, der wie eine Legende durch Akureyri geistert. Was haben wir dich um den Typen beneidet damals! Wir haben uns gefragt, wann uns wohl auch einer entführt. Und was ist aus ihm geworden?«

»Ein ganz normaler Ex«, lachte Lilja und verabschiedete sich rasch, um den anderen die frohe Botschaft zu überbringen.

Als sie zur *Lundi* zurückkehrte, war inzwischen auch Baldur aufgetaucht. »Na, wie gefällt euch das, wenn ihr den Fisch zurück ins Meer werfen müsst?«, versuchte er gerade hämisch Björn zu provozieren.

»Du kannst gern mit anpacken, wenn du dich nützlich machen möchtest!«, rief ihm Lilja zu. »Das ist jedenfalls sinnvoller, als Unsinn zu verbreiten.« In diesem Augenblick kam auch schon ein Mitarbeiter von *Eismeerfisch* mit einem Gabelstapler herbei. »Bis auf die drei Kisten gehen sie alle zu euch ins Kühlhaus«, befahl Lilja zu Baldurs großer Verwunderung.

»Hey, Meister, ihr nehmt nichts von diesem Kutter, verstanden!«, raunzte Baldur den Mitarbeiter an, der sich allerdings nicht darum scherte, was Baldur da so von sich gab, sondern unbeirrt die Kisten auflud.

»Das gibt Ärger«, schimpfte Baldur.

»Fragt sich nur, für wen«, konterte Lilja. Sowohl Björn als auch Ari warfen ihr anerkennende Blicke zu. Kaum hatte Baldur pöbelnd die Flucht ergriffen, berichtete sie den Männern aufgeregt von ihrem Erfolg bei der neuen Geschäftsführerin.

»Was brauchen wir deinen Bruder, wenn wir dich haben?«, fragte Ari gerührt.

Lilja konnte sich gerade noch beherrschen, die gute Stimmung nicht durch ihre ehrliche Antwort zu zerstören. Ihrer Meinung nach wurde es nämlich allerhöchste Zeit, dass Sigurd endlich nach Akureyri kam, um sich ein Bild von der Lage zu machen. Lilja war stolz, dass sie so gute Vorarbeit geleistet hatte, aber wenn sie ehrlich war, strebte alles in ihr nach dem Job, den Hilmarson ihr angeboten hatte, und im Hinterkopf bewegte sie auch schon eine Idee, wie sie eine möglichst ungewöhnliche Ausstellung auf die Beine stellen konnte. Sie hoffte nur, demnächst ihren Kopf für die eigene Kreativität frei zu bekommen. Solange sie sich verantwortlich fühlte, den Ausverkauf der Quoten ihres Vaters um jeden Preis zu verhindern, konnte sie sich nicht mit Feuereifer auf neue Aufgaben stürzen.

Sie hätte gern noch ein bisschen mit Björn geplaudert, aber Ari mahnte zur Eile, damit Katla wegen seiner Abwesenheit nicht misstrauisch wurde. Kristian bot Lilja an, sie im Wagen mitzunehmen. Eigentlich wollte sie noch helfen, die *Lundi* für den nächsten Morgen aufzuklaren, aber Björn bestand darauf, dass sie mitfuhr. Enttäuscht fragte sie sich, warum er sie so offensichtlich loswerden wollte. Hatte er denn gar kein Be-

284

dürfnis, mit ihr dieses gemeinsame Erlebnis ausklingen zu lassen? Als er zu allem Überfluss auch noch ihre Hilfe für den folgenden Tag rigoros ablehnte und darauf bestand, dass sie eine kleine Ruhepause einlegte, um ihren Muskelkater zu pflegen, war sie sehr niedergeschlagen. Da nutzte es auch nichts, dass sich Kristian und Ari gegenseitig mit Komplimenten über ihren Einsatz an Bord übertrafen.

30

Mafia-Methoden

Dass Björn es wahrscheinlich nur gut mit Lilja gemeint hatte, erschloss sich ihr erst beim Aufwachen am nächsten Morgen. Sie konnte sich kaum rühren vor lauter Muskelkater. Der lauerte überall im Körper, auch an Stellen, bei denen sie bislang nicht einmal die Existenz von Muskelfasern erahnt hatte.

Ja, sie war Björn regelrecht dankbar, dass er sie davor bewahrt hatte, wieder mit ihnen rauszufahren. Außerdem hatte ihre Großmutter ihr gestern eine Nachricht geschrieben mit einer Einladung zum Mittagessen in ihrem Häuschen. Zudem konnte sie am Vormittag ihren großen Koffer auspacken und sich in ihrem neuen Heim häuslich einrichten.

Bevor sie aufstand, schweiften ihre Gedanken noch einmal zum gestrigen Tag zurück. Einmal abgesehen davon, dass sie stolz auf ihren Einsatz war, fühlte sich auch im Nachhinein die enge Zusammenarbeit mit Björn gut und richtig an.

Ein Klopfen an der Zimmertür riss sie aus ihren Gedanken. Es war Fanney, die fragte, ob sie Lust hätte, mit ihr zu frühstücken. Lilja sprang hastig aus dem Bett, duschte kurz und setzte sich stöhnend zu ihrer Freundin an den gedeckten Küchentisch.

»Na, wie war es denn gestern auf dem Schiff? Du hast bereits tief und fest geschlafen, als ich aus dem *Fjörður* hochgekommen bin.«

»Ich konnte mich kaum mehr auf den Beinen halten. Aber

es hat Spaß gemacht. Und stell dir vor, ich habe sogar mit der Geschäftsführerin von *Eismeerfisch* einen neuen Vertrag ausgehandelt. Und weißt du, wer die Chefin ist?«

»Keine Ahnung.«

»Herdis Finsdottir.«

»Ach, das ist ja interessant! Ich wusste gar nicht, dass sie wieder zurück ist.«

»Offenbar treffen nach und nach alle, die in die große weite Welt ausgeflogen sind, wieder hier ein.«

»Na ja, das trifft auf mich leider nicht zu. Ein abgelegener Pferdehof und ein paar Wochen Köln, da kann von großer weiter Welt kaum die Rede sein. Ich glaube, Herdis ist immerhin bis Oxford gekommen. Aber das freut mich riesig. Und wie war es mit Käpt'n Björn?«

Lilja stieß einen tiefen Seufzer aus. »Es war angenehm in seiner Nähe. Und mir tut jeder Knochen weh. Er machte aber keinerlei Anstalten, mit mir noch feiern zu gehen.«

»Du, der Bursche musste heute früh wieder raus. Ich meine, er hat in den vergangenen Jahren sicher auch nicht unbedingt schwere Fischernetze eingeholt und Kisten geschleppt. Das würde ich nun gar nicht persönlich nehmen.«

»Tu ich ja auch nicht. Außerdem ist das auch völlig unwichtig. Ich will ja gar nichts von ihm.«

»Das hat man vorgestern Abend gemerkt. Als ich zu später Stunde noch mal Getränke gebracht habe, hat er dich gerade mit seinen Blicken förmlich aufgefressen.«

»So offensichtlich? Hoffentlich hat Thorwald nichts mitbekommen«, erwiderte Lilja.

»Das war nicht zu verbergen. Er hat sich nämlich zum Schluss allein die Kante gegeben und mir das Herz ausgeschüttet, bevor ich ihn unsanft an die frische Luft befördern musste. Gut, er war entzückend und lallte in einem fort, dass ich wunderschöne Husky-Augen hätte, aber davon wird er heute nichts mehr wissen«, berichtete Fanney lachend.

287

»Und was hat er noch gesagt?«

»Dass er sich fragt, wie Björn es schon wieder geschafft hat, bei dir die erste Geige zu spielen, nachdem er doch seine Chance gehabt und sie so übel vertan hat. Und nur weil er dir Honig ums Maul schmiert, dass die Lundi noch zu retten wäre. Dabei sei der Verkauf längst besiegelt.«

»Das hat er gesagt? Dann irrt er sich aber gewaltig. Aber wieso ist er sich so sicher?«

Fanney zuckte mit den Schultern.

»Wenn wir keinen Nachfolger für Björn finden, dann sieht es wirklich schlecht aus, denn in einem Punkt hat Thorwald recht. Ich kann auf Dauer weder meinen Vater noch Björn ersetzen. Es macht zwar Spaß, aber doch nur, weil ich einen anderen Job in Aussicht habe. Bei Professor Hilmarson. Und ich würde Montag gern bei ihm unterschreiben. Aber was ist, wenn Sigurd nicht nach Hause zurückkommt?«

»Das wird schwierig, denn selbst wenn ihr einen Fischer einstellt, rentiert sich das irgendwann nicht mehr. Und was habt ihr eigentlich mit der Tröll vor?«

»Thorwald würde uns den Dampfer abnehmen, um ihn verschrotten zu lassen«, entgegnete Lilja nachdenklich.

»Das wird wohl das Beste sein. Die Tröll umzubauen, wird keiner bezahlen können«, erwiderte Fanney.

»Wozu umbauen?«

Fanney machte eine abwehrende Handbewegung. »Ach, das war nur so eine Idee! Ich habe das neulich in einer Gastrozeitschrift gelesen, da hatten sie einen alten Fischtrawler als Restaurant ausgebaut.«

»Das kenne ich aus Kanada. Toll wäre es, wenn man damit Fahrten machen könnte, und an Bord würde ich die Ausstellung über isländisches Fischereiwesen einrichten, die mir Hilmarson überlassen möchte.«

»Und ich würde Fischspezialitäten von der Lundi anbieten«, ergänzte Fanney begeistert.

»Leider kann das kein Mensch bezahlen. Der ganze Kahn müsste grundsaniert werden«, erklärte Lilja bedauernd.

»Wir bräuchten einen Sponsor«, murmelte Fanney, doch dann huschte ein breites Grinsen über ihr Gesicht. »Thorwald! Wir sollten Thorwald mit ins Boot nehmen und mit ihm eine Betreibergesellschaft gründen.«

»Genau, wir betreiben das Projekt, und Thorwald steuert das Geld bei«, lachte Lilja.

»Dann müssen wir ihn wohl demnächst mal an meinem freien Tag zu einem Spezialmenü einladen.«

»Du meinst wirklich, er würde in so ein unsicheres Unternehmen investieren?« Lilja war sehr skeptisch, ob sich Thorwald, der durch und durch Geschäftsmann war, auf so ein Liebhaberprojekt einlassen würde.

»Dir zuliebe immer!«, erwiderte Fanney. »Das hat er mir vorgestern mehrfach versichert. Für dich würde er alles tun!«

»Gut, fragen wir ihn! Das kostet ja nichts, auch wenn ich ihm seine Träume leider nicht erfüllen kann«, stöhnte Lilja und hatte ihm schon eine Nachricht geschrieben, dass Fanney ihn an ihrem freien Sonntag im *Fjörður* gern bekochen würde. Ob er Lust und Zeit hätte.

Die Antwort erfolgte prompt. Thorwald nahm die Einladung dankend an.

»Aber ich werde nicht mit ihm flirten, um ihm das Geld aus der Tasche zu ziehen«, bemerkte Lilja mit Nachdruck.

»Okay, wenn er etwas nüchterner ist als vorgestern, würde ich mich opfern. Dann hast du deine Wahl also bereits getroffen?«

»Welche Wahl?« Dabei ahnte Lilja sehr wohl, worauf die Freundin hinauswollte.

»Na ja, zwischen deinen beiden Galanen natürlich. Björn hat also das Rennen gemacht«, mutmaßte sie grinsend.

»Unsinn! Weder noch. Das mit den beiden ist freundschaftlich. Außerdem habe ich sowohl Liv als auch meiner

Schwester versprochen, dass ich mich bei Björn völlig zurückhalte«, wies Lilja die Unterstellung vehement zurück.

»Ich denke, da hat Björn auch noch ein Wörtchen mitzureden, ob er eine ernsthafte Beziehung mit Liv eingehen will oder nicht.«

»Genau, aber wenn ich mich rarmache, stelle ich mich nicht zwischen die beiden«, entgegnete Lilja bestimmt.

»Ich finde, Björn und du, ihr passt super zusammen. Allein, wie ihr euch vereint gegen den Verkauf der Quoten deines Vaters stemmt. Meinen Segen hast du. Und dass sein Herz dir gehört, wird auch Liv einsehen müssen.«

»Ach, das weißt du doch gar nicht! Wenn er mehr für mich empfinden würde, dann hätte er gestern die Chance beim Schopf gepackt, den Abend allein mit mir zu verbringen.«

»Und was, wenn er Angst davor hat, noch einmal von dir enttäuscht zu werden, obwohl er weiß, dass du nichts für eure Trennung konntest?«, sinnierte Fanney.

»Ich glaube, ich lasse die ganzen Männergeschichten mal los. Es gibt gerade so viel Wichtigeres zu klären. Nämlich die Frage, ob Sigurd wohl endlich über seinen Schatten springen kann und unsere Eltern zumindest besuchen kommt. Ich glaube nämlich, wenn Vater sich bei ihm entschuldigen würde, dann sähe das gar nicht so schlecht aus, dass er sein Schiff übernimmt.«

»Also, wenn Sigurd kommt, dann würde ich mich sehr ins Zeug legen und meine weiblichen Reize ausspielen«, erklärte Fanney lachend. »Obwohl ich ja nun im Bilde darüber bin, dass ich damit rein gar nichts bei ihm ausrichten könnte.«

In dem Augenblick klingelte Fanneys Telefon. Während sie redete, wurde sie immer blasser. »In Ordnung, dann versuche ich nachher für heute Abend was am Schiff zu bekommen.« Als sie das Gespräch beendet hatte, musterte sie Lilja fassungslos.

»Stell dir vor, in eure Hütte ist eingebrochen worden.

Mein Küchengehilfe wollte gerade eben unsere Ware holen, aber dort ist die Tür aufgebrochen, alles verwüstet und die Truhe leer geräumt worden.«

Lilja sprang wie angestochen von ihrem Platz auf. »So, jetzt reicht's! Die schrecken wirklich vor nichts zurück!«

»Ich würde mich nicht allein mit den Typen anlegen. Warte doch, bis Björn wieder von See zurück ist!«, riet sie ihrer aufgebrachten Freundin, aber für Lilja gab es kein Halten mehr.

Sie zog ihre Jacke an und rannte hinunter zum Hafen. Die Trawlerfirma aus Reykjavík hatte dort ein kleines Büro. Sie stürmte grußlos an einer Vorzimmerdame vorbei in das Zimmer des örtlichen Chefs. Baldur saß hinter seinem Schreibtisch und hatte Besuch von einer Frau, die erschrocken herumfuhr, als die Tür aufflog. Lilja blickte sie fassungslos an. Die Besucherin war keine Geringere als ihre Mutter.

»Was machst du bei diesem Arschloch?«, fuhr Lilja sie an, nachdem sie ihre Sprache wiedergefunden hatte.

»Lilja, nicht in diesem Ton! Bitte! Und wie kommst du dazu, so respektlos über Baldur zu reden? Er ist der Einzige, der sich noch für uns einsetzt und dafür, dass wir einen anständigen Preis für die Lundi bekommen. Und wenn du nicht aufhörst, die Verhandlungen zu sabotieren, kann er nichts mehr für uns tun.«

Lilja funkelte ihre Mutter wütend an. »Du glaubst also allen Ernstes, dass dieser Mann ein Wohltäter ist? Tja, dann frag doch mal deinen Freund, ob Einbruch auch zu seinen sauberen Methoden gehört!«

»Kind, jetzt bleib mal auf dem Teppich! Das ist doch Unsinn!«

»So? Dann würde ich sagen, dein Geschäftspartner mit der weißen Weste und du, ihr begleitet mich mal zu Pabbis Hütte.«

»Ich lasse mich doch nicht von dir herumscheuchen! Wie

komme ich dazu, dich zur Hütte deines Vaters zu begleiten? Wenn jemand sich diesbezüglich strafbar gemacht hat, dann wohl er, weil er den Alten da hat wohnen lassen!«, giftete Baldur.

Katla blickte aufgeregt zwischen Baldur und Lilja hin und her.

»Wusstest du, dass dein Vater Jökull dort hat wohnen lassen?«

Lilja zog es vor, ihr eine Antwort schuldig zu bleiben. Offenbar war Baldur jedes Mittel recht, Ari und sie bei der Mutter in schlechtem Licht erscheinen zu lassen.

»Siehst du, liebe Katla, deine Tochter ist in alles eingeweiht, was dein Mann so treibt. Sie weiß auch, dass der Alte jetzt auf der Tröll haust und dass er ihn zusammen mit diesem Haukursson zum Fischen rausjagt.«

»Das glaube ich jetzt nicht. Lilja, sag, dass das nicht wahr ist!«

Lilja blieb stumm, während sie fieberhaft überlegte, was für ein Ass sie aus dem Ärmel ziehen konnte, bevor Baldur ihre Mutter endgültig gegen ihren Vater und sie aufhetzen konnte.

»Das wäre alles kein Grund, die Fischerhütte meines Vaters zu verwüsten und uns zu bestehlen«, zischte sie. »Komm, Mamma, ich zeige dir erst einmal, wozu der Typ fähig ist!«

Ihre Mutter weigerte sich, Lilja zu folgen, doch sie zog sie unsanft vom Stuhl hoch und schob sie energisch vor sich her aus der Tür.

»Du sagst mir jetzt sofort, was hier gespielt wird!«, keifte ihre Mutter, kaum dass sie aus der Tür waren.

»Erst wenn du dir ein Bild von den Methoden dieses Gangsters gemacht hast«, fauchte Lilja zurück und eilte davon. Katla folgte ihrer Tochter höchst unwillig. Als sie bei der Hütte ankamen, erkannte Lilja auf den ersten Blick, dass Fanneys Küchenhilfe nicht übertrieben hatte. Nicht nur die Tür war aufgebrochen, sondern auch die Fensterscheiben waren eingeschlagen. Im Innern der Hütte sah es aus, als hätten dort Vandalen gehaust. Es war nichts mehr in den Regalen oder in den Kisten. Schwimmwesten waren mutwillig mit einem spitzen Gegenstand aufgeschlitzt, Tampen in kleine Stücke geschnitten und technische Geräte auseinandergenommen worden. Das alles lag verstreut auf dem mit Scherben übersäten Fußboden. Der Deckel der Tiefkühltruhe war weit geöffnet, der Strom abgeschaltet, sodass auf dem Grund der leeren Truhe stinkendes Wasser schwamm.

Katla schlug die Hände über dem Kopf zusammen. »Um Himmels willen, wer war das?«

»Dein Freund Baldur hat ein kleines Zeichen gesetzt, um Pabbi zum Verkauf der *Lundi* zu überreden«, zischte Lilja.

»Das glaube ich nicht«, stieß Katla unter Tränen hervor.

»Dann frag ihn doch!«, schlug Lilja in gemäßigtem Ton vor. Ihr tat ihre Mutter nun beinahe leid, weil diese rohe Gewalt sie wirklich zu schocken schien.

»Wenn er dahintersteckt, dann wird er unser Schiff nicht bekommen. Nicht für hundert Millionen Kronen!«, verkündete Katla kämpferisch.

»Gut, dann fragen wir ihn jetzt!« Arm in Arm mit ihrer Mutter kehrte sie in Baldurs Büro zurück. Die Sekretärin wollte sie davon abhalten, ihren Chef noch einmal zu überfallen, aber die beiden Frauen ließen sich nicht am Betreten des Büros hindern.

Lilja hätte zumindest erwartet, dass der Mann jetzt ein gewisses Maß an Bedauern zeigen würde, aber das Gegenteil war der Fall. Er maß sie mit abschätzigen Blicken.

»Steckst du hinter dieser Zerstörung?«, fragte Katla mit bebender Stimme.

»Und wenn schon. Wenn dein Mann nicht zur Vernunft kommt, dann haben wir gar keine andere Wahl.«

Liljas Mutter ließ sich stöhnend auf einen Stuhl fallen. »Das ist ein Albtraum«, murmelte sie.

»Tja, da musst du dich bei deiner Tochter bedanken. Seit sie hier ist, macht sie nichts als Scherereien. Wir werden jetzt leider bei dem Ärger, den sie verursacht hat, im Preis runtergehen müssen«, verkündete er hämisch.

»Nein, Baldur, an dich werden wir im Leben nicht verkaufen«, widersprach ihm Liljas Mutter mich hochrotem Kopf. »Du bekommst unser Schiff nicht!«

Lilja klopfte ihrer Mutter anerkennend auf die Schulter. Vergessen waren alle Vorwürfe der Vergangenheit.

»Ich werde heute noch den Trawlerkönig höchstpersönlich anrufen und ihm von deinen speziellen Verkaufsargumenten berichten. Ich kann mir kaum vorstellen, dass dein Chef hinter diesen Mafia-Methoden steht«, sagte Lilja mit fester Stimme.

Lilja sah genüsslich zu, wie Baldur die Gesichtszüge entgleisten. Sie hatte auf ein Ass gesetzt, das sich auch als Niete hätte entpuppen können. Was wusste sie denn, ob der Kampf um die Quoten nicht schon dermaßen aus dem Ruder gelaufen war, dass die oberen Chefs solche Wildwestaktionen ihrer Mitarbeiter stillschweigend duldeten? Aber nach Baldurs Miene zu urteilen, sah es eher so aus, als sei durch einen Anruf in Reykjavík Baldurs Karriere als rechte Hand des Trawlerkönigs stark gefährdet.

»So, mein Lieber, lass uns in Ruhe und mach die Hütte wieder fit! Und bitte die Kühltruhe auffüllen, aber nicht mit minderwertiger Ware! Dann sehe ich davon ab, die Polizei zu informieren.« Kaum hatte Lilja das ausgesprochen, als ein triumphierendes Grinsen seine Lippen umspielte.

»Polizei, danke für das Stichwort. Das bringt mich auf eine fantastische Idee. Du kannst nämlich gar nichts fordern, du dummes Ding«, sagte er nun in einem gefährlich ruhigen Ton. »So, passt mal auf, ihr beiden Amazonen! Haltet euch in Zukunft aus Aris und meinem Geschäft raus! Und jetzt verschwindet!«

»Ich lass mich doch von dir nicht einschüchtern. Nein, ich werde gleich bei deinem Boss anrufen und mich erkundigen, ob er diese kriminellen Methoden billigt.«

»Nein, das wirst du schön bleiben lassen und wirst das tun, was ich sage, und dich nicht länger einmischen.«

Lilja stieß einen abschätzigen Zischlaut aus. »Schluss jetzt! Mamma, komm, wir gehen!«

»Dann bestell deinem Vater einen schönen Gruß von mir und sag ihm, ich weiß, was auf der *Tröll* passiert ist. Und warum er auf dem Kahn verunglückt ist. Und dass ich das dem Detektiv der Versicherung weitergeben werde, wenn Ari sich weiter gegen den Verkauf sträubt. Der Mann lungert nämlich seit ein paar Tagen im Hafen rum. Ich würde es dann auch bei der Polizei zu Protokoll geben. Und sag deinem Vater auch, dass sein Freund Thorwald ihm nicht aus der Misere helfen wird. Im Gegenteil, er wird seine Hände in Unschuld waschen.«

Lilja lief es bei diesen Worten eiskalt den Rücken hinunter. Das klang nach einer gemeinen Erpressung, und wie sie den Typen einschätzte, wusste er tatsächlich etwas, das ihrem Vater schaden konnte. Trotzdem vermochte sie sich nicht vorzustellen, was so schwerwiegend sein konnte, dass sich Ari damit zum Verkauf seines Schiffes nötigen ließ.

»Ich glaube, du bluffst«, entgegnete Lilja mit fester Stimme, damit er nicht merkte, wie flau ihr in Wirklichkeit zumute war.

»Gut, Mädchen, wenn du mir nicht glaubst, erkundige dich doch bei Thorwald, und dann sei klug und rate deinem Vater, das Geld schnellstens anzunehmen. Allerdings werden wir wegen des ganzen Ärgers zehn Millionen weniger zahlen.« Er lachte hämisch. »Ich gebe euch eine Woche. Dann will ich den Alten hier in meinem Büro sehen. Ist das klar? Und bis dahin wickelt euren Laden ab! Ach ja, und leg bei der Geschäftsführerin von *Eismeerfisch* ein gutes Wort ein, dass wir

295

in die Lieferantenverträge einsteigen, die die Dame für die *Lundi* abschließen will.«

»Das handle mal schön selber mit ihr aus!«, fauchte Lilja. Sie hakte ihre Mutter unter, die mit bleicher Miene wie erstarrt dastand, und verließ mit ihr eilig Baldurs Büro.

»Was kann er damit gemeint haben?«, fragte Katla ängstlich, kaum dass sie draußen angekommen waren.

»Das werden wir gleich erfahren«, konterte Lilja. »Ich gehe jetzt zu Thorwald, und du machst dich am besten auf den Weg nach Hause. Meinst du, du schaffst es, dir nichts anmerken zu lassen? Ich würde Pabbi gern erst mit dieser Sache belästigen, wenn ich die Gewissheit habe, dass Baldur wirklich etwas gegen ihn in der Hand hat.«

Katla musterte ihre Tochter mit einem bewundernden Blick. »Ich bin so froh, dass du da bist! Ich habe mir wirklich keinen anderen Rat mehr gewusst, als zu verkaufen, aber vielleicht gibt es doch noch eine andere Lösung.«

Lilja war so gerührt über diese ehrlichen Worte ihrer Mutter, dass sie sie spontan in den Arm nahm. Die beiden drückten sich fest. Lilja spürte, wie ihr ganzer Zorn auf sie verraucht war. Endlich zeigte sie, dass auch sie die Sache mit dem Unfall nicht so ohne Weiteres wegsteckte.

»Soll ich nicht lieber mitkommen?«, fragte Katla.

Lilja schüttelte energisch den Kopf. »Nein, ich glaube, bei einem Gespräch unter vier Augen wird er offener reden.«

»Da hast du sicherlich recht. Und ich meine, er ist ja auch eine gute Partie. Jetzt, da du nicht mit Noah verheiratet bist.«

Zu einem anderen Zeitpunkt hätte Lilja sicher den Impuls verspürt, ihrer Mutter für diese dumme Bemerkung die Meinung zu sagen, aber sie quittierte deren Worte nur mit einem milden Lächeln.

31

Eisernes Schweigen

Thorwald war sichtlich überrascht, als Lilja, ohne anzuklopfen, in sein Büro stürmte. Da seine Sekretärin gerade nicht an ihrem Platz war, hatte sie ungehindert zu dem Chef durchdringen können.

»Lilja, hallo! Du weißt, ich freue mich immer über deinen Besuch, aber es wäre besser gewesen, wenn du mich gegen Mittag abgeholt hättest.«

»Bin schon mit meiner Großmutter verabredet. Ich bleibe auch nur fünf Minuten und komme auch gleich auf den Punkt. Was weißt du über die *Tröll* und besonders darüber, warum mein Vater bei Sturm mit dem Schiff ausgelaufen ist?«

»Was weiß ich? Das habe ich dir schon einmal gesagt, dass ich keine Ahnung habe. Wie kommst du überhaupt darauf, dass ich dir da weiterhelfen könnte?«

»Den Tipp habe ich von Baldur. Er hat mich quasi zu dir geschickt, weil du offenbar weißt, womit er meinen Vater erpressen könnte.« Lilja funkelte ihn wütend an.

»Erpressung? Ich bitte dich, Lilja, wie kommst du auf so etwas Schlimmes?«

»Wie nennst du das denn sonst, wenn mir dieser Mistkerl droht, dass er, sollte ich weiterhin den Verkauf der *Lundi* boykottieren, mit dem Detektiv einer Versicherungsgesellschaft und der Polizei sprechen wird?«

297

»Das hat er so gesagt?« Thorwalds beherrschte Maske wich dem blanken Entsetzen.

»Ja, so ähnlich jedenfalls. Und er meinte noch, dass du meinem Vater nicht helfen würdest, weil du deine Hände in Unschuld wäschst.«

»Arschloch!«, stieß Thorwald empört hervor.

»In dem Punkt sind wir uns einig, aber ich möchte jetzt auf der Stelle von dir wissen, was das alles soll. Ich möchte meinen Vater erst damit konfrontieren, wenn ich mehr über die Hintergründe weiß. Also, hat dieser Mistkerl etwas gegen meinen Vater in der Hand? Ja oder nein?«

»Sagen wir mal so: Baldur ist zufällig einer Sache auf die Schliche gekommen, die, wenn sie rauskommt, deinem Vater schaden könnte und mit der ich gar nichts zu schaffen habe, außer dass ich darum weiß«, sagte er ausweichend.

»Was hat er getan?« Liljas Stimme überschlug sich beinahe vor Aufregung.

»Das musst du ihn schon selber fragen. Ich werde keinen verpetzen. Aber wenn ich dir einen guten Rat geben darf: Rate ihm, schnellstens die *Lundi* zu verkaufen. Dann bekommt er das Geld, ich nehme ihm die *Tröll* ab, und deine Eltern haben ein unbeschwertes Leben vor sich.«

»Aber mein Vater wird seines Lebens nicht mehr froh, wenn er sein schönes Schiff nur wegen der Quoten verscherbelt und es dann als Müll auf dem Meeresgrund landet.«

»Gut, wenn es das nur ist, dann könnten wir aushandeln, dass die *Lundi* nicht versenkt wird. Wir könnten sie vorerst an meinem Anleger parken.«

»Hast du den nicht für die *Tröll* vorgesehen?«, fragte sie kritisch nach. Sie hatte den Eindruck, dass er sich um jeden Preis aus der Sache herauszuwinden versuchte, in die er offenbar verwickelt war.

»Also, das Problem bekommen wir auf jeden Fall in den

Griff. Mein Rat: Du regst ihn nicht unnötig mit Baldurs Drohungen auf, sondern sagst ihm, dass du deine Meinung geändert hast und den Verkauf für vernünftig hältst. Und das entspricht ja auch der Wahrheit. Das mit Björn ist doch nur Augenwischerei. Der Knabe ist bald auf und davon, und dann steht ihr wieder ohne Fischer da.«

»Das ist nicht gesagt. Ich habe mich bestens an Bord gemacht und würde den Job übernehmen, bevor wir einen Nachfolger für meinen Vater gefunden haben.« Natürlich wollte sie genau das nicht, aber sie verspürte das Bedürfnis, Thorwald ein bisschen zu provozieren.

»Lilja! Vielleicht bist du ein Naturtalent als Fischerin, aber du willst doch nicht allen Ernstes behaupten, dass du diese körperlichen Belastungen in Zukunft immer auf dich nehmen willst.« Er warf einen anklagenden Blick auf ihre Hände, die von den Tampen ein paar Abschürfungen davongetragen hatten.

»Ich hatte vergessen, die Handschuhe nach einer Pause wieder anzuziehen. Mir bekommt die Arbeit an Bord prächtig!« Während sie das voller Überzeugung verkündete, spürte sie den Schmerz in jedem einzelnen Glied.

»Meine Güte, Lilja, sei doch vernünftig und füg dich in euer Schicksal! Der Verkauf ist die beste Lösung für alle Beteiligten.«

»Du hast doch keine Ahnung, was für meinen Vater das Beste ist! Ich werde ihm nicht gegen meine Überzeugung den Rat geben, er solle verkaufen. Ich könnte mich ja nicht mehr im Spiegel ansehen. Ich will endlich wissen, was dieser Baldur gegen ihn in der Hand hat. Und im Übrigen auch gegen dich. Du hast doch was zu verbergen!«

»Lilja! Warum musst du unbedingt mit dem Kopf durch die Wand? Du kommst hierher, hast keine Ahnung von nichts und mischst dich blind in Dinge ein, die dich nichts angehen!« Thorwald hatte jetzt seine Stimme erhoben.

299

»So denkst du also in Wirklichkeit über mich?«, gab Lilja spöttisch zurück. »Interessant!«

»Nein, natürlich nicht. Das ist mir doch nur so rausgerutscht, weil ich der Meinung bin, dass du deinem Vater trotz deiner allerbesten Absichten massiv schadest. Du weißt doch, dass ich dich für eine kluge Person halte. Aber in dieser Sache vergaloppierst du dich. Bitte! Folge meinem Rat, und du wirst von Baldur nichts mehr hören und sehen. Ich verspreche es dir.«

»Warum sagst du mir nicht einfach, was ihr zu verbergen habt?«

Thorwald winkte müde ab. »Lass es doch endlich auf sich beruhen und akzeptiere, dass du mit deiner sturen Art alles noch viel schlimmer machst. Wenn du dich raushältst und deinen Vater positiv beeinflusst, wird alles wieder gut. Das schwöre ich dir.«

Lilja stieß einen tiefen Seufzer aus. Sie sah ein, dass es ihr nicht gelingen würde, Thorwald zum Reden zu bringen. Er würde lieber an der Wahrheit ersticken, als sie ihr zu offenbaren. Das bedeutete aber nicht, dass sie lockerlassen würde. Nur würde sie ihn im Glauben lassen, dass sie einsichtig war.

»Meinetwegen, dann werde ich dir mal vertrauen«, murmelte sie.

Thorwalds angespannte Miene wurde auf der Stelle weich. »Das wirst du nicht bereuen«, beschwor er sie mit Nachdruck, bevor er seinen Schreibtischstuhl verließ und einen Schritt auf sie zukam. »Du musst mir glauben, dass ich wirklich nur dein Bestes möchte. Du bist mir doch verdammt wichtig. Und wenn du nun bleibst und nachdem du gar keinen kanadischen Ehemann besitzt, sehe ich keinen vernünftigen Grund, dass wir beide uns nicht doch noch näherkommen können. Bis auf Björn, aber der ist bald über alle Berge.« Er hatte den Kopf schief gelegt und blickte sie derart treuherzig an, dass sie das sicher nicht ganz kaltgelassen hätte, wenn ihr Herz noch frei gewesen wäre.

Als Thorwald Lilja nun überraschend auf den Mund küssen wollte, drehte sie im letzten Augenblick den Kopf zur Seite. Sie wollte sich auf keinen Fall von ihm küssen lassen, schon gar nicht in dieser Situation, in der er ihr eine wichtige Information vorenthielt, ganz davon abgesehen, dass sie auf solche Überrumpelungsaktionen ohnehin nicht stand. Wobei sie, wenn sie ehrlich war, auch in diesem Punkt eine kleine Einschränkung machen musste. Hätte Björn je Anstalten gemacht, sie überfallartig zu küssen, sie hätte nicht beschwören können, dass ihr das genauso missfallen hätte wie Thorwalds Versuch eben. Solange sie Björn in ihrer Nähe wusste, galten ihre Emotionen ihm, ob sie es wollte oder nicht. Und noch einmal würde sie Thorwald auf keinen Fall als Trostpflaster nehmen.

Aber dieser Augenblick ist denkbar ungünstig, um darüber zu spekulieren, ob ich ihm überhaupt die Spur von erotischer Anziehung entgegenbringe, dachte Lilja. Es überwog vielmehr ein ungutes Bauchgefühl angesichts der Tatsache, dass Thorwald ihr ganz offensichtlich etwas verschwieg. Anscheinend nahm er ihr tatsächlich ab, sie würde sich nicht weiter um die Aufklärung des Geheimnisses bemühen. Sonst hätte er sicher nicht versucht, sie zu küssen.

»Entschuldige bitte! Du hast gerade so verführerisch ausgesehen, da ist es mit mir durchgegangen«, erklärte Thorwald bedauernd.

»Mir ist gerade gar nicht nach Flirten«, entgegnete Lilja energisch. »Ich muss erst einmal begreifen, dass ich meinem Vater keinen Gefallen tue, wenn ich versuche, den Verkauf der Lundi zu boykottieren«, sagte sie scheinbar reumütig.

»Das zeugt doch von deinem guten Charakter, dass du deinem Vater helfen möchtest. Du hast nur nicht das adäquate Mittel gewählt.« Das klang in Liljas Ohren dermaßen überheblich, dass es sie innerlich komplett gegen Thorwald aufbrachte.

»Wenn du das sagst«, bemerkte sie, bemüht, den Spott nicht durchklingen zu lassen. Lilja war froh, als sie sein Büro verlassen hatte. Ihr Blick blieb an der alten Halle hängen, und wieder überkam sie das Bedürfnis, einen Blick in das Innere zu werfen, aber an diesem Tag herrschte so ein Betrieb auf dem Firmengelände, dass sie sicher nicht unbemerkt die Wellblechhalle würde betreten können.

32

Das Geheimnis der Tröll

Ein Blick auf die Uhr zeigte Lilja, dass ihr noch ein wenig Zeit blieb bis zum Mittagessen bei der Großmutter. Und so beschloss sie, auf dem Weg bei ihren Eltern vorbeizuschauen, um den Vater zur Rede zu stellen. Sie hatte keine Sekunde mit dem Gedanken gespielt, die Sache auf sich beruhen zu lassen, so wie sie es Thorwald hoch und heilig versprochen hatte. Im Gegenteil, sie würde nicht ruhen, bis sie herausgefunden hatte, womit Baldur glaubte, ihren Vater erpressen zu können.

Ihre Mutter öffnete ihr die Tür. »Und?«, fragte sie aufgeregt. »Was hast du herausbekommen?«

»Leider gar nichts. Thorwald mauert. Und du? Hast du was durchblicken lassen?«

»Nein, das hatte ich dir doch versprochen. Und nun?«

»Nun bleibt uns nichts anderes übrig, als Vater direkt darauf anzusprechen.«

»Hoffentlich erleidet er keinen Rückfall. Das mit der Hütte wird ihn entsetzlich aufregen.«

»Wir müssen ihm ja nicht alle Details schildern«, schlug Lilja vor. »Oder was meinst du? Sollen wir ihn ganz in Ruhe lassen, ihr verkauft, und alle sind zufrieden, wie mir Thorwald versichert hat?«

»Auf keinen Fall! Solche Methoden unterstütze ich nicht! Ich bin nach wie vor für den Verkauf, aber nicht an diesen

Typen. Hast du schon in Reykjavík angerufen, um sicherzugehen, dass Baldur die Mafia-Methoden auf eigene Faust einsetzt?«

»Das mache ich später, sobald wir mit Pabbi gesprochen haben«, versicherte Lilja ihrer Mutter.

»Wer ist denn da?«, rief ihr Vater neugierig aus dem Hintergrund.

»Wir sollten ihn nicht warten lassen«, raunte die Mutter. »Lilja!«, rief sie.

Der Vater saß in einem Sessel und wirkte an diesem Tag äußerst fit. Er hatte eine gesunde Gesichtsfarbe, und seine Augen strahlten einen lebendigen Glanz aus, so als ob er wieder mitten im Leben stände.

»Hast du unserer Tochter schon von der Behandlung berichtet?«, fragte er aufgekratzt.

»Nein, dazu sind wir noch gar nicht gekommen«, erwiderte Katla entschuldigend.

»In Reykjavík gibt es eine neue Klinik, die auf Wirbelbrüche spezialisiert ist. Dort haben wir demnächst einen Termin. Wäre doch gelacht, wenn ich mich nicht noch ein bisschen besser bewegen lerne!«

»Damit liege ich deinem Vater schon seit Monaten in den Ohren, aber jetzt hat er endlich den Impuls, die Sache anzugehen, selbst wenn er noch einmal unter das Messer muss«, seufzte die Mutter.

Und das alles nur, weil er endlich eine Perspektive sieht, wie die Lundi auch ohne ihn wieder zum Einsatz kommt, dachte Lilja bekümmert und hatte ein ungutes Gefühl bei dem Gedanken, ihm möglicherweise die optimistische Stimmung zu zerstören.

»Das freut mich sehr«, entgegnete sie schwach.

»Na ja, jetzt kann ich beruhigt wegfahren, weil du wieder da bist«, lachte ihr Vater und zwinkerte seiner Tochter verschwörerisch zu.

Lilja setzte sich erst einmal hin und atmete tief durch. Sie wollte ihr Anliegen nicht länger herauszögern.

»Ich muss dir was sagen, Pabbi«, begann sie schließlich zögernd.

»Was ist passiert? Ist was mit der ...?« Er unterbrach sich hastig mit einem flüchtigen Seitenblick auf seine Frau.

»Pabbi, Mamma weiß inzwischen, dass die Lundi mit Björn und Jökull draußen zum Fischen ist. Und sie ist ganz auf unserer Seite.«

Ari musterte seine Frau verblüfft. »Du willst nicht mehr, dass wir verkaufen?«

»Nein, jedenfalls nicht an Baldur«, erwiderte Katla prompt.

»Oh, da fällt mir ein Stein vom Herzen!«, stöhnte Ari.

»Pabbi. Es wurde in deine Fischerhütte eingebrochen. Die Waren für die Restaurants sind geklaut worden.«

»So ein Mistkerl! Ich ahne, wer da seine Finger im Spiel hat«, schimpfte der Vater.

»Es war Baldur. Er hat es sogar zugegeben vor Mamma und mir«, entgegnete Lilja.

»Er hat es zugegeben? Na warte, den Kerl zeige ich an! Jetzt reicht es aber. Von dem lasse ich mir nicht in die Suppe spucken.«

»Das habe ich ihm auch gesagt, aber er ...« Lilja räusperte sich noch einmal, bevor sie ihrem Vater die ganze Wahrheit sagte. Sie ließ nichts aus. Weder Baldurs Drohungen noch sein schmieriges letztes Angebot.

Als sie fertig war, saß ihr Vater mit hängenden Schultern zusammengesunken im Sessel. Seine Haut war aschfahl, und er sah um Jahre gealtert aus.

»Und warst du bei Thorwald? Was hat er dazu gesagt?«, fragte er gequält.

»Er hat was gefaselt von einer Sache, der Baldur auf die Schliche gekommen ist und die dir schaden könnte, aber er hat betont, dir könne gar nichts passieren, wenn du endlich verkaufst.«

»Gut, ich verkaufe!«, verkündete ihr Vater mit Grabesstimme.

»Aber Ari, du kannst doch nicht an die Mafia verkaufen!«, empörte sich Katla. »Du hättest die Hütte mal sehen sollen. Das sind Verbrecher, die so was tun!«

»Du wirst doch jetzt nicht etwa klein beigeben?« Lilja war fassungslos. »Das macht der Typ im Alleingang. Wenn ich bei seinem Boss anrufe, ist der die längste Zeit Mitarbeiter der Trawlerfirma gewesen. Die reißen sich zwar mit Handkuss jede Quote unter den Nagel, aber die können sich doch gar nicht leisten, mit derartigen Methoden zu arbeiten.« Lilja nahm ihr Telefon zur Hand, um den Anruf nicht mehr auf die lange Bank zu schieben.

»Lass es, Lilja! Das bringt nichts!«, keuchte ihr Vater.

»Woher weißt du das? Stecken die da doch mit drin?«

Ari schüttelte den Kopf. »Nein, aber Thorwald hat recht. Ich kann nur noch verkaufen.«

»Aber verdammt noch mal! Warum? Womit hat dich dieser Mistkerl in der Hand?«

Ihr Vater musterte sie mit traurigem Blick. »Lilja, es ist besser, du lässt die Sache auf sich beruhen. Und ich will nichts mehr davon hören!«

»Ari! Da stimmt doch was nicht! Du verkaufst das Boot, an dem dein Herzblut hängt und das du gestern noch um keinen Preis dieser Welt hergegeben hättest, nun an einen Gangster, der deine Hütte demoliert und dich bestohlen hat? Lilja und ich haben ein Recht zu erfahren, was dich dazu bewogen hat«, mischte sich Katla kämpferisch ein.

»Mamma hat recht! Wir wollen doch nur verstehen, woher dieser plötzliche Sinneswandel kommt. Womit kann der Widerling dich erpressen? Womit?«

Liljas Vater aber antwortete nicht, sondern versuchte, ohne

Hilfe aus dem Sessel zu kommen, doch dann sackte er mit bleicher Miene zurück in die Kissen und stöhnte laut auf. »Mir wird schwarz vor Augen!«

Lilja und Katla stürzten auf ihn zu, fassten ihn unter den Achseln und brachten ihn zum Sofa. Während Katla seine Füße auf einem Kissenberg hochlagerte, holte Lilja ein Glas Wasser aus der Küche. In ihrem Innern tobten gemischte Gefühle. Natürlich empfand sie in erster Linie Sorge um den Vater, aber trotzdem suchte sie weiterhin fieberhaft nach einer Erklärung, warum er plötzlich so sang- und klanglos aufgeben wollte. Lilja kostete es einige Beherrschung, ihren Vater nicht weiter mit neugierigen Fragen zu löchern, denn sie fand es unfair, dass er sich so aus der Affäre zog und ihnen keine Erklärung für sein merkwürdiges Verhalten lieferte. Sein befremdliches Benehmen beflügelte ihre Neugier, der Sache auf den Grund zu gehen, nur noch mehr.

»Tust du mir einen Gefallen?«, erkundigte sich der Vater.

Lilja nickte.

»Kannst du nachher zum Hafen gehen und Björn und Jökull Bescheid geben, dass sie nicht mehr rausfahren sollen? Ich … ich bringe das nicht übers Herz.« Hastig wischte sich ihr Vater eine Träne aus dem Augenwinkel. Dieser Anblick schockte Lilja zutiefst. Noch niemals zuvor hatte sie ihren Vater so niedergeschlagen erlebt. Nicht nur dass er binnen weniger Minuten völlig in sich zusammengesunken war, er wirkte auch entsetzlich deprimiert. Freiwillig gab er nicht nach. So viel war Lilja sonnenklar. Wenn sie nur gewusst hätte, was dieser Baldur gegen ihn in der Hand hatte …

»Und du willst uns wirklich nicht verraten, womit er dich erpresst? Vielleicht ist das alles gar nicht so schlimm, wie du denkst.« Lilja machte damit einen letzten Versuch, ihren Vater aus der Reserve zu locken.

»Lilja, ich glaube, wir sollten deinen Vater jetzt ein wenig ruhen lassen«, schlug ihre Mutter vor.

307

»Ich bin sehr müde. Sagst du es Björn und Jökull?«, wiederholte ihr Vater mit schwacher Stimme.

»Ich erledige das für dich, Pabbi, und sage den beiden Männern Bescheid, dass sie morgen nicht rausfahren sollen«, versprach sie ihm widerwillig. »Dieser Mistkerl hat dir aber eine Woche Zeit gegeben«, fügte sie nun hinzu.

»Ich will das so schnell wie möglich hinter mich bringen«, widersprach ihr der Vater.

»Pabbi, kannst du mir bitte auch einen kleinen Gefallen tun? Lass die Woche verstreichen und tu es erst im allerletzten Moment!«, bat sie ihn, ohne auch nur annähernd zu ahnen, was sie mit dieser Galgenfrist anfangen sollte. Sie konnte ihren Vater schließlich schlecht an der Unterschrift hindern, zumal sie nicht einmal wusste, was ihm sonst drohte.

»Meinetwegen, aber das wird nichts am Ergebnis ändern. Der Verkauf ist beschlossene Sache. Und bitte versuch nicht, herauszubekommen, was auf der Tröll passiert ist!«

Tröll? Da fiel Lilja etwas ein, womit sie ihren Vater vielleicht doch noch aus der Reserve locken konnte.

»Thorwald lässt übrigens fragen, ob er dir die Last mit der Tröll abnehmen soll. Er würde den Kahn vorübergehend an seinem Anleger parken.«

Die weiße Gesichtsfarbe ihres Vaters verwandelte sich in ein knalliges Rot, und er setzte sich mit einem Ruck auf. Aus seinen Augen funkelte der blanke Zorn. »Nur über meine Leiche!«, zischte er.

»Aber er würde kostenlos das Verschrotten übernehmen, sagt er«, fügte sie hinzu.

»NEIN!« Ari schrie es förmlich heraus. »Und sag ihm einen schönen Gruß! Sollte er es wagen, sich mein Schiff unter den Nagel zu reißen, dann kann er was erleben.«

Lilja ließ die Heftigkeit aufhorchen, mit der ihr Vater Thorwalds Unterstützung bei der Entsorgung des Walfängers ablehnte. Es wurde immer wahrscheinlicher, dass des Rätsels

Lösung auf der Tröll zu finden war. Und plötzlich fiel ihr ein, wer außer Thorwald und ihrem Vater noch die Wahrheit kennen musste.

33

Katlas erste Liebe

Amma Hrafnhildur bemerkte sofort, als Lilja ihr Haus betrat, dass ihre Enkelin etwas belastete.

»Kind, du bist ganz weiß um die Nase. Was ist geschehen?«

»Dir kann man wirklich nichts vormachen. Aber darf ich erst einmal reinkommen?«

»Natürlich, das Essen ist auch schon fertig. Rate mal, was es gibt!« Lilja tat so, als würde sie es erschnuppern können, dabei war es kein Geheimnis, was die Großmutter für sie zubereitet hatte. Lilja liebte ihre Fiskibollur, diese würzigen Fischbällchen, zu denen es das beste Kartoffelpüree gab, das sie jemals gegessen hatte.

»Fiskibollur«, sagte sie erfreut und folgte Amma Hrafnhildur, die zur Feier des Tages im Esszimmer gedeckt hatte, zum Tisch. Die Großmutter beobachtete befriedigt, mit welchem Appetit ihre Enkelin ihr Lieblingsessen genoss. Auf dem Weg hierher hatte Lilja befürchtet, dass sie keinen Bissen hinunterbringen würde, aber für einen Augenblick hatten sich ihre Sorgen verflüchtigt.

»Du siehst schon viel besser aus«, bemerkte die Großmutter, als Lilja fertig gegessen hatte.

»Nachtisch?«, fragte die Großmutter einladend, doch Lilja hielt sich den Bauch. »Ich brauche erst einmal eine Pause.«

»Gut, dann lass mich kurz aufräumen, und mach es dir auf dem Sofa bequem!«, befahl die Großmutter.

»Nein, ich helfe dir«, widersprach sie, aber Amma Hrafn-hildur duldete keine Widerworte. »Leg dich hin! Und dann erzählst du mir mal bei einem gesüßten Kaffee, was dein Herz beschwert.«

Lilja fügte sich den Anordnungen ihrer Großmutter und lümmelte sich auf das gemütliche Sofa, auf dem sofort Kind-heitserinnerungen hochkamen. Wie sie sich als kleines Mäd-chen von der Großmutter hatte verwöhnen lassen, wenn sie auf dem Sofa übernachtet hatte. Lilja hatte diese Besuche bei Amma Hrafnhildur geliebt. Die Großmutter hatte ihr dann erlaubt, am Wohnzimmertisch zu tuschen, obwohl immer et-was danebengegangen war, aber das hatte die Amma gar nicht gestört. Sie fand es viel wichtiger, dass das Kind, ohne acht-geben zu müssen, seine Kreativität ausleben konnte.

Lilja streckte sich genüsslich auf dem Sofa aus und deckte sich mit der Wolldecke zu, die ihre Großmutter noch von ihrer Mutter geerbt hatte.

Erschrocken fuhr sie auf, als das Telefon klingelte. Die Amma saß ihr gegenüber und blätterte in einem Kunstbuch.

»Um Himmels willen, habe ich etwa geschlafen?«, fragte Lilja.

»Nur ein paar Minuten.« Als die Großmutter hörte, wer da am Telefon war, ging ein Strahlen über ihr Gesicht. »Das ist eine wunderbare Neuigkeit. Natürlich könnt ihr hier schla-fen. Ja, sie ist zufällig gerade da. Willst du sie kurz sprechen?«

Lächelnd reichte die Großmutter Lilja den Hörer. Sie freute sich, Sigurds Stimme zu hören, obwohl ihr in demselben Augenblick schmerzlich einfiel, dass ihr Vater nun keinen Nachfolger mehr brauchte, aber das würde sie ihrem Bruder sicherlich nicht am Telefon berichten.

»Wir haben beschlossen, euch am nächsten Wochenende zu besuchen«, verkündete Sigurd fröhlich.

»Das ist eine tolle Idee«, entgegnete Lilja und versuchte, Optimismus zu verbreiten, was ihr offensichtlich gelang.

»Ja, wir freuen uns auch sehr. Ich habe schon mit Amma besprochen, dass sie die Eltern am Samstag zum Kaffeetrinken zu sich einlädt und … Tja, dann sind wir eben auch da. Ich hoffe nur, unser Vater fällt nicht tot um, wenn er begreift, dass Davið mein Mann ist.«

»Ach, Sigurd, es wird schon gut gehen!«, erwiderte Lilja, obwohl sie fand, dass es ein denkbar schlechter Augenblick war, ihrem Vater den neuen Schwiegersohn vorzustellen. Wenn nicht noch ein Wunder geschah, war ihr Vater dann ein endgültig gebrochener Mann.

Hastig reichte sie den Hörer wieder an ihre Großmutter zurück, weil ihr nichts mehr einfiel, was sie ihm Aufmunterndes hätte sagen sollen.

Nachdem Amma Hrafnhildur das Gespräch beendet hatte, musterte sie ihre Enkelin durchdringend.

»So, und nun verrate deiner alten Großmutter endlich, was dich belastet!«

Lilja zögerte noch einen Augenblick, aber dann berichtete sie ihrer Großmutter von dem Erpressungsversuch Baldurs und der plötzlichen Bereitschaft ihres Vaters, die *Lundi* zu verkaufen.

Amma Hrafnhildur war sehr betroffen darüber, dass ihr Schwiegersohn seinen Widerstand gegen den Verkauf derart kampflos aufgab. Sie teilte Liljas Vermutung, dass auf der *Tröll* etwas vorgefallen sein musste, was auf keinen Fall an die Öffentlichkeit gelangen sollte.

»Tja, ich habe mich oft gefragt, was er überhaupt bei Sturm dort draußen getrieben hat. Ach, es würde mir so leidtun, wenn er wirklich aufgeben würde! Gerade jetzt, da deine Mutter endlich auf seiner Seite ist«, sinnierte die Großmutter.

»Ich werde nachher zum Hafen gehen und Björn um Rat fragen. Bei der Gelegenheit werde ich versuchen, aus Jökull etwas herauszubekommen. Wenn das Ganze mit der *Tröll* zu tun hat, dann wird er auf jeden Fall davon wissen.«

»Das ist eine sehr gute Idee. Natürlich! Der Bursche ist mit Sicherheit informiert. Und was ist mit Björn und dir?« Die Frage kam für Lilja etwas zu überraschend.

»Was meinst du … ich meine, was soll mit ihm und mir … keine Ahnung, was du damit meinst.«

Amma Hrafnhildur quittierte das Herumgestotter ihrer Enkelin mit einem breiten Lächeln.

»Vor mir musst du deine Gefühle nicht so krampfhaft verbergen wie vor deiner …« Die Großmutter unterbrach sich hastig.

»Wolltest du sagen – *nicht so wie vor deiner Mutter?*«

»Na ja, das ist ja nicht zu übersehen, dass Katla den jungen Mann nicht leiden kann.«

Lilja kämpfte mit sich, aber dann vertraute sie ihrer Großmutter an, auf welch fiese Weise Katla Björn und sie damals auseinandergebracht hatte.

Amma Hrafnhildur stieß einen tiefen Seufzer aus. »Ich weiß, das ist unverzeihlich, aber ich glaube, sie wollte dich schützen.«

»Mich schützen, indem sie mir die Liebe meines Lebens nimmt?«, konterte Lilja aufgebracht. Sie hatte eigentlich geglaubt, dass sich ihre negativen Emotionen gegen ihre Mutter inzwischen gelegt hatten. Der Gedanke, heute vielleicht eine Familie mit Björn haben zu können, fachte ihre Wut allerdings erneut an.

»Ich kann sehr gut verstehen, dass es dich zornig macht, wie sich deine Mutter in dein Leben eingemischt hat, aber …«

»Ach, Amma, nun erzähl es mir endlich! Was hat Björns Vater meiner Mutter angetan? Die beiden standen sich doch mal sehr nahe, oder?«

»Ich denke, ich darf es dir nicht länger verheimlichen. Ich möchte schließlich nicht, dass du deine Mutter hasst. O ja, Haukur war die erste große Liebe deiner Mutter, nachdem sie schon vielen jungen Männern im Ort den Kopf verdreht, aber niemals selbst Feuer gefangen hatte. Sie waren wahnsinnig verliebt und unzertrennlich, bis ...«

Lilja fühlte sich unangenehm berührt bei dem Gedanken, dass ihre Mutter einst Björns Vater geliebt hatte. Musste deren große Liebe unbedingt der Vater ihrer eigenen großen Liebe sein? Trotzdem wollte sie jetzt die ganze Geschichte hören.

»Bis wann?«

»Bis Haukur die Schule fertig hatte. Er wollte nicht gleich von der Schulbank aus auf das Boot seines Vaters gehen, sondern in Reykjavík Ökonomie studieren. Deine Mutter konnte ihn nicht begleiten, denn sie ging noch zur Schule, aber dann ... Ach, ich weiß nicht, ob ich es dir wirklich erzählen darf. Es ist Katlas bestgehütetes Geheimnis. Nicht einmal dein Vater kennt dieses Drama.«

Amma Hrafnhildur machte eine lange Pause, bevor sie unvermittelt hervorstieß: »Deine Mutter wurde schwanger.«

Lilja schlug entsetzt die Hände vors Gesicht. »Um Himmels willen! Sag bloß nicht, dass Sigurd in Wirklichkeit der Sohn von Haukur ist!«

»Kind, entspann dich und lass mich doch bitte zu Ende erzählen!«

»Entschuldige, Amma, das geht mir so schrecklich nahe!«, erwiderte Lilja aufgeregt.

Die Großmutter musterte sie prüfend. »Du meinst wohl, der junge Mann geht dir so schrecklich nahe, oder?«

»Das auch, aber dass Mamma und sein Vater ein Paar waren, erklärt so einiges.«

»Jedenfalls ... gerade als sie es ihm mitteilen wollte, da bekam sie einen Anruf, in dem er gestand, dass er sich rettungslos in ein anderes Mädchen verliebt hatte. Deine Mutter war so geschockt, dass sie wenig später das Kind verloren hat. In ihren Augen war er daran schuld. Und dann gab sie dem Werben deines Vaters nach, der sie schon lange von ferne bewun-

314

derte. Und als Haukur mit seiner jungen Frau und seinem Kind nach Akureyri zurückkehrte, um die Boote seines verstorbenen Vaters zu übernehmen, begegnete sie ihm mit unverhohlenem Hass. Ich glaube, das war einer der Gründe, warum die beiden später nach Reykjavík zurückgekehrt sind. Deine Mutter war unversöhnlich. Ich habe es manches Mal erlebt, wenn wir Haukur in der Stadt begegnet sind. Deine Mutter wechselte stets die Straßenseite und hat ihn regelrecht geschnitten. Und nicht nur ihn. Auch seine Frau hat sie kaum gegrüßt«, seufzte die Großmutter.

»Und du glaubst, sie hatte Angst, Björn würde mich auch schwanger sitzen lassen? Aber sein Vater hat doch von der Schwangerschaft nichts geahnt. Die Fehlgeburt kann sie ihm doch nicht anlasten.«

»Es weiß keiner außer mir. Nicht einmal dein Großvater wusste davon. Nur ich, weil sie sich in ihrer Verzweiflung umbringen wollte, und ich habe sie noch rechtzeitig gefunden. Und da hat sie mir ihr Herz ausgeschüttet.«

»Und kanntest du Haukur? Ich meine, auf mich machte er einen netten Eindruck. Ich habe ihn vor dem Ministerium zufällig getroffen, aber keine drei Worte mit ihm gewechselt.«

»O ja, ich mochte ihn sehr gern und hätte ihn liebend gern zum Schwiegersohn gehabt, aber er war sehr weich und hat nach meinem Geschmack zu sehr nach Katlas Pfeife getanzt. Sie konnte sehr launisch und besitzergreifend sein. Und als er dann in Reykjavík diese andere Frau kennengelernt hat, da hat er wohl gemerkt, dass meine Tochter in ihrer Art, alles schönzureden, auch sehr dominant sein kann. Katla hatte bereits alles bis zum Letzten geplant. Hochzeit, Haus und Kinder.«

»Die arme Mamma! Und dann verliebt er sich in dem Moment in eine andere Frau, in dem sie ihn am meisten braucht.«

»Ja, es war schrecklich, aber dein Vater hat ihr das Vertrauen in die Männer zurückgegeben. Ihre Pläne für die Zukunft hat sie dann sofort mit Ari in die Tat umgesetzt. Ich glaube, sie haben nach zwei Monaten geheiratet, und *schwupps* war sie auch schon schwanger mit deinem Bruder. Er war immer zuverlässig und treu und hat sie auf ihrer rosaroten Wolke gelassen bis zum Unfall. Danach konnte er ihre Schönfärberei kaum mehr ertragen.«

»Und ausgerechnet jetzt, da sie erkennt, was für einem Verbrecher sie die *Lundi* in den Rachen werfen wollte, will Pabbi aufgeben!«, stöhnte Lilja.

Die Großmutter servierte nun ihren Nachtisch, die Pönnukökur, einen typisch isländischen Pfannkuchen mit Heidelbeeren, der Lilja für einen Augenblick vergessen ließ, was sie da gerade eben hatte erfahren müssen. Allerdings war sie sehr erleichtert, dass Sigurd nicht Haukurs Sohn war.

»Weißt du eigentlich, dass Sigurd und Haukur im Ministerium nicht nur Kollegen, sondern auch Freunde sind?«

»Ich weiß. Sigurd hat das mal erwähnt, aber er ahnt nicht, wie nahe deine Mutter Haukur einst gestanden hat.«

»Ach, Amma, was wohl Björn dazu sagen würde, wenn er erführe, dass sein Vater meiner Mutter das Herz gebrochen hat?«

Die Großmutter zuckte mit den Schultern. »Mir wäre es lieb, du würdest es für dich behalten. Ich musste deiner Mutter damals schwören, dass ich keiner Menschenseele je verraten werde, dass Haukur sie verlassen hat, als sie schwanger von ihm war. Ich wollte nur, dass du die Motivation deiner Mutter, Schicksal zu spielen, wenigstens annähernd nachvollziehen kannst. Ob du ihr das je verzeihen wirst, steht auf einem anderen Blatt.«

»Tja, ich werde es versuchen.« Lilja konnte sich nicht helfen. Ihre Mutter tat ihr tatsächlich ein bisschen leid. Ihr Schicksal rechtfertigte zwar dennoch keine derart gemeine

Intrige, um Björn und sie auseinanderzubringen. Vor allem wie abwegig war es, dass sie Björn unterstellte, Lilja so zu verletzen wie sein Vater einst Katla! Trotzdem war es mit dem jetzigen Wissen leichter, ihrer Mutter über kurz oder lang zu vergeben oder es zumindest zu versuchen. Und es war Ehrensache, dass sie Björn gegenüber diese Geschichte mit keinem Sterbenswort erwähnte.

34

Die Hoffnung stirbt zuletzt

Lilja wartete im strömenden Regen auf die Rückkehr der Lundi aus dem Fjord, doch von dem Boot war noch nichts zu sehen. Dafür kam in diesem Augenblick Baldur auf sie zu. Am liebsten hätte sie ihn ignoriert, aber das wäre in der aktuellen Lage nicht besonders klug gewesen. Auch wenn sie seine triumphierende Miene kaum ertragen konnte.

»Na, habt ihr den Alten überzeugt?«, fragte er hämisch.

»Das wirst du genau in einer Woche erfahren«, zischte sie zurück.

»Warum denn so aggressiv? Ich meine es doch nur gut.«

»Ist noch was? Sonst würde ich dich nämlich bitten, mich hier allein warten zu lassen«, fauchte sie.

»Keine Gesellschaft? Wir könnten doch ein bisschen plaudern.«

»Ich rede nicht mit Erpressern!«

»Vorsicht! Nicht ich bin mit dem Gesetz in Konflikt geraten, sondern dein Vater. Ich mache ihm nur ein Angebot, wie er ungeschoren aus der Sache rauskommt.«

Lilja zuckte zusammen.

Wahrscheinlich dachte er, sie wüsste, wovon er sprach, aber sie würde ihm gegenüber ganz sicher nicht zugeben, dass sie keine Ahnung hatte.

»Ich wäre jetzt gern allein«, wiederholte sie mit Nachdruck.

»Okay, okay, aber ich wollte den beiden Kerlen eigentlich gerade mitteilen, dass dies die letzte Fahrt war.«

»Das entscheidest du ganz bestimmt nicht!«, schnaubte Lilja. »Du lässt uns jetzt einfach eine Woche in Ruhe und kümmerst dich um deinen Dreck!«, fügte sie wütend hinzu.

»Ich will doch nur euer Bestes. Es ist doch kaum zum Mitansehen, wie sich der feine Björn für nichts krummlegt, und der alte Mann gehört schon lange in den Ruhestand.«

»Und ich gehe davon aus, dass der Fisch für die Restaurants in der Truhe ist und die Hütte wieder in einem anständigen Zustand. Sonst werde ich Anzeige erstatten«, bellte Lilja.

»Na, du traust dich was! Wer da wohl gegen wen Anzeige erstattet? Hast du denn gar keine Angst, dass man deinen Vater hinter Gitter bringt?«, fragte er lauernd.

Obwohl Liljas Herz bis zum Hals klopfte, weil sie keinen Schimmer hatte, was ihr Vater wirklich verbrochen hatte, ließ sie nicht locker.

»Tu, was du nicht lassen kannst! Sachbeschädigung und Diebstahl sind keine Kavaliersdelikte, und meine Mutter und ich sind Zeugen, dass du gestanden hast. Dann kommt nämlich nicht nur mein Vater ins Gefängnis.«

»Mein Kompliment. Ganz dein Alter. Wenn ich nicht wüsste, dass du ein Mädchen bist, ich würde dich für einen Kerl halten. Okay, spielen wir noch eine Woche, dass ihr ein Fischerboot habt, aber dann ist Schluss!« Er trat so nahe an sie heran, dass sie seinen Atem spüren konnte. »Ich glaube nämlich kaum, dass du wirklich so weit gehen würdest, deinen Vater ans Messer zu liefern.«

Lilja wurde abwechselnd heiß und kalt unter ihrer Wetterjacke. Wenn sie doch bloß endlich wüsste, was hier gespielt wurde! Eine Höllenwut überkam sie. Nicht nur auf Baldur, sondern auch auf Thorwald, der ihr nicht die Wahrheit sagte, und auch auf ihren Vater, der sich lieber einschüchtern ließ,

319

als ihr zu verraten, warum er mit einem Bein im Gefängnis stand.

Baldur drehte sich um und verschwand im Regen. In diesem Augenblick näherte sich die Lundi, und Lilja machte sich bereit, die Vorleine aufzufangen. Jökull winkte ihr übermütig zu und warf ihr den Tampen zu, mit dem sie die Lundi professionell festmachte.

Die beiden Männer waren von Kopf bis Fuß in ihr Ölzeug eingehüllt und begannen, nachdem Björn ihr ebenfalls zugewunken hatte, den Fisch auszuladen.

Lilja erklärte sich bereit, den frischen Fisch für die Restaurants in die Fischerhütte zu bringen, weil sie vermeiden wollte, dass die beiden Männer die Verwüstung sahen, bevor sie mit ihnen geredet hatte. Als sie die Ware auf dem Wagen zur Hütte brachte, staunte sie nicht schlecht. Offenbar hatte Baldur sie tatsächlich wieder in einen einigermaßen ordentlichen Zustand gebracht, und in einer gesäuberten Truhe befand sich der gestrige Fang. Lilja packte den frischen Fisch dazu, bevor sie zum Schiff zurückkehrte. Dort waren die Männer damit beschäftigt, die Lieferung für die Firma Eismeerfisch auf den Gabelstapler zu laden, um sie ins Kühlhaus zu transportieren. Als Björn das Fahrzeug dorthin bringen wollte, bat Lilja Jökull, den Job zu übernehmen, um Björn in die neuste Entwicklung einzuweihen. Atemlos berichtete sie ihm von dem Gespräch mit Baldur und davon, dass ihr Vater dem Mistkerl zum Dank kampflos die Lundi überlassen wollte.

Björn war fassungslos, nachdem Lilja ihm aufgebracht von der Erpressung und der Reaktion ihres Vaters berichtet hatte.

»Um Gottes willen, was haben sie mit der Tröll bloß angestellt?«

»Wenn ich das wüsste«, erwiderte Lilja und weihte ihn in ihren Plan ein, Jökull zum Reden zu bringen.

»Aber das müssen wir geschickt angehen«, bemerkte Björn

nachdenklich. »Am besten locken wir ihn auf die *Tröll* unter dem Vorwand, einen Kaffee zu trinken«, schlug er vor.

Lilja war beeindruckt, wie schnell Björn den Ernst der Lage begriffen hatte und wie mühelos sie beide an einem Strang zogen. Wenn sie da an Thorwald dachte und an seine Art, ihr Steine in den Weg zu legen …

In diesem Augenblick hörte es auf zu regnen. Wie aus dem Nichts bahnte sich die Sonne ihren Weg durch ein Wolkenloch. In demselben Augenblick entstand ein Regenbogen, der sich einmal quer über den ganzen Hafen spannte. Björn und Lilja starrten gebannt auf dieses Naturschauspiel, und sie hätte zu gern gewusst, was er dachte. Sie jedenfalls hielt das farbenfrohe Spiel für ein Zeichen, dass doch noch alles gut werden könnte.

Der Regenbogen war nur von kurzer Dauer, und schon war wieder alles grau, aber wenigstens der Regen hatte sich verflüchtigt. Während Björn sich aus seinem Ölzeug schälte, musterte er Lilja intensiv. »Sei nicht traurig!«, sagte er zärtlich. »Noch haben wir nicht verloren. Ich denke, eine Woche ist eine Menge Zeit.«

»Glaubst du denn wirklich, wir können den Verkauf noch verhindern, jetzt, da mein Vater die *Lundi* kampflos aufgeben will?«

»Ich denke schon. Wir müssen nur endlich die Wahrheit herausbekommen.«

Lilja nickte, und in dem Moment fiel ihr ein, was ihr Sigurd bei ihrem Treffen erzählt hatte, und sie gab diese Information an Björn weiter.

»Also, Thorwalds Spedition hat versucht, leere Container zu Geld zu machen, die einer Reederei auf See verloren gegangen sind, und nun interessiert sich die Versicherung dafür«, fasste er ihre Schilderung zusammen. »Aber was sollte dein Vater damit zu tun haben, dass Thorwald leere Container verscherbelt, was ja so gesehen kein Verbrechen ist?«

»Wenn ich das wüsste, wäre ich schlauer«, seufzte Lilja. In dem Augenblick kehrte Jökull zurück, und Lilja machte den Vorschlag, dass sie noch einen Kaffee auf der Tröll trinken sollten. Der alte Mann war hocherfreut von der Idee, die beiden auf dem Schiff zu bewirten, und betonte, dass er auch Kekse habe.

Lilja ließ ihn erst einmal den Kaffee zubereiten und nutzte die Zeit, mit Björn eine Besichtigung des Schiffes vorzunehmen. Während sie durch den Bauch des alten Walfängers gingen, erzählte Lilja Björn von ihrem Gespräch mit Fanney über den Umbau der Tröll in einen Ausflugsdampfer.

»Tolle Idee«, sagte Björn. »Nur wird die Restaurierung des Schiffes echt eine Stange Geld kosten.«

»An dem Punkt waren wir auch schon«, lachte Lilja, während sie nach oben stiegen und den Salon begutachteten. »Das wäre ein Traum, um daraus ein Restaurant zu machen«, fügte sie seufzend hinzu.

»Klasse. Und unten würde man Gästekabinen einrichten.«

Lilja klatschte vor Begeisterung in die Hände. »Super! Stell dir vor, Touren durch die Grönlandsee, und die Wale auf See haben die Gäste gratis. Und natürlich eine Nacht Grímsey.«

»Das gehört unbedingt in das Programm«, bekräftigte Björn, und ihre Blicke trafen sich. Sie hätte später nicht mehr sagen können, von wem es ausgegangen war, aber plötzlich hatten sich ihre Lippen gefunden, und sie küssten sich leidenschaftlich. Es war einerseits vertraut, ihn zu küssen, und anderseits prickelnd fremd. Trotzdem war es Lilja, die ihre Lippen von seinem Mund löste. »Was war das denn?«, fragte sie betont burschikos, damit er bloß nicht merkte, dass ihre Knie weich wie Butter waren und ihr Herz bis zum Hals pochte.

Björn stieß einen tiefen Seufzer aus. »Tja, das lag wohl in der Luft, aber was es bedeutet, das weiß ich auch nicht. Ich … ich … ich wollte eigentlich für mich erst einmal klären, was ich … ich meine, was ich von …«

»Was du von Liv willst. Sprich es ruhig aus!«, fuhr Lilja ihn an und war selbst erschrocken über ihren Ton. Warum musste sie diesen romantischen Augenblick, der für sich selbst sprach, kaputt machen, indem sie krampfhaft vor ihm verbarg, wie sehr nicht nur ihr Herz, sondern auch ihr Körper nach mehr Nähe zu ihm verlangte? Und wie dämlich, ausgerechnet jetzt ihre Eifersucht auf Liv durchblicken zu lassen!

Björns zärtliche Miene war wie versteinert. »Das wollte ich mit meinem Gestotter eben nicht zum Ausdruck bringen«, stieß er in bemüht sachlichem Ton hervor. »Okay, man könnte aus diesem Kahn wirklich ein echtes touristisches Highlight machen, aber dazu müsste man erst einmal kräftig investieren«, fügte er hastig hinzu.

»Tja, wir sollten Jökull nicht warten lassen. Aber ob er die Zähne auseinanderkriegt, das wage ich noch zu bezweifeln«, meinte sie, um von der verunglückten Annäherung abzulenken, wobei der Kuss selbst ein Traum gewesen war, nur die Missverständnisse danach ließen zu wünschen übrig. Lilja bedauerte zutiefst, dass sie nicht einfach authentisch geblieben war, sondern die Coole gespielt hatte. Aber er hatte sich in ihren Augen auch nicht gerade geschickt verhalten. Sollte er ihr doch offen sagen, was er zu klären gedachte, wenn es nicht die Beziehung zu Liv war, die ihn beschäftigte.

Schweigend kehrten sie in die kleine Kombüse zurück, in der Jökull bereits mit dem fertigen Kaffee auf sie wartete.

»Na, bist du zufrieden mit unserem Fang?«, erkundigte er sich mit sichtlichem Stolz, dass sie wieder mit voller Ladung in den Hafen zurückgekehrt waren.

»Ihr seid großartig, nur leider war das vorerst eure letzte Fahrt«, sagte sie zögernd.

»Wie jetzt? Wir haben doch noch gar nicht richtig angefangen. Und der Käpt'n bleibt auf jeden Fall bis Mai, falls du ihn nicht überredet kriegst, auf dieses blöde Kreuzfahrtschiff zu pfeifen.« Jökull grinste Lilja frech an. Normalerweise hätte sie seine Bemerkung ganz süß gefunden, nicht aber vor dem Hintergrund, dass sie Björn mit ihrem Verhalten nach dem Kuss wohl eher in die Flucht geschlagen hatte.

»Mein Vater wird die Lundi verkaufen«, stöhnte Lilja. »Und zwar an den Trawlerkönig.«

»Hol mich der Teufel! Hat sein Kopf beim Unfall was abgekriegt?« Jökull tippte sich gegen die Stirn.

»Nein, Baldur erpresst ihn.«

»Womit denn das?«

»Das wüsste ich gern von dir.«

»Ich habe keine Ahnung, womit!« Jökulls Empörung schien echt.

»Er weiß etwas, das meinen Vater hinter Gittern bringen könnte, behauptet er. Ich war schon bei Thorwald, der scheint auch Bescheid zu wissen, aber er rät mir nur, meinen Vater zum Verkauf zu überreden. Das wäre zu seinem Besten. Und auch mein Vater möchte nicht, dass ich da reingezogen werde.«

Jökull war jetzt aschfahl im Gesicht. »Das … das hört sich ja gefährlich an, aber … aber wenn dein Vater nicht möchte, dass du das weißt, dann weiß ich auch nichts«, entgegnete er unbeholfen.

»Aber Jökull, mir ist klar, dass du nichts gegen den Willen meines Vaters unternimmst, aber vielleicht haben wir noch eine Chance, die Lundi zu retten, wenn wir erfahren, worum es geht.«

Jökull blickte sie mit traurigen Augen an. »Nö, wenn Baldur Bescheid weiß, sind wir geliefert. Und es ist wirklich besser, wenn du es nicht erfährst, aber den Thorwald kaufe ich mir. Der tut ja so, als würde er seine Hände in Unschuld waschen. Er ist die treibende Kraft gewesen. Es war doch seine Idee.«

Lilja hatte in diesem Augenblick die Hoffnung, dass Jökull,

so empört er jetzt war, doch noch ins Reden kam, aber nun war er verstummt.

»Jökull, bitte, gib mir doch nur einen kleinen Tipp!«, flehte sie ihn an.

»Willst du Zucker in den Kaffee?«, fragte er, statt ihr eine Antwort zu geben, und reichte ihr die Dose.

»Jökull, sei nicht so stur! Glaub mir, es ist besser, wenn wir Bescheid wissen, um noch etwas retten zu können«, sagte Björn in strengem Ton.

»Ach ja? Das habt ihr euch ja schön ausgedacht. Der alte Trottel soll ausplaudern, was die anderen für sich behalten!« Wütend stand er auf, öffnete das Schapp und zog eine volle Flasche Whisky hervor. In dem Moment erinnerte sich Lilja an die nagelneuen Sachen, die sie in seiner Koje gefunden hatte.

»Woher hast du das?«, fragte sie neugierig und nahm ihm die Flasche aus der Hand. Auch Björn begutachtete die Flasche interessiert. »Talisker, wow! Dafür musst du in der Vínbúðin aber mächtig was gelöhnt haben.«

Jökull riss Lilja förmlich die Flasche aus der Hand und presste sie an seine Brust. »Das geht euch gar nichts an«, fauchte er.

»Wir wollen dir doch nichts Böses. Aber haben diese Flasche, die noch verpackte Kleidung samt den Sneakers in deiner Koje was mit der Sache zu tun, mit der Baldur meinen Vater erpresst?«, fragte Lilja einschmeichelnd.

»Du wühlst in meinen Sachen? Das wird ja immer schöner«, schnaubte der alte Mann, der dabei wie ein verschrecktes Tier guckte, das Jäger in die Enge getrieben hatten.

»Ich habe nur saubere Sachen zum Anziehen für dich gesucht«, entgegnete sie entschuldigend.

»Ach, jetzt lasst mich einfach in Ruhe! Morgen bin ich weg. Ist ja eh vorbei!«, murmelte Jökull.

»Du kannst so lange auf der *Tröll* wohnen, bis wir eine

Lösung haben, was wir damit anfangen. Thorwald würde es ja kostenlos übernehmen, den Kahn zu verschrotten, aber das will mein Vater nicht«, bemerkte Lilja in der Hoffnung, ihn damit doch noch zum Reden zu bringen.

»Das wäre ja noch schöner! Thorwald will doch bloß weitermachen mit dem Mist, und das mit unserem Schiff und anderen Leuten. Der kriegt doch den Hals nicht voll!«, spie Jökull voller Zorn aus.

Lilja hielt den Atem an. Jökull stand im Begriff, ihnen endlich das Geheimnis zu verraten, aber dann verstummte er wieder und blickte ins Leere.

Björn und Lilja warfen sich einen ratlosen Blick zu. Es herrschte eine angespannte Stille. Die Gedanken in Liljas Kopf gingen wild durcheinander. Wenn sie Jökulls Worten Glauben schenkte, war Thorwald der Drahtzieher der ganzen Geschichte. Noch einmal würde sie sich jedenfalls nicht von ihm abwimmeln lassen, sondern ihn mit dieser Aussage konfrontieren.

»Ich fasse mal zusammen, was wir wissen«, hörte sie Björn von ferne murmeln. »Thorwald hat versucht, in Reykjavík leere Container zu verkaufen, die offensichtlich bei Sturm über Bord gegangen sind. Da stellt sich natürlich die Frage, ob er die am Strand gefunden oder auf dem sturmgepeitschten Meer regelrecht danach gesucht hat. Und was würde sich zum Transport besser eignen als ein ausgedienter Walfänger?«

Jökull wich bei Björns Spekulationen die restliche Farbe aus dem Gesicht. Volltreffer!, dachte Lilja. Dass sie darauf nicht selbst gekommen war! Deshalb war ihr Vater bei Sturm mit der *Tröll* rausgefahren! Um Container aus dem Wasser zu fischen. Es war bekannt, dass sich bei Sturm in der Grönlandsee immer wieder welche losrissen und über Bord gingen. Darüber wurde zwar nicht offiziell gesprochen, und es gab keine Zahlen, weil Reedereien ungern über diese Verluste sprachen, aber das war schon damals Thema im Studium gewesen. Da hatten sie es allerdings in einem anderen Zusammenhang behandelt, nämlich unter Umweltaspekten, denn immer wieder hatten sich solche Container zersetzt und jede Menge chemischer Stoffe ans Meer abgegeben.

Damals wurde bereits unter der Hand von gigantischen Verlusten gesprochen. Die Container waren zwar versichert und die Reedereien eigentlich verpflichtet, sie möglichst wieder aus dem Meer zu bergen, damit sie keinen Schaden anrichteten. Trotzdem sanken die meisten früher oder später auf den Meeresgrund und richteten, sobald sie sich auflösten, Schäden an. Schon einige Segelboote waren samt Mannschaft nach Havarien mit knapp an der Oberfläche schwimmenden Containern untergegangen.

Insofern war es sogar umweltfreundlich, dass ihr Vater diese Container geborgen hatte, nur dass er sie dann zusammen mit seinen Komplizen ausgeräumt hatte, und das war ganz und gar nicht korrekt, dachte Lilja.

»Die haben die Sachen aus den Containern verkauft!«, rief sie empört aus.

»Das befürchte ich auch«, pflichtete Björn ihr bei.

Jökull fixierte nun krampfhaft den Boden. Lilja stand auf und öffnete den Schapp. Dort stapelten sich die teuren Schnapsflaschen. Lilja hielt eine davon provozierend in die Luft.

»Ein Container mit Alkoholika. Wie praktisch!«

»Ich sag gar nichts mehr!«, knurrte Jökull.

»Warum? Warum habt ihr das gemacht?«, fragte Lilja streng nach.

»War ja nicht unsere Idee. Aber Thorwald hat uns überredet, weil dein Vater immer mehr Kunden verloren hat. Es verging kein Tag, an dem dieser Baldur sich nicht irgendeine Schweinerei ausgedacht hat. Wir haben zum Schluss nur noch die Hälfte von dem, was wir fangen dürfen, verkaufen können. Das war zu wenig!«

Lilja atmete ein paarmal tief durch. Sie vibrierte vor Zorn auf Thorwald. Dass er ihren stets integren Vater dazu angestiftet hatte und ihr gegenüber auch noch so tat, als hätte er mit der Sache nichts zu tun und würde es nur gut mit ihrem Vater meinen! Und wahrscheinlich würde er weiterhin hartnäckig leugnen. Wie sollte sie ihm bloß das Gegenteil beweisen? Und wenn, was nützte das ihrem Vater? Wenn Baldur wusste, dass er die Container mit der Tröll aus dem Meer gefischt hatte, würde er sich dafür verantworten müssen. Jetzt verstand sie auch, warum sich ihr Vater so vehement dagegen verwehrt hatte, Thorwald den alten Walfänger zu überlassen. Er befürchtete wahrscheinlich, Thorwald würde sein Nebengeschäft mit einer anderen Crew fortsetzen.

Plötzlich fiel Lilja die alte Wellblechhalle ein und dass Thorwald sie gesichert hatte wie Fort Knox. Was, wenn er dort die Container lagerte, um sie auszuschlachten? Wenn sie ihm das beweisen konnte, dann hatte er keine Chance, sich herauszuwinden. Zwar würde das ihrem Vater auch nicht viel nützen, aber sie sah nicht ein, dass sich Thorwald aus der Verantwortung stahl und die Schuld allein ihrem Vater in die Schuhe schob.

Lilja überlegte kurz, ob sie Thorwald allein damit konfrontieren sollte oder nicht lieber zusammen mit Björn bei ihm aufkreuzte.

Sie versicherte Jökull, dass er nichts zu befürchten hatte, und bat ihn, sich unbedingt vom Alkohol fernzuhalten, denn sie hatte Sorge, dass auch andere früher oder später mit der Nase auf die Tröll stoßen würden. Hatte Baldur nicht etwas gefaselt von einem Detektiv, der im Hafen herumlungerte? Ihr Herz klopfte bis zum Hals. Noch hatte sie keine Idee, wie sie die Katastrophe, dass der Mann ihrem Vater auf die Schliche kam, verhindern konnte. Selbst wenn Baldur seinen Mund hielt, war es doch nur eine Frage der Zeit, bis er auf Ari und die Tröll kommen würde. Und das durfte nicht geschehen!

»Björn, ich denke, wir sollten gehen«, schlug sie mit belegter Stimme vor.

»Ach, Lilja, das tut mir alles so leid!«, jammerte Jökull.

»Pass auf, rede einfach mit keinem Menschen, ganz gleich, wer dich danach befragt! Es kann nämlich sein, dass ein Detektiv der Versicherung hier auftaucht.«

»Ich schweige wie ein Grab! Aber was soll bloß werden, wenn Ari die Lundi verkauft?«

»Noch hat er nicht unterschrieben«, versuchte ihn Lilja zu trösten, aber wenn sie ehrlich war, glaubte sie auch nicht mehr daran, dass sich alles zum Guten wenden würde.

35

Geschäftsessen

Nachdem Lilja Björn von ihrem Plan berichtet hatte, Thorwald einen erneuten Überraschungsbesuch abzustatten, hatte er darauf bestanden, sie zu begleiten. Auf dem Weg durch den Hafen spürte Lilja, wie der ganze Optimismus, mit dem sie das Boot ihres Vaters hatte retten wollen, schwand. Sie fühlte sich, als wäre eine kleine Welt zusammengebrochen. Niemals hätte sie ihrem Vater zugetraut, dass er sich auf krumme Geschäfte einlassen würde. Ohne die ganze Schuld auf Thorwald abwälzen zu wollen, war sie dennoch überzeugt davon, dass er die treibende Kraft gewesen war und es aus purer Gier getan hatte. Ihr Vater hatte mit dem Zusatzverdienst ganz sicher nur den Verkauf der Lundi verhindern wollen. Und nun hatte dieser Mistkerl von Baldur doch noch gewonnen! Woher der wohl von der ganzen Sache wusste?, fragte sie sich. Wie sie es auch drehte und wendete, es war verdammt ungerecht, dass ihr Vater sein Schiff nun gerade deshalb verlieren sollte, weil er in seiner Verzweiflung auch vor unlauteren Mitteln nicht zurückgeschreckt war, um es zu retten.

Lilja erschrak kurz, als sich eine Hand in ihre schob, doch dann fühlte sie sich gleich wesentlich besser als zuvor.

»Wir werden nicht aufgeben. Noch nicht!«, raunte Björn und drückte ihre Hand zärtlich.

»Das will ich ja auch gar nicht, aber ich kann meinem Vater doch nicht raten, Baldur die Lundi zu verweigern, um den Preis, dass der Arsch ihn an den Versicherungsfuzzi verrät.«

»Das ist klar. Ich weiß doch auch nicht, wie wir das anstellen sollen, aber meine Intuition sagt mir, dass wir eine Lösung finden werden.«

Lilja wurde ganz warm ums Herz. Wie selbstverständlich er von wir sprach! Ihr Bauchgefühl signalisierte ihr in diesem Augenblick, dass ihr nichts geschehen konnte, solange Björn in ihrer Nähe war. Am liebsten hätte sie ihm auf der Stelle offenbart, dass sie sich insgeheim wünschte, dass er nie wieder weggehen würde, aber das behielt sie lieber für sich. Mehr konnte sie sich wirklich nicht von ihm erhoffen, als dass er Seite an Seite mit ihr für die Zukunft ihres Vaters kämpfte. Gut, er hatte Ari immer schon gemocht, aber dass er sich so ins Zeug legte, war wirklich besonders, dachte sie gerade, als sie am Tor der Firma Bjarkisson ankamen. Es stand noch offen, aber auf dem Gelände war kein Betrieb mehr. Lilja hatte arge Zweifel, ob Thorwald überhaupt noch in seinem Büro war.

In dem Moment steuerte einer seiner Mitarbeiter auf die Wellblechhütte zu, schloss die Tür auf und verschwand im Innern.

»Komm! Jetzt oder nie! Wir schauen uns das von Nahem an. Wenn ich recht habe und dort die Container lagern, kann sich Thorwald nicht länger rauswinden.« Und schon war sie losgerannt.

Vor dem Eingang holte Björn sie ein. »Moment, wie willst du das dem Arbeiter erklären, dass wir einfach die Halle betreten?«

»Ganz einfach. Wir spielen ein altes Liebespaar, das es noch einmal an den Ort zieht, an dem es einst wilde Sachen erlebt hat«, erklärte sie lächelnd.

Björns Miene hellte sich auf. »Meinst du, das können wir spielen? Wenn ich es recht sehe, ist das in echt unsere alte Partyhöhle.«

331

»Gut, dann nimm mich in echt in den Arm, und los geht's!«

Umarmt betraten sie das Innere der Halle, wo zu ihrer großen Enttäuschung nichts mehr an damals erinnerte. Das ganze improvisierte Bar-Interieur musste jemand entfernt haben. Lilja vermutete, dass es Thorwald nicht schwergefallen war, die Sachen zu entsorgen, denn er hatte schließlich nicht zu der Clique gehört, die sich die Halle zum Partyraum umgestaltet hatte. Jetzt waren hier Container gestapelt, die genauso aussahen wie diejenigen, die Thorwald Lilja in der Haupthalle vorgeführt hatte. Völlig unauffällig jedenfalls. Was hatte sie sich auch vorgestellt? Dass Thorwald die geborgenen Container für jeden sichtbar lagerte, vor allem jetzt, nachdem offenbar der Detektiv der Versicherung hier herumschnüffelte?

Doch da entdeckte sie eine Lücke zwischen zwei Containern, durch die der Arbeiter verschwunden war.

»Die sind dahinter versteckt. Wetten?«, flüsterte Lilja Björn aufgeregt zu.

»Das können wir nicht beweisen. Es können irgendwelche Container sein«, flüsterte er.

»Gut, dann müssen wir eben in einen reingucken«, schlug sie vor und zog Björn mit sich. Sie sah sich nach allen Seiten um, aber der Arbeiter war nicht zu sehen.

»Sieh mal, da ist die Tür sogar offen!«

»Lilja, lass das! Der Typ muss hier doch irgendwo sein«, flüsterte er.

Statt ihm zu antworten, näherte sich Lilja dem Container und versuchte, die angelehnte Tür zu öffnen, als der Arbeiter aus dem Innern des Containers kam. »Halt! Was macht ihr da?«, fragte er mit grimmiger Miene.

Lilja warf Björn einen verzweifelten Blick zu, doch der zuckte nur mit den Schultern. Da setzte sie ihr schönstes Lächeln auf. »Ach, ich suche alte Erinnerungsstücke. Das war früher unsere Partylocation. Da haben wir uns kennengelernt, und jetzt wollte ich meinen Mann am Hochzeitstag damit überraschen, dass wir noch einmal herkommen. Aber nun ist das ja alles ganz anders hier.«

Der Mitarbeiter blickte irritiert zwischen Lilja und Björn hin und her. »Das ist aber nun schon länger das Firmengelände der Spedition.«

»Entschuldige, das wussten wir leider nicht. Wir leben inzwischen in Dänemark und sind extra zum Hochzeitstag in unsere alte Heimat gereist«, mischte sich nun Björn eifrig ein. »Ob wir noch ein wenig hierbleiben könnten?«

»Nein, das geht gar nicht. Diese Halle dürfen eigentlich überhaupt keine Unbefugten betreten. Das müsst ihr mit dem Chef klären. Ich kann euch das leider nicht erlauben. Und jetzt raus hier, aber fix!«

Mit diesen Worten schloss er die Tür des Containers, ohne dass Lilja auch nur einen Blick in das Innere hatte werfen können.

»Und ist der Chef noch im Haus?«, fragte sie nun scheinheilig.

»Nein, heute nicht mehr. Er hatte heute Besuch von einem Typen aus Reykjavík, der sich auf unserem Gelände umgesehen hat. Und die beiden sind zusammen zum Abendessen gegangen.«

»Und wohin?«, fragte Lilja.

Der Mitarbeiter musterte sie kritisch. »Also, das geht euch gar nichts an. Und untersteht euch, ihn in seiner Freizeit im Fjörður zu belästigen! Kommt morgen in sein Büro, wenn ihr was von ihm wollt!«

Mit diesen Worten schloss er die Tür der Halle gleich doppelt ab.

»Aber wie kommen wir dazu, deinen Chef privat zu belästigen, und dann noch in einem Lokal?«, heuchelte Lilja und nahm Björns Hand. »Komm, Liebling, vielleicht klappt es morgen!«

333

Kaum war der Arbeiter verschwunden, brachen die beiden in lautes Gelächter aus. »Du kannst ja vielleicht schauspielern!«, stieß Björn bewundernd hervor.

»Du bist auch nicht ohne«, erwiderte sie.

»Und nun?«

»Nun gehen wir im Fjörður essen und machen unserem Freund einen Strich durch die Rechnung. Der schleimt sich nämlich auf Kosten meines Vaters bei dem Detektiv ein, wenn ich das richtig sehe.«

»Meinst du nicht, wir sollten bis morgen warten? Und Thorwald in seinem Büro aufsuchen?«

»Nein, ich finde, wir stören jetzt absichtlich.«

»Habe ich eine Wahl?«

»Tja, du könntest mich allein gehen lassen«, schlug Lilja vor, was sie allerdings nicht ernst meinte. Ohne Björn an ihrer Seite würde sie das ungern durchziehen, zumal sie keinen Plan hatte, was sie damit erreichen wollte.

Das Fjörður war bis auf den letzten Platz besetzt, als Lilja und Björn das Lokal betraten. Fanney begrüßte die beiden herzlich und teilte ihnen bedauernd mit, dass es keinen einzigen freien Tisch mehr gab.

»Wir wollen auch keinen freien Tisch, sondern uns dahinten …« Lilja deutete auf einen Vierertisch, an dem Thorwald in ein angeregtes Gespräch mit einem Herrn vertieft war. »… dazugesellen.«

»Seid ihr denn verabredet?«, fragte Fanney skeptisch.

»Nein, aber es wäre nett, wenn du uns jetzt dorthin führst und unserem Freund Thorwald ganz naiv vorschlägst, dass du uns die beiden Plätze anbietest, da wir uns ja gut kennen. Und alles andere erkläre ich dir später«, raunte sie ihrer Freundin zu. »Bringst du uns eine Flasche Wasser und für mich eine Fischsuppe?«

»Die nehme ich auch«, sagte Björn.

»Wird gemacht. Gut, dann kommt mit!« Fanney führte die beiden zu Thorwalds Tisch. Die Männer plauderten so intensiv miteinander, dass sie die neuen Gäste nicht hatten kommen sehen. Erst als sich Fanney räusperte, blickte Thorwald auf und erschrak. »Ihr hier?«, fragte er verunsichert.

»Ja, ich habe keine freien Plätze mehr, und da dachte ich, vielleicht könnten die beiden mit an diesem Tisch sitzen. Ihr kennt euch ja gut«, flötete Fanney.

»Nein, tut mir leid, das ist eine Arbeitsbesprechung«, erwiderte Thorwald entschieden, aber der Herr von der Versicherung schien das anders zu sehen. Er schenkte Lilja ein charmantes Lächeln. »Also, meinetwegen könnt ihr euch gern zu uns setzen. Wir haben doch alles Nötige besprochen.« Er wies einladend auf die beiden Plätze.

Das ließen sich Lilja und Björn nicht zweimal sagen. Kaum dass sie saßen, stellte sich ihnen der Detektiv vor. Er hieß Elvar.

Thorwald war sichtlich nervös. Wahrscheinlich fühlt er sich ertappt, weil er dem Mann gerade den Unschuldsengel vorgespielt hatte, vermutete Lilja.

Mit sichtlichem Vergnügen fragte sie Elvar, woher er denn komme und was ihn nach Akureyri führe.

Elvar hatte offenbar schon ein paar Glas Bier zu viel getrunken, denn er war äußerst gesprächig. Er berichtete ganz offenherzig, dass er Detektiv sei und in einem Fall seiner Versicherung recherchiere.

»Das ist ja spannend«, säuselte Lilja. »Was ist denn das für ein Fall?«

»Lilja, bitte! Du kannst Elvar doch nicht so ausfragen«, mischte sich Thorwald empört ein.

»Ach, das ist kein Problem. Ich bin ja hier, um Informationen zusammenzutragen. Ich arbeite nicht inkognito«, widersprach Elvar.

»Genau, vielleicht können wir dir behilflich sein, denn hier kennt wirklich jeder jeden«, bemerkte Björn eifrig.

335

Lilja beobachtete aus den Augenwinkeln, wie Thorwald Schweißperlen auf die Stirn traten, und sie empfand eine gewisse Schadenfreude bei diesem Anblick.

Elvar beugte sich verschwörerisch über den Tisch. »Also, ich recherchiere in einem Fall, in dem eine Reederei bei Sturm Ladung verloren hat. Das ist an und für sich nichts Besonderes. Nur sind die Container wieder aufgetaucht, und zwar leer. Deshalb habe ich heute Thorwald einen Besuch abgestattet, weil nämlich seine Spedition versucht hat, die leeren Container in Reykjavík zu verkaufen. Nur über die Nummern sind wir darauf gestoßen, dass sie alle von der Reederei als vermisst gemeldet worden sind«, berichtete er geschäftig. Seiner Stimme war anzumerken, dass er schon einiges getrunken hatte.

»Ach, und nun hast du Thorwald in Verdacht, dass er die Container leer geräumt hat?«, flötete Lilja.

»Unsinn!«, bellte Thorwald, doch Elvar fuhr unbeirrt fort: »Das kam uns natürlich verdächtig vor, denn es werden noch weitere vermisst. Wir hatten erst die Reederei im Visier, aber dann tauchten diese leeren Container auf, sprich, die hat jemand tatsächlich ausgeräumt, aber Thorwald war sehr kooperativ und hat mir seine großen Hallen gezeigt. Und dort befand sich kein einziger Container, der unserer Versicherung als gestohlen gemeldet worden war.«

»Das hätte ich mir auch gar nicht vorstellen können, dass Thorwald solche krummen Dinger dreht«, flötete Lilja. »Das hat er auch gar nicht nötig. Ihm gehört schließlich nicht nur die Spedition, sondern auch ein Busunternehmen. Aber sag mal, woher hattest du denn die Container?«

»Gute Frage«, bemerkte der Detektiv anerkennend. »Das habe ich ihn auch als Erstes gefragt.«

Lilja stellte mitleidslos fest, dass Thorwalds linkes Augenlid zu zucken begann. Ein klares Indiz, dass er sehr aufgeregt sein musste.

»Und sind sie dir zugeflogen?«, fragte sie mit einem falschen Lächeln auf den Lippen.

»Nein, es hat jemand unsere Spedition beauftragt, die Container nach Reykjavík zu bringen und das Geschäft abzuwickeln. Wir haben mit dem Verkauf selbst gar nichts zu schaffen«, knurrte Thorwald.

»Dann hast du also nichts Verdächtiges in Akureyri gefunden?«, fragte Lilja den Detektiv.

»Wie man's nimmt. Es hat sich herausgestellt, dass die Firma, die Thorwald den Auftrag erteilt hat, gar nicht existiert. Ein klarer Beweis, dass hinter der Sache geballte kriminelle Energie steckt. Ich befürchte, da hatte es jemand darauf abgesehen, ins Meer gefallene Container aufzufischen und auszuschlachten. Das Problem ist nur folgendes: Dazu benötigt man schon ein größeres Schiff, und Thorwald besitzt keins. Ich werde wohl noch ein paar Tage bleiben und herauszufinden versuchen, ob es hier im Hafen wohl ein Schiff gibt, das geeignet wäre, Container an Bord zu nehmen«, plauderte Elvar munter drauflos. »Aber jetzt müsst ihr mich entschuldigen. Das viele Bier …«

Kaum war der Detektiv außer Hörweite, konnte sich Thorwald nicht länger beherrschen. »Was bezweckt ihr mit eurem Auftritt?«

»Wir wollten nur verhindern, dass du die Schuld für euer Nebengeschäft Liljas Vater in die Schuhe schiebst«, entgegnete Björn ganz ruhig.

»Ich weiß überhaupt nicht, wovon ihr redet!«, fauchte Thorwald.

»Wir wissen nicht nur über die Art des Nebengeschäfts Bescheid, sondern auch, wo die geborgenen Container lagern. Sehr geschickt, die anderen vor die geklauten zu stapeln«, bemerkte Lilja.

Thorwald wollte etwas erwidern, aber er ließ es sein. Offenbar hatte er eingesehen, dass Leugnen zwecklos war.

»Und seid ihr nun zufrieden?«

»Nein, ganz im Gegenteil. Ich bin stocksauer, dass du meinen Vater in die Schweinerei mit reingezogen hast.«

»Moment, wer behauptet, dass ich die treibende Kraft war? Habe ich einen alten Walfänger oder dein Vater?«, konterte er provozierend.

»Du glaubst doch selbst nicht, dass Ari auf so eine perfide Idee käme. Das war schon immer deine Spezialität, aus Scheiße Gold zu machen. Früher habe ich dich für diese Fähigkeit bewundert.«

Thorwald funkelte Björn wütend an. »Könntest du vielleicht deinen Mund halten? Oder wollt ihr, dass Elvar das mitbekommt?«

»Nein, das wollen wir ganz bestimmt nicht, weil mein Vater das nicht überleben würde, wenn er tatsächlich eine Anzeige bekäme! Aber wir müssen gemeinsam überlegen, wie wir alle Beweise ...« Sie unterbrach sich, als der Detektiv sich dem Tisch näherte. Er war bleich im Gesicht.

»Entschuldigt, aber ich muss sofort ins Hotel. Ich trinke sonst nicht so viel Bier«, erklärte er.

»Soll ich dich bringen?«, fragte Thorwald eifrig.

»Nein, die paar Meter schaffe ich schon allein.«

»Gut, dann geh nur! Die Rechnung übernehme ich«, sagte Thorwald gönnerhaft, aber der Detektiv lehnte die Einladung mit dem Hinweis ab, dass er nicht bestechlich sei und während der laufenden Ermittlungen keine Begünstigungen eines Tatverdächtigen annehmen dürfe.

»Ich denke, dein Verdacht gegen mich hat sich zerstreut«, erwiderte Thorwald empört.

Elvar klopfte ihm kumpelhaft auf die Schulter. »Ja, ich glaube, dir hat da jemand übel mitgespielt, aber abgeschlossen ist die Sache erst, wenn ich meinen Auftraggebern eine schlüssige Antwort geben kann, woher plötzlich die verloren geglaubten Container kamen und wieso sie leer waren. Ich

338

meine, es kommt auch vor, dass sich die Ladung über den Ozean verteilt. Wir hatten mal einen Fall, in dem sich gefälschte Markenturnschuhe an die Strände im Süden verteilt hatten. Aber dann würde man keine unbeschädigten Container finden, weil die längst auf den Meeresgrund gesunken wären.«

Er wandte sich an Lilja. »Schön, dich kennengelernt zu haben. Es ist ja bekannt, dass im Norden besonders hübsche junge Damen zu Hause sind«, versuchte er ihr zu schmeicheln, was Lilja mit einem Lächeln quittierte, auch wenn sie das Kompliment ziemlich abgedroschen fand. Vor allem aus dem Mund eines älteren Herrn, der ihr Vater hätte sein können. Aber sie wollte es sich auf keinen Fall mit ihm verscherzen, wusste sie doch nicht, ob er nicht noch der Wahrheit auf die Spur kommen würde.

Auch Björn verabschiedete sich überaus höflich von dem Mann, der jetzt schwankend das Restaurant verließ.

»Hast du ihn absichtlich abgefüllt?«

Thorwald verdrehte nur die Augen und blieb Lilja eine Antwort schuldig.

»Sag mal, was genau weiß dieser Baldur eigentlich?«

»Das würde mich auch brennend interessieren«, pflichtete Lilja Björn bei. »Aber ich schlage vor, wir drei machen jetzt einen kleinen Spaziergang, falls Dinge zur Sprache kommen, die nicht an die Öffentlichkeit gehören.«

»Es ist mir draußen zu kalt«, fauchte Thorwald.

»Gut, wenn es gleich morgen die ganze Stadt wissen soll. Wann hast du beschlossen, kriminell zu werden?«

Das hatte Lilja so laut gesagt, dass sich die Gäste der umliegenden Tische zu ihnen umwandten.

»Ist ja schon gut, wir gehen ein Stück!«

In dem Moment kam die Fischsuppe, die Lilja schon ganz vergessen hatte.

»Ob du so lieb bist, sie uns in der Küche aufzuwärmen,

bis wir nachher wiederkommen? Wir bringen nur Thorwald nach Hause. Dem geht es nicht gut«, erklärte Lilja ihrer Freundin. »Aber er zahlt vorher noch.«

»Alles zusammen?«, erkundigte sich Fanney.

»Ja, alles zusammen«, brummte Thorwald, bevor sie gemeinsam das Restaurant verließen.

36

Alles hat seinen Preis

Kaum waren Lilja, Björn und Thorwald draußen, deutete Lilja auf eine Bank, die sich schräg gegenüber vom Restaurant befand. Sie wiederholte, als auch die beiden Männer sich gesetzt hatten, ihre Frage an Thorwald, woher Baldur eigentlich von der Sache wusste. Der Himmel war sternenklar und die Luft erstaunlich mild.

»Er hat die Tröll zufällig in jener Nacht in den Hafen zurückkehren sehen, als dein Vater den Unfall hatte. Und sich dann gewundert, dass er nicht an der Kaimauer festgemacht hat, sondern an meinem Anleger. Es war ja ein furchtbares Chaos, und das hat der Typ genutzt, sich auf mein Firmengelände zu schleichen und auf dem Schiff rumzuschnüffeln, nachdem der Krankenwagen deinen Vater abtransportiert hatte und bevor Jökull und ich die Container von Bord hieven konnten«, gab Thorwald stöhnend zu.

»Und warum hat er euch nicht gleich damit erpresst?«

Thorwald fuhr sich nervös durch das Haar. »Mich hat er sofort erpresst! Mit Ari würde er so fertig, weil er deine Mutter und deine Schwester auf seiner Seite wusste. Hat er jedenfalls behauptet.«

»Und was wollte er von dir?«

»Mein Partner werden! Von ihm kommt die Idee, die Tröll weiter im Sturm hinter den Containerschiffen herschleichen zu lassen.«

341

»Deshalb hast du mir so freundlich deine Hilfe angeboten? Die Tröll sollte also gar nicht verschrottet werden? Und darauf wolltest du dich einlassen?«, fragte Lilja entsetzt.

»Was sollte ich denn machen? Wenn er der Polizei gesteckt hätte, was wir da getrieben haben, ich hätte meinen Laden dichtmachen können.« Das klang ehrlich verzweifelt und dämpfte Liljas Zorn auf den Mann, mit dem sie noch vor ein paar Tagen die halbe Nacht durchgefeiert hatte, ein wenig.

»Und nun?«

Thorwald hob hilflos die Schultern.

»Wir müssen diese Ratte austricksen, aber wie?«, murmelte Lilja.

»Was, wenn die übrigen von der Reederei als verloren gemeldeten Container ganz offiziell an unverdächtiger Stelle gefunden werden?«, sinnierte Björn.

»Du meinst, wir sollten sie woanders hinbringen?«, fragte Lilja, sichtlich angetan von seinem Vorschlag.

»Genau. Sind nicht schon mal vor vielen Jahren welche in Grímsey angelandet?«

Lilja erinnerte sich dunkel daran. »Aber das muss bei Nacht und Nebel geschehen. Und vor allem so, dass Baldur nichts mitbekommt.«

»Den Kerl kannst du getrost mir überlassen«, versprach Thorwald, dem die Idee offenbar auch zusagte. »Ich würde vorschlagen, ihr nehmt nur die leeren. Das sind zurzeit lediglich drei Stück, und es wäre doch schön blöd, wenn wir den Container mit den Laptops zurückgeben.«

Dieser Vorschlag brachte ihm empörte Blicke von Lilja und Björn ein. »Nein, mein Lieber, wenn, dann verschwinden sie alle! Wie lange betreibt ihr das eigentlich schon?«, fragte Lilja streng.

»Erst seit letztem Jahr, aber da war auch viel Schrott drin«, bemerkte er entschuldigend.

342

»Ich schätze mal, Schnaps und Kleidung, oder?«, entgegnete Lilja süffisant.

»Genau! Deshalb wäre es doch dumm von uns, auf das Geschäft mit den Laptops zu verzichten. Ich meine, dein Vater bekommt nun Geld für seine Lundi, aber wir haben schließlich auch einiges in unser Unternehmen investiert, und da wäre es doch gerecht, wenn wir die Laptops noch mitnehmen.«

»O nein, mein Lieber! Finger weg! Und übrigens ist noch lange nicht gesagt, dass mein Vater gezwungen ist zu verkaufen. Ich hoffe, wir können den Verkauf noch verhindern und diesen Mistkerl ins Leere laufen lassen. Und wehe, du verscherbelst auch nur einen Laptop aus dem Container!«

»Lilja hat recht. Finger weg vom Inhalt der Container! Wir sagen dir Bescheid, wann wir die Aktion angehen. Damit du diesen Baldur an dem Abend aus dem Verkehr ziehst.«

»Ich finde es ja total nett, wie ihr mir aus der Patsche helft!«, freute sich Thorwald.

»Denk mal ja nicht, dass wir das umsonst machen!«, erwiderte Lilja, und ein Schmunzeln umspielte ihren Mund.

»Wieso? Was ... was wollt ihr denn dafür?«

»Wir? Gar nichts! Wir bieten dir großzügig eine stille Teilhaberschaft an.«

Björn warf Lilja einen fragenden Blick zu. Und auch Thorwald musterte sie verwundert.

»Woran?«

»An unserer Gesellschaft zur Restaurierung des Walfängers Tröll und seinen Umbau in einen Nordmeer-Vergnügungsdampfer«, erklärte sie breit grinsend.

»Wie jetzt? Du willst das Schiff behalten? Aber das kostet ein Heidengeld«, bemerkte Thorwald.

»Richtig, und wie hoch die Summe genau ist, wirst du aus meinem Businessplan entnehmen können. Und das entspricht dann deiner Einlage.«

Thorwald tippte sich gegen die Stirn. »Du spinnst wohl!«

343

»Nein, habe mich selten so klar gefühlt. Das ist dein Beitrag zur Wiedergutmachung.«

»Ach ja, und dein Vater muss sich nicht beteiligen, oder was?«

»Ari hat bereits einen hohen Preis für sein kriminelles Nebengeschäft gezahlt. Er wird nie wieder zum Fischen rausfahren können«, sagte Björn streng.

»Du kannst es dir ja überlegen. Die Alternative wäre, ich würde die ganze Sache anzeigen.«

»Bitte? Aber damit lieferst du deinen Vater ans Messer. Das würdest du niemals tun!«, zeterte Thorwald, dem sichtlich anzumerken war, dass er leicht panisch wurde.

»Täusch dich nicht! Ich würde natürlich aussagen, dass du ihn angestiftet und den großen Reibach gemacht hast und dass du vorhast, das Ganze mit diesem Baldur zusammen fortzusetzen. Und jedes Gericht wird einsehen, dass mein Vater seine Strafe bereits bekommen hat.«

»Lilja, das kannst du nicht bringen!«

»Überleg es dir! Ich denke, wir werden unsere Aktion Samstagnacht angehen. Dann ist mein Bruder nämlich auch in Akureyri, und wir können zu dritt oder zu viert rausfahren. Und du müsstest dafür sorgen, dass deine Leute die Container zum Anleger transportieren, damit wir sie nur noch mit unserem Geschirr an Bord hieven. Oder wie habt ihr das sonst gemacht?«

»Nein, nein, das haben wir mit dem Kran der *Tröll* geschafft! Gut, dann werde ich für Samstag alles so weit vorbereiten.«

»Ich könnte übrigens auch am Samstag«, mischte sich Björn grinsend ein.

»Sorry, dass ich dich, ohne zu fragen, eingeplant habe«, entschuldigte sich Lilja bei ihm.

»Ich mag zupackende Frauen«, lachte er.

Thorwald blickte kritisch zwischen den beiden hin und

her. »Ich hätte nur noch eine Bedingung. Wenn ich auf alles eingehe, dann möchte ich zumindest noch eine faire Chance bei dir haben, Lilja!«

»Bitte, Thorwald, das kannst du doch nicht miteinander vermischen! Das eine ist geschäftlich und das andere privat. Ich lasse mich doch nicht kaufen!«

»Weil du dich längst für unseren Kreuzfahrtoffizier entschieden hast. Aber komm dieses Mal nicht heulend bei mir an, wenn er dann auf große Fahrt geht und wie beim letzten Mal nichts mehr von sich hören lässt!«

Lilja wurde rot, weil sie sich ertappt fühlte. Natürlich hatte ihr Herz längst eine Entscheidung getroffen, und zwar schon bevor sie geahnt hatte, was Thorwald für kriminelle Nebengeschäfte tätigte.

»Thorwald, hör jetzt mal auf damit! Zwischen Lilja und mir läuft nichts. Wir drei sind doch alte Freunde«, versicherte ihm Björn mit Nachdruck.

»Jetzt bringst du was durcheinander. Ihr beide wart immer in einer anderen Clique als ich und habt mir deutlich zu verstehen gegeben, dass ich nicht dazugehöre. Ich war mehr mit Liljas Bruder zusammen. Und apropos Sigurd, ist das wirklich nötig, dass ihr ihn in die Geschichte einweiht?«, fragte er aufgebracht.

»Wir brauchen Verstärkung! Das schaffen wir nicht allein«, sagte Lilja. »Ich muss ihm ja nicht unbedingt auf die Nase binden, was für eine tragende Rolle du bei der Sache spielst.«

Thorwald machte eine wegwerfende Handbewegung. »Ach, das ist jetzt auch schon egal! Ich habe eh alles verloren.«

»Kein Selbstmitleid, alter Junge! Wir helfen dir gerade dabei, die Kastanien aus dem Feuer zu holen.«

Lilja hörte diesem Gespräch der beiden Männer nur noch mit halbem Ohr zu, weil ihr Björns Schwur, dass zwischen ihnen beiden nichts lief, nicht aus dem Kopf gehen wollte. Natürlich hatte er recht. Es hatte sich ja wirklich nichts Greifbares zwischen ihnen beiden entwickelt. Und trotzdem brannte die Luft zwischen ihnen, was Thorwald mit Sicherheit nicht verborgen geblieben war. Lilja nahm sich fest vor, Björn direkt auf das Herumgeeiere zwischen ihnen anzusprechen. Was auch bei einer klärenden Aussprache herauskommen würde, es wäre angesichts ihres abenteuerlichen Plans und dessen Durchführung alles besser als ein verschwiemeltes Schweigen.

»Tja, ich würde dann gern meine Suppe essen. Sind wir uns jetzt einig? Die Sache startet am Samstag? Und meinst du, dass du uns Baldur vom Hals schaffen kannst?«

»Ja, ich werde mir was einfallen lassen. Vielleicht gehe ich mit ihm Ski fahren, wenn die Piste oben offen ist. Jedenfalls werde ich ihn aus Akureyri abziehen.«

»Super, tja, dann muss ich meiner Großmutter nur noch beibringen, dass wir das gemütliche Familientreffen am späten Nachmittag verlassen. Dann ist es jedenfalls schon dunkel, sodass nicht jeder im Hafen mitbekommt, wie die Tröll auf große Fahrt geht. Was meint ihr, wie lange wir unterwegs sind?«

»Wir müssen den ganzen Fjord hoch und dann rüber. Ich schätze, unter sechs Stunden werden wir eine Strecke nicht schaffen«, erklärte ihr Björn. »Und das ist schon sehr optimistisch gerechnet.«

»Das heißt, wir sollten spätestens um siebzehn Uhr starten, damit wir Sonntagmorgen zurück sind. Gut, dann werde ich meine Amma bitten, das Versöhnungstreffen am Samstagmittag stattfinden zu lassen. Wobei das nicht das Problem sein wird. Ich frage mich, ob mein Bruder überhaupt mitmacht. Wenn das Treffen in die Hose geht, wird er wahrscheinlich den Teufel tun und Vaters Haut retten wollen«, sinnierte Lilja.

346

»Da drücke ich die Daumen. Und grüß ihn schön von mir! Wir brauchen dringend einen neuen Sänger für unsere Band.«

»Mache ich. Und du könntest vielleicht diese Woche noch mal versuchen, bei dem Menschen anzurufen, der die Firma für die Spieleentwicklung gegründet hat.«

»Und was soll ich ihm sagen?«

»Dass du eine Empfehlung für ihn hast. Und dass sich ein Davið bei ihm melden wird.«

Thorwald stieß einen tiefen Seufzer aus. »Noch was, das ich erledigen muss, um nicht hinter Gittern zu landen? Und jetzt mal ganz unter uns: So schlecht war doch unsere Idee gar nicht, die runtergefallenen Container zu bergen, oder? Ich meine, so haben sie sich wenigstens nicht auf dem Meeresgrund zersetzt und die Umwelt verschmutzt.«

Über so viel Dreistigkeit musste Lilja schmunzeln. »Willst du noch einen Orden dafür?«

»Blöd nur, wenn man den Hals nicht vollkriegen kann und dann auch noch versucht, die leeren Container zu verscherbeln und sie mit einem Bjarkisson-LKW zu transportieren«, lachte Björn.

»Ach, ihr seid so was von blöd!«, schimpfte Thorwald.

»So blöd, deinen Hintern zu retten«, verbesserte ihn Björn feixend, woraufhin Thorwald fluchend von der Bank aufstand.

»Aber das mit der Tröll meinst du nicht ernst, Lilja, oder?«, hinterfragte er hoffnungsfroh.

»Und ob! Ich finde das genial, vor allem, wenn ich dort auch eine feste Ausstellung über das Fischereiwesen in Akureyri installiere. Ich werde das meinem Professor am Montag vorschlagen. Und wenn er anbeißt und Fanney mitmacht, dann kannst du schon mal für deine Einlage sparen.«

»So warst du früher aber nicht! Ich habe dich immer für sehr bodenständig gehalten und nicht für so eine Spinnerin«, entgegnete Thorwald kopfschüttelnd, bevor er mit einem knappen Gruß und ohne sich noch einmal umzudrehen, in Richtung Rathaus davoneilte.

37

Gute Freunde

Als Lilja und Björn ins Fjörður zurückkehrten, wurden sie gleich am Tresen von einer neugierigen Fanney gelöchert. Was das denn vorhin für eine Nummer gewesen sei? Während sie das fragte, musterte sie Björn verstohlen, und es war ihr anzusehen, dass sie allzu gern die neuste Entwicklung in dieser Angelegenheit erfahren würde, aber Lilja machte keine Anstalten, ihre Neugier zu befriedigen. Sie versprach ihrer Freundin, dass sie bei nächster Gelegenheit alles erfahren würde, sich aber schon mal mit dem Gedanken anfreunden sollte, bald einen Ableger des Fjörður auf einem Restaurantschiff zu betreiben. Fanney musterte Lilja, als würde sie an deren Verstand zweifeln. »Süße, das Geld haben wir nicht!«

»O doch! Es wird Thorwald ein Vergnügen sein, uns mit einer Einlage in die noch zu gründende Gesellschaft den Umbau zu finanzieren. Und dazu brauchen wir ihn nicht mal zum Essen einzuladen. Das Angebot, ihn nächsten Sonntag zu bekochen, können wir getrost absagen. Er macht es freiwillig«, erklärte Lilja grinsend.

»Also, lange kannst du mich nicht mehr auf die Folter spannen.«

»Wenn du nachher Zeit hast, kannst du dich gern zu uns setzen. Dann kläre ich dich auf, aber ich sterbe gerade vor Hunger. Bring bloß ordentlich von deinem köstlichen gerös-

349

teten Brot mit, und ich würde jetzt einen Weißwein nehmen. Und du?«

Björn schloss sich ihrer Bestellung an, und sie setzten sich zurück an ihren alten Tisch.

»Genial, wie du das mit der Kohle eingefädelt hast!« Björn musterte Lilja mit einer Mischung aus Bewunderung und Skepsis. »Wie kamst du bloß darauf, den Umbau Thorwald aufs Auge zu drücken?«

»Das war eine spontane Eingebung. Jede Wette, er hat bestimmt am meisten bei dem kleinen Deal abgesahnt. Und die Idee kam ganz sicher weder von meinem Vater noch von Jökull. Den können wir übrigens mit nach Grímsey nehmen, und dann sollte er unterwegs unbedingt seine Schnapsflaschen versenken beziehungsweise seinen Fusel in den Fjord kippen.«

»Das wird eine tolle Tour«, bemerkte Björn lächelnd. »Und wirst du deinen Vater nicht einweihen?«

Lilja schüttelte den Kopf. »Nein, wenn es sich vermeiden lässt, werde ich ihm erst, sobald alles vorbei ist, einen Hinweis geben, dass am Strand von Grímsey drei leere und ein Container voller Computer gefunden worden sind. Und dass Baldur ihm jetzt nichts mehr nachweisen kann. Ich denke, dann weiß er Bescheid.«

»Das ist vernünftig, aber sag mal, wenn du wirklich einen Ausflugsdampfer aus der Tröll machen möchtest, brauchst du doch einen Kapitän, oder?«

»Ja, genauso wie einen Fischer für die Lundi. Ich hoffe einfach auf meinen Bruder. Wahrscheinlich könnte der nicht beides gleichzeitig machen, denn ich stelle mir vor, dass wir im Sommer an den Wochenenden eine Fahrt über Grímsey, Hrísey bis in die Grönlandsee anbieten. Also, neun bis zehn Kabinen kriegen wir bestimmt hin. Und dann das Restaurant. Wir werden auf keinen Fall den Walen auf die Pelle rücken, aber ich denke, die Leute können jederzeit welche sehen,

350

ohne dass wir mit dem Schiff extra ranfahren. Und im Winter bieten wir kulinarische Nordlichtfahrten auf dem Fjord an. Ansonsten kann man die Ausstellung und das Restaurant im Hafen genießen, wo das Schiff seinen festen Platz hat.« Lilja spürte, wie ihre Wangen vor Begeisterung zu glühen begannen.

»Ich mag es, wenn du für etwas brennst. Damit wirst du alle mitreißen. Aber was ist das für eine Ausstellung, von der du vorhin gesprochen hast?«

Mit Feuereifer berichtete sie ihm von Hilmarsons Angebot, seine Mitarbeiterin zu werden und für das Institut eine Ausstellung an einem möglichst originellen Ort zu installieren.

»Wahnsinn! Dir wird hier der rote Teppich ausgerollt. Ach, ich beneide dich fast ein wenig! Ich habe in den vergangenen Jahren mein Heimweh nach Akureyri eher unterdrückt. In Kopenhagen lebt es sich traumhaft, aber jetzt, nachdem ich ein paar Tage vor Ort bin, da weiß ich wieder, wo das Zuhause meines Herzens ist«, sagte Björn mit einer Spur von Bedauern.

»Haderst du denn mit deiner Entscheidung, auf Kreuzfahrt zu gehen?«, erkundigte sie sich vorsichtig und wünschte sich in diesem Augenblick nichts mehr, als dass er ihre Frage bejahen würde.

Björn legte die Stirn in Falten. »Nein, ich habe so viel dafür getan, dass ich diese Qualifikation bekomme, und die Alternative wäre so eine Karriere, wie mein Vater sie im Ministerium gemacht hat, aber auf Dauer gehöre ich auf die Brücke. Was meinst du, wie viel Spaß mir die letzten Tage auf See gemacht haben. Wobei ich gestehe, dass ich auf Dauer nicht als Fischer arbeiten möchte. So gern ich dir auch helfen würde, falls du es schaffst, dass dein Vater die Lundi behalten kann.«

»Um Gottes willen, das habe ich doch damit gar nicht sagen wollen, dass du auf deinen Job verzichten sollst!«, stieß Lilja erschrocken aus, weil sie sich ertappt fühlte. Denn so falsch lag er ja gar nicht. Natürlich wünschte sie sich, er würde bleiben. Als Kapitän der Tröll.

Sie überlegte fieberhaft, ob sie das nicht doch einfach zugeben sollte, als Fanney mit der Suppe und einem ganzen Korb voll geröstetem Brot und einer extragroßen Schale der hausgemachten Rouille kam. Ihre Servierkraft brachte zeitgleich den Wein.

»Lasst es euch schmecken!«, wünschte sie augenzwinkernd.

Erst einmal prosteten sich Lilja und Björn zu. »Warum tust du das alles? Ich meine, mit mir die Container auf Grímsey aussetzen. Das wird ein wahnsinniger Stress. Wir sind die ganze Nacht unterwegs.«

»Weil du so schöne Augen hast«, erwiderte er ernst, während seine Mundwinkel verdächtig zuckten.

»Das nehme ich jetzt mal für bare Münze!«, lachte sie.

»Das war auch ganz ehrlich gemeint. Ich würde es nicht für jeden tun, aber für deinen Vater immer. Wir mochten uns damals schon. Er hat mir sogar mal im Vertrauen gesteckt, dass er mich gern als Schwiegersohn hätte, aber das war, bevor deine Mutter in Aktion getreten ist, um unsere Beziehung zu zerstören.«

»Also tust du das für seine schönen Augen?«, neckte ihn Lilja.

»Nein, für deine Augen und in der Hoffnung, dass mit ihm nicht einer der letzten Fischer von Akureyri aufgibt. Es ist schon ein Trauerspiel zu erleben, wie ganze alte Fischerorte in unserem Land zu ausgestorbenen Geisterhäfen werden, weil es weder Boote noch Fischer dort gibt.«

Während sie die köstliche Suppe genossen, schwiegen sie. In Gedanken schweifte Lilja wieder zu der Frage ab, ob sie ihm nicht einfach ihre Gefühle offenbaren sollte. Was konnte sie denn schon verlieren? Doch der Gedanke daran, dass er monatelang unterwegs sein würde, ernüchterte sie ein wenig.

Nein, das hatte sie sich fest vorgenommen: Was auch immer die Zukunft in Sachen Liebe für sie noch brachte, auf keinen Fall wollte sie eine Beziehung mit einem Mann, der monatelang unterwegs war. Nicht, dass sie der Typ Frau war, der am liebsten rund um die Uhr mit dem Partner zusammengluckte, nein, sie konnte auch gut allein sein. Nur wenn sich der Kontakt dann über Monate auf kurze Nachrichten und abgehackte Telefonate beschränkte, war es schwierig, im Austausch miteinander zu bleiben. Wobei sie annahm, dass die Entfremdung von Noah noch ganze andere Ursachen gehabt hatte. Trotzdem, wenn sie sich jetzt vorstellte, sie würde sich auf Björn einlassen und ihn wochenlang nicht sehen, nein, das war keine prickelnde Vorstellung.

»Schmeckt es dir nicht?«, fragte er besorgt. »Du verziehst nämlich gerade das Gesicht, als hättest du auf eine Zitrone gebissen.«

»Nein, ich musste gerade an was denken«, erklärte sie, und dann platzte die Wahrheit spontan aus ihr heraus. »Ich dachte darüber nach, dass ich nie wieder mit einem Kreuzfahrer liiert sein möchte.«

»Darf ich das als persönliche Botschaft an mich verstehen?« Er musterte sie mit ernster Miene.

»Ach, Björn, machen wir uns nichts vor! Zwischen uns prickelt es wie verrückt. Und ich möchte mehr. Viel mehr. Ich mag den alten Björn von Herzen und möchte dich noch einmal kennenlernen, jedenfalls den neuen Björn, den ich noch nicht kenne und den ich wahnsinnig aufregend finde.« Sie hielt inne, als sie in seine versteinerte Miene blickte, und hob entschuldigend die Hände. »Sorry, ich wollte dir nicht zu nahe treten. Ich … ich dachte … oder jedenfalls habe ich gehofft, dass es dir ähnlich geht.«

»Wenn du davon sprichst, dass ich beim Einschlafen, beim Aufwachen und auch noch zwischendurch ständig nur an dich denke, dann bestätige ich das hiermit«, stöhnte er. »Aber ich weiß doch auch, dass es nicht passt. Und dass du keinen Kreuzfahrer mehr als Mann möchtest, das hätte ich auch ohne deine unverblümte Offenheit eben gewusst. Aber es ist gut, dass es jetzt raus ist. Dann wissen wir doch, was wir zu tun haben, oder?« Björn sah nicht gerade glücklich aus, als er das sagte.

»Ja, wir sollten unseren Emotionen nicht nachgeben, wenn wir verhindern wollen, dass es uns danach wieder schlecht geht«, erwiderte Lilja mit belegter Stimme. Hatte sie wirklich geglaubt, es würde ihr besser gehen, wenn Björn und sie den Status ihrer gegenseitigen Gefühle offenlegten und dann vernünftig beschlossen, ihrer Liebe keinerlei Chance zu geben? Am liebsten wäre sie aufgesprungen, hätte ihm den Mund mit einem Kuss verschlossen und wäre dann mit ihm dorthin gegangen, wo sie noch einmal seine forschenden Hände überall auf ihrem Körper hätte spüren dürfen. Lilja unterbrach ihre Gedanken schroff, als sie sich gerade vorstellte, wie es wohl wäre, ihn auf der Stelle in die obere Etage abzuschleppen.

»Ja, wir sollten wohl vernünftig sein. Nicht dass wir einander noch einmal so wehtun wie damals«, pflichtete er ihr bei.

»Gut, dann sind wir mal vernünftig«, echote Lilja, während sie innerlich ins Bodenlose fiel. Warum redeten sie sich gerade ihre Liebe aus? Es war zum Weinen. Aber alles andere würde in eine Sackgasse führen, wenn er dann auf seine erste große Fahrt ging. Ob sie das nicht wenigstens ausprobieren sollte, statt es rigoros auszuschließen, dass sie auch auf die Entfernung tief verbunden bleiben würden? Offenbar grübelte sie einen Augenblick zu lange, denn nun nahm er ihr die Entscheidung ab.

»Ja, es ist besser für uns. Zwing dich bloß nicht, das ertragen zu wollen! Du wirst es mir eines Tages vorwerfen. Ich denke, wir sollten einfach nur gute Freunde sein. Ich möchte dich nämlich als Mensch in meinem Leben nie wieder verlieren«, versicherte er ihr nun voller Überzeugung.

Lilja wurde ganz flau im Magen, denn ihr war klar, dass sie Björn mit diesen Worten endgültig in Livs Arme getrieben hatte. Elin hatte ihr gegenüber neulich noch betont, dass ihre beste Freundin kein Problem damit hätte, wenn sie monatelang von ihm getrennt wäre.

»Gut, dann lass uns Freunde bleiben!«, wiederholte Lilja mit Grabesstimme, während sich in ihrem Herzen heftiger Widerstand regte. Nein, sie wollte nicht Björns Kumpeline sein! Sie wollte ihn küssen und einiges mehr. Aber diese Chance hatte sie wohl endgültig verspielt mit ihrem Statement, dass sie auf keinen Fall einen abwesenden Kapitän zum Partner haben wollte. Hätte sie mit ihrer Meinung hinter dem Berg halten sollen?

»Lilja, dann ist ja alles geklärt. Und ich werde ganz spontan das Angebot der Reederei annehmen und die Pazifiktouren machen. Dort benötigen sie gerade dringend einen Offizier. Und ich habe zugesagt, dass ich den Job nehme, wenn sie bis morgen nichts Gegenteiliges von mir hören.« Er verkündete ihr das in einem bemüht sachlichen Ton, so als würde er ihr von einer Sperrung auf der Ringstraße berichten.

»Und was heißt das?«, fragte Lilja, während eiskalte Schauer ihren ganzen Körper durchrieselten.

»Das bedeutet im Klartext, dass ich am Montag zu meinen Eltern fahre, von Reykjavík über Kopenhagen nach Auckland fliege und dort an Bord meines Schiffes gehe.«

»Aber du wirst doch weiter in Island leben, oder?« Sie versuchte zu verbergen, wie erschrocken sie darüber war, dass er schon so bald fort sein würde.

Er schüttelte traurig den Kopf. »Nein, ich weiß zwar noch nicht, wo ich mich niederlasse, aber die Reederei bietet ihren Mitarbeitern da einige Möglichkeiten. Wahrscheinlich wird es Hamburg sein.«

Das bedeutete wohl, dass Björn sich nicht auf eine Beziehung zu Liv einlassen würde, dachte Lilja, aber sie verspürte bei dem Gedanken keine Erleichterung.

»Das wird bestimmt sehr spannend«, stieß sie gequält hervor und rang sich zu einem Lächeln durch, um zu verbergen, wie geschockt sie in Wirklichkeit von seinen Zukunftsplänen war.

Er musterte sie durchdringend. Von Lächeln keine Spur! Sie spürte erneut den Impuls, ihm um den Hals zu fallen und ihn zum Bleiben aufzufordern, nachdem sie einander gerade erst wiedergefunden hatten. Aber er wirkte so abweisend, fast so, als sei er ganz froh, dass er nun einen triftigen Grund hatte, statt die Nordmeertouren zu fahren, auf große Pazifiktour gehen zu können.

»Schreibst du mir dann aus jedem Hafen schön altmodisch eine Karte?«, fragte sie in bemüht lockerem Ton, statt ihr Entsetzen auch nur im Entferntesten durchblicken zu lassen.

Er nickte müde. »Klar doch.« Begeisterung klingt anders, dachte sie, aber er wollte offenbar ebenso wie sie krampfhaft vermeiden, seine wahren Gefühle zu zeigen. Sie wagte zu bezweifeln, dass ihm ihr Statement, ihre Beziehung habe keine Chance, solange er auf einem Kreuzfahrtschiff fuhr, so gar nichts ausmachte.

Natürlich hatte sie kein sonderliches Interesse an Postkarten, sondern damit lediglich versucht, ihre Emotionen zu überspielen.

»Ich glaube, wir sollten langsam mal gehen«, schlug er mit belegter Stimme vor.

»Klar, du hast ja sicher noch viel vorzubereiten für deine Abreise«, erwiderte sie betont verständnisvoll.

»Sicher nicht mehr heute Nacht. Da muss ich erst einmal verarbeiten, dass wir beide uns dann so schnell nicht wiedersehen werden.«

Aber das muss doch nicht sein! Das darf nicht sein! Ich liebe dich doch! Ich möchte bei dir sein! Diese Gedanken tobten in einer Klarheit durch Liljas Kopf, dass sie befürchtete, sie würde mit der Wahrheit ungefiltert herausplatzen, aber sie sagte nur: »Ich bezahle«, stand auf und verließ fluchtartig den Tisch.

Als sie wenig später bei Fanney am Tresen die Rechnung beglich, konnte ihre Freundin die Neugier nicht verbergen. »Läuft da was zwischen euch?«, raunte sie ihr zu.

»Ja, beste Freunde«, gab sie flüsternd zurück, damit Björn, der nun im Hintergrund auf sie wartete, nichts davon mitbekam.

Vor der Tür des Fjörður machten Lilja und Björn ihrem neuen Beziehungsstatus alle Ehre und tauschten freundschaftliche Wangenküsschen aus.

»Und du willst mir Samstagnacht wirklich helfen? Ich meine, das ist doch Stress für dich, wenn du am Montag schon nach Reykjavík fährst.«

»Lass das mal meine Sorge sein!«, entgegnete er knapp und wandte sich ohne weiteren Gruß um.

Lilja blieb im Eingang des Hauses mit klopfendem Herzen stehen und atmete ein paarmal tief durch. In diesem Augenblick wusste sie wirklich nicht, ob sie sich freuen sollte, dass Björn ihr Samstagnacht beim Umladen der Container helfen würde, oder ob es nicht doch besser wäre, ihn niemals mehr wiederzusehen.

357

38

Familienbande

Liljas Gedanken hatten sich an den folgenden Tagen ausschließlich um die Frage gedreht, ob Björn vielleicht doch noch einen Schritt auf sie zumachen würde. Oder ob ihr Wiedersehen nur den einen Sinn hatte: dass die alten Wunden heilten. Von den einstigen Verletzungen war sie tatsächlich durch Björns und ihre neuerliche Begegnung genesen, aber es war eine neue Wunde aufgerissen worden, und die tat mindestens genauso weh. Ihre Freundin Fanney verstand allerdings überhaupt nicht, warum Lilja lieber leiden wollte, statt Björn schlichtweg darum zu bitten, auf seinen Job zu verzichten. *Weil ich ihm seinen Traum nicht nehmen möchte*, hatte sie ihr geantwortet. Sie war überzeugt davon, dass er ihr, wenn sie das von ihm forderte, eines Tages die Rechnung präsentieren würde. So nach dem Motto, nur ihretwegen auf seine Karriere verzichtet zu haben.

Dann versuch es doch noch einmal mit einem Kreuzfahrer!, hatte Fanney insistiert, aber Lilja beharrte auf dem Standpunkt, dass es nun zu spät war und sie kein Fähnchen im Wind sein wolle. Ihre Freundin hatte daraufhin trocken bemerkt: *Lieber ein Fähnchen im Wind als eine Fahne auf Halbmast!*

Doch je näher Lilja dem Haus ihrer Großmutter kam, desto intensiver schweiften ihre Gedanken zu dem ab, was sie gleich erwarten würde. Jedenfalls war es ihr gelungen, mit keinem Wort durchdringen zu lassen, wer noch an dem Mittagessen bei Amma Hrafnhildur teilnehmen würde außer ihr, Lilja, ihren Eltern, Elin und Kristian.

Sie hatte mit sich gerungen, ob sie Sigurd schon vorab am Telefon mit ihrer Bitte überfallen sollte, dass er auf der *Tröll* mit nach Grímsey kam, weil sie jede helfende Hand gebrauchen konnten und bei der langen Fahrt auch zwei Kapitäne, die sich abwechselten. Sie hatte sich dagegen entschieden, ihn am Telefon damit zu konfrontieren, zumal völlig offen war, wie ihr Vater auf seinen Sohn reagieren würde. Wenn die Begegnung schieflief, dann sah sie schwarz für seine Bereitschaft, die Kastanien für seinen Vater aus dem Feuer zu holen. Deshalb verspürte sie eine gewisse Unruhe in sich aufsteigen, als das rote Häuschen auftauchte. Sie hatte allerdings mit der Großmutter verabredet, dass sie früher als die anderen kommen würde. Auf jeden Fall würden Sigurd und Davið schon da sein, weil sie bereits vormittags mit dem Flieger aus Reykjavík gekommen waren. Und sie würden erst am Sonntagabend zurückfliegen, hatte Lilja von der Großmutter erfahren.

Lilja betrat das Haus ihrer Großmutter mit gemischten Gefühlen. Es war eine Mischung aus Wiedersehensfreude und Sorge, dass der ganze schöne Versöhnungsplan von Vater und Sohn in eine Katastrophe münden würde. Aus dem Wohnzimmer hörte sie bereits angeregte Stimmen und herzliches Gelächter.

Sie wurde mit großem Hallo begrüßt. Davið strahlte innere Zufriedenheit aus, während Sigurds Gesichtsmuskeln verspannt waren, obwohl er zu lächeln versuchte. Wahrscheinlich fragte er sich ebenso wie sie, ob das wohl gut gehen würde. Während Lilja noch überlegte, ob sie ihren Bruder noch vor der Begegnung mit ihrem Vater beiseitenehmen und zumindest vorwarnen sollte, was für einen Anschlag sie auf ihn plante, kamen Elin und Kristian. Ihre Schwester konnte kaum fassen, den großen Bruder wiederzusehen. Aus dieser

Wiedersehensfreude konnte Lilja ihren Bruder natürlich nicht herausreißen.

Doch als Elin ihre Fassung schließlich wiedererlangt hatte, bat sie ihrerseits Lilja um ein Vieraugengespräch. Lilja ahnte, was ihre Schwester auf dem Herzen hatte, und verspürte so gar keine Lust, ihr in Sachen Björn Rede und Antwort zu stehen. Trotzdem folgte sie ihr widerwillig in den Garten. Elin musterte sie kritisch.

»Du weißt es schon, oder?«, fragte sie ohne große Vorrede.

»Was meinst du konkret damit?«, erwiderte Lilja ungehalten, denn ihr entging keinesfalls der leise Vorwurf in der Stimme ihrer Schwester.

»Ich spreche von Björn und der Tatsache, dass er nächste Woche auf eine Pazifikkreuzfahrt geht und sich gegen eine Beziehung mit Liv entschieden hat.«

Jetzt war der Vorwurf beim besten Willen nicht mehr zu überhören.

»Und warum erzählst du mir das?«, fragte Lilja provozierend, denn natürlich wusste sie genau, warum ihre Schwester sie darauf ansprach.

»Weil du offenbar nicht Wort gehalten und dich in deren Beziehung eingemischt hast.«

»Ich dachte, sie hätten noch gar keine!« Obwohl Lilja spürte, dass es besser wäre, zu deeskalieren, machte es sie wütend, von ihrer kleinen Schwester quasi verantwortlich für den Liebeskummer ihrer Freundin gemacht zu werden.

»Du bist so was von überheblich! Haust einfach ab aus Akureyri, kümmerst dich um gar nichts mehr, lügst den Eltern was von einer Hochzeit vor …«

»In dem Punkt stehen wir uns wohl in nichts nach«, konterte Lilja verärgert.

»Das kannst du doch gar nicht vergleichen. Was meinst du, wie hart das für Mutter und mich war, als Vater den Unfall hatte? Und jetzt wolltest du ihm auch noch einreden, die Lundi zu behalten. Aber inzwischen ist er in dem Punkt wenigstens vernünftig geworden.«

»Sag mal, was willst du mir eigentlich mit deinen Vorwürfen sagen?«

»Dass du wahnsinnig egoistisch bist. Du glaubst, du kannst einfach aus unserem Leben verschwinden, wiederkommen und alles durcheinanderbringen. Endlich hat sich Liv verliebt, und du spielst knallhart die Verflossenenkarte aus.«

Lilja holte einmal tief Luft, um nicht zu explodieren. Ihre Schwester hatte sich doch noch nie um die Belange der Familie gekümmert. Sie war schon früher eine unterhaltsame und sehr auf sich bezogene Diva gewesen. Wenn die wüsste, was ich im Hintergrund alles auf die Beine stelle, um dem Vater wieder Lebensmut zu geben!, dachte Lilja erbost. Und das, obwohl sie erst so kurz wieder in Akureyri war. Aber das würde sie ihr in diesem Augenblick ganz sicher nicht anvertrauen.

»Wie kommst du eigentlich darauf, dass ich daran schuld bin, wenn Björn Island verlässt?«

»Tu doch nicht so! Er hat es Liv doch gesagt, dass er in eine andere Frau verliebt ist. Und da musste er wohl keinen Namen nennen, oder?«

»Weißt du was? Kümmere dich um deinen eigenen Kram!«, fauchte Lilja und ließ ihre Schwester im Garten stehen. Sie wollte sich nicht länger anhören, dass sie Livs und Björns zarte Bande gestört hätte. Nicht vor dem Hintergrund, dass sie erst kürzlich jede Hoffnung auf ihr eigenes Happy End mit ihrer großen Liebe zerstört hatte.

Kaum war sie im Haus, meldete sich ihr schlechtes Gewissen. Ihr blieb allerdings keine Zeit, darüber nachzudenken, ob sie den Streit mit ihrer Schwester nicht hätte verhindern können, weil in dem Moment ihre Eltern eintrafen.

Ihr stockte förmlich der Atem, als ihre Mutter Sigurd erkannte und ihm weinend um den Hals fiel. Ihr Blick schweifte zu ihrem Vater, der das Ganze mit undurchsichtiger Miene beobachtete. Sie konnte weder Zorn noch Freude in seinen Augen erkennen, doch dann begannen sie plötzlich feucht zu schimmern. Keine Frage, ihr Vater war emotional berührt. Ein positives Zeichen, wie Lilja hoffte. Ansonsten machte er gar keinen guten Eindruck. Er schien gezeichnet von den Entwicklungen der letzten Tage und dem ihm unausweichlich erscheinenden Verkauf seines geliebten Fischerbootes.

In diesem Moment trafen sich die Blicke von Vater und Sohn. Sigurd hatte angesichts seines zerbrechlichen Vaters Tränen in den Augen. Offenbar begriff er erst jetzt, dass Ari nicht mehr die starke und unangreifbare Autorität war, unter deren selbstherrlichen und ungerechten Ausbrüchen er einst zu leiden hatte.

Sigurd zögerte. Lilja konnte ihm förmlich ansehen, wie ihm der Streit von damals noch einmal in den Sinn kam, aber dann ging er zielstrebig auf seinen Vater zu und umarmte ihn. Lilja hatte selbst jetzt noch Sorge, ihr Vater könne diese Annäherung mit einem einzigen bösen Satz zunichtemachen, doch über seine Lippen kam keine Gehässigkeit, sondern ein lautes Schluchzen. Die beiden Männer stammelten Entschuldigungen, von denen Lilja nur die Hälfte verstand. Dennoch genügte dieses Szenario, dass auch sie sich eine Träne aus dem Augenwinkel wischen musste.

»Wie ist das mit euch? Können wir jetzt essen?«, beendete Amma Hrafnhildur die emotional ergreifende Versöhnung. Sie strahlte dabei vor Glück.

Sigurd führte seinen Vater zum Tisch und setzte sich neben ihn. Lilja hatte Davið bei der Hand genommen und ihn an den Platz neben sich gezogen. Sie saß nun zwischen ihrem Bruder und seinem Mann. Die Motivation, sich um ihn zu kümmern, war dabei nur eine, die andere war, dass sich Elin nicht neben sie setzen konnte. Die war nämlich inzwischen mit versteinerter Miene ins Haus zurückgekehrt. Warum mischte sich ihre Schwester eigentlich so vehement in ihre Angelegenheiten?

Lilja schob den Gedanken an Elin und ihre möglichen Beweggründe, derart genervt über sie zu sein, beiseite, weil sich nun Sigurd erhob und noch ein paar Worte sagen wollte, bevor die Großmutter ihren Plokkfiskur servierte. Keiner konnte ihn so gut zubereiten wie Amma Hrafnhildur. Der Brei aus Kartoffeln und gekochtem Fisch hatte bei ihr immer die richtige Konsistenz, und ihre selbst gemachte Hollandaise war einfach unübertrefflich. Zur Feier des Tages hatte ihre Großmutter zum Anstoßen eisgekühlten Sekt angeboten. Sigurd hatte sich mit seinem Glas in der Hand erhoben und wandte sich an seine Eltern. Er hatte immer noch feuchte Augen.

»Ich bin so froh, bei euch zu sein! Es ist nicht schön, ohne Familie zu leben. Und ich danke vor allem Lilja, dass sie mich sturen Kerl dazu genötigt hat, mich aufzumachen nach Akureyri. Und ebenso danke ich meinem Mann, der Plädoyers auf meine Familie gehalten hat, ohne sie zu kennen.« Er deutete auf seinen Liebsten.

Lilja hielt den Atem an, als sie zusehen konnte, wie der Blick ihres Vaters sich auf den Angesprochenen heftete. Oje, dachte sie, das ist der Augenblick der Wahrheit! Wenn Vater jetzt einen Fehler macht, war alles umsonst. Aufgeregt schloss sie die Augen vor lauter Sorge, ihr Vater könne mit einem unüberlegten, dummen Satz alles zunichtemachen, doch da hörte sie ihn bereits fragen:

»Und hat dein Mann auch einen Namen?«

Bevor Sigurd antworten konnte, erhob sich Davið und ging mit seinem Glas in der Hand auf ihren Vater zu. »Ich bin Davið.«

Ari huschte ein Lächeln über das Gesicht, ganz im Gegensatz zu Katla, die ihren neuen Schwiegersohn anstarrte wie einen Alien.

363

Der Vater aber breitete seine Arme aus. »Kann man dich herzen, wie man das mit einer Schwiegertochter machen würde?«, fragte Ari forsch. Das ließ sich Davið nicht zweimal sagen. Er stellte das Glas ab und umarmte seinen Schwiegervater, der murmelte: »Ich hätte es mir denken können.«

Liljas Mutter sah immer noch aus, als hätte sie einen Außerirdischen gesehen, doch Davið ging nun auch auf sie zu und fragte, ob er sie in den Arm nehmen dürfe.

»Nein!«, sagte sie zum großen Entsetzen Liljas.

Davið aber verlor keineswegs die Contenance wegen dieser Abfuhr, sondern setzte sich zurück auf seinen Platz, nicht ohne im Vorbeigehen einmal kurz über Sigurds Haar zu streichen.

»Entschuldigt, dass ich mich so benehme, ich habe gar nichts gegen gleichgeschlechtliche Beziehungen, nur hatte ich so gehofft, endlich einmal Großmutter zu werden. Und dass nun zwei so attraktive Männer keine Kinder bekommen können …« Katla brach in Tränen aus.

»Mamma, das ist doch noch gar nicht gesagt! Wir kennen da ein lesbisches Paar, das …«

»Ihr seid doch alle komplett bescheuert!« Aller Augen waren nun auf Elin gerichtet, die das mit hochrotem Kopf ziemlich laut in die Runde geschrien hatte. Kristian versuchte, sie zu beschwichtigen, aber sie war nicht zu bremsen. Die kleine Elfe hat immer schon ein aufbrausendes Temperament besessen, dachte Lilja, wobei ihr der Anlass dieses Ausrasters ein Rätsel war. Was hätte Besseres passieren können, als dass ihr Vater den verlorenen Sohn so herzlich willkommen hieß? Lilja hatte sich vorher alles Mögliche ausgemalt. Dass Ari das Haus der Großmutter fluchtartig verlassen würde oder dass es einen hässlichen Streit zwischen Vater und Sohn geben würde. Aber nun hatte er auch seinen Schwiegersohn, ohne Gift zu versprühen, in die Familie aufgenommen. Während sie noch darüber nachgrübelte, was für ein Problem ihre Schwester wohl hatte, fuhr Elin wutentbrannt fort: »Ich höre nur immer Lilja, Lilja, Lilja, der du deine Heimkehr zu verdanken hast, und alles ist plötzlich Friede, Freude, Eierkuchen. Aber ihr beiden …« Sie deutete zornig mit dem Finger erst auf ihren Bruder, dann auf Lilja. »Ihr beide haut einfach ab und kümmert euch einen Dreck um unsere Eltern. Ihr seid nicht dabei gewesen, als nicht einmal klar war, ob Vater überleben würde, wir haben gezittert, ob er vielleicht gelähmt bleibt. Ich habe ihn getröstet, wenn er am Leben verzweifelt ist. Ich war jeden Tag bei ihm, während ihr euch nicht die Bohne darum geschert habt, wie es uns geht.«

»Elin, ich wusste lange nichts von dem Unfall«, unterbrach sie Sigurd mit belegter Stimme.

»Und wenn, wärst du dann sofort gekommen und hättest für ihn die *Lundi* übernommen?«, zischte Elin wütend.

Sigurd hielt den Kopf gesenkt und ließ sich auf seinen Stuhl fallen. »Nein, wahrscheinlich hätte ich auch dann weiter meine Wunden geleckt«, gab er seufzend zu.

»Und du, Lilja, kommst hierher und hast nichts Besseres zu tun, als meiner Freundin den Typen auszuspannen.«

»Was? Du hast einen neuen Freund? Wen?«, fragte Katla panisch.

In diesem Augenblick stand Davið auf und suchte Elins Blick. »Das war bestimmt hart für dich, den Unfall eures Vaters ohne deine Geschwister durchzustehen, aber sei nicht ungerecht! Deine Schwester ist extra nach Reykjavík gereist, um Sigurd aufzufordern, nach Akureyri zurückzukommen und die Nachfolge deines Vaters anzutreten.«

Elin stieß einen abschätzigen Zischlaut aus. »Lilja ist nach Reykjavík geflogen, um zu verhindern, dass ihr Pseudo-Ehemann hier auftaucht und ihre Lüge von der tollen Beziehung auffliegt. Und Sigurd kommt zu spät – die *Lundi* wird verkauft.«

Sigurd sah seinen Vater entsetzt an. »Ist das wahr?«

365

Der Vater, der wieder völlig in sich zusammengefallen war, nickte müde.

Nun wirkte auch Davið etwas angeschlagen. »Tja, dann kommen wir wohl wirklich zu spät. Wir wollten abwarten, wie euer Wiedersehen wird, und dann eventuell hierbleiben, denn ich könnte einen sehr guten Job haben«, murmelte er.

Liljas Herz klopfte bis zum Hals, weil sie spürte, dass sie ihre verletzten Gefühle jetzt zurückdrängen musste, denn natürlich hatten Elins vernichtende Worte sie getroffen. »Elin! Ich kann dich verstehen. Das muss furchtbar gewesen sein, und ich verspreche dir, ich werde in Ruhe mit dir darüber reden. Aber jetzt geht es um Pabbi und seine Lundi. Sie wird nicht verkauft! Wenn Sigurd sie übernimmt, wird alles gut.«

»Lilja, bitte nicht!«, bat der Vater sie. »Ich habe keine andere Wahl.«

»O doch! Hör zu! Wir bringen alles in Ordnung. Glaub mir! Dazu müsste ich aber meinen Bruder mal unter vier Augen sprechen.«

»Aber erst nach dem Plokkfiskur«, bemerkte Amma Hrafnhildur ärgerlich.

»Nein, es geht ganz schnell. Fünf Minuten!« Lilja sprang von ihrem Platz auf. Sigurd folgte ihr widerwillig.

»Und mich wollt ihr mal wieder ausschließen?«, rief ihnen Elin erbost hinterher. Lilja überlegte kurz. Das ist der richtige Zeitpunkt, eingefahrene Strukturen in dieser Familie aufzubrechen, dachte sie entschieden. Elin war nicht mehr die kleine Elfe, die mit großen Augen staunte, wenn die Älteren ihre Köpfe zusammensteckten und etwas ausheckten. Nein, sie war genauso erwachsen wie Sigurd und sie.

»Komm mit!«, forderte Lilja ihre Schwester auf, die sich das nicht zweimal sagen ließ.

Kaum waren sie im Garten angekommen, informierte Lilja ihre Geschwister ohne große Vorrede über das krumme Ding mit den Containern. Dabei war sie bemüht, Thorwald nicht allzu sehr in die Pfanne zu hauen.

Elin wurde bei jedem Wort blasser. »O Mist, wann hat das angefangen?«

Lilja zuckte die Achseln.

»Und ich habe mir von Pabbi eine Traumhochzeit gewünscht. Wahrscheinlich hätte er sie ohne das Zusatzgeschäft überhaupt nicht bezahlen können. Ich bin schuld daran, dass er sich auf den Mist eingelassen hat.« Elin war außer sich.

Lilja nahm ihre Schwester in den Arm, und auch Sigurd strich ihr tröstend über die Wangen. »Aber wie dem auch immer sei, dann ist die Sache ja wohl gelaufen. Nicht dass diese Ratte von Baldur unseren Vater noch in den Bau bringt«, erklärte er besorgt.

»Genau, das werden wir zu verhindern wissen«, entgegnete Lilja nachdrücklich und weihte ihre Geschwister in den verwegenen Rettungsplan ein. Zum Abschluss bat sie ihren Bruder um Unterstützung. Doch bevor Elin sich ausgegrenzt fühlen konnte, schlug sie vor, dass Kristian und sie doch auch mitkommen sollten. Ihre Schwester war so begeistert, dass sie sofort zusagte. Sigurd zögerte kurz, doch dann versicherte er ihr, dass er mitmachen würde, obwohl er der Sache etwas skeptisch gegenüberstand, und dass er natürlich auch Davið bitten würde, sie zu begleiten.

Lilja fühlte sich in diesem Moment eng mit ihren Geschwistern verbunden und fasste beide an den Händen. Sigurd nahm Elins andere Hand, sodass sie einen Kreis bildeten. In diesem Augenblick kam ihre Großmutter in den Garten.

»Es tut mir sehr leid, diesen wunderschönen Anblick, der mein Herz erwärmt, zu zerstören, aber der Plokkfiskur wird kalt«, bemerkte sie halb bedauernd. Die drei Geschwister ließen einander los und folgten der Großmutter artig.

»Verzeih mir, dass ich dich so angezickt habe!«, flüsterte

Elin ihrer Schwester zu, bevor sie das Haus betraten. »Und wenn du Björn wirklich liebst …«

»Heute Nacht wird er mit an Bord sein«, raunte Lilja. »Und nein, das ändert nichts daran, dass er fortgehen wird.«

»Aber das wäre doch blöd, wenn ihr wirklich füreinander bestimmt seid. Dann müsst ihr das doch leben!«

»Ich habe ihm mehr als deutlich zu verstehen gegeben, dass ich keinen Kreuzfahrer als Partner will. Und jetzt kann ich nicht mehr zurück. Glaub mir! Das wird heute unser Abschied.«

Elin schwieg betroffen, und gemeinsam betraten sie das Esszimmer. Davið war gerade damit beschäftigt, seiner Schwiegermutter mit wachsender Begeisterung zu erklären, dass er ein lesbisches Paar in Akureyri kennen würde, das genauso gern ein Kind hätte wie Sigurd und er. Damit hatte er Katla für sich eingenommen, während Ari seinen eigenen Gedanken nachhing und dabei sehr traurig aussah.

Lilja beugte sich zu ihm hinunter und flüsterte ihm ins Ohr: »Vertrau mir einfach, dass alles wieder gut wird!«

»Jaja!«, erwiderte er monoton. Begeisterung klang anders. Auch seiner Miene war anzumerken, dass er an ihren Worten mehr als zweifelte.

39

Abenteuerfahrt durch den Eyjafjörður

Es war nicht leicht gewesen, den Eltern plausibel zu machen, warum alle drei Kinder samt Partnern um Punkt siebzehn Uhr das gemütliche Beisammensein verlassen mussten. Liljas Vater hatte seinem Argwohn mit den Worten »Ihr führt doch etwas im Schilde, oder?« Ausdruck verliehen, aber sie waren ihm eine Antwort schuldig geblieben.

Wie verabredet trafen sie sich am Anleger der Firma Bjarkisson. Zu Liljas großer Überraschung war auch Thorwald dort.

»Ich dachte, du bist mit dem Baldur unterwegs!«, rief sie überrascht.

»Nein, den bin ich anderswo losgeworden.« Er grinste über das ganze Gesicht.

»Wie denn?«

»Ich habe ihm ein Wochenende in der Blauen Lagune samt Übernachtung geschenkt. Ich wollte lieber vor Ort sein. Schau, da kommen Björn und Jökull mit der Tröll!«

Jetzt erst bemerkte Lilja, dass die vier Container bereits an der Pier standen.

»Wow, du hast echt Wort gehalten!«, sagte sie bewundernd.

»Na ja, ich sehe ja inzwischen ein, dass das Ganze nicht in Ordnung war. Es ist doch nicht so, dass wir kein schlechtes Gewissen hatten. Aber wir haben uns gegenseitig damit getröstet, dass es ja nur eine Versicherung trifft.«

369

»Ach so, ihr habt das also als ein Kavaliersdelikt angesehen?«, fragte Lilja kopfschüttelnd.

»Ich mache es ja wieder gut. Übrigens warte ich auf deinen Businessplan. Von wegen meiner Einlage an unserer Tröll-Gesellschaft.«

»Bekommst du, sobald wir die Lundi gerettet haben und ich meinem Vater meinen Lohn genannt habe. Den alten Walfänger!« Lilja wollte nun zur Kaimauer gehen, um Björn zu begrüßen, aber Thorwald hielt sie zurück. »Sag mal, ist das wahr, was mir Jökull vorhin gesteckt hat? Dass Björn ab nächster Woche die Pazifik-Route fährt?«

Lilja nickte flüchtig, bevor sie ihren Weg fortsetzte. Björn stand oben an Bord der Tröll und blickte skeptisch auf die Menschenansammlung am Festmacher. Lilja bedauerte ein wenig, ihm nicht wenigstens eine Nachricht geschrieben zu haben, um ihn darauf vorzubereiten, dass aus der geheimen Mission ein Familienunternehmen geworden war. Als er sie in der Gruppe erkannte, nickte er ihr verschwörerisch zu.

Doch dann wandte er den Blick abrupt von ihr ab und ließ sich nun von Thorwald Anweisungen geben, wie er den schiffseigenen Kran steuern sollte. Lilja hatte sich zuvor natürlich gefragt, wie diese großen Container bloß auf die Tröll gelangen sollten, aber dank Thorwalds Instruktionen wirkte das Ganze von außen betrachtet ziemlich leicht. Zunächst jedenfalls. Doch dann kam auch Thorwald an seine Grenzen, denn die Tröll hatte bei den vergangenen Kaperfahrten jeweils nur einen Container an Bord gehabt. Und das wurde jetzt zum Problem. Einen hatten sie problemlos am Heck des Schiffes platzieren können. Und einen zweiten konnten sie mit Mühe auf das mittlere Deck hieven, doch mehr ging nicht.

»Mist, dass wir das nicht bedacht haben!«, fluchte Thorwald, doch Björn bat nun alle an Bord, zu einer Lagebesprechung zu kommen. Er stellte allerdings keine Fragen, warum die Gruppe um Elin, Kristian und Davið angewachsen war.

»Es ist Wahnsinn, zweimal mit Containern beladen nach Grímsey zu schippern, mal davon abgesehen, dass wir das nicht in einer Nacht schaffen, und morgen im Hellen sollten wir die Finger davonlassen«, sinnierte Björn.

»Und was schlägst du jetzt vor?«, fragte Thorwald ungeduldig.

»Dass wir unser Ziel ändern. Es gibt im Nordosten von Hrísey bei Laugarkampur eine kleine Bucht mit schwarzem Sand. Dort ist es ganz einsam, aber das Naturschutzgebiet fängt erst dahinter an. Ich denke, die steuern wir an. Dann scheuchen wir die Vögel nicht auf. Dorthin benötigen wir vielleicht zweieinhalb Stunden. Zurück sind es fünf. Und das Ganze dann noch einmal.«

Lilja hätte bei diesem Vorschlag vor lauter Enttäuschung losheulen können. Sie hatte sich innerlich doch so darauf gefreut, noch einmal mit Björn nach Grímsey zu fahren, doch sie versuchte, diese Gefühle abzuschütteln, weil sie der Lage ganz und gar nicht angemessen waren. Es ging schließlich um keine Vergnügungsfahrt. Was hatte sie sich denn insgeheim vorgestellt? Dass sie zusammen mit Björn Papageientauchern beim Fischen zuschauen würde wie damals? Dass sie sich am Strand lieben würden? Sie spürte, wie ihr allein bei dem Gedanken daran die Röte in die Wangen schoss. So naiv konnte sie doch gar nicht sein! Diese Tour war kein romantischer Ausflug, sondern eine knallharte Expedition.

»Das ist doch ein vernünftiger Vorschlag. Da sind wir auch unsere zehn Stunden unterwegs und erst kurz vor dem Morgengrauen zurück«, stimmte sie ihm in sachlichem Ton zu, krampfhaft bemüht, sich keine Emotion anmerken zu lassen.

»Wer ist noch dafür?«, fragte Björn in die Runde, und alle bis auf Davið, der schüchtern erklärte, dass er dazu keine Meinung habe, weil er in seinem Leben weder jemals auf Grímsey noch auf Hrísey gewesen sei und seinen Fuß überhaupt noch nie auf so ein Schiff gesetzt habe, hoben die Hände. Auch

Thorwald, der nun entschuldigend erklärte, dass auch er helfen wolle. Sigurd klopfte ihm kumpelhaft auf die Schulter.

»Junge, das kann kein Zufall sein, dass du in der alten Heimat aufgetaucht bist! Meine Band braucht einen Sänger«, raunte Thorwald ihm zu.

»Verlockendes Angebot«, lachte Sigurd.

In dem Augenblick war Lilja ganz froh, dass sie ihrem Bruder gegenüber nicht über ihren Verdacht spekuliert hatte, sein alter Kumpel Thorwald sei der eigentliche Drahtzieher der Containeraktion gewesen. Das wäre der noch guten Stimmung an Bord sicherlich nicht zuträglich gewesen.

Als die Tröll endlich ablegte, herrschte auf der Brücke fast Partystimmung. Elin und Kristian hatten Kühltaschen voller Verpflegung für alle mitgebracht. Nur Björn war sehr in sich gekehrt, aber er beobachtete genau, wie Sigurd das Schiff steuerte. Ihm kam zugute, dass er die Tröll von Jugend an kannte und die Technik ohne Probleme beherrschte.

Lilja hörte mit halbem Ohr, wie der alte Jökull auf Sigurd einredete, dass diese Aktion unbedingt klappen müsse, damit der Sohn endlich das Schiff seines Vaters, die Lundi, übernehmen könne. Er bedauerte aber ausdrücklich, dass er Björn sehr vermissen werde, der auch ein guter Käpt'n sei. Im Hintergrund hörte sie das fröhliche Gelächter der anderen, die sich jetzt auf den Proviant und besonders auf das Bier gestürzt hatten. Allen voran Thorwald, dem die Aussicht, dass die verräterischen Container nun von seinem Firmengelände verschwanden, wohl echte Erleichterung verschaffte. Liljas und sein Blick trafen sich. Er prostete ihr zu und gab ihr ein Zeichen, mit ihnen zu feiern.

Lilja aber fielen in diesem Augenblick die teuren Flaschen, die fabrikneuen Klamotten samt Laptop und Markenturnschuhen in Jökulls Schrank ein. Die mussten auf jeden Fall verschwinden, denn sie hielt es nicht für ausgeschlossen, dass Baldur, wenn er merkte, dass Ari ihm die Lundi nun doch nicht verkaufen würde, die Behörden so lange nervte, bis sie eine Durchsuchung der Tröll und Thorwalds Firmengelände veranlassten. Und dann durften sie nicht eine Flasche oder Socke aus den Containern mehr finden. Sie nahm den alten Mann beiseite und lotste ihn zu seiner Koje. Unwirsch folgte er ihr.

»Wir sollten langsam mal damit anfangen, den Inhalt der Flaschen ins Meer zu kippen«, schlug sie vor.

Jökull aber öffnete die Schranktür, und dort, wo die Sachen aus den Containern gelagert hatten, herrschte bis auf einen Kanister gähnende Leere. »Das ist alles schon erledigt«, verkündete er voller Stolz. »Ich habe die leeren Flaschen ordnungsgemäß entsorgt, und die Turnschuhe bin ich weit unter Preis losgeworden.«

»Du hast die Sachen verkauft?«, fragte sie erschrocken.

»Keine Sorge. Nur die Turnschuhe!«

Lilja hob abwehrend die Hände. »Ich will das gar nicht so genau wissen. Und was ist da im Kanister?«

»Steht doch drauf«, erwiderte er prompt. »Reinigungsmittel.«

Lilja hatte zwar ein merkwürdiges Gefühl im Bauch, aber sie ließ es gut sein. Und es war wirklich unwahrscheinlich, dass die Jungs auf See einen Container mit Putzmitteln erwischt hatten.

Schon als sie sich der Brücke näherten, ertönten lautes Gelächter und Stimmengewirr.

Lilja entfloh der lustigen Stimmung an Bord und setzte sich auf ein lauschiges Plätzchen am Bug. Der Abend war windstill und der Himmel sternenklar. Eigentlich eine romantische Stimmung, dachte sie, aber die wollte bei ihr partout nicht aufkommen. Immer, wenn sie daran dachte, dass Björn bald wieder aus ihrem Leben verschwunden sein würde, schnürte es ihr die Kehle zu.

Sie war so in Gedanken versunken, dass sie nicht einmal hörte, wie sich ihr jemand näherte. Sie spürte es erst, als sich ein Arm um ihre Schultern legte. Zu ihrer Überraschung war es Kristian.

»Mensch, Lilja, was macht ihr beiden denn für Sachen?«, fragte er ohne Umschweife, während er ihr eine geöffnete Flasche Bier und einen Teller mit − wie er versicherte, von Amma Hrafnhildur selbst gemachtem − Kartoffelsalat und Fiskibollur reichte. Sie merkte erst jetzt, was für einen enormen Hunger sie hatte, weil sie zum Mittagessen so aufgeregt gewesen war, dass sie von dem köstlichen Plokkfiskur nicht allzu viel gegessen hatte. Jetzt, da die Sache tatsächlich im Gang war − wenn auch anders als erwartet −, hatte sich ihr Magen sichtlich entspannt.

»Wir haben uns doch wieder vertragen. Und ich glaube, Elin war es wichtig, dass wir sie nicht ausschließen«, sagte sie.

»Ich rede nicht von deiner Schwester, sondern von meinem lieben Cousin und dir. Du willst ihn doch nicht allen Ernstes in den Pazifik ziehen lassen.«

Lilja musste wider Willen lächeln. »Er ist erwachsen und weiß, was er tut.«

»Unsinn! Er ist ein unglaublicher Sturkopf. Wenn ich mich so verknallt hätte, ich würde sogar ein Engagement am Nationaltheater in Reykjavík sausen lassen, nur um meine Liebe zu retten.«

»Gut, aber du hast auch hier in Akureyri einen guten Job am Theater bekommen. Nur Björn hat doch nicht seine Offiziersausbildung an dieser Kreuzfahrtakademie gemacht, um den Kapitän auf einem Ausflugsdampfer zu geben.«

»Was für ein Ausflugsdampfer?«

Lilja zögerte. Dann verriet sie ihm, was sie für Pläne mit der Tröll hatte, fügte aber gleich hinzu, dass das Projekt bislang ausschließlich in ihrer Fantasie existierte.

»Ja super, dann wirb ihn doch einfach von der Reederei ab, wenn es so weit ist«, schlug Kristian pragmatisch vor.

»Genau, er wird dann sicher sofort seinen gut dotierten Job kündigen, um für mich zu arbeiten, die ich noch nicht mal weiß, ob die Sache klappt und ob ich ihn dann überhaupt bezahlen könnte«, entgegnete Lilja spöttisch.

»Ach, ihr seid beide gleichermaßen starrköpfig! Er müsste doch gar nicht nur von deinem Kapitänsjob leben, an der Uni soll gerade ein neues Forschungsschiff angeschafft werden, und dafür wird noch händeringend ein hochkarätiger Kapitän gesucht. Hat mir ein Freund gesteckt. Das habe ich Björn auch gesagt, aber er ist so fixiert auf seine Kreuzfahrtkarriere«, seufzte ihr Schwager und deutete plötzlich aufgeregt ins Wasser. Dort schwamm eine Familie von Buckelwalen dicht an ihrem Schiff vorbei.

»Offenbar ahnen sie nicht, dass sie es hier mit einem ausgedienten Walfänger zu tun haben, so zutraulich, wie sie sind«, bemerkte Lilja, während Kristians Worte noch in ihr nachwirkten. Dass Björn sogar eine gut dotierte Jobalternative vor Ort abgelehnt hatte, das verunsicherte sie zutiefst. Dann besitzt seine Liebe zu mir wohl wirklich keinen allzu hohen Stellenwert in seinem Leben, dachte sie resigniert, wobei ihre Gedanken sofort zu ihrer eigenen Sturheit abschweiften. Eigentlich konnte sie ihm das nicht übel nehmen, denn schließlich war auch sie nicht bereit, ihm eine Chance zu geben.

»Es passt einfach nicht zusammen«, stöhnte sie, nachdem sie den Teller leer gegessen und einen kräftigen Schluck aus der Bierflasche genommen hatte.

Offenbar zog Kristian es vor, keine Diskussion mit ihr anzuzetteln, denn er stand abrupt auf und fragte sie, ob er ihr noch etwas bringen solle oder ob sie nicht lieber mit zu den anderen käme.

Lilja aber wollte lieber noch ein wenig allein sein und ihre Wunden lecken. Schon komisch, dachte sie, Björn ist doch gar nicht weit weg, sondern steht nur wenige Meter hinter mir am Ruder auf der Brücke. Noch konnte sie zurück. Das wären nur wenige Schritte gewesen. Was hinderte sie daran, ihm unter dem sternenklaren Polarhimmel zu offenbaren, dass sie ihn auch als Kreuzfahrer nehmen würde – allerdings auf der Nordmeerroute?

Darüber grübelte sie eine ganze Zeit lang nach, aber sie kam zu keinem befriedigenden Ergebnis, weil ihr immer wieder triftige Gründe einfielen, alles beim Alten zu lassen, auch wenn sie sich bei näherem Nachdenken allesamt als Ausreden entpuppten.

Sie hatte gar nicht gespürt, wie kalt es auf ihrem luftigen Deckplatz geworden war. Erst als sich ein Schmerz in den Fingerspitzen bemerkbar machte, versenkte sie ihre Hände in den Taschen ihrer Polarjacke, durch die kein Windzug drang, und setzte sich die Kapuze auf. In dem Moment sah sie bereits die Küste von Hrísey auftauchen, und ihre Gedanken kehrten zu ihrem waghalsigen Unternehmen zurück. Sie selbst kannte die Bucht mit dem schwarzen Sand, die Björn als Ziel ausgeguckt hatte, nicht und war sehr gespannt, ob die Aktion wirklich klappen würde. Die Tröll bewegte sich jedenfalls ganz ruhig durch das schwarze Wasser, und sie näherten sich der Küstenlinie der kleinen Insel immer mehr. Hrísey war größer als Grímsey, und auf der Insel wohnten etwa fünfzig Menschen mehr als auf der Insel, durch die der Polarkreis ging. Die Insel gehörte zu Akureyri und hatte wie die Stadt selbst eine Geschichte, die mit dem Fischfang eng verwoben war. Früher wurde Hrísey von Norwegern und Schweden, später von den Isländern als Basis für die Fischindustrie genutzt. Im späten 19. Jahrhundert befand sich sogar eine Salzheringfabrik auf der Insel. In den 1960er-Jahren waren die isländischen Gewässer dann dermaßen überfischt, dass die Insel, was die Fischindustrie anging, in der Bedeutungslosigkeit versank. Lilja selbst war nur ein einziges Mal auf der Insel gewesen, anlässlich eines der sonntäglichen Familienausflüge, die ihr

Vater mit einem kleinen Motorboot unternommen hatte, mit dem er früher gern in seiner Freizeit über den Fjord geschippert war. Das war, bevor er die Lundi gekauft hatte, die er dann so sehr liebte, dass das Motorboot überflüssig geworden war, weil Familienfahrten mit dem Fischkutter unternommen wurden.

Auf der Insel war es stockdunkel. Kein einziges Licht leuchtete aufs Meer hinaus. Das lag auch daran, dass sich der einzige bewohnte Ort auf der anderen Seite gegenüber Dalvik befand.

In diesem Moment stoppte die Maschine, und Lilja konnte einen dunklen Streifen erkennen. Sie fragte sich in diesem Augenblick nur, wie Björn an Land kommen wollte, weil das Wasser immer flacher wurde. Sie verließ ihren Platz und eilte zur Brücke, wo genau über das Thema bereits eifrig zwischen dem alten Jökull, Björn, Sigurd und auch Thorwald diskutiert wurde. Letzterer plädierte dafür, so nahe wie möglich ranzufahren, während Björn auf das Echolot zeigte.

»Hier haben wir noch sieben Meter, aber es wird ganz schnell flacher«, merkte Björn mahnend an.

Thorwald, der aus den Augenwinkeln Lilja entdeckt hatte, wollte sich nun ganz offensichtlich wichtigmachen. »Komm, mach an den Jockel klar und dann ran!«

»Nee, mein Freund, sicher nicht. Der Kahn hat dreieinhalb Meter Tiefgang, und der Propeller ist nicht billig«, widersprach ihm Sigurd.

»Kein Problem für unseren Freund. Das zahlt er aus der Portokasse«, mischte sich Lilja feixend ein.

»Aber die Wellenlager könnten sogar seinen Rahmen sprengen«, lachte Björn und zwinkerte Lilja vergnügt zu.

»Wunderbar! Habt ihr euch jetzt ausreichend auf meine Kosten amüsiert? Aber hier mitten im Fjord können wir auch nicht bleiben«, bemerkte Thorwald erbost.

»Deshalb stellt sich jetzt einer von uns beiden ans Ruder

und hält ganz langsam auf den Strand zu, der andere behält das Echolot im Blick und ruft die Werte auf der Anzeige laut aus«, ordnete Sigurd an und ging ans Ruder, während Björn sich vor dem Echolot positionierte.

»Sieben Meter zwanzig!«, rief er.

»Alles klar!« Sigurd stellte die Maschine wieder an und bewegte das Schiff vorsichtig in Richtung Strand.

Björn gab die Tiefe durch. Als die Wassertiefe konstant um die vier Meter lag, stoppte Sigurd erneut auf, und der Anker wurde abgelassen. Der Strand war nun zum Greifen nahe, aber wenn sie die Container einfach so ins Wasser hievten, wäre nicht gewährleistet, dass sie am Strand anlandeten. Also beschlossen die Seeleute, nicht nur die Container runterzulassen, sondern auch das Beiboot, das früher die grausame Aufgabe hatte, die Wale zu verfolgen, und von dort aus wurden sie auch harpuniert. Das alte Ding war etwas eingerostet, weil es so viele Jahre nicht mehr im Einsatz gewesen war, aber schließlich schafften sie es, das Boot zu Wasser zu lassen, nachdem die beiden Container ruhig neben der Tröll dümpelten. Die Männer bis auf Davið, der dem Ganzen äußerst interessiert zusah, kletterten in das Beiboot und schoben ganz vorsichtig einen Container nach dem anderen auf den Strand zu, was ihnen mit dem vollen noch leichter gelang als mit dem leeren, aber schließlich lagen beide so sicher am Ufer, dass sie am Morgen von den Behörden gefunden werden konnten.

Als die Männer an Bord zurückkehrten, wirkten sie erschöpft. Besonders Thorwald machte den Eindruck, als habe er sich überanstrengt. Lilja fragte sich, wie sie es wohl schaffen sollten, das Ganze ein zweites Mal zu bewältigen. Doch Björn nahm ihr die Sorge, indem er bemerkte: »Ich hatte mir das schlimmer vorgestellt.«

Dann beeilten sie sich, die Rückfahrt anzutreten. Mit einem Blick auf die Uhr stellte Lilja fest, dass es inzwischen weit nach zehn Uhr abends war. Allein bei der Vorstellung, sie müssten nun durch den Fjord zurück und das Ganze noch einmal machen, wünschte sie sich in ihr warmes Bett.

Auf der Rücktour saß sie gemeinsam mit ihrer Schwester an Deck, auf dem nun viel Platz war, und bat Elin, ihr einmal in aller Ausführlichkeit von dem Unfall des Vaters und der schweren Zeit zu berichten. Elin begann zögernd, aber dann redete sie sich alles von der Seele. Die Zeit verging wie im Flug. Als die Lichter von Akureyri auftauchten, hatte Lilja das Gefühl, dass sie etwas Großes geschafft hatten. Nur die Tatsache, dass erst Halbzeit war, dämpfte ihren Triumph.

Am Anleger holte Björn die Mannschaft auf die Brücke und bedankte sich bei allen für ihre Hilfe. Sein Blick blieb an Lilja hängen, als er vorschlug, dass die Frauen das Schiff nun mit gutem Gewissen verlassen dürften, um sich ins warme Bett zu legen.

Als könnte er meine Gedanken lesen, dachte Lilja und wollte trotzdem gerade widersprechen, doch auch Sigurd fand, es wäre Unsinn, wenn sie noch einmal mitkämen, und betonte, sie wüssten ja jetzt, wie das ginge. Er wandte sich dabei besonders an Davið, der das Angebot, an Land zu bleiben, dankend annahm.

»Aber ich lege mich jetzt nicht zu Hause ins Bett und schlafe selig«, protestierte Lilja energisch. »Ich will doch zumindest hier sein, wenn ihr wieder zurückkommt.«

»Dann wartet doch in meinem Büro! Da stehen ein gemütliches Sofa und Sessel, und es ist warm und trocken.«

Das Argument überzeugte Lilja aber nur, weil sich der Himmel in der letzten Stunde zugezogen hatte und der erste Regentropfen auf ihre Nase gefallen war. Der Gedanke, bei Regen noch einmal in den Fjord hinauszufahren, war wirklich nicht besonders angenehm.

»Das ist eine gute Idee, aber ihr müsst uns versprechen, dass ihr uns weckt, sollten wir eingeschlafen sein!«

»Aber natürlich. Ich möchte mich doch noch gebührend

von dir verabschieden«, raunte Björn ihr ins Ohr, was ihm einen kritischen Blick Thorwalds einbrachte, der offenbar darauf hoffte, dass es zwischen den beiden bis zu Björns Abreise zu keinerlei Vertraulichkeiten mehr kommen würde.

»Dann bringe ich euch mal eben rüber. Wir sollten jetzt nicht rumtrödeln, wenn wir noch im Dunklen zurück sein wollen«, knurrte er und machte die Gangway bereit.

Lilja aber ließ sich nicht von ihm hetzen, sondern versicherte Björn, dass sie auf einen stilvollen Abschied von ihm großen Wert legte. Während sie das sagte, konnte sie sich beim besten Willen nicht vorstellen, dass er bald schon am anderen Ende der Welt sein würde.

Doch dann folgte sie Thorwald, nicht ohne sich vorher noch einmal ausdrücklich bei Björn und Sigurd zu bedanken.

»Nicht dafür!«, lachte ihr Bruder. »Du glaubst gar nicht, was das für ein geiles Gefühl ist, wieder ein Schiff unter dem Hintern zu haben. Wie oft habe ich davon auf meinem Bürosessel geträumt!«

Lilja umarmte ihn zum Abschied noch einmal herzlich, und ohne darüber nachzudenken, fiel sie danach auch Björn um den Hals. Sie hielten einander fest in den Armen, bis Thorwald, der noch einmal zurückgekommen war, nun massiv zur Eile mahnte.

40

Abschied

Lilja schreckte hoch, als sie Björns Stimme an ihrem Ohr flüstern hörte, dass er sie jetzt gern nach Hause bringen würde. Elin und sie hatten Davið das Sofa angeboten und sich jeweils in einen Sessel gekuschelt. Davið und Elin schliefen immer noch, stellte sie fest.

»Wie ist es euch ergangen?«, erkundigte sie sich aufgeregt.

»Alles paletti bis auf eine kleine Panne. Beim Abladen vor Hrísey ist der zweite Container vom Haken gefallen und aufs Wasser geklatscht. Wir hatten schon befürchtet, er würde untergehen, weil die Tür aufgesprungen war, aber auch den haben wir dann noch an den Strand befördert. Nur gut, dass es nicht der volle von der ersten Fuhre gewesen ist. Den hatte ich mir übrigens viel schwerer vorgestellt.«

»Ihr seid echt klasse. Ich weiß gar nicht, wie ich euch und ganz besonders dir danken soll!«, stieß Lilja gerührt hervor. In diesem Augenblick kam Sigurd ins Büro, um Davið zu wecken. Ihr Bruder sah rundherum glücklich aus, als hätte er gerade ein wunderbares Erlebnis gehabt.

»Kommst du mit uns nach Hause?«, fragte er Lilja. Sie überlegte kurz, doch dann gefiel ihr der Gedanke, dass sie ihren Eltern zum Frühstück gemeinsam verraten würden, dass der Vater sein Boot behalten konnte und nichts mehr von Baldur zu befürchten hatte.

»Ja, ich schlafe heute Nacht in meinem alten Zimmer, aber Björn bringt mich.«

»Eine Nacht wird es bestimmt nicht mehr. Um neun Uhr gibt es bei den Eltern Frühstück.« Sigurd warf einen Blick auf seine Uhr. »Und es ist jetzt sechs Uhr.«

»Ihr seid so großartig! Habt ihr die Tröll auch schon wieder zu ihrem Liegeplatz zurückgebracht?«

»Aye, aye, Schwesterherz. Alles nach Plan gelaufen!«

Nun wachte auch Elin auf, denn Kristian und Thorwald betraten polternd das Büro.

»Mir kratzt es immer noch im Hals von dem Drink, den Jökull uns auf der Rückfahrt kredenzt hat«, lachte Liljas Schwager.

»Mann, das Zeug hatte echt Umdrehungen! Erst dachte ich, das könnte ein schottischer Whisky sein, aber aus einem Kanister?«

»Kanister?«, fragte Lilja.

»Ja, ich habe zufällig gesehen, wie Jökull das Zeug daraus in die Gläser gefüllt hat.« Thorwalds Stimme klang leicht verwaschen.

»Was das wohl für ein Fusel gewesen ist?« Kristian schüttelte sich.

Von wegen Fusel, Talisker, dachte Lilja und wusste nicht so recht, ob sie lachen oder weinen sollte, dass Jökull sie mit dem angeblichen Reinigungsmittel mächtig verschaukelt hatte, aber sie hütete sich davor, den alten Mann zu verraten. Er hatte so viel für ihren Vater und sie getan, dass sie nicht wusste, wie sie das in diesem Leben wiedergutmachen sollte. Skál, Jökull!, dachte sie, und ein Lächeln umspielte ihre Lippen.

»Gut, Jungs, dann rufe ich morgen bei der Küstenwache an und berichte, was ich bei einer Probefahrt mit dem alten Walfänger meines Vaters am Strand von Hrísey entdeckt habe«, sagte Sigurd und gab seinem schlaftrunkenen Mann einen zärtlichen Kuss auf die Wange.

382

Wenn man die beiden so sieht, kann man direkt neidisch werden, dachte Lilja betreten. Sie hätten sich ihre Liebe mit Sicherheit nicht nehmen lassen oder gar auf sie verzichtet.

»Und wir verkünden unserem Vater morgen zum Frühstück, dass er am Montag nicht zu Baldur geht, um ihm die *Lundi* in den Rachen zu werfen«, sagte sie.

»Und ich rufe am Montag den Trawlerkönig an und stecke ihm, dass sein Mitarbeiter hier in Akureyri den kleinen Fischern mit ganz fiesen Methoden ihre Boote abluchst. Und dass er einem sogar die Hütte demoliert hat. Jede Wette, der Chef weiß nichts davon und wird Baldur schnellstens aus Akureyri abziehen.«

Die anderen sahen Thorwald bewundernd an.

»Das ist eine Superidee, aber du musst darauf gefasst sein, dass Baldur nicht kampflos aufgibt. Wenn der in die Enge getrieben wird, wird er versuchen, noch mal zuzutreten.«

»Darauf hoffe ich«, grinste Thorwald. »Es wäre doch zu schade, wenn er keine Durchsuchung erwirken würde und in der Halle dann statt Containern alte Busse vorfindet.«

Alle lachten.

»Sag mal, Thorwald, du brauchst die alte Halle doch nicht wirklich, oder?«, erkundigte sich Lilja aufgeregt.

»Nö, die sollte ich beizeiten mal abreißen.«

»Oder du überlässt sie der Uni als Raum für die neue Ausstellung über das isländische Fischereiwesen.«

»Das wüsste ich wohl, wenn es so etwas in Akureyri gäbe«, mischte sich Sigurd ein.

»Noch nicht, aber ich werde wahrscheinlich ab Montag im Auftrag der Uni so eine Ausstellung planen. Und erst dachte ich, wir machen es auf der *Tröll*, aber wir werden nicht Raum für eine Ausstellung, Schlafkabinen und ein Restaurant haben. Also, vermietest du an die Uni?«

»Das bereden wir nächste Woche mal bei einem schönen

Essen«, erklärte Thorwald und warf Björn einen triumphierenden Blick zu.

Nun geht das wieder los, dachte Lilja aufbrausend. Aber Hauptsache, sie prügeln sich nicht.

»Wollen wir dann mal los, Lilja?« Björn tat so, als hätte er Thorwalds Provokation völlig überhört.

Sie winkte den anderen zu und verließ mit Björn Thorwalds Büro. Obwohl sie an diesem Abend so viel gemeinsam erlebt hatten, schwiegen sie, bis sie schließlich vor Liljas Elternhaus ankamen. Dort sagte Björn in die Stille hinein: »Lilja, ich muss es einfach tun! Sonst hätte ich das Gefühl, ich hätte diese Ausbildung völlig umsonst gemacht. Es war immer schon mein Traum, auf einem Kreuzfahrtschiff über die Weltmeere zu fahren.«

»Ich weiß. Das hast du früher schon gesagt, dass du mit mir eines Tages um die Welt reisen willst, aber damals sprachst du von einer Segeljacht.«

»Das habe ich völlig vergessen. Aber jetzt, da du es sagst … Vielleicht schaffen wir es ja im Alter, endlich zusammenzukommen.« Er lächelte zwar, aber in seinen Worten schwang auch ein melancholischer Unterton mit.

»Tja, und ich bedaure, dass ich dir nicht wenigstens eine Chance gegeben habe. So nach dem Motto, schauen wir mal, wie einsam ich mich nach deiner ersten Tour so fühle«, gestand sie ihm. »Aber nun ist es zu spät, wenn du zu deiner Reederei ins Ausland gehst.«

Björn sah ihr tief in die Augen. »Ich weiß nicht, ob ich diesen Schritt nicht bereits bereue, wenn ich im Flieger sitze. Wahrscheinlich wären wir flexibler gewesen, wenn wir nicht bereits eine tragische Abschiedsgeschichte hinter uns hätten.« Seine Stimme klang jetzt so belegt, als würde er nur mühsam seine Tränen unterdrücken.

Da verspürte Lilja einen solchen Kloß im Hals, dass sie nur zwei Möglichkeiten sah: Sie würde hemmungslos losheulen, oder sie musste schnellstens raus aus dieser Situation.

»Ich wünsche dir, dass dich die Erfüllung deines Traumes glücklich macht!«, stieß sie noch einigermaßen gefasst hervor, bevor sie ohne weiteren Abschied die Treppen zum Eingang nach oben stürmte.

Wie in Trance betrat sie wenig später ihr Zimmer und riss das Fenster auf, weil die unterdrückten Tränen ihr förmlich die Luft zum Atmen nahmen. Sie sog gierig die frische Morgenluft ein und warf einen Blick hinunter zum Fjord. Der Anblick der zusammengekauerten Gestalt, die auf einer Bank am Wasser saß, wollte ihr schier das Herz brechen, doch statt ihrem Impuls nachzugeben, zu ihm zu laufen, schloss sie das Fenster und zog entschieden die Vorhänge zu. Doch es nutzte nichts. Nun brachen alle Dämme, und sie warf sich schluchzend auf ihr Bett.

41

Zauber des Nordens

An diesem sonnigen Samstagabend im Juni saß Lilja erschöpft
an Deck der *Tröll*, nachdem sie zusammen mit Fanney an der
Inneneinrichtung vom Restaurant im neuen Salon gewerkelt
hatte. Sie waren sich einig, dass alles sehr schlicht sein sollte,
ohne maritimen Schnickschnack wie Fischernetzen an der
Decke, wie Jökull es vorgeschlagen hatte. Obwohl er nicht
mehr viel Zeit hatte, ihnen zu helfen, weil er mit Sigurd auf
der *Lundi* im Einsatz war, verbrachte er seine gesamte Freizeit
damit, die beiden Frauen und Thorwald beim Umbau der *Tröll*
zu unterstützen, auch wenn seine Einrichtungstipps selten
auf offene Ohren stießen. Dafür waren seine handwerklichen
Fähigkeiten gefragt, sofern er sich gerade keine Feierabend-
Anwendung seines legendären Reinigungsmittels genehmigt
hatte. Aber Thorwald hatte außer seinem Geld – und das war
wie bei so einem Projekt nicht anders zu erwarten, wesentlich mehr geworden, als in der Kalkulation angesetzt – wertvolle Tipps zur Umgestaltung des alten Walfängers beigetragen. Besonders das Restaurant lag ihm am Herzen, nachdem
ihm Lilja in aller Deutlichkeit zu verstehen gegeben hatte,
dass sie ihn nicht noch einmal als Trostpflaster benutzen
würde. Zu mehr, so hatte sie ihm versichert, reichten ihre Gefühle ihm gegenüber nicht. Seitdem interessierte er sich nicht
nur auffällig für das Restaurant, sondern auch für die Gastronomin selbst. Fanney war erst sehr skeptisch über seine plötz-

lich erwachte Zuneigung zu ihr gewesen, aber dann hatte er es geschafft, ihr Herz im Sturm zu erobern. Es war nämlich ihm zu verdanken, dass Smilla bei ihrem ersten Besuch in Akureyri so von dem Ort begeistert war, dass sie ihre Mutter nun regelmäßig besuchen kam und ihrem Vater von dem tollen neuen Mann ihrer Mutter vorgeschwärmt hatte, der sie zum Heliskiing und zu Proben seiner Band mitgenommen hatte. Und das, obwohl er noch nicht einmal versucht hatte, Fanney zu küssen. In der Stimme ihrer Freundin hatte ein gewisses Bedauern gelegen, als sie Lilja dieses Detail anvertraut hatte. Jedenfalls war Thorwald völlig dagegen, das Restaurant im großen Bauch des Schiffes einzurichten, sondern hatte mithilfe eines befreundeten Werftbesitzers einen Aufbau für das Oberdeck konstruiert, der den Gästen den freien Blick nach draußen garantierte. Lilja wusste nicht, wie er dieses zusätzliche Geld, ohne mit der Wimper zu zucken, in ihr Projekt eingebracht hatte. Auch die Werftzeit für die Überholung und der Anstrich des Unterwasserschiffes mussten Unsummen verschlungen haben. Dagegen war der Betrag, den ihnen die Stadt als Zuschuss gewährt hatte, ein Tropfen auf den heißen Stein. Wenn sie ganz ehrlich war, wollte sie die Wahrheit über Thorwalds Geldquellen gar nicht so genau wissen, hatte sie ihn nämlich im Verdacht, immer noch ein verstecktes Lager mit Laptops und anderem wertvollen Strandgut aus den Containern zu besitzen. Kurz nach ihrer Aktion auf dem Fjord hatte es nämlich in der Zeitung geheißen, vor Hrísey seien drei leere und ein halb mit Laptops gefüllter Container angespült worden. Aber immerhin ahnte sie, für wen er sich so ins Zeug legte. Offensichtlich hatte er seine Taktik geändert und schaffte erst einmal eine Basis mit praktischer Lebenshilfe, bevor er die Angebetete mit Komplimenten überhäufte, mutmaßte Lilja und hatte das Gefühl, dass er sich wirklich ernsthaft in Fanney verliebt hatte.

Der Containerfund hatte jedenfalls viel Aufsehen in Akureyri erregt, besonders bei Baldur. Der hatte, nachdem die Durchsuchung von Thorwalds Firmengelände zu seiner großen Enttäuschung ergebnislos verlaufen war, den Behörden gegenüber behauptet, dass Thorwald sie mit der *Tröll* dort abgeladen habe. Diesen Verdacht konnte Thorwald elegant widerlegen, weil er gar nicht in der Lage war, so ein großes Schiff zu führen. Daraufhin hatte Baldur Sigurd verdächtigt, die Container dorthin transportiert zu haben. Doch das hatten die Behörden als absurd zurückgewiesen. Wieso sollte Sigurd den Fund melden, nachdem er sie selbst dorthin geschleppt hatte? Und überhaupt sei das technisch unmöglich. Wie sollten sie wohl vier Container ohne passendes Geschirr laden und absetzen? Außerdem sei Sigurd zu dem Zeitpunkt noch im Ministerium in Reykjavík tätig gewesen. Der Detektiv hatte sich den Ausführungen der Küstenwache in allen Punkten angeschlossen und mit dem Fund der Container auch seinen Fall mit den leeren Containern ad acta gelegt, die von der Spedition Bjarkisson nach Reykjavík geliefert worden waren.

Baldur hatte dann auch keine Gelegenheit mehr bekommen, weitere Angriffe zu starten, denn sein Chef hatte ihn nicht nur aus Akureyri abgezogen, sondern Ari einen Schadensersatz vor allem zur Wiederherstellung seiner Fischerhütte angeboten.

Eigentlich war das Leben wunderschön, musste Lilja zugeben, wenngleich ihr Björn sehr fehlte. Besonders, nachdem Elin und Kristian verkündet hatten, dass sie ein Kind erwarteten. Da fragte sich Lilja schon, wie das angehen konnte, dass *die Kleine* eine Familie gründete, während sie sich mit Postkarten begnügte. Das war typisch für Björn, dass er ihr diesen Wunsch erfüllte. Dabei musste er doch wissen, dass sie das nur so dahergesagt hatte. Inzwischen freute sie sich über seine bunten Grüße vom anderen Ende der Welt. Gerade heute hatte sie eine Karte aus Samoa bekommen. Seine Botschaften

388

waren allerdings freundschaftlich neutral. Also keine Liebesgrüße aus dem Pazifik.

Lilja versuchte, den Gedanken an Björn abzuschütteln, weil er ihrer guten Laune eher abträglich war. Vielmehr dachte sie darüber nach, ob sie den Eröffnungstermin des Lokals Ende Juni wohl einhalten konnten. Die erste Fahrt hatten sie für den August angesetzt, da die Innenausbauten der Kojen noch nicht abgeschlossen waren. Sigurd aber hatte schon angedeutet, dass er, wenn es richtig losgehen würde, auf jeden Fall einen zweiten Kapitän benötigte. Aber das war gar nicht so einfach, obwohl Sigurd eifrig auf der Suche war. Davið war inzwischen beruflich ebenso intensiv eingespannt wie Liljas Bruder, weil er ganz schnell Abteilungsleiter in seiner neuen Firma geworden war. Die beiden hatten ihr Haus in Reykjavík verkauft und sich ein Traumhaus auf der anderen Seite des Fjords, ganz in der Nähe von Thorwalds, erbauen lassen. Lilja musste neidlos zugeben, dass die Burschen wirklich einen stilsicheren Geschmack hatten. Auch aus ihrem Wohnzimmer und von der Terrasse konnte man die wunderschöne Sicht auf Akureyri genießen. Sigurd war sich mit Herdis, der Chefin von *Eismeerfisch*, inzwischen einig geworden und erfüllte ihre Kriterien, die für das Biozertifikat nötig waren, auf ganzer Linie. Sein Vater platzte vor Stolz, wie erfolgreich sein Sohn das Geschäft fortführte. Er hatte vollstes Vertrauen zu Sigurd und war inzwischen sogar in der Spezialklinik für Wirbelbrüche gewesen, und die Intensivbehandlung hatte wirklich etwas gebracht. Ari konnte sich wieder ohne Gehhilfe bewegen. Am liebsten wäre er jeden Tag mit zum Fischen rausgefahren, aber das erlaubte Sigurd nur noch in Ausnahmefällen, weil sein Vater dann sofort anfing, den Boss an Bord zu geben. Zum Glück hatte sich das Verhältnis zwischen den beiden wieder komplett normalisiert, einschließlich der typischen Streitereien zwischen Vater und Sohn, die schon in der Natur der Sache lagen. Obwohl Ari überglücklich war, in Sigurd seinen Traumnachfolger gefunden zu haben, hatte er ständig etwas zu meckern. Meistens musste sich dann Davið als Schlichter betätigen, denn Lilja fand, sie hatte genug für die Versöhnung zwischen den beiden getan, und wollte sich nun nicht bis in alle Ewigkeit als deren Coach betätigen.

Durch die Ausstellung in der Wellblechhalle, deren Eröffnung in der vergangenen Woche stattgefunden hatte, war Liljas Name gerade in aller Munde. Das schönste Kompliment war nicht das von Ísaak Hilmarson gewesen, der ihre Rückkehr ein Geschenk nannte, sondern das ihres Vaters, der gerührt hatte zugeben müssen, dass Lilja den Geist ihrer Vorfahren in sich trug und eigentlich ein Fischer an ihr verloren gegangen war. Von Fischtheoretikerin war keine Rede mehr. Das erfüllte sie mit Stolz. Und auch ihre Mutter würdigte das, was sie geschaffen hatte, statt ihr vorzuhalten, dass Fanney gerade dabei war, Lilja den letzten passablen Ehemann in ganz Akureyri auszuspannen. Dass ihre Mutter genau das dachte, war keine Frage, aber sie hielt sich für ihre Verhältnisse enorm zurück. Ein einziges Mal war Katla genau das herausgerutscht, aber Lilja nahm es ihr nicht übel. Sie hatte ihre Mutter nur dahingehend korrigiert, dass Fanney die loyalste Freundin dieser Welt war. Und tatsächlich hatte Fanney sie ausdrücklich gefragt, ob sie mit Thorwald fertig sei. Lilja hatte ihr aus vollem Herzen grünes Licht gegeben.

Das schönste Geschenk war allerdings der Überraschungsauftritt von Thorwalds Band gewesen, für sie vor allem wegen des neuen Sängers: Sigurd Arisson. Und auch Davið hatte an der Gitarre eine gute Figur gemacht. Der Höhepunkt war aber gewesen, als Sigurd sie auf die Bühne geholt, ihr ein Saxofon hingehalten und sie aufgefordert hatte, das Saxofonintro von *Careless Whisper* zu spielen. Ihr erster Impuls war gewesen, es rundweg abzulehnen. Sie hatte weit über sechs Jahre nicht mehr gespielt, aber dann war der Sog, es zu versuchen, größer gewesen. Nach ein paar kleinen Patzern hatte sie es mühelos spielen können. Der Saal hatte getobt. Schade nur, dass Björn nicht im Publikum gestanden hatte! Das letzte Mal, dass sie dieses Solo gespielt hatte, war am Abend vor seiner Abreise nach Kopenhagen gewesen. Und zwar fast genau an derselben Stelle.

Es störte Liljas Wohlbefinden allerdings ein wenig, dass Björn immer noch ihre Gedanken dominierte. Sie konnte nur darauf hoffen, dass sie eines Morgens aufwachte und der Spuk vorbei war.

Lilja hatte nach der Ausstellungseröffnung eine Woche freibekommen, doch nun wartete eine neue Aufgabe auf sie. Auf Hilmarsons Wunsch würde sie zusammen mit ein paar anderen aus ihrem Institut an der Jungfernfahrt des neuen Forschungsschiffes teilnehmen, denn beim nächsten Projekt ging es um Wale. Sie war fest entschlossen, den Kapitän des Forschungsschiffes zu bezirzen, ob er nicht Lust hätte, auch Ausflugsfahrten auf der *Tröll* zu übernehmen.

Und wenn sie von der Reise in die Grönlandsee zurückkam, würde sie Besuch aus Kanada bekommen. George hatte es wirklich wahr gemacht und einen Flug nach Island gebucht. Das größte Wunder aber war, dass nicht nur ihre Mutter darauf bestand, George als Gast zu begrüßen, sondern dass auch Ari damit einverstanden war.

Wenn Lilja über all das Positive nachgrübelte und die eine Sache ausklammerte, ging es ihr wirklich blendend. Sie wohnte immer noch in ihrem Zimmer im schilfgrünen Haus und genoss die Wohngemeinschaft mit Fanney sehr. Faktisch war die Freundin leider nur sonntags da oder wenn sie im *Fjörður* abkömmlich war. Und dann waren sie neuerdings meistens mit der *Tröll* beschäftigt. Für Beziehungsgespräche blieb da wenig Zeit, aber diesbezüglich bewegte sich ja auch gerade nichts. Thorwald legte Fanney die Welt zu Füßen, aber er machte keine Anstalten, sie zu küssen, während Lilja ihrem Björn hinterhertrauerte.

Seit Wochen nichts Neues, dachte Lilja versonnen, als sie an der Gangway eine ihr bekannte männliche Stimme fragen hörte, ob er an Bord kommen dürfe.

Wie der Blitz fuhr sie herum und konnte es nicht glauben. Ein braun gebrannter und sichtlich gut gelaunter Björn kam, ohne ihre Antwort abzuwarten, an Bord. Ihr Herz klopfte bis zum Hals, während sie Sorge hatte, dass er das hören konnte.

»Du hier?«, sagte sie und ärgerte sich sogleich über diese dämliche Frage.

»Ich habe ein paar Tage frei, und da dachte ich, ich schaue mal nach dem Rechten.« Er sah sich staunend um. »Wow! Ich fasse es nicht. Das ist ein wahres Prachtstück geworden. Dieser Aufbau. Das ist genial.«

»Hat sich unser Freund Thorwald ausgedacht.«

»Der legt sich ja mächtig ins Zeug.«

Hörte Lilja da etwa Eifersucht heraus? Aber jetzt war bestimmt nicht der richtige Zeitpunkt, ihn über den aktuellen Schwarm seines alten Freundes in Kenntnis zu setzen.

»Tja, wir haben ja auch in drei Wochen Eröffnung. Aber Fahrten bieten wir erst ab August an. Wir brauchen immer noch einen zweiten Kapitän, dem so ein provinzieller Job genügt.« Was rede ich denn da?, fragte sich Lilja selbstkritisch. Statt ihm um den Hals zu fallen und ihm zu versichern, dass sie keine Nacht hatte einschlafen können, ohne an ihn zu denken, machte sie ihm durch die Blume einen Vorwurf.

»Wie war es denn im Pazifik?«, fügte sie hastig hinzu, um ihren kleinen Fauxpas zu überdecken.

Björn setzte sich neben sie auf einen der nagelneuen Deckchairs, die Thorwald angeschafft hatte. Lilja hatte versucht, ihm diese Liegestühle auszureden, weil die selbst im Hochsommer auf ihren Fahrten durch das Eismeer nicht angebracht waren.

Björn stieß einen anerkennenden Pfiff aus. »Das ist fast wie auf meinem Dampfer.«

»Wussten Elin und Kristian, dass du kommst?«

Er nickte. »Aber sie durften dir nichts verraten. Hatte Sorge, dass du dann wieder vor mir flüchtest.«

Lilja spürte, wie ihr das Blut in die Wangen schoss. Wie oft hatte sie bereut, sich zum Abschied so blöd verhalten zu haben!

»Nein, wäre ich nicht!«, erwiderte sie in trotzigem Ton. »Warum bist du hier?«

»Weil ich dir noch eine Bootstour schuldig bin«, erklärte er.

»Nein, das bist du nicht«, entgegnete sie hastig, weil sie wirklich nicht wusste, was er damit meinte.

»Nun gut, hast du schon vergessen, dass unsere Grímsey-Tour ausfallen musste?«

Sie machte eine wegwerfende Handbewegung. »Na ja, nun … Es ging eben nicht anders.«

»Genau! Und deshalb holen wir das jetzt nach.«

»Süße Idee, aber die Maschine wird gerade überholt, und dann muss der Kahn ja auch noch offiziell abgenommen werden.« Lilja fand das wirklich schade. Der Gedanke, mit Björn allein nach Grímsey zu fahren, hatte durchaus seinen Reiz.

»Was machen wir denn da?«, fragte er und schien darüber eher belustigt als enttäuscht zu sein. »Ich hätte da einen Plan. Jemand, den ich sehr gut kenne, hat mir den Schlüssel zu einem Boot gegeben.«

Lilja überlegte fieberhaft. Die *Lundi* konnte es nicht sein. Mit der war Sigurd zusammen mit Davið an diesem wunderschönen Tag zu einer Vergnügungstour rausgefahren.

»Gut, wo liegt das Boot?« Sie hoffte sehr, dass er das Pochen ihres Herzens nicht hörte, denn das überraschende Wiedersehen mit ihm ließ sie alles andere als kalt.

»Vorn an der Strandgata. Es hat noch keinen festen Liegeplatz im Hafen.«

Lilja erhob sich und sagte Jökull Bescheid, dass sie das Schiff jetzt verließ. Er lag auf seiner Koje und hatte nach dem Genuss seines Reinigungsmittels wohl die nötige Bettschwere.

»Geh nur! Es ist Samstag. Da tanzen die jungen Damen. Das ist ja nicht mehr mit anzusehen, wie du dem Käpt'n hinterhertrauerst.«

»So? Tut sie das wirklich?«, ertönte Björns Stimme im Hintergrund. Urplötzlich war Jökull quicklebendig und sprang aus der Koje wie ein Jungmatrose. »Wie schön, dass du wieder da bist! Das ist natürlich für die Deern besser als Tanzen«, lachte er. Björn fiel in das Lachen ein. Nur Lilja fand es nicht ganz so komisch, dass Jökull sie verraten hatte. Aber ihre Freude, Björn zu Besuch zu haben, überwog die Peinlichkeit, dass Jökull sie als liebeskrank hinstellte.

Das Schiff, zu dem Björn sie führte, war ziemlich neu, und es kam Lilja bekannt vor. Als sie den Namen *Hnúfubakur* las, wusste sie auch, woher. Das neue Forschungsschiff, das sie bislang nur auf einem Foto gesehen hatte, hieß *Buckelwal*.

»Kennst du den Kapitän?«, fragte sie neugierig.

»Sehr gut sogar. Sonst hätte er mir bestimmt nicht den Schlüssel für eine Privattour übergeben. Schließlich ist das ein seriöses Forschungsschiff.«

»Ich weiß, ich bin übernächste Woche bei der ersten Fahrt mit dabei. Aber woher kennst du den Typen?«

»Ach, das ist eine lange Geschichte. Erzähle ich dir unterwegs. Wir haben ja eine Menge Zeit.«

Lilja nickte, während sie an Bord ging. Das Schiff war nach ihrer Schätzung an die sechzig Meter lang, was für ein Arktis-Forschungsschiff relativ klein war.

Björn erklärte ihr voller Stolz, dass es mit verflüssigtem Erdgas fahre und mit reduzierten Lärmemissionen und Vibrationen zudem ein hydroakustisch leises Schiff sei.

»Sag mal, könntest du deinen Freund wohl fragen, ob er

Lust hätte, als Zweitjob ab August bei uns auf der *Tröll* Ausflugstouren zu machen? Sigurd übernimmt einen Teil, aber er schafft es natürlich nicht allein.«

»Du, ich denke, der ist offen für so etwas«, erwiderte Björn und schloss nun die Tür zur Brücke auf. Dort gab es nicht nur eine hochprofessionelle Technik zu bewundern, sondern auch einen gefüllten Picknickkorb.

»Die Flasche liegt schon kalt«, erklärte er und zeigte auf eine eingebaute Tür, hinter der sich offenbar ein kleiner Kühlschrank verbarg.

Er hatte wirklich an alles gedacht, stellte sie bewundernd fest, wenngleich sie auch ein leises Befremden beschlich. Die Uni war so stolz auf dieses Schiff. Man wäre dort sicher nicht begeistert, dass der Kapitän es einem Freund zum Privatvergnügen überließ.

»Das ist ein Superschiff, aber meinst du nicht, dein Freund wäre etwas pikiert, dass du gleich bis nach Grímsey damit düst? Und das zum Privatvergnügen?«

»Das ist sogar mein Auftrag. Ich soll als versierter Offizier überprüfen, ob alles funktioniert, damit das Schiff ganz beruhigt die erste Forschungsreise antreten kann.«

Lilja war noch nicht überzeugt. Das Ganze schien ihr ein bisschen irreal, aber die Aussicht, mit Björn noch einmal nach Grímsey zu fahren, überwog ihre Skepsis. Und kaum waren sie aus dem Hafen und im sommerlichen Fjord unterwegs, hatte sie alle Bedenken über Bord gekippt und fühlte sich rundherum wohl. Sie hatte sich neben ihn ans Ruder gesetzt und erzählte ihm in aller Ausführlichkeit, was nach seiner Abreise in Akureyri passiert war. Er lachte herzlich über Baldurs vergebliche Versuche, sie noch anzuschwärzen. Als Lilja ihm schließlich berichtete, warum Thorwald so spendabel war, sah er sie sichtlich erleichtert an. »Und ich dachte schon, er hat deinetwegen die Spendierhosen an.«

»Nein, der Zug ist abgefahren. Sehr zum Kummer meiner

Mutter.« Lilja unterbrach sich hastig. Es war wohl kaum der Zeitpunkt, ihn an die alte Geschichte zu erinnern. Und auch sie wollte nicht mehr daran denken, zumal sie beschlossen hatte, ihrer Mutter zu verschweigen, dass nicht nur sie von ihrer Intrige wusste, sondern sogar Björn.

Doch über sein Gesicht huschte ein breites Grinsen. »Tja, das wird hart für sie, aber Strafe muss sein.«

»Wie meinst du das denn?«

»Na ja, wenn sie nach Jahren der Hoffnung, ich wäre aus deinem Leben verschwunden, feststellen muss, dass ich mich nun einfach wieder durch die Hintertür bei dir einschleiche«, lachte er, während er den Arm um sie legte und dicht zu sich heranzog.

»Das muss sie ja nicht erfahren. Du bist ja schließlich nur zu Besuch.«

»Und du fährst so einfach mit einem Besucher nach Grímsey? Hast du denn gar keine Sorge, dass ich das ausnutzen könnte?«, fragte er mit gespielter Empörung.

»Ach, Björn, wohin hat uns diese Diskussion denn gebracht, ob wir eine Perspektive haben oder nicht? In den Tag hineinzuleben, fühlt sich gerade total richtig an.« Zur Bekräftigung kuschelte sie sich an seine Schulter.

»Dir ist also alles egal, was morgen ist? Wenn ich das gewusst hätte, dann hätte ich mir niemals dieses Schiff ausgeliehen, ohne um Erlaubnis zu fragen.«

Lilja rückte erschrocken ein Stück von ihm ab. »Ich wusste doch, an deiner Geschichte stimmt was nicht!«

»Stimmt! Die Verwaltung denkt, dass es sich um eine kleine Probefahrt handelt, um zu überprüfen, ob alles an Bord funktioniert. Von Grímsey war nicht die Rede.«

»Du hast also schon wieder einfach ein Boot genommen wie damals das von deinem Onkel?«

Er blickte sie übertrieben schuldbewusst an. »Ja, ich konnte der Versuchung nicht widerstehen«, gab er scheinbar zerknirscht zu. »Wie damals! Ich dachte, ich müsste mir was ganz Besonderes einfallen lassen, um dir zu zeigen, wie wichtig du mir bist.«

In diesem Augenblick fiel es Lilja wie Schuppen von den Augen. Ihr wurde heiß und kalt zugleich, und sie fragte sich, warum sie darauf nicht gleich gekommen war. Doch die Freude über die Erkenntnis, was das bedeutete, dominierte alles.

»Und du hast den Schlüssel auch nicht von deinem Freund bekommen, oder?«

Seine Antwort war ein freches Grinsen.

»Okay, dann dreh jetzt sofort um oder schwör mir, dass der Kapitän der *Hnúfubakur* den Zweitjob auf der *Tröll* annimmt!«

»Okay, okay, ich schwöre!«

Lilja fiel ihm so stürmisch um den Hals, dass er das Ruder loslassen musste und sie in einen Schlingerkurs gerieten. Doch dann stellte Björn den Autopiloten ein, damit sie in Ruhe knutschen konnten. In einer Pause, in der sie zwischen ihren Küssen Luft holten, wollte Lilja wissen, ob er nur ihretwegen zurückgekommen war, woraufhin er grinsend erwiderte, der Wendepunkt sei die ältere Dame beim Offiziersdinner gewesen, die ihn gern mit ihrer Tochter verkuppelt hätte. Doch dann fügte er ernst hinzu: »Nein, mir war schon nach ein paar Tagen an Bord klar, dass mir das Wichtigste auf der Welt ist, bei der Frau zu sein, die ich liebe.«

Wenn Glück so schmeckt wie salzige Küsse auf dem Eyjafjörður kurz vor Mittsommer, dann bin ich gerade so richtig glücklich, dachte Lilja berauscht.

Die Sonne wollte und wollte nicht untergehen. Erst als sie bereits das Leuchtfeuer vom Grímsey ansteuerten, brach die Nacht an, die kaum wenig mehr als eine Stunde dauern sollte.

Lilja entdeckte sie zuerst, die tanzenden grünen und blauen

Sterne auf dem Meer. »Schau mal, das kann doch wohl nicht wahr sein! Das Meer leuchtet wie damals.«

Björn nahm sie in den Arm. »Also, wenn ich dich in diesem Punkt mal korrigieren darf: Das Meer leuchtet nicht, sondern die im Wasser befindlichen Algen senden durch die Berührung Lichtsigna…«

Lilja verschloss ihm den Mund mit einem Kuss.

Þakka þér fyrir

Ich bedanke mich auf diesem Weg bei den Mitarbeiterinnen des Piper Verlags, ganz besonders bei Felicitas von Lovenberg und Isabell Spanier. Des Weiteren bei der wunderbaren Lektorin Friedel Wahren.

Und natürlich bei meinem Mann Hinrik, der mich auf der Recherchereise in die Hauptstadt des Nordens begleitet hat und ohne dessen Unterstützung ich es kaum geschafft hätte, binnen vier Tagen die weite Strecke von Reykjavík nach Akureyri hin- und zurückzufahren, der die Fotos für mich gemacht hat und mir besonders bei der Recherche zu den technischen Fragen mit Rat und Tat zur Seite gestanden hat.

Unbekannterweise danke ich auch den Isländern, denen ich in Akureyri Löcher in den Bauch gefragt habe, für ihre Geduld und die Antworten, die es mir ermöglicht haben, ein Gefühl für die Bedeutung und die Probleme des isländischen Fischereiwesens zu bekommen.

Und zuletzt mein Dankeschön an Lilja und ihre Freunde, die sich so in mein Herz geschlichen haben, dass ich sie nur schwer loslassen konnte.